KB232985

# 이상세계 형상과 도교 서사

# 이상세계 형상과 도교 서사

徐 信 惠

한국학술정보㈜

# 책머리에

사람은 늘 꿈을 꾼다. 지금 이 순간보다 더 나은, 오늘보다 더 좋은 순간이 오기를, 내 상상을 뛰어넘는 어떤 일이 생기고 어떤 세상이 오기를 꿈꾼다. 당장 눈앞에 아무 것도 보이지 않더라도 그 꿈을 되뇌며 혼자 웃기도 한다. 그 꿈 때문에 하루하루 살게 되는 이들도 많다. 이는 오늘을 사는 우리들만의 특징이 아니다. 서양에도 동양에도, 옛날도 오늘날도 다 그렇다. 이 책은 우리 조상들의 그런 꿈의 궤적을 살핀 것이다. 우리 선인들이 꿈꾸던 세상은 어떠했으며, 그런 꿈속에 담긴 그분들의 생각은 어떠했던가를 찾아 달려온 그간의 공부를 정리한 것이다.

지금은 퇴임하신 이종은 선생님께서는 일찍부터 도교에 관심을 가지고 연구를 진행하셨다. 옆에서 늘 모시던 정민 선생님께서도 스승의 관심사를 이어 유선(遊仙) 문학 쪽 연구를 정리하셨다. 그런 영향으로 한양대 국문과에서 공부하는 사람이면 으레 도교에 상당히 친숙했다. 필자 역시 두 분 스승의 학문적인 관심을 조금이나마 이해하고 있어야 한다는 생각에 도교에 대해 공부를 시작했다. 본래 서사문학 쪽에 관심이 있었기에 나는 설화와 잡록 쪽에서 도교에 관한 자료들을 찾아 정리하였다. 그러다 그 자료들에 공통적으로 나타나는 이상 공간에 주목했다. 이런 이상 공간의 문제는 과거의 것에 그치지 않고 오늘에까지 그 의미를 넓힐 수 있는 것이요, '도교'라는 종교나 사상을 뛰어넘어 인간 본연의 의식과 연결될 수 있는 대상이라는 생각 때문이었다.

그간 여러 지면에 발표한 내용을 모아 겹치는 부분을 정리하고, 껄끄러운 표현을 다듬었다. 또 발표 이후 새로이 알게 된 것들을 간간이 추가하였으

며, 또한 체계를 갖춘 연구서의 모양을 갖추기 위하여 제목을 약간 조절하
였다. 글 한 편 한 편으로 볼 때, 논의에 꼭 필요한 경우에는 혹 겹치는 부
분이 있어도 그냥 두었다.

참고를 위하여 본래의 발표 지면과 원제목 등을 밝히면 다음과 같다.

- 「청구야담에 나타난 도교인식의 양상과 그 특징」, 『한국도교문화의 초점』,
  아세아문화사, 2000, 371~396쪽.
- 「유선담의 서사 구조, 선계 양상, 유선자의 상황」, 『온지논총』 7집, 온
  지학회, 2001. 12, 53~85쪽.
- 「조선후기 선계설화의 시·공간」, 『한민족문화연구』 7집, 한민족문화학
  회, 2000, 56~67쪽.
- 「선계유담(仙界遊譚)의 전승과 변모」, 미발표 글.
- 「묘향산의 도교문화적 특징과 양상」, 『도교문화연구』 22집, 한국도교문
  화학회, 2005. 4, 9~33쪽.
- 「법종의 〈속향산록〉과 고향산의 의미」, 『도교문화연구』 24, 한국도교문
  화학회, 2006. 4, ~쪽.
- 「〈만하몽유록〉을 통해 본 애국계몽기 선계서사의 양상」, 『도교문화연구』
  20집, 한국도교문화학회, 2004. 4, 49~75쪽.
- 「조선후기의 이상세계 추구 경향과 현대 한국의 현실」, 『사회연구』 통
  권 6호, 사회연구사, 2003. 10, 257~284쪽.
- 「〈난초재세기연록〉에서의 도교 개입양상과 작품의 미적 특질」, 『도교문
  화연구』 19집, 한국도교문화학회, 2003. 11, 197~217쪽.
- 「〈삼생록〉의 형상화 특성에 담긴 민중의 꿈」, 『한국언어문화』 25집, 한
  국언어문화학회, 2004. 6, 383~400쪽.
- 「임상덕의 〈담파고전〉에 나타난 사유」, 『어문연구』 129집, 한국어문교
  육연구회, 2006. 3, 399~421쪽.


이종은, 정민 두 선생님의 학문적 영향이 없었다면 이 책은 나올 수 없었
다. 깊이 감사드린다. 또한 함께 공부한 한양대 동학들께 감사한다. 변변치

못한 글을 보기 좋게 엮어주신 출판사 관계자 여러분께도 이 글을 통해 감사의 마음을 전한다.

2006년 봄 행당 동산에서 필자 삼가 쓰다

# 목 차

# 『청구야담』에 나타난
# 도교인식의 양상과 그 특징

## Ⅰ. 시작하며

　도교는 오래 전 우리나라에 전래되어 민족의 삶과 의식 깊숙이 자리잡고 있는 사상이자 신앙이다. 『삼국사기』에 고구려 영류왕(榮留王) 7년(624) 당(唐)의 황제가 도사(道士)를 보내어 『노자(老子)』를 가르치게 했다는 공식 기록[1]이 있는 것으로 보아 그 오랜 역사를 알 만하다. 도교와 신선에 대한 관심은 끝없이 이어져, 멀리는 신라 말 최치원의 행적을 통해 도교와 신선사상을 엿볼 수 있고 조선시대 김시습의 행적 또한 이러한 경향이 강했음은 주지의 사실이다. 이 관심은 조선 후기까지도 변함없이 이어졌는데, 여기에서는 『청구야담』[2]을 살펴 당시 사람들의 도교인식의 모습을 살피고

---

1) 『三國史記』 高句麗本紀: 七年春二月……命道士, 以天尊像及道法, 住爲之講 老子, 王及國人聽之.

2) 『청구야담』은 다양한 판본이 있는데, 판본에 따라 실린 이야기의 수가 크게 차이가 난다. 여기에서는 6권 6책 182화(話)가 수록되어 있는 국립중앙도서관본 『청구야담』을 중심으로 논의를 전개한다. 이 판본은 『한국문헌설화전집』 2권(동국대학교 한국문학연구소)에 영인되었다.

그 특징을 읽어보려 한다.

『청구야담』은 헌종 초기에 편찬되었을 것으로 추정[3]되는 조선 후기의 야담집이다. 이 책의 특징이나 서술 관점, 내용 등에 관해서 그간 많은 연구들이 이루어져 왔는데,[4] 조선후기의 역동적인 삶의 모습을 서민의 관점에서 다양하게 수록하고 있다는 것이 연구자들의 대체적인 평가이다. 양반들뿐만 아니라 서민들의 다양한 삶의 모습이 구체적으로 나타나고 있기 때문에 이를 살펴봄으로써 조선 후기의 삶의 모습과 그 시대를 사는 사람들의 의식을 엿볼 수 있으며, 당시 사람들의 도교와 신선에 대한 의식도 살펴볼 수 있을 것이라 생각한다.

# II. 『청구야담』에 나타난 도교 관련 설화의 양상

『청구야담』에 있는 많은 이야기 중 도교와의 관련이 뚜렷한 설화들만 뽑

---

3) 정명기(「靑邱野談의 편자와 그 이원적 면모―小倉進平本을 통하여 본」, 『淵民李家源先生七秩頌壽紀念論叢』, 1987. 4)에 의하면, 『청구야담』은 당시 金山郡守 金敬鎭(1815~1873)이 헌종 9년(1843)에 편찬하였다.

4) 김정석, 「청구야담과 구전설화의 관계양상」, 『문학연구』 5집(우리어문학연구회, 1987).

박희병, 「청구야담 연구―漢文短篇小說을 중심으로」(서울대 석사논문, 1981).

조선옥, 「청구야담 所載 '報應談' 연구」, 『睡蓮語文論集』 18집(부산여대 국어교육과, 1991).

정명기, 「청구야담의 편자와 그 이원적 면모」, 『연민이가원선생칠질송수기념논총』(동간행위원회, 1987).

정명기, 「청구야담의 前代文獻 受容樣相 연구」, 『淵民學志』 2집(연민학회, 1994).

한경아, 「청구야담 所載 남녀 결혼담 類型 연구」(경희대 교육대학원 석사논문, 1997).

으면 다음과 같다.5) 이 책에는 미래, 또는 현재의 다른 장소에서 일어나는 일까지 모두 알고 예견하는 이인(異人)들을 기록한 설화도 많이 있다. 그러나 여기에서는 이것들 중 이 인물들이 도교적 수련을 하는 것이 나타난다거나 시해선(尸解仙)이 되었거나 하는 직접적인 도교관련 서술이 있는 것만 뽑았다.6)

| | 제 목 | 시 대 | 장 소 | 도교적 요소의 기능 |
|---|---|---|---|---|
| 1 | 覘天星深峽逢異人 | 병자호란(1636) 직전 | 이천(伊川) 근처의 산속 | 무릉도원, 보신처 (保身處) |
| 2 | 坐草堂三老禳星 | 선조(1584) | 강릉 근처 산속 | 예언 |
| 3 | 會琳宮四儒問相 | 인조 14년 이후 | 북한산 | 예언대로 신선됨 |
| 4 | 餉山果渭城逢毛仙 | 정조 임인년(1782) | 지리산 | 장생(長生) |
| 5 | 假封塋山神護吉地 | | | 산신의 질투 |
| 6 | 聞詔人三代孝行 | | 지리산 | 초월적 도움 |
| 7 | 識丹邱劉郎漂海 | | 동해의 섬 | 선계 구경 |
| 8 | 訪桃源權生尋眞 | | 춘천 근처 산 | 선계 구경 |
| 9 | 得至寶賈胡買奇病 | | 남해 물가 | 용궁 구경, 선계 지배질서 |
| 10 | 降大賢仙娥定産室 | 퇴계 출생(1501) 즈음 | 함창의 퇴계 외가 | 심덕시험, 지시 |
| 11 | 白頭翁指敎一書生 | | 깊은 산골짜기 | 신선되기, 수련 |
| 12 | 聽街語柳醫得名 | | 영남 금호강 근처 산 | 몽환 속 초월적 지시 |
| 13 | 李東皐爲傔擇佳郞 | 임란 전후 | 충주 근처 산속 | 보신처 |
| 14 | 吳按使永湖逢薛生 | 광해－인조조 | 영랑호 근처의 회룡굴 | 선계 유람, 은둔 |
| 15 | 安貧窮十年讀易 | 임진란 전후 | 관동지방 깊은 골짜기 | 보신처 |
| 16 | 文有采出家辟穀 | 조정만 생존시(1656-1739) | 황해도 해주, 금강산 | 도교수련, 해화(解化) |
| 17 | 投良劑病有年運 | | | 이인의 처방 |

---

5) 제목 앞의 번호는 논의의 편의를 위해 필자가 임의로 붙인 것이다.

6) 도교적 서술이 문면에 직접 드러나지 않고 그저 이인의 풍모로만 드러나 보는 이의 시각에 따라 도가적 인물로 처리할 수도, 그렇지 않을 수도 있는 설화로는 다음과 같은 것이 있다. ① 敎衒童海印僧爲師, ② 老翁騎牛犯提督, ③ 劫倭僧柳居士明識, ④偸隣釀四儒詠詩, ⑤ 金丞相瓜田見異人, ⑥ 料倭寇麻衣明見, ⑦ 倡義使賴良妻成名. 이인을 무조건 도가적 인물로 일괄 처리할 수는 없기에 여기에서는 대상 자료에 포함시키지 않았다.

|    | 제 목 | 시 대 | 장 소 | 도교적 요소의 기능 |
|----|-------|-------|-------|-------------------|
| 18 | 失佳人數歎薄倖 | | | 선계 환상 속 증언 |
| 19 | 擇夫婿惠婢識人 | | | 귀인(貴人)의 꿈속 지시 |
| 20 | 澤堂遇僧談易理 | 택당 생존시(1584-1647) | 양평의 용문산, 묘향산 | 보신처 지시, 신선 만남 |
| 21 | 李上舍因病悟道妙 | 효종조 | | 원유(遠遊), 수도(修道), 장생(長生)기도 |
| 22 | 義男臨水喚俞鐵 | | 평북 철산의 연못 | 수부(水府)방문, 초월계 권력 |
| 23 | 過南漢預算虜兵 | 병자호란 전후 | 숲속 | 방술책 습득, 예언 |
| 24 | 南谷生死皆有異 | 김치 생존시(1577-1625) | 삼척 | 염라왕으로의 부임 |
| 25 | 招神將郭生施術 | 곽재우(1552-1717) 후손 | 경상도 현풍, 두류산 | 선화(仙化) |

위의 표를 통해 몇 가지 사실을 추출해 낼 수 있다.

첫째, 도교관련 설화가 『청구야담』에서 차지하고 있는 분량과 비중문제이다. 총 182편이 수록된 『청구야담』 소재 설화 중 25편에서 직접적으로 도교적 인식을 볼 수 있으니, 이는 약 14%에 해당된다. 『청구야담』에 특히 많이 수록되어 있는 이야기 유형은 이인(異人) 관련 설화, 치부(致富)와 관련한 여인들의 활동을 담은 설화, 충성·절개 등 유교적 이념에 관련된 설화 등이 있다. 그러나 이들은 7~8편정도 있을 뿐인데 이인(異人)에 관련된 설화는 약 20편 가까이 수록되어 있다. 이인 설화 역시 보기에 따라 도교 설화로 분류할 수 있다는 점을 고려한다면, 『청구야담』에서 도교 설화가 차지하는 비중은 월등하다고 할 수 있다. 편찬자의 의도와 인식이 어느 정도 작용했었을 것을 고려하더라도 이와 같은 비중은 당시 사람들의 인식을 엿보는 잣대가 될 수 있다. 사람들 사이에 도교나 선계 등에 관한 관심이 고조되었기에 많은 관련 이야기들이 항간에 떠돌아다녔고 이것들이 편찬자의 손에 의해 야담집에 모이게 되었다고 해석된다.

둘째, 각 설화들의 시대 배경에 관해서이다. 『청구야담』 소재 도교관련 설화들의 시대를 구체적으로 살펴보면, 특히 임병양란 전후를 배경으로 하는 이야기가 많다. 총 25편의 설화 중 시기를 가늠할 수 없는 이야기를 제외하면 15편의 설화가 남는데, 그 중 10여 편이 임병양란을 전후한 시기의 이야기이다. 전쟁으로 대표되는 사회 혼란, 예컨대 숙종대의 피폐한 삶이나 계속되는 민란, 전국을 풍미한 도참설(圖讖說) 등은 사람들로 하여금 삶에 회의를 느끼게 하였을 것이다. 더 이상 세상에 아무 것도 기대할 수 없다고 판단한 사람들은 현실이 아닌 다른 세상, 즉 선계를 찾아 헤매든가, 우연히 선계 인물을 만나 한순간에 바뀐 삶을 살게 될 것이라고 꿈꾸면서 하루하루의 삶을 살아갔다는 말이다. 당시 상당한 수의 사람들이 바로 이런 현실 대응방식으로 살아갔음을 이러한 설화들을 통해 추측할 수 있다.

셋째, 공간적 배경에 관해서이다. 사람들은 신선세계가 어느 곳에 어떤 식으로 있을 것이라고 생각했을까? 위에서 분류한 설화 중에 그 공간적 배경을 명확히 제시하고 있는 설화의 거의 대부분이 산속을 무대로 하고 있다. 당시 사람들은 깊은 산 어느 곳에 신선세계가 있다고 생각했던 것이다. 이에 관해서는 Ⅲ에서 상론한다.

지역적인 면에서 보면, 도교관련 설화가 전국에 걸쳐 나타남을 알 수 있다. 1·2·8·14·15·24는 강원도, 3·20은 경기지방, 10·12·25는 경상도, 13은 충청도, 16은 황해도, 22는 평안도를 배경으로 하고 있으며, 4·6은 전라도와 경상도에 걸쳐 있는 지리산을 배경으로 하고 있다. 이 밖에 동해(7)나 남해(9)를 배경으로 하는 이야기가 보인다. 이와 같이 도교에 관한 설화는 전국에 걸쳐 나타나고 있다. 특히 강원도를 배경으로 하는 도교 설화가 많다. 도교 설화가 깊은 산중을 배경으로 하다 보니 깊고 험한 산악이 많으면서도 사람들의 왕래가 비교적 빈번한 강원도가 많이 나타나게 된 듯하다.

넷째, 각 설화들에서 도교적 요소가 각각 어떤 방식으로 나타나는지에 관해서도 쉽게 볼 수 있다. 가장 눈에 띄는 것은 보신처(保身處), 즉 생명을 보존할 수 있는 곳으로서의 기능이다. 1·13·15·20이 이에 해당하는데 이들 이야기는 하나같이 임병양란이라는 시대를 배경으로 한다. 전쟁이라는 위태로운 시대상황에서 사람들은 목숨을 보존할 수 있는 장소로 도교적 공간을 생각하였던 것이다.

7·8·9·14는 선계를 구경하고 돌아오는 설화이다. 대체로 우연히 길을 잘못 들어 선계를 방문한다. 길을 잃은 것이 아니더라도 방문하게 된 사람이 어떤 특별한 일을 해서가 아니라 선계인물의 일방적인 선택에 의해 그들을 따라간다. 그곳 선계는 방외인적 삶을 사는 사람들이나 자신의 능력을 숨기며 살아가는 이인들이 거하는 세계로 나타나는 것이 보통이다. 이런 설화에서 도교란 '은둔' 또는 '피세'와 관련하여 존재하고 있다.

2·3·10·23에서는 '예언과 이것의 호응'이라는 면에서 도교적 요소가 보인다. 2는 인물의 죽음, 3은 인물들의 장래, 10은 위대한 인물의 출생에 관한 예언이며, 예언대로 이루어져 신비함을 드러낸다. 예언을 한 인물은 한결같이 도교적 은사(隱士)나 도사(道士)이다.

예언과 이것의 완벽한 성취는 '세상이 도교적인 질서에 의해 다스려짐을 믿는다'는 전제하에 가능하다. 세상이 도교적 질서에 의해 다스려지기 때문에, 도교의 세계 운행에 통달한 인물이나 도교적 공간 속에 사는 인물은 세상이 앞으로 어떻게 될 것을 알며, 또한 세상은 바로 그렇게 진행되었다고 믿는 것이다. 그러므로 예언과 이것의 호응이라는 사실을 통해 당시인들의 세계 운행에 대한 인식을 알 수 있다.

11·16·21에서는 도교적 수련의 모습이 드러난다. 11에서는 백두옹(白頭翁)의 도움으로 한 서생이 신선이 되기 위한 각종 시련을 거친다. 그가 지켜야 할 법칙은 무슨 일이 있어도 입을 열지 않는 것이다. 그는 상제(上帝)의 친국(親鞫)에서도, 지부(地府) 명왕(冥王)의 정국(庭鞫)에서도 입을 열지 않았고, 명부(冥府)의 모진 고문도 이겨내었지만, 한미한 선비의 아내가 되어 살다가 죽음의 상황에 놓인 자식을 보고는 결국 소리를 내고 만다. 미움, 욕심, 두려움의 관문은 통과했으나 사랑이라는 관문을 지나지 못하여 끝내 신선이 되지 못하였다는 말이다. 완전한 신선이 되지는 못했어도 그는 벽곡(辟穀)하는 법을 배워 장수하다가 종적을 감춘다. 16은 문유채라는 사람이 벽곡하며 날마다 수련을 쌓아서 결국 해화(解化)하였다는 내용이며,

21은 진사 이광호가 신선이 되려고 갖가지 기이한 수련을 하다가 실패했다는 이야기이다. 성공여부와 상관없이 이 설화들을 통해서 도교적 수련에 힘썼던 사람들의 모습을 그려볼 수 있다.

세상을 다스리는 초월적 질서로 도교가 나타나기도 한다. 6·19·22가 바로 그런 예이다. 사람들은 인과응보적 인식을 갖고 있는데, 그런 인식하에 그 일을 이루는 초월적 세계의 힘으로 도교적 질서를 상정하고 있음을 볼 수 있다. 6의 경우 깊은 효심이 있었기 때문에 신선이 나타나 인삼 있는 곳을 일러준다. '효행이 남다른 사람은 하늘이 도인(道人)을 통해서라도 꼭 보응해 준다'는 사람들의 확신과 기대가 엿보인다. 19는 효행이 아닌 구제에 관한 이야기라는 사실만 다를 뿐 이야기에 나타나는 사람들의 인식은 6과 같다. 22에서는 상제를 중심으로 한 도교적 인물이 세상을 다스린다는 의식이 보인다. 수부(水府)의 용녀(龍女)가 잘못하여 물방울을 너무 많이 떨어뜨려 세상에 홍수가 나니, 상제가 이에 대한 책임을 물어 용녀를 벌주는 이야기이다. 초월적 질서의 상징인 상제가 초월세계인 수부뿐만 아니라 수부를 이용하여 인간 세상까지 직접적으로 다스리고 있다는 당시 사람들의 인식을 볼 수 있다.

# Ⅲ. 『청구야담』에 나타난 도교인식의 특징

Ⅱ에서 『청구야담』에 나타난 도교 설화들을 시대, 장소, 기능면에서 분류해 보았다. 그 결과를 토대로 당시 사람들의 도교에 대한 인식과 그것의 특징을 '보신처로서의 선계 인식', '선계 인식의 구체성 획득', '모든 계층에 확

산된 도교인식'이라는 세 부분으로 나누어 살펴본다.


## 1. 보신처(保身處)로서의 선계(仙界) 인식


보신처로서의 선계 인식은 오랜 옛날 중국의 글에서 그 연원을 찾아볼
수 있다. 전란을 피하여 외진 곳에 들어와 외부와의 소식을 끊은 채 향촌을
이루며 사는 모습이 도연명의 「도화원기(桃花源記)」에 나타난다.


진(晉) 태원(太元) 시절 한 무릉 사람이 고기잡이를 생업으로 하고 있었
는데 시냇물을 따라 가다가 어디쯤 왔는지 길을 잊고 말았다.……그 가운
데를 돌아다니며 농사일 하는 남녀들의 의복을 보니 모두 딴 세상 사람 같
은데 늙은이나 젊은이나 모두 행복하고 즐거운 표정이었다.……스스로 설
명하기를, 선조 대에 마을 사람들이 진(秦)나라 때의 난리를 피해 처자를
거느리고 이 외진 곳에 와서 다시는 나가지 않아 마침내 바깥사람들과 두
절되었다고 하였다.7)


선계로 인식되는 곳은 무릉도원뿐만 아니라 대동천(大洞天), 소동천(小
洞天), 복지(福地), 삼신산(三神山) 등 여럿이다. 그런데 여러 선계 중에
서도 유독 난리를 피하여 생활을 계속 영위할 수 있는 무릉도원적 선계만이
『청구야담』 소재 도교관련 설화에 많이 나타난다. 이들 설화에는 보신처가
곧 무릉도원이며 선계라는 인식이 두드러진다. II의 표 중 1·13·15·20
에서 이러한 내용을 확인할 수 있다.


"금년 4월에 왜구들이 대거 우리나라에 들어와 사람들이 모두 어육(魚

---

7) 陶淵明, 「桃花源記」: 晉太元中, 武陵人捕魚爲業, 緣溪行, 忘路之遠近……其
中往來種作, 男女衣著, 悉如外人, 黃髮垂髫, 並怡然自樂……自云, 先世避秦
時亂, 率妻子邑人來此絶境, 不復出焉, 遂與外人間隔…….

肉)이 되었습니다. 한양도 침략을 당하여 임금께서는 지금 의주에 머무르고 계십니다. 이와 같은 때에 댁이 한양에 있었다면 목숨을 보존할 수 있었겠습니까?……대감님께서 노 몸소 저의 누추한 거처에 오셔서 나라의 운명을 근심하시며 집안 권속들을 저에게 부탁하셨던 까닭에 제가 몇 년 전부터 여러 해 동안 경영하여 이 하나의 무릉도원을 만들어 두었습니다.”(13. 李東皐爲傔擇佳郞[8])

임진년 난리에 사람들은 어육이 되었지만 이생이 살고 있던 마을만은 병화(兵火)를 겪지 않았으니, 이곳을 산속의 무릉도원이라고들 한다.(15. 安貧窮十年讀易[9])

‘이인으로 인식되던 ○○가 산속에 한 촌락을 개척하였으며 그곳에서 병화(兵火)를 피할 수 있었으니, 그곳이 곧 무릉도원이었다’는 서술형식이다. 이러한 서술은 인용한 설화뿐 아니라 다른 설화에서도 같은 방식으로 나타난다. 『청구야담』 소재 도교관계 설화의 시간배경이 대체로 임병양란 전후인 것을 고려해 볼 때 ‘보신처＝무릉도원’이라는 인식은 전쟁을 겪으면서 급격히 형성되어 이후 계속된 혼란 가운데 굳어진 것 같다.

조선 중기 유몽인에 의해 편찬된 『어우야담』[10]과 비교해 볼 때 임병양란을 계기로 보신처로서의 선계인식이라는 특징이 두드러지게 나타났음을 알

---

8) 『靑邱野談』 3권: 今年四月, 倭虜大入我國, 生靈盡爲魚肉, 至犯京都, 大殿今駐輿龍灣, 如是之際, 宅在京城, 則其能保存乎,……大監又親臨鄙所, 憂以國運, 託以家眷, 故小人自年前, 積年經營, 排置此一區桃源矣.
9) 『靑邱野談』 4권: 壬辰之亂, 生民魚肉, 而生之一村, 獨不經兵燹, 此是山桃源云.
10) 『어우야담』은 於于 柳夢寅(1559~1623)이 엮은 최초의 야담집이다. 물론 유몽인의 주관적인 관점에 의해 설화들을 선택하고 어느 정도 加減하여 기술했겠지만, 원자료는 어디까지나 都聽塗說에 기인하고 있기 때문에 『어우야담』에는 당시 사람들의 의식이나 사회 분위기가 녹아 있다. 『청구야담』이 현종 초기에 편찬되었다는 것을 고려할 때 두 책은 200년 이상의 시대차이를 지닌다. 그렇다면 이 두 책의 비교를 통해 그 200여 년간의 사람들의 의식이나 사회 변화상을 읽어낼 수 있을 것이다. 『어우야담』 역시 다양한 이본들이 존재하는데, 여기에서는 총 340話로 구성된 藏書閣本을 대본으로 한다.

수 있다. 『어우야담』에는 총 20여 편의 도교관련 설화가 포함되어 있는데, 이중에 선계가 보신처로서 인식되고 있는 설화는, 필자가 본 바로는 원적(元績)의 삶과 관련한 이야기(嘉靖乙卯年……) 단 한 편뿐이다. 그것도 '보신처=무릉도원'이라는 직접적 인식이 나타나는 것은 아니고 '죽었다고 여겨지던 인물이 목숨을 부지해서 살 수 있었던 곳'이라는 의미 정도로만 쓰이고 있다.

이에 반해 『청구야담』과 함께 조선후기 3대 야담집의 하나로 거론되는 『계서야담』[11)에는 보신처로서의 선계인식이 나타나는 설화가 보인다. 영남 아무 개 군에 사는 선비가 늦게야 한 아들을 얻어 며느리를 들였다. 열심히 일하던 며느리가 넉넉해진 가산을 연이은 잔치 등으로 탕진해 버리고는 온 가족을 자신의 친정 근처로 옮겨 살도록 하였는데, 어느 날 선비가 산 위에서 바깥세상을 내려다보니 왜구의 침입(임진왜란)으로 세상이 소란스러웠다. 난리가 끝난 후 가족이 다시 산에서 내려와 살았다는 이야기[12)이다.

일반적으로 도교는 '장생불사(長生不死)'의 열망과 연결되며, 인간 세상과는 다른 '신비한 세계'와도 연결된다. 여러 가지 수련을 하거나 도술서를 얻거나, 도인을 만나 득도하여 장생불사의 신선이 되는 것은 아무래도 일반 백성들에게는 다소 먼 이야기로 들렸을 것이다. 그러나 임병양란이라는 극한 상황에 처하게 되면서 순간순간 생명의 위협을 느끼며 살아가야 했던 사람들은 장생불사의 도교를 생각하게 되고 '병화를 입지 않고 생명을 보존할 수 있는 곳'이 바로 무릉도원, 즉 선계라는 인식을 갖게 되었을 것이다. 이 점이 바로 도교와 일반 백성들이 만나 이룬 접점이다. 초기야담에서는 보이지 않던 '보신처로서의 선계'가 후기 야담집 『청구야담』에 두드러지게 나타나는 것은 전쟁을 겪은 후 민중들에게 새롭게 인식된 도교의 모습을 보여주는 것이다.

선계(仙界)에 접근하는 방법과 선계의 위치가 어떻게 나타나고 있는지를

---

11) 『계서야담』은 李羲平(1772~1839)이 말년에 편찬한 설화집인데, 정확한 편찬연대는 아직 알 수 없다. 여기에서는 6권 6책의 규장각본을 대본으로 한다.
12) 『溪西野譚』 2권(『한국문헌설화전집』 1권, 120~124쪽): 嶺南某郡有一士…….

살펴봄으로써 '보시처로서의 선계'를 더욱 잘 알 수 있다.

1에서는 선비가 산속에서 길을 잃어 인가를 찾다가 우연히 돌문을 발견하여 선계를 방문한다. 8에서 무릉도원을 방문했다는 권진사는 그곳에 살고 있는 사람이 데려온 소를 타고 그 고장에 들어갔다. 13에서는 이동고의 겸종[13]의 사위가 가솔들을 이끌고 선계에 들어가는데, 그곳은 암석이 우뚝하고 수목이 **빽빽**한 길을 여러 날 가다가 짐을 실은 말과 소마저 풀어 보내야 할 막힌 곳에 이르러 석벽 위로부터 내려온 한 줄을 잡고서야 올라갈 수 있다. 줄이 없었다면 닿을 수 없는 곳이므로 이 줄은 속세와 선계를 연결시켜 주는 유일한 수단이다. 14에서는 회룡굴이라는 별천지가 등장하는데 이곳은 견여(肩輿)를 타고 계곡으로 들어가서 험악한 산길을 몇 리 지난 후에 푸른 절벽이 우뚝한 중간에 난 문으로 들어간다. 이곳에서도 끈을 잡고 몸을 거꾸로 매달리게 하여 구부리고 들어가야 비로소 목적지에 이를 수 있다. 15에서는 이생이 아내와 함께 관동지방 어느 골짜기에 산도원(山桃源)을 만드는데, '깊은 골짜기 속'으로 들어갔다고만 표현되어 있다.

요컨대 당시 사람들이 생각하거나 경험했던 지상선계는 깊은 산속 어느 곳에 존재하는데, 이곳은 끈의 도움이 있어야만 또는 거꾸로 매달려 한참을 가야만 간신히 도달할 수 있는 어떤 곳이다. 그러므로 그 끈이라든지 험하고 좁은 바위 속 긴 길이라든지 하는 것들을 선계와 속계를 구분짓는 장치로 인식하고 있는 것이다. 소를 통해서 선계에 들어간다는 것도 끈이나 좁고 험한 길의 기능과 같은 것이다. 그런 장치들을 통해 전쟁의 위험으로부터 자신들을 보호해 줄 공간으로 선계를 구체화시켰던 것이다.

이종은 등[14]에 의하면 동양에서 유토피아를 나타내는 개념에는 옥야(沃野)·낙토(樂土)·동천복지(洞天福地)·선경(仙境)·승지(勝地) 등이 있는데, 이 중 승지는 한국에서 특히 많이 쓰인 유토피아 관련 어휘이다. 고려

---

13) 겸종이란 양반집에서 청지기로 일하는 평민을 말한다.
14) 이종은 外, 「한국문학에 나타난 유토피아 의식 연구」, 『한국학논집』28집(한양대 한국학연구소, 1996), 13～18쪽.

말 이래 풍미했던 도참설과 임병양란 이후의 흉흉한 민심이 합해져 새롭게 등장하게 된 개념이다.

실제로 『청구야담』 2권에는 「남사고가 우리나라에서 열 곳의 승지를 선택하다(南師古東國選十勝)」라는 이야기가 실려 있다. 여기에 남사고가 뽑은 십승지지(十勝之地)뿐만 아니라 편찬자가 들었다는 보신지도 추가하여 기록했다. 물론 이 서술에 도교와의 직접적 연관성은 보이지 않지만 이는 당시 사람들이 보신지에 깊은 관심을 갖고 있었다는 사실을 방증해 준다. 임란 이후에 이러한 승지가 세계의 고통으로부터 격리된 유토피아로 인식되었다는 사실까지 고려할 때, '보신지=무릉도원(선계)'이라는 공식은 조선 후기의 도교인식 양상을 드러내는 큰 특징으로 지적될 수 있을 것이다.


## 2. 선계 인식의 구체성 획득

『어우야담』의 도교관련 설화에서는 선계에 대한 구체적 인식이나 장소 묘사 등을 찾아보기 힘들다. 이인인 인물 중심으로 이들의 기행(奇行)이나 예견, 수련의 모습을 중점으로 기록하고 있을 뿐이다. 장소인식이라 한다면 다음과 같은 것을 찾아볼 수 있는 정도이다.

> 임진년에 우리 집안이 이천(伊川)지방 고밀운(古密雲)으로 들어가게 되었다. 고밀운은 이천의 북쪽에 있는데, 산이 깊고 궁벽하여 인적이 드문 곳이었다. 마을도 깊은 골짜기 사이에 있어 마치 무릉도원 같았다.15)

> 산속에 집을 짓거나 강가에 정자를 세워두고, 처신함에 인사(人事)를 더 붙지 않았고, 접촉함에 부녀자를 가까이 하지도 않았다.16)

---

15) 『於于野談』 1권(『한국문헌설화전집』6권, 102~103쪽) : 余一家於壬辰年, 入伊川古密雲, 古密雲在伊川之北, 山深境僻, 人跡罕到, 有村在深谷間, 如桃源.

이때까지만 해도 도교는 몇몇 이인들의 기이한 수도의 대상이나 도피처로 인식되었을 뿐 사람들의 머릿속에 어떤 구체적인 모습으로 자리잡지는 못했던 듯하다.

상대적으로 『청구야담』에서는 선계의 장소나 시간, 지배질서에 관한 구체적 인식이 보인다. 선계에 대한 설명이나 묘사가 있는 이런 이야기들을 통해서 당시 사람들의 선계 인식의 양상을 구체적으로 살펴볼 수 있다. 선계에 접근하게 된 방법과 선계의 위치가 어떻게 나타나고 있는지에 대해서는 앞 절에서 서술하였고, 여기서는 선계의 시간 인식 문제를 살핀다.

4에서 정조 임인년에 영남 안찰사 김 아무개를 찾아온 털복숭이 인간은 지리산에 산다고 자기를 소개하는데 그의 나이는 사백 세에 가깝다. 보통 사람은 백 세도 넘기기 힘든데 그가 사백 세에 가깝게 산다는 것은 그가 사는 세계와 속계의 시간 흐름이 같지 않다는 것을 보여준다.

7에는 선계와 속계의 시간차이가 보다 명확하게 드러난다. 유동지 등이 우연히 단구(丹邱)라는 섬에 들어갔다가 집에 돌아왔더니 이미 50여 년이 흘러버려 모든 사람들이 생면부지였다. 이후 훔쳐온 선계의 경액을 마시며 지냈던 유동지는 200세에 가깝게 살았다고 하였다. 실제로 단구의 신선이 "이곳에서의 하루는 인간계에서의 1년에 해당된다"고 말하고 있기도 하다. 선계와 속계의 시간은 다르며, 선계에서 마시며 먹는 음식 등에 의해서 인간의 수명 등이 바뀐다는 인식을 볼 수 있다.

8에서 권진사는 하루 200리를 간다는 소를 타고 선계에 들어갔다. 이 소가 비록 하루 200리를 간다고 하지만 아무도 그 고장에서 세상까지의 정확한 거리를 모르고 아무도 왕래에 성공한 적이 없다. 아무개 첨지만이 이 소를 타고 잠깐 세상에 왔다 간다. 즉 소의 움직임을 통해서 속계의 시간과는 다른 선계만의 시간이 흐르고 있는 것이다.

요컨대 사람들은 분명 속계의 시간과 선계의 그것을 달리 인식하였다.

---

16) 『於于野談』 2권(『한국문헌설화전집』6권, 336~337쪽): 築室山中, 或臨江搆亭, 而處不與人事, 接不近婦女.

'선계에서의 하루＝속계에서의 ○년' 이렇게 정확히 비례된다고 여기거나 그저 선계의 시간은 속계의 시간보다 훨씬 늦다고 생각하였다. 아니면 소의 걸음으로 시간을 파악하는 것처럼, 선계의 시간은 일반인들이 생각하는 시간의 흐름을 떠나 있다고 여기기도 하였다.

다음으로는 선계의 산업이나 정치적인 면을 보자. 『청구야담』 소재 설화에 나타나고 있는 선계의 모습을 모아보면 다음과 같다.

밭 갈아서 먹고 베 짜서 입으니 시비(是非)할 것이 없고 조세도 내지 않습니다. 다만 나뭇잎이 지면 가을이라 여기고 꽃이 피면 봄이라 생각한답니다.(1. 覘天星深峽逢異人[17])

대저 이 섬은 깨끗한 모래와 푸른 소나무 사이에 금빛 사초(莎草: 해변 습지에 주로 사는 다년생 초본식물―필자 주)가 있었다. 넓은 평지에는 간간이 인가가 있었는데, 농사를 짓지도 뽕나무를 기르지도 않고 다만 물을 마시고 풀로 만든 옷을 입을 뿐이었다. 두 동자(童子)가 때때로 왕래하였는데 그들이 입은 것은 전신이 흰 깃털로 된 옷이었다.(7. 識丹邱劉郞漂海[18])

동네 안에 인가는 대략 200여 호(戶)였고, 그 앞에 넓찍이 펼쳐진 평야는 양전·미토(良田美土)가 아닌 곳이 없었다. 둘레를 물으니 20여 리라 하였다. 이곳은 세상 밖의 숨겨진 무릉도원이었다. 또 벽을 사이에 둔 여러 칸의 방 안에서는 밤마다 글 읽는 소리가 들렸다. 물으니, 동네의 젊은이들이 헛되이 놀지 않고 매년 가을과 겨울을 당하면 낮에는 일하고 저녁에는 책을 읽는데 반드시 이곳에 모여 공부한다고 하였다.(8. 訪桃源權生尋眞[19])

---

17) 『靑邱野談』 1권: 而耕田而食, 織布而衣, 是非不到, 租稅不出, 只以葉落爲秋, 花開爲春.
18) 『靑邱野談』 3권: 大抵此島, 晴沙碧松, 而間有金莎草, 一望平夷, 間間有人家, 而不農不桑, 只飲水衣草而已. 二童子或往或來, 而其所衣, 則全身乃白羽衣也.
19) 『靑邱野談』 4권: 洞中人戶, 恰爲二白餘數, 前坪一望平鋪, 無非良田美土, 問其周廻, 則爲二十餘里, 隱然是世外桃源也. 又隔壁數間房內, 夜夜有讀書聲, 問之, 則以爲洞中年少, 不可浪遊, 每當秋冬, 晝耕夜讀, 必會此而課業云.

올라가니 그 산 아래 끝없이 펼쳐진 평야와 광야에 기와집 몇 채와 초가
집 수백 칸이 있어, 닭과 개의 소리가 서로 들리는 한 조그마한 군읍(郡
邑)이 이루어져 있었다.……양가의 사람들은 봄에 밭을 갈고 가을에 거두
었으며, 남자는 김매고 여자는 베 짜면서, 바깥세상 소식은 듣지 않고 앉
아 산중의 재미를 누렸다.(13. 李東皐爲傔擇佳郎[20])

땅은 매우 넓고 평탄했으며 밭도 기름졌고 거처하는 사람들도 많았다.
뽕나무와 삼나무가 동산을 만들고, 배나무와 대추나무가 숲을 이루고 있었
다. 설생의 거처는 굴의 한가운데 있었는데 지극히 화려하면서도 깊었다. 오
공(吳公)을 이끌어 당(堂)에 오르게 하여 산의 맛있는 나물과 기이한 과실
을 대접하는데, 향과 맛이 매우 특이했고, 인삼 뿌리는 굵기가 팔뚝만 하였
다. 서로 손잡고 나가 노니는데, 수풀과 산봉우리 돌과 샘들의 기괴(奇怪)
하고 장려(壯麗)함을 형용할 수 없을 정도였다.(14. 吳按使永湖逢薛生[21])

1·8·13의 이야기에서는 농사를 지어 자급자족하는 산업 형태가 보인
다. 인용하지는 않았으나 15의 경우도 비슷하다. 농사를 짓되 특정한 사람
들만이 하는 것이 아니라 남녀노소 누구나 다같이 열심히 일한다. 그 땅은
모두 옥토여서 충분한 수확을 낸다고 서술되어 있다. 적은 사람이 농사지어
많은 노는 사람을 먹이는 것이 아니라 모두가 함께 일하며, 또 가뭄이나 홍
수, 전쟁으로 인해 척박해진 땅이 아니라 양전·미토에 농사를 짓는 것으로
나타난다는 말이다. 당시 사람들이 바라는 선계의 모습은 이렇듯 현실적이
고도 소박하다.

이 장소들과 당시 사회의 차이점은 세금, 즉 수탈의 유무에 있다. 이곳에
서는 스스로 밭을 갈고 베를 짜서 생활을 영위한다. 어느 누가 권력을 갖거

---

20) 『靑邱野談』 3권: 上則其山之下, 平原廣野, 一望無際, 有瓦家數處, 又有茅屋
　　數百間, 鷄犬之聲相聞, 奄成一小郡邑……兩家春耕秋穫, 男耘女織, 不聞世外
　　之消息, 坐享山中之滋味.
21) 『靑邱野談』 4권: 地甚寬平, 土田膏沃, 人居亦多, 桑麻翳苑, 梨棗成林, 生之
　　居, 當窟內之中心, 極華邃, 引公上堂, 薦以山味珍蔬奇果, 香甘甚異, 人蔘正
　　果, 肥大如臂, 相携出遊, 林巒石泉, 奇怪壯麗, 不可名狀.

나 종을 부리거나 하는 모습은 나타나지 않는다. 실제로 1에서는 '조세도 내지 않는다'는 말을 직접 하고 있기도 하다. 전란 이후 삼정은 더욱 문란해지고 각종 강제적 수탈이나 횡포는 심해지기만 했는데, 이에 대한 사람들의 부정적이고도 비판적 의식이 위와 같은 무릉도원의 묘사로 표현된 것이다. 사람들은 이들 사회에서 시간에 크게 신경 쓰지 않고 자연과 함께 지내며 다만 조용하고도 고요하게 산중의 즐거움을 즐기며 산다.

이런 모습은 노자가 말한 소국과민(小國寡民)22) 즉 '작은 나라 적은 백성'과 흡사하다. 노자는 이상적인 국가를 묘사하면서 적은 인구의 조촐한 이상 국가를 그렸다. 그곳은 문자나 교통수단, 법률이나 정치도 없이 사람들이 자연 속에서 자유롭게 지내는 곳이며, 서로 번거롭게 왕래하는 일도 없는 곳이다.

7·14의 경우는 위와 약간 다르다. 이종은 등23)에 의하면 동양의 유토피아는 모든 것이 천부적으로 충족된 신화적 이상공간인 산해경형(山海經型), 현실 속 도교적 이상공간인 무릉도원형(武陵桃源型), 도교적 이상공간이되 인간이 거주할 수 없는 신국(神國)인 삼신산형(三神山型), 현실 속에 이룩한 유교적 이상공간인 대동사회형(大同社會型)으로 나누어진다. 7이나 14는 삼신산형 선계의 모습이다. 삼신산형 선계는 완전한 신선만이 살 수 있다는 점에서 선계설화를 통해 조선 후기의 사회와 그 사회를 사는 사람들의 도교의식을 읽으려는 본고의 목적과 거리가 있으므로 여기에서는 상론하지 않고 다만 이를 통해서 신선세계에 대한 사람들의 상상의 대체를 보는 것으로 그친다.

요컨대 기름진 땅에서 농사지어 뿌린 대로 거두며 사는 풍요한 곳, 급한 일이나 다툼이 없고 관(官)으로부터의 수탈도 없는 평화로운 곳이 선계이다. 당시 사람들은 선계를 호화롭거나 신비한 먼 공간이 아닌 이렇듯 평범한 공간으로 생각했던 것이다.

---

22) 『老子』 80장 獨立.
23) 앞의 논문, 21쪽.

현재 갖지 못한 것들을 바라고 꿈꾸는 것이 인간의 공통된 열망이라고 한다면, 당시 사람들은 전란과 각종 권력의 횡포에 시달리면서 자연스럽게 이러한 선계의식을 완성했다고 할 수 있다. 도교관계 설화를 통해 당시 사회를 엿볼 수 있다면 바로 이런 점에서이다.

『청구야담』에서는 지상선계의 모습만이 아니라 천상이나 지하의 초월선계의 모습도 드러난다.

> 오래지 않아 하늘문이 홀연히 열리고 허공으로부터 벽제(辟除)를 알리는 소리가 나더니 귀졸(鬼卒)들이 몰려와서 생(生)을 잡아 친국(庭鞫)의 장소로 올라갔다. 상제께서 광한전(廣寒殿)에서 심문하셨다.……한 신장(神將)에게 명하여 지부(地府)로 압송케 하고, 명왕(冥王)에게 엄히 경계하여 혹독하고 매서운 법으로 다스리게 하였다.……명왕도 다스리기 힘든 사람이라 여겨……이에 명왕은 생을 인간세상으로 되돌려 보내도록 하였다.(11. 白頭翁指敎一書生24))

> 그 동자의 말대로 하니 물이 저절로 열려 몸을 적시지 않았다. 두 귀에는 다만 바람과 물결 소리가 세차게 들릴 뿐이었다.……눈을 뜨니 흰 모래 언덕 위에 붉은 문이 우뚝하였다.……여러 개의 문을 거쳐 들어가니 채색된 누각이 웅장하였다. 계단을 올라가니 붉은 비녀를 꽂은 젊은 여인이 기뻐 영접하며 말했다.……비를 내리는 것은 비록 용이 하는 일이지만 상제의 명이 있은 후라야 행할 수 있습니다.……대저 수부(水府)의 한 방울 물은 인간세계에서는 한 寸의 비입니다. 세 방울이면 이미 충분한데 이제 병의 물을 다 기울여 버렸으니 그 해(害)를 이루 다 말할 수 있겠습니까? 저는 하늘에 죄를 얻었으니 천벌이 장차 이를 것입니다.(22. 義男臨水喚兪鐵25))

---

24) 『靑邱野談』3권: 不久天門忽開, 自空有辟易聲, 鬼卒翳翳而來, 捉生上去庭鞫, 上帝御廣寒殿訊……命一神將, 押送于地府, 嚴勅冥王, 嚴法峻治……冥王亦以難治之物……於是冥王命付生還度人世.

25) 『靑邱野談』5권: 厭童遂從其言, 水波自開, 身不沾濕, 而兩耳只聞風水聲洶湧……而請開目, 白沙岸上, 朱門屹然……歷入數重門, 彩閣魁傑, 升階而上, 有年少朱笄之女, 欣然迎接曰……行雨雖龍之所爲, 有上帝之命, 然後可以行

초월선계에 대해서는 그 장소를 구체적으로 형상화하거나 그것에 대한 생각을 구체화한 내용을 찾아보기 힘들다. 위 22번 인용문 앞부분에 나오는 정도뿐이다. 사람들이 생활하면서 겪었거나 들은 이야기가 설화가 된다는 설화의 양식적 특징을 생각해 볼 때, 초월세계에 대한 인식이 지상선계에 대한 그것에 비해서 피상적인 것은 당연한 일이다. 장소에 대한 묘사 대신에 초월세계의 지배질서에 관한 대체적인 윤곽이 나타난다. 인용한 설화를 통해 보면, 초월선계는 천상계(天上界)와 지하계(地下界)가 있는데 천상계는 상제가, 지하계 또는 수부는 명왕(冥王) 또는 용왕이 지배하고 있다. 명왕이나 용왕이 그 세계를 지배하여도 그들은 상제의 명령과 징계를 받는 존재이다.


## 3. 모든 계층에 확산된 도교인식


『청구야담』을 통해 살펴볼 때, 도교에 관한 관심은 조선 후기로 갈수록 오히려 이전 시기보다 더욱 고조되었으며, 도교는 보다 다양한 방식으로 모든 계층에게 영향을 미치고 있었다. 이를 도교 설화가 『청구야담』 전체에서 차지하고 있는 비중, 등장하는 인물군, 나타나는 이야기의 내용 면으로 나누어 살펴보면 다음과 같다.

먼저, 『청구야담』 소재 각 설화들의 종류와 비중문제를 살펴봄으로써 당시 도교에 대한 관심이 고조되었음을 확인할 수 있다. 앞 Ⅱ에서 말하였듯이 『청구야담』 내 다른 이야기들과 비교해 볼 때, 전체 이야기 중에 도교관련 설화가 상당히 많은 분량을 차지하고 있다. 이는 도교에 관해 당시 사람들이 상당한 관심을 기울이고 있었거나 이미 도교가 사람들의 생활 깊숙이 들어와 있었다는 것을 말해준다.

---

焉……夫水府一點之水, 卽人間一寸之雨, 三點水已足, 今乃盡倒全瓶, 其害可勝言哉, 我得罪於天, 天罰將至矣.

『청구야담』과 함께 조선 후기 3대 야담집 중에 하나로 꼽히는 『동야휘집』26)을 보더라도 사정은 마찬가지이다. 이 책에 수록된 총 260편의 이야기 가운데 도교관련 직접적 언술이 있는 이야기는 30편이 넘는다. 은수부(恩數部), 장상부(將相部) 등 13개부 중에 도류부(道流部)뿐 아니라 유현부나 습유부(拾遺部) 등에서도 도교관련 설화를 여럿 찾아볼 수 있다. 조선 후기 사회에서 도교가 사람들 사이에서 미치는 영향력을 충분히 가늠해 볼 수 있게 하는 결과라 하겠다.

등장하는 인물군을 통해서도 당시 도교에 대한 관심이 고조되었으며 이 관심이 여러 계층에까지 확산되어 있었음을 확인할 수 있다. 『어우야담』에 실린 도교관련 설화는 양반 계층에 속하는 사람이 방외인적 삶의 모습을 보이며, 도교에 대해 학문적 또는 수련적 접근 태도를 보이는 내용이 대부분이다. 『어우야담』 소재 도교 설화에 보이는 정렴·정작은 명종조 우의정을 지냈던 정순붕의 아들들이고 이외에 정희량·이지번·원적·한무외·김외천·김시습 등도 일정한 벼슬을 지냈던 인물이거나 양반가의 학자들이다. 이들이 내단·외단 수련을 하였거나 도를 깨달아 앞일을 예견하였다는 것이 『어우야담』에 나타나는 도교관련 설화의 대체적인 줄거리이다. 일반 백성이 주인공이거나 그들의 삶과 깊이 연관되어 있는 도교관련 이야기를 찾기는 어렵다. 이는, 유몽인 자신이 항간의 설화를 선택하여 엮으면서 의도적으로 일반 백성들의 이야기는 모두 빼버렸기 때문이 아니라, 오히려 당시까지만 해도 일반 백성들에게 도교나 신선세계는 다소 거리가 있는 먼 세계의 일로 여겨졌었던 까닭인 듯하다.

그러나 『청구야담』에서는 보다 다양한 계층이 설화에 나타나며 그 인식 자체도 현세 생활과 연관지어 나타난다. 『청구야담』 소재 설화들에 나오는

---

26) 『동야휘집』은 李源命이 1869년에 편찬한 책이다. 異本 중 가람문고본과 경북대본이 가장 많은 이야기(260편)를 수록하고 있는데, 이들은 편수뿐만 아니라 수록 순서 역시 동일하다. 여기에서는 연구자들이 가장 많이 소장하고 있다는 이유로 8권 8책 199話가 수록된 서울대도서관본 『동야휘집』(『한국문헌설화전집』 3·4권, 동국대 한국문화연구소 영인)을 대본으로 하였다.

인물들을 구분하면 다음과 같이 나눌 수 있다.

> 양반 고관(高官)들: 4, 10, 13, 20, 24
> 말단 벼슬아치와 향리 등: 12, 22, 23
> 무명의 선비, 일반 백성: 1, 2, 3, 5, 6, 7, 8, 9, 11, 14, 15, 16,
> 　　　　　　　　　　　　17, 21, 25
> 종 등의 천인: 13, 18, 19[27]

　무명의 선비나 일반 백성이 주인공이 되어 직접 선계를 구경했거나 비슷한 선적(仙的) 경험 등을 하는 내용이 절대 다수를 차지하고 있음을 볼 수 있다. 종의 무리에까지 도교적 경험이 나타나고 있는 것은 특기할 사항이다. 『어우야담』 소재 도교관계 설화에 나타나는 주인공들의 양상과 비교해 볼 때, 이는 다양한 계층 특히 일반 백성들에게 선(仙)이나 도(道)라는 것이 급격히 가깝게 느껴졌다는 사실을 말해 준다. 이제 도교는 몇몇 뛰어난 학자나 이인들만의 것이 아니라 보다 광범위하게 많은 사람들의 의식 속에 확산되어 인식되고 있었던 것이다.

　『청구야담』에 나타난 도교인식상의 특징이 계층 면에서의 다양성에 그치는 것은 아니다. 내용 면에서도 다양하다. 전대의 야담집 『어우야담』에 보이는 도교관계 설화에 '기이하거나 뛰어난 한 인물이 신선이 되기 위해 수련하는 이야기'만이 실려 있다고 한다면, 『청구야담』에는 이런 유(類)의 이야기(12, 17)도 물론 있지만, 이 밖에도 다양한 내용의 이야기들이 보인다. 효를 위해 선계의 도움을 받기도 하고(6), 심각한 가뭄을 해결하는 도구로 도교를 이용하기도 하며(22), 선계의 인물을 만나 치부(致富)에 성공하기(19)도 한다. 그 현실화 가능성의 문제는 논외로 하더라도 도교적 요소로 인한 결과가 철저히 현실문제와 연관되어 나타나는 것이다.

---

27) 13번이 두 번 들어간 것은 재상이 종의 딸에 대해 신경을 써 주면서 그녀의
　　신랑감을 찾는 내용이기 때문에 재상의 이야기이기도, 종의 이야기이기도 하
　　다는 이유 때문이다.

걸인은 이에 표주박을 내고 아내의 상자 속에서 은 조각을 꺼내 그것을 표주박 안에 넣었다. 몰래 천지에 축원하고 힘써 흔든 뒤 뚜껑을 열고 보니 흰 눈 같은 문은(紋銀)[28] 이 표수박에 가늑하였다. 인하여 방의 움푹한 곳에 부어 두고는 흔들고 또 흔들어 위에 붓고 또 더하니 잠깐 사이에 집의 높이만큼 쌓이게 되었다.······걸인은 이로부터 날로 달로 부하고 넉넉해져 노비의 신분을 벗어나 양인이 되어 백 년 동안 즐거움을 누렸다. 자손도 번창하여 조정에까지 오르게 되었다. 표주박은 과연 삼 년 뒤에 제사를 지내고 동작(銅雀) 나루에 버렸다고 한다.(19. 擇夫婿惠婢識人[29])

어떤 참정(參政)의 계집종은 '천하에 뜻을 둔 자'와만 혼인하겠다 하여 몸소 한 거지를 선택, 결혼하였다. 남편을 위해 주인에게 돈을 빌려다 주었더니 그는 이것을 가지고 두루 다니며 천하의 걸인들을 먹이고 입혔다. 그러다 마지막 남은 옷을 어떤 다리 밑의 노부부에게 주었다. 이것이 인연이 되어 표주박을 얻었고, 짧은 꿈을 통해 귀인(貴人)으로부터 그것의 사용법도 듣게 되었다. 그리고는 돌아와 주인에게 빌린 돈을 갚고, 천민에서 벗어나기까지 하여 잘 살았다는 이야기다.

여기에서 특이한 것은 이 걸인 부부가 욕심 없이 정한 시기에 자신들에게 행운을 안겨준 표주박을 반납하는 모습이다. 자신들의 처지를 하루아침에 바꾸어 준 그것을 정한 시간에 욕심 없이 버리는 것은 참으로 어려운 일이다. 그러나 소망이 진실하고 간절하였기 때문에 그 이상의 허황한 것을 꿈꾸지 않았다. 천민의 신분에서 벗어나고, 음식이나 자식교육 걱정 없이 살게 되었을 때 만족할 줄 아는 모습을 보여주었다. 진정 자신들의 삶을 생각하며 인간다운 삶을 살아가는 모습을 꿈꾸고 바랐던 것이다.

---

28) 청나라 때에 화폐대용으로 통용되던 銀으로 색이 가장 아름다웠다고 한다. 모양이 말의 발굽과 같았던 까닭에 마제은(馬蹄銀)이라고도 한다.

29) 『靑邱野談』 4권: 丐乃出匏子, 且得片銀於婢子之篋裡, 納于其中, 暗祝天地, 用力搖晃, 開口視之, 則白雲也似紋銀, 充滿一匏, 因注於屋漏中最凹處, 搖之又搖, 注上添注, 俄頃刻之間, 與屋子齊高······丐自是日富月瞻, 贖婢從良, 百年湛樂, 子姓繁延, 至有登朝籍, 而匏器, 則果於三年之後, 祭而投之于銅雀津云.

인간과 마찬가지로 질투하고 거짓을 일삼는 모습으로 묘사되는 산신(山神)의 이야기도 있고(5), 그냥 평범하게 살던 사람이 우연한 기회로 선계를 구경한 후 곧 현실 세계로 다시 돌아와 사는 이야기(7)도 있으며, 이 밖에 무릉도원을 찾아 전쟁 등으로부터 생명을 보존했다는 이야기(1, 13, 15, 20), 초월세계를 방문했거나 그들과 관계 맺은 이야기(9, 22), 신선이나 도인을 만난 이야기(2), 산 채로 또는 죽어서 신선이 된 사람 이야기(3, 24, 25), 신선이나 도인이 무언가를 지시하였다는 이야기(10, 12, 19) 등 다양한 종류의 도교관련 이야기가 『청구야담』에 보인다. 그만큼 도교가 당시 사람들에게 다양하고 널리 인식되었다는 말이다.

이 중 선계를 우연히 구경하고 돌아온 사람들의 경우를 이야기하며 이 부분의 논의를 마무리지으려 한다.

> 떠날 때가 되자 첨지가 거듭 부탁하여 말하기를, "이 마을은 춘천도, 낭천(狼川)도 아닙니다. 이 앞의 평야가 몇 리쯤 되는지 알지 못하는 데다가 사람들이 이곳에 이른 적도 없어, 세상에 알려지지 않은 곳입니다. 진사님께서 이곳에 오신 것은 또한 인연이 있어서였습니다. 산을 나가신 후에는 바라건대 다른 사람들에게 말씀하여 번거롭게 하지 마십시오."(7. 訪桃源權生尋眞30))

선계를 다녀오거나 그곳과 인연을 맺게 된 사람들은 세계관의 변화를 겪는데, 이것은 계층을 떠나 누구나 그렇다. 위에 인용한 권진사의 경우를 보자. 그는 우연히 방문할 수 있었던 선계에서 돌아온 후로는 늙도록 집에 거처하며 매양 탄식하며 산다. 속세 일을 완전히 벗어버리지 못한 점을 한탄하기를 그치지 않았다는 서술을 통해, 그의 지향세계가 이미 속세를 떠나 다른 세계, 즉 선계를 꿈꾸는 것으로 변화되었다는 사실을 알 수 있다.

11에서도 선계와의 인연에 의한 의식 변화가 나타난다. 중원(中原)의 한

---

30) 『青邱野談』 3권: 及當出來之時, 僉知申托曰, 此洞, 非春川, 亦非狼川, 此坪前頭, 不知爲幾許里, 人所不到, 世所無知者, 進士主之到此, 亦有緣也, 出山後, 幸勿煩人說道.

서생은 본래 재산이 많았으나 의리에 기대어 여러 사람들을 위해 재산을 다 써 버리고는 처자는 물론 스스로의 추위와 배고픔도 해결하지 못할 지경에 빠졌다. 처량하게 눈물짓고 있을 때 한 노인을 만나 선계를 경험하기도 하고 신선이 되기 위한 수련도 한다. 그러나 수련과정을 제대로 마치지 못하여 결국 노인도 떠나버렸다. 이후 그는 '슬픈 마음으로' 세상을 떠나 오악(五嶽)을 두루 유람하였는데 어떻게 죽었는지 알지 못한다. 이 사람은 현세의 가난에 신음하다 선계를 경험하고는 급격한 세계관의 변화를 겪은 후 결국 산속으로 사라졌던 것이다.

3에서도 비슷한 내용이 보인다. 한 승려가 네 유생의 관상을 봐주었는데, 이들은 몇 년 후 모두 그 관상대로 되었다. 관상대로 영백이 된 선비는 지리산 자락을 순행하다가 역시 관상대로 신선이 된 옛 유생을 만나게 되었다. 이후 '영백은 망연자실하여 자신이 영백이라는 사실조차 깨닫지 못하였다'고 기록되어 있다. 그 후 어떻게 하였다는 서술은 없으나 심한 충격으로 인한 급격한 변화를 겪었을 것임은 앞의 서술만으로도 예상하기 어렵지 않다.

이와 같이 선계를 경험한 사람은 어느 계층을 막론하고 급격한 세계관의 변화를 겪는다. 그리하여 지금까지 살아오던 속세를 떠나 알지 못할 곳을 돌아다니다 종적을 감추든지 아니면 몸은 속세에 있더라도 그 지향세계가 바뀐다든지 하는 큰 변화를 겪는 것이다.


# IV. 마치며


이상에서 본 바와 같이 『청구야담』에서 도교관계 설화들이 차지하는 비중은 상당하다. 이는 당시 사람들이 그만큼 도교에 대하여 관심을 갖고 있었다는 사실에 대한 방증이다. 지역적으로는 함경도는 물론 전라, 경상도에 이르기까지 모든 지역에서 그러한 설화가 나타나고 있으며 특히 산악을 배경으로 한 설화가 많았다. 또 도교관계 내용이 드러나는 설화들은 임병양란을 전후로 한 시기를 배경으로 하는 것이 많았는데, 이와 같이 전쟁의 시기를 배경으로 한 설화는 대체로 그 내용이 보신처와 연결되어 나타나고 있었다. 설화에서 도교적 요소는 보신처는 물론 예언, 유람, 수련 등 다양한 모습으로 형상화되었으며 이런 모습에서 당시 사람들의 인식의 기저를 다소나마 읽어낼 수 있다.

이러한 양상을 바탕으로 하여 조선후기의 도교인식의 특징을 세 가지로 나누어 고찰해 보았다. 내용을 요약하자면, 임병양란을 겪으면서 사람들은 선계나 무릉도원을 보신처와 같은 개념으로 인식하게 되었다. 선계가 다양한 모습으로 나타날 수 있다는 점을 고려할 때 그 중에서도 특별히 무릉도원류의 보신처로서의 선계가 두드러진다는 것은 이 시대만의 특징이라 할 수 있으며 이를 통해 당시 사람들의 현실 대응 방식의 일면을 볼 수 있다.

선계는 주로 스스로 농사지어 뿌린 대로 거두며 사는 평화로운 곳으로 나타난다. 이곳은 어떤 끈을 잡고서야 갈 수 있거나 좁고 막힌 길을 한없이 가야만 하거나, 어떤 동물을 타고서 세상의 시공(時空) 관념을 떠난 후에야 도착할 수 있다. 이곳은 소수의 권력층이 휘두르는 횡포도 없으며 가혹한 수탈도 없는 공간이다. 그러한 세상을 사람들이 바랐으며, 실제로 당시의 삶은 그러하지 못하였다는 점을 역으로 추측해 볼 수 있다.

또한 『청구야담』에 포함되어 있는 도교관련 설화들은 그 분량, 등장하는 인물군, 나타나는 이야기의 종류 면에서 당시에 도교에 관한 고조된 관심과 모든 계층에까지 확산된 도교인식을 보여주고 있다.

본고에서 자세히 다루지는 못했으나 같은 시기에 나온 『동야휘집』이나 『계서야담』의 경우에도 사정은 크게 다르지 않다. 수록 이야기 수를 고려할 때 상당한 양의 도교관련 설화가 보인다거나 다양한 면에서 도교적 요소가 나타난다는 점에서도 비슷하다. 같은 이야기가 세 책에 중복되어 나타나는 것도 많다. 그러므로 어느 책을 대본으로 삼든지 조선 후기의 도교관련 의식을 찾아보는 일은 어렵지 않다. 다만 다른 두 야담집에 비하여 『청구야담』이 일반에 더 많이 알려져 있으며, 완역된 번역본도 몇 나와 있기 때문에 많은 이들의 검증을 받기 쉽다는 이유에서 이를 대본으로 삼아 조선후기의 사회를 본 것이다. 또한 『청구야담』은 엮은이가 비록 서민은 아닐지라도 그 야담 내용 서술의 관점이 '살아 움직이는 서민적 관점'이라는 점을 높이 평가하여 이를 텍스트로 삼았다.

조선 후기를 살았던 사람들이 도교를 말 그대로 신앙의 하나로 받아들였는지에 대해서는 다소 회의적이다. 그러나 이들이 신앙으로서 도교를 받아들이지는 않았을지라도 이미 그들이 도교와 함께 생활하였고 이것에 젖어서 사고하였음은 부인할 수 없다. 그러므로 당시 사람들의 삶을 알아보기 위하여 도교적 인식 내용을 살펴보는 것은 필수적이면서도 유익한 일이다.

# 유선담의 서사 구조와
# 유선자의 상황

## Ⅰ. 시작하며

설화 중에는 선계를 우연히 방문하게 되었다거나 선계를 찾아 나섰다는 이야기, 선계에 대해 들었다는 이야기 등이 많다. 꼭 설화가 아니라도 잡록(雜錄) 형식의 글들에서 선계를 방문하는 등의 이야기를 볼 수도 있다. 필자는, 이와 같이 선계를 방문하거나 그곳에서 노닐었다는 등의 내용을 담은 설화를 유선담(遊仙譚)이라 명명한다.

유선담은 구전 설화에도 있지만, 본고에서는 역대 문헌 설화만을 대상으로 하여 시기순으로 살펴본다. 또 설화가 아니라도 서사문의 형식을 갖춘 글도 이 범주에 포함시킨다. 각 시기 유선담을 살펴 이것들의 서사 구성 방식과 그 내용에서 드러나는 유선자의 의식이나 그들이 처한 상황을 밝혀내는 것이 본고의 목적이다.

문헌에 나타나는 유선담을 모두 살피는 것은 현실적으로 어렵기 때문에 각 시기별로 몇몇 문헌을 선정하여 그 중 유선 내용이 비교적 뚜렷한 이야기만을 대상으로 삼는다. 고려 후기의 문헌으로 『파한집』을, 17세기 문헌으로

『지봉유설』과 『어우야담』을, 18세기 문헌으로 『천예록』가 『태허지』를, 19세기 이후 문헌으로 『청구야담』과 『동야휘집』을 들어 연구 대상으로 한다.

## II. 유선담의 형상화 양상

유선담의 역사가 언제부터인지 정확히 말할 수는 없으나 문헌상으로는 고려후기 이인로의 『파한집』[31]이 가장 앞선다. 청학동에 대해 듣고 이곳을 찾아 나섰다가 결국 실패했다는 이야기인데, 찾지 못했기에 그곳에 대한 묘사는 없으나 선계를 찾아 나선다는 이야기의 시초가 되기에는 충분하다. 내용은 다음과 같다.

#1)[32]
① 지리산에 관한 지리적 소개
② 전하는 말: 청학동에 대한 소개
③ 이인로와 최당이 이곳을 찾아가려고 길을 나섬
④ 찾지 못하고 시만 남기고 돌아옴

'이야기를 들음→선계 찾아 나섬→실패함'의 구조이다. 이인로 등이 좁고 험한 길 끝에 갑자기 양전 옥토가 펼쳐져 여기에서 농사를 짓고 살 만한 곳이 청학동이라 하는 말을 들었다. 그래서 그곳을 찾아 나섰다. 이들이 왜 이곳을 찾아 나서려 했는가에 관해서는 '이 속된 세상과는 등지고 싶은 마음이 있어(有拂衣長往之意)'라고 설명하였다. 명문에서 태어났으나 무신집

---

31) 李仁老, 『破閑集』 卷上(柳在泳 역주, 일지사, 1978), 39~42쪽.
32) 이 번호는 논의의 편의를 위해서 필자가 임의로 붙인 것이다. 이하 번호도 이와 같다.

정시대를 만나 세상에 용납되지 못하여 실의낙담(失意落膽)했던 이인로의
삶과 연결해 보았을 때 청학동이라는 곳을 찾아 선뜻 나설 수 있었던 그의
의식을 알 수 있는 부분이다.

『파한집』 이후에는 이렇다 할 유선담이 보이지 않다가 이수광(1563~1629)
이 1614년에 편한 『지봉유설』에서 다시 이것을 찾을 수 있다. 『지봉유설』[33]
에 실린 유선담 중 첫 번째 이야기는 다음과 같다.


> #2)
> ① 바닷가에 사는 어부가 6~7일쯤 표류하다 한 섬에 닿음
> ② 궁궐 같은 그곳에서 바둑판과 물에 젖은 푸른 짚신을 봄
> ③ 놀라 돌아옴


우연히 닿게 된 섬의 모습이 화려했다는 것과 그곳에서 바둑판과 바둑알,
그리고 짚신을 보았다는 것만 기록하고 있을 뿐 그가 그곳 선계에서 어떤
대접을 받았거나 누구를 만났는가에 대한 이야기, 어떻게 속계로 돌아오게
되었으며, 이후 어떻게 하였는가에 대해서는 전혀 언급이 없다. '우연히 방
문함→선계를 봄→돌아옴'으로 간략히 나타낼 수 있겠다.

두 번째 이야기는 좀더 복잡하다.


> #3)
> ① 남추는 공부하지 않고도 모든 것을 알았음
> ② 구름과 안개 자욱한 날 어른 몇과 남추가 바위 위에서 이야기 함
> ③ 가동(家僮)에게 지리산 청학동에 있는 두 사람에게 편지를 전달케 함
> ④ 가동이 바둑 두고 있는 두 사람에게 편지를 주고 바둑알 한 개를 받아
>    산을 나옴(들어갈 때 9월이던 날씨가 이미 2월이 되어 있었음)
> ⑤ 남추가 죽자 바둑알도 없어짐

---

33) 이수광, 『지봉유설』 18권, 外道部 仙道(南晩星 역, 을유문화사, 1994),
   375~380쪽.

이 내용은 '남추의 비범함 소개→가동을 청학동에 심부름 보냄(10월에 들어감→바둑 두는 이인 만남→나오니 2월임)→남추의 죽음'으로 요약할 수 있다. 남추의 남다름을 말한 이야기이다. 실제 신선 세계를 돌아보는 일은 심부름하는 아이가 하는데 그가 본 청학동은 '두 노인이 바위 위의 멋있는 두어 칸 화각(畫閣)에서 바둑을 두고 있는 곳'이었다. 속계와 다른 시간 흐름이 나타난다.

남추는 선계와 특별한 인연을 맺은 이인으로 형상화되었다. 그 자신이 이인이었기에 안내자를 따로 설정할 필요 없이 스스로 안내자가 되어 가동이 선계로 들어가도록 하였다.

같은 시기 유몽인(1559~1623)이 편한 『어우야담』의 경우 판본에 따라 이야기의 종류나 수록 이야기 수가 다소 다르다. 각 판본들에서 서로 다른 몇 편의 유선담을 찾아볼 수 있는데, 먼저 이원익에 관한 이야기[34]이다.

#4)
① 이원익이 젊어서 한계산의 절에서 한 스님을 만남
② 스님이 던진 글자가 학이 되는 것을 보며 신기해 함
③ 스님을 따라 절 뒤 선계를 구경함
④ 오색구름 속 눈 덮인 봉우리에 천상 신선이 노니는 것을 먼발치서 보고 돌아옴
⑤ 과거에 급제한 후 다시 찾아가니 스님도, 절도 없었음


이원익에게 사사로운 욕심이 없어 글자가 학이 되어 나는 모습도, 절 뒷길에 깔린 구슬도 볼 수 있다고 하여 이원익의 특별함을 나타낸 후 그가 스님의 안내를 따라 선계를 구경한다고 하였다. 멀리 구름 속 상천(上天) 선계만을 먼발치서 바라보았기 때문에 구체적인 선계 묘사는 없다. '스님의 안내→선계 구경→다시 방문하려다 실패함'으로 구조화시켜 볼 수 있겠다.

---

34) 유몽인, 『어우야담』(천리대소장본, 정명기 편, 『한국야담자료집성』 13권), 63~64쪽.

누군가의 안내를 받아 선계를 구경한다는 내용은 이곳에서 처음 보인다. 유선자가 나중에 다시 그곳을 찾았으나 찾지 못했다는 구조도 이때 처음 보인다. 이들 내용은 이후 여타의 유선담에서 공통적으로 등장하는 내용요소가 되었다.

유선자가 처한 상황이나 의식 면에 대한 언급은 없다. 다만 개인적인 도골(道骨)을 부각시키는 첫 부분 서술만이 있을 뿐이다.

같은 판본에 왕실 자손인 한 공자의 또 다른 유선담이 있다.[35]


#5)
①  왕실 자손인 한 공자가 윤결을 비롯한 많은 이들과 늘 술자리를 함께 함
②  공자가 꿈에 한 골짜기로 안내됨
③  연못 옆 아름다운 정자에서 3, 4명의 미인과 즐거운 시간을 갖고는 꿈에서 깸
④  해질 무렵 공자가 꿈속 길을 기억해 묵사동 골짜기로 들어감
⑤  꿈과 똑같이 즐기다가 미인들이 윤결이 재주를 지닌 채 일찍 죽는 것을 슬퍼하는 것을 봄
⑥  집에 돌아와 윤결의 사형 집행 소식을 접함
⑦  다시 찾아가니 연못과 정자는 없고 숲만 우거져 있었음


'꿈에 유선함 → 꿈의 기억을 더듬어 선계를 찾아감 → 윤결에 대해 들음 → 그의 죽음을 확인함 → 다시 방문하려 했으나 실패함'으로 요약할 수 있겠다. 윤결의 죽음을 안타까워하는 마음과 왕실 공자의 유선담이 결합되어 있는 이야기이다. 이인의 안내를 통해서가 아니라 꿈을 더듬어 선계를 찾아간 점, 다른 유선담에 비해 선계 공간에 대한 설명은 적고 '선녀들과 즐거운 시간을 보냈다'는 것만 강조한 점에서 다른 유선담과는 다소 구별된다. 다시 선계를 찾았으나 실패했다는 이야기는 우리나라 유선담에서 이때에 비로소 보이기 시작하여 이후 여러 선계설화에 공통적으로 나타나게 된다.

---

35) 유몽인, 『어우야담』(정명기 편, 『한국야담자료집성』 13권, 242~243쪽).

왕실 공자는 풍류를 즐기며 객들을 아껴 함께 즐기기를 좋아한다고 하였다. 그의 이러한 태도는 세상 복잡한 문제에 얽매이기 싫어하는 성격 탓이라 할 수도 있고, 세자를 제외한 왕실의 모든 자손은 정치 활동을 할 수 없는 불우함 때문이라고 볼 수도 있다. 그런 이유 때문에 풍류애객(風流愛客)하였고 그런 사람이었기에 신선 세계를 유람하게 되었다고 이해할 수도 있겠다. 그가 왜 하필 윤결과 관계를 맺고 그의 죽음을 그리 안타까워했는가도 왕실 공자의 의식을 살펴보는 데 도움이 된다. 윤결(1517~1548)은 술자리에서 시정기(時政記) 필화사건으로 참형된 안명세(安明世)의 정당함을 발설한 것이 빌미가 되어 문정왕후의 수렴청정과 윤원형(尹元衡)의 세력 확장을 비판하였다는 이유로 국문을 받던 중 옥사하였다. 시문에 능하였다고 알려진 그가 참소를 받아 억울하게 죽은 것을 보고 당시의 정치판이나 세상 돌아가는 것으로부터 눈을 돌리고 싶었던 의식이 유선담으로 나타난 것이 아닐까 한다.

유씨 집안에 전하는 글들을 모아놓은 이본에서도 유선담을 찾아볼 수 있다.[36] 이 이야기는 한 항목으로 기록되어 있으나 실제로는 두 편의 유선담이다. 순서대로 살펴본다.

#6)
① 가정(嘉靖) 융경(隆慶) 연간(중종―선조 무렵)에 송아지를 지고 산골짜기로 들어가는 백성이 있었음
② 관에서 도망하는 사람으로 여겨 잡아 심문함
③ 산속 넓은 땅에서 농사지으며 살려 한 것이라고 답변함
④ 확인하기 위해 백성과 관원이 함께 갔으나 찾지 못함
⑤ 관을 속였다고 백성을 처형함

---

36) 유몽인, 『어우야담』 5권, 萬物篇, 天地의 다섯 번째 항목(『어우집』, 경문사, 1979년, 241~242쪽). 이것은 고흥 유씨 집안에 전해 내려오던 것을 1970년대 말에 유몽인의 종12세손 柳濟漢이 부문별로 정리하여 5권으로 편성한 것이다. 이 판본을 저본으로 한 역주본도 최근 발간되었다(박명희 외, 『어우야담』 1~3, 전통문화연구회, 2001~2003).

이 이야기는 '새 세계를 찾아 나섬→붙잡힘→함께 찾아 나섬→실패함'이라고 구조화시켜 볼 수 있다. 속세와는 다른 세상을 찾아 나서는 것이 두 번 반복되고 이것이 실패했다는 구조로, 앞의 이인로의 경우와 비슷하다.

비록 짧은 이야기이지만 이것에 담긴 현실은 심각하다. 누가 속계를 떠나려 하는가? 힘없는 한 백성이 세상을 버리고 산속으로 들어가려 했다. 그곳에서 호의호식하며 왕처럼 살아보려 한 것도 아니다. 그저 농사지으며 살고 싶었을 뿐이다. 송아지를 지고 가는 모습에서 이를 볼 수 있다. 그렇다면 세상은 그저 욕심 없이 농사나 지으며 먹고 살려는 사람들조차도 받아들이지 못하는 곳이라는 말이다. 관원이 그 백성을 보자마자 세금을 납부하지 않으려, 또는 그 밖의 것으로부터 피하려고 도망가는 백성으로 여긴 것을 통해서도 당시 사회를 짐작해 볼 수 있다. 또 그 백성은 산속 어느 곳에 속세와는 다른 선계가 있는지 정확히 알지도 못하는 상태였다. 그래도 송아지를 지고 선뜻 길을 나섰다는 점에서 그가 살고 있는 세상이 얼마나 힘들었는가를 엿볼 수 있다. 그러나 그의 이러한 행동은 더욱 불행한 결과만을 가져왔다. 선계도 찾지 못하고 또 그 이유 때문에 목숨까지 잃게 되었다. 열심히 일하며 마음 편히 살 세상을 바라다 아예 목숨까지 잃은 불행한 이야기이다.

두 번째 이야기에서 선계는 좀더 구체적으로 나타난다.

#7)

① 법환 스님이 젊을 때 묘향산 별세계(別世界)에 대해 듣고 이곳을 찾아 떠남

② 8일 만에 한 곳에 도달하니 100여 명의 승려가 외부와는 단절된 채 살아가고 있었음

③ 한 달쯤 이곳에 머물다 돌아옴

이 이야기는 '찾아 나섬→별세계를 발견함→돌아옴'으로 간단히 나타낼 수 있다. 이인의 안내에 의해서가 아니라 남에게 들은 내용에 흥미를 느껴 직접 그곳을 찾아갔다. 이인로의 경우와 비교할 때 선계 발견의 성공여부만

다를 뿐 그 구조는 같다. 그가 발견한 선계의 모습은 매우 자세히 묘사되어 있다. 그 구체적 모습에 관하여는 뒤에서 상론한다.

말을 듣고 흥미를 느꼈다는 점 외에 법환이 왜 별세계를 찾으려 했는지에 대해서는 언급이 없고 돌아온 이후에도 마찬가지다. 다만 그곳에서 소금을 못 먹어 말랐다는 이야기만이 있을 뿐이다.

조선 중기에는 천상이나 지하에 있다는 초월선계를 노니는 내용의 유선시(遊仙詩)는 많으나 지상선계를 그린 설화나 잡록은 별로 없다. 숙종 이후에야 유선담이 점점 많이 나타난다. 임방(任埅: 1640~1724)의 『천예록』에는 60여 편의 이야기를 두 편씩 짝지어 편저자의 평과 함께 실어 놓았다. 『천예록』에 있는 두 편의 유선담 중 「지리산에서 길을 잃었다가 신선을 만나다(智異山路迷逢眞)」[37]의 내용은 이렇다.

#8)
① 서울의 한 음관이 걸인 장도령을 불쌍히 여겨 음식을 먹이는 등 위로함
② 음관이 어느 날 길을 지나다 장도령의 주검을 보고 슬퍼함
③ 수십 년 뒤 음관이 지리산 기슭에서 길을 잃었다가 푸른 옷 입은 사람
　　의 안내를 받아 궁궐 같은 곳에 들어감
④ 임금같이 사는 장도령을 만나 대접받음
⑤ 대나무로 표시해 두고서 돌아옴
⑥ 다시 찾으려 했으나 찾지 못함

'음관과 장도령의 인연 소개→청의인의 안내→장도령의 선계 거처 방문→돌아옴→다시 찾으려다 실패함'의 구조로 요약해 볼 수 있겠다. 먼저 음관과 장도령의 인연을 말하되, 장도령에게 베푼 음관의 호의가 잘 드러나도록 묘사하였다. 이를 계기로 음관은 장도령의 선계를 방문하는데, 선계의 진입로나 장도령의 처소 주변은 산수가 빼어나 별천지 같다 하였다. 이런

---

37) 김동욱, 「김영복 소장본 『천예록』에 실린 〈지리산노미봉진〉에 대하여」, 『문헌과 해석』 1998년 봄호.

서술은 여타의 유선담과 다를 바 없지만 장도령의 처소가 인간 세상의 화려한 궁궐의 모습으로 나타나는 것이 특징적이다.

유선은 아무나 할 수 있는 것이 아니다. 계기가 있어야 한다. 이 이야기에서는 음관의 선행이 그 이유이다. 비록 걸인이었지만 그의 굶주림을 불쌍히 여기며 도와주는 마음이 있었기에 음관은 장도령의 처소인 선계를 방문할 수 있었다. 안내를 받아 선계를 방문한다는 구조와 선계를 다시 찾아가려 했으나 실패했다는 구조는 #4의 이야기와 함께 이런 구조가 보이는 이른 시기의 예이다.

『천예록』의 두 번째 유선담인 「관동의 길가에서 비를 만났다가 신선 세계에 오르다(關東道遭雨登仙)」를 내용 단락별로 정리하면 이렇다.

#9)
① 한 선비가 관동지방으로 가다 비를 만나 종과 말이 모두 죽음
② 한 노인이 가르쳐 준 대로 어떤 곳을 찾아 들어감
③ 승경 속에서 사는 노인을 만나 그의 딸과 혼인하여 선계 곳곳을 구경함
④ 근친을 위해 속계 집으로 돌아가서 삶
⑤ 선계의 아내가 지어준 옷 한 벌로 각 계절을 나도 더럽혀지지 않음
⑥ 돌아오라는 아내의 편지를 받고 어머니를 모시고 선계로 돌아감
⑦ 이듬해 병자호란이 있어 속계의 마을 사람이 거의 다 죽음

'노인의 안내 → 선계에서 가정을 이루고 삶 → 속계로 돌아옴 → 편지 받고 선계로 돌아감'이라 요약할 수 있다. 이 이야기는 관찰자나 방문자의 입장에서 선계의 환경을 묘사하는 데서 그치지 않고, 실제로 그곳에서 살며 그 세상을 구경하는 것처럼 묘사했다는 점이 특징이다. 또한 선계를 방문했던 사람이 속계로 왔다가 다시금 그 선계를 찾아갔다는 것도 특이하다. 다른 이야기에서는 보통 잠깐 동안 방문한 후 다시 그곳을 찾아가지 못한다.

가평 선비의 상황에 대한 설명은 문장과 역사를 조금 아는 아직 나이 어린 총각이었다는 데에 그쳤다. 선계에서 속계로 왔을 때나 다시 돌아갈 때

에도 어머니께만 인사하고 말하는 것으로 보아 편모슬하의 한미한 집안의 어린 아들이었을 것이라고 추정해 볼 수는 있다. 또한 다시 선계로 돌아가 버린 이듬해 병자호란이 일어났다 했으니 그가 임란 이후 폐허가 된 세상에 처했던 인물임을 알 수 있다.

신돈복(1692~1779)의 『학산한언』에 있는 유선담은 설생의 이야기와 홍초의 이야기이다.[38] 먼저 설생의 이야기이다.

#10)
① 광해군 때 설생은 계축폐모 사건을 보고 과거공부를 그만두고 떠나감
② 친구 오윤겸이 강원도 감사가 되었는데, 영랑호에서 설생을 만나 그의 처소를 방문함
③ 험한 길을 지나 처소(회룡굴)에 가서 그곳을 구경하고 대접을 받은 후 돌아옴
④ 설생이 오윤겸을 한 번 방문했을 때 관직을 맡아달라 했더니 설생은 가 버림
⑤ 오윤겸이 다시 회룡굴을 찾으려 했으나 찾지 못함

'설생이 세상을 떠나감→오윤겸이 회룡굴을 방문함→설생이 벼슬 권유를 뿌리치고 가버림→오윤겸이 다시 회룡굴을 찾았지만 실패함'의 구조이다. 설생은 선계를 찾아 들어가 살았고, 오윤겸은 잠시 방문할 기회를 얻지만 다시 들어가진 못했다. 오윤겸의 입장에서는 이인의 안내를 받아 선계를 방문하였다가 나중에 다시 그곳을 찾으려 했으나 실패했다는 점에서, 이 이야기는 '안내→선계방문→재방문 실패'라는 유선담의 일반적 구조와 일치한다.

---

38) 辛敦復, 『鶴山閑言』(장서각소장본, 『한국문헌설화전집』 8권, 동국대 한국문학연구소, 1981, 333~335쪽, 337~339쪽). 후기에 와서, 설생의 이야기는 『청구야담』 4권, 「吳按使永湖逢薛生」(『한국문헌설화전집』 2권)에, 홍초의 이야기는 『동야휘집』, 「設白帳避兵獲安」(『한국문헌설화전집』 3권, 433~437쪽)에도 실렸다.

회룡굴에서도 역시 사람들이 옥토에 농사를 지으며 살고 있었다. 하지만 설생의 거처는 으리으리한 궁궐 같았고 많은 종과 첩을 거느리고 사는 것으로 나타나 여타의 선계설화와 약간 다르다.

과거를 준비하던 설생은 계축년 폐모사건 등 일련의 정치 상황을 보고는 세상을 떠나 한 선계를 마련했다. 사람들이 왜 세상을 떠나 선계를 찾아 헤매는가에 대해 시사를 주는 부분이다. 잘못되어 가는 세상에 환멸을 느끼고 이를 바로잡는 것조차 요원해질 때 사람들은 그곳에서 고개를 돌려 새 세계를 꿈꾼다. 오윤겸이 관직을 맡아달라 했을 때 더러운 소리를 들었다며 대꾸도 없이 떨치고 가버리는 모습에서 그가 정치판에 환멸을 느끼고 이에 대해 비판적 인식을 갖고 있음을 알 수 있다. 오윤겸의 입장에서 보았을 때도 그렇다. 그는 '설생의 득의한 모습과 자신의 모습을 비교해 보고는 한탄하며 눈물을 흘렸다.(見生得意,　自顧塵界,　爲之歔欷出涕)' 세상은 어지럽고 힘들기만 하였다. 비록 스스로 그곳을 떨쳐 일어나 떠날 수는 없었지만 다른 세상을 향한 동경만은 가지고 있었던 것이다.

홍초의 이야기는 다음과 같다.

#11)
① 대동촌 사람 홍초가 금강산에서 한 스님을 만나 같이 길을 나섬
② 모래밭이나 언덕, 산 등을 거쳐 한 곳에 다다름
③ 스님들이 거처하며 사는 별세계(이화동)를 구경함

간략히 도식화해 보면 '스님의 안내 → 이화동 구경 → 돌아옴'과 같다. 돌아오는 기사는 정확하지 않고, 이인의 안내를 받아 선계를 방문한다는 내용만 뚜렷하다. 홍초가 우연히 금강산에서 바쁘게 길을 가려는 스님을 만났다. 스님은 거절하지만 홍초가 간청하자 함께 간다. 발이 빠지는 모래밭, 곳곳이 끊어진 언덕과 험한 산을 거쳐 이화동이라는 별세계에 도착한다. 그곳을 구경한 후 스님을 따라 다시 고성 쪽으로 빠져 나올 수 있었다. 이 설

화의 **특징**은 별세계까지 이르는 과정에서 거쳐야 할 어려운 난관들이 자세히 그려져 있다는 점이다. 즉, 이인의 도움이 없이 범상한 사람은 절대 갈 수 없도록 되어 있다.

홍초에 관해서는 아산 대동촌 사람으로, 금강산을 유람하였다가 스님을 만났다는 설명만 있다. 스님의 총총한 걸음을 보고 그냥 넘기지 않고 간청하여 그를 따라 나섰다는 점으로 보아 호기심 많은 적극적인 사람이었을 것이라고 추정해 볼 수 있을 뿐이다. 산속에서 움직이는 사람에 특히 관심을 가졌다는 것으로 보아 평소 심산유곡의 선계나 이인에 관해서 관심을 갖고 있었던 사람이었을 것이라 생각은 해 볼 수 있지만 단언할 수는 없다.

조선 후기로 갈수록 유선담은 더욱 많이 발견된다. 여러 문인의 잡록 등에서 유선담을 볼 수 있고, 노명흠(盧命欽: 1713~1775)의 『동패락송』을 비롯하여 조선후기 3대 야담집으로 꼽히는 이희평(李羲平: 1772~1839)의 『계서야담』, 아직 편찬자를 정확히 알 수 없는 『청구야담』, 이원명(李源命: 1807~1887)의 『동야휘집』에서 여러 편의 유선담을 볼 수 있다. 앞 시대부터 전해온 이야기를 그대로 이들 책에 실은 경우도 있으나 전해오는 이야기를 바탕으로 더욱 자세히 묘사하거나 또는 일부분을 새롭게 창작한 경우가 많다. 전 시대 문헌에 이미 실린 유선담을 제외하고 19세기에 비로소 나타나는 유선담을 몇 편 골라 본다. 먼저 단구(丹邱)를 방문하게 된 유동지에 관한 이야기[39]이다.

#12)
① 유동지가 마을 사람 24명과 더불어 배를 타고 나갔다가 표류함
② 세 사람만 살아서 한 섬(단구)에 닿음
③ 노옹의 대접을 받고, 단구를 돌아봄
④ 50일을 머문 후 집에 돌아오니 50년이 지나 있었음

---

39) 『청구야담』3권, 「識丹邱劉郎漂海」(국립중앙도서관소장본, 시귀선·이월영 역, 한국문화사, 1995, 296~304쪽).

⑤ 선계의 경액을 먹은 유동지는 이후 질병 없이 200년이 넘게 삼

　이 이야기를 도식화 시켜보면 '표류함→단구 방문·구경→돌아옴→장수함'이 된다. 선계인 단구를 방문하게 된 것은 표류에 의한 우연이었기 때문에 유선담에서 일반적으로 발견되는 '안내자'는 없다. 선계 단구는 표류해서 방문할 수 있었으니 바다 가운데 있는 한 섬임을 짐작할 수 있을 뿐 정확한 위치는 알 수 없다. 단구의 사람들은 스스로 곡식을 심거나 기르지도 않고 다만 아름다운 곳에 거처하며 우상수(羽觴水), 경액(瓊液)을 마시며 살 뿐이다. 그래도 전혀 배고프지 않고 부족한 것도 없다. 이 경액을 훔쳐서 돌아온 유동지는 속계로 돌아와서도 이것을 마시며 200살이 넘도록 살았다.
　표류하기 전 유동지가 어떤 상황에 처해 있었고, 어떤 생각을 하며 살았는지는 언급이 없어 알기 어렵다.
　다음은 권진사가 선계를 방문한 이야기[40]이다.

#13)
　① 문과에 뜻을 버리고 유람하던 권진사가 춘천 점사(店舍)에서 한 첨지를 만남
　② 첨지가 권진사를 소에 태워 자신의 마을로 안내함
　③ 첨지가 사는 곳을 두루 둘러보고 그곳 사람들과 함께 지냄
　④ 한 달 후 돌아감
　⑤ 다시 선계로 들어오려 하였으나 실패함

　점사에 머물러 있는 권진사에게 한 첨지가 다가와 자신의 처소에 가자고 한다. 이를 계기로 권진사는 소를 타고 그곳을 향해 간다. 그 소가 어느 쪽으로 얼마나 갔는지 가늠하지 못하는 사이에 깊은 산속에 들어갔는데 그곳에는 여러 사람들이 별세계를 이루어 평온하게 열심히 살고 있었다. 한 달

---

40) 『청구야담』 3권, 「訪桃源權生尋眞」(시귀선·이월영 역, 한국문화사, 1995년, 304~310쪽).

을 지내다 돌아온 권진사가 나중에 다시 그곳을 찾아 들어가려 했지만 실패했다. 이를 정리해 보면, '첨지의 안내→선계 방문→돌아옴→다시 가려 했으나 실패함'으로 나타낼 수 있다.

권진사는 어떤 사람인가? 춘천 점사에 앉아 있었던 권진사는 어린 나이에 성균관에 들어갔으나 문과에 뜻이 없어 전국을 유람했다. 일찍 진사에 급제하여 성균관에 들어갔다는 것은 그가 처음부터 벼슬에 뜻이 없었던 사람은 아니라는 것을 말해 준다. 그러나 성균관에서 공부하는 사이에 그로 하여금 벼슬에 대한 뜻을 버리도록 하는 정치 상황이 벌어졌기 때문에 그가 공부를 버리고 유람을 떠났다고 할 수 있다. 공부를 해도 과거에 급제할 수 없다든지, 급제를 해도 문벌 싸움 등으로 인하여 벼슬자리를 할 수 없다든지 정치판에서 벌어지는 너무나 비열한 일을 겪었다든지 하는 등의 상황을 상정해 볼 수 있다. 선계를 다시 방문하려 하였으나 실패하여 늙도록 매양 탄식하였다는 것을 통해서도 평생에 그가 처한 삶이, 그가 선계에서 본 상황과는 달리 어렵고 힘들며 부조리했음을 알 수 있다.

첨지와 함께 사는 사람들은 왜 그곳으로 들어왔는가? 첨지는 이렇게 말했다. "선대는 본래 고양(高陽)에 거주하였는데, 나의 증조부께서 마침 이곳을 얻어 고향집을 철수하고 들어왔습니다. 그때 성이 같은 당내(堂內), 지친(至親)과 외가, 처가, 당내의 족속들, 그리고 인아(姻婭) 중에서 따라오기를 원했던 자를 포함해 도합 30여 가구와 함께 들어왔습니다. 일단 이곳에 들어온 후에는 세상에 왕래하지 않기로 상의하고, 다만 약간의 경서(經書)와 소금·육장만을 가지고 왔습니다"라고 했다. 왜 이들이 온 가족을 이끌고 산속에 들어와 세상과 왕래하지 않기로 했을까? 그 이유를 분명히 밝히지 않았으나 많은 가족들이 기존의 터전을 훌쩍 떠나기 위해서는 상당한 충격이나 결정적 사건 등 특별한 계기가 있었을 것이다. 속세와 왕래하지 않기로 했다는 것은 속세가 그만큼 완전히 잊고 싶고, 피하고 싶을 만큼 어지럽고, 힘들며, 자신들의 바람과 어긋나는 공간이었음을 알려 준다.

다음은 고옥성의 유선담[41]이다.

#14)
① 의원 고옥성이 한 걸인을 치유하고 돌보아줌
② 걸인이 고옥성을 초빙하여 정원의 나무 속 별세계를 보여줌
③ 고옥성이 진학구의 말대로 서산으로 화를 피해 가다 구덩이에 빠짐
④ 별세계에서 노인이 바둑 두는 것을 구경
⑤ 돌아오니 이미 3년이 지난 후였음
　　(그가 사라진 후 저승사자가 왔다가 갔음을 앎)

걸인 진학구의 도움으로 고옥성은 두 번 선계를 방문한다. 한 번은 진학구의 처소를 구경하였고, 또 한 번은 신선이 노니는 세계에서 시간을 보내 저승사자를 피했다. 간략히 나타내 보면, '고옥성이 걸인을 돌봄→걸인 진학구의 처소(별세계) 방문→화를 피하러 가다 구덩이에 빠짐→그곳 선계에서 바둑을 한 판 구경함→돌아오니 3년이 지나 있었음'과 같다. 선계는 분명 인연 있는 사람들만이 갈 수 있는 곳이다. 걸인을 지성으로 돌본 인연이 있었기에 고옥성은 별세계를 두 번 방문할 수 있었고 그것을 통해 목숨까지 보존하였다. 두 번째 선계 방문도 진학구의 말에 따른 결과이므로 고옥성의 선계 방문은 둘 다 그의 안내를 받은 셈이다. 이 이야기 역시 '이인의 안내→선계 방문→돌아옴'의 구조를 갖춘 것이다.

고옥성의 의식면에 대해서는 그가 의원으로 살며 빈부를 가리지 않고 환자를 치유하였다고 한 것을 바탕으로 유추해 볼 수 있을 뿐이다. 보상을 바라고 돈 있는 사람만 치료한 것이 아니라 걸인까지 치유하며 먹여 주었다는 것으로 보아, 그는 이해타산을 가리지 않는 선하고 인정 많은 사람이었을 것이다. 침술에 능하여 여러 환자를 치료하였고 종들도 여럿 있었으니 경제적으로 상당히 넉넉한 생활을 했음도 알 수 있다.

그는 스스로 선계를 찾아가고 싶어 해서 그곳을 방문한 사람이 아니다. 그가 정치에 참여할 계층이 아니고 경제적인 여유로움도 있었기에 다른 설

---

41) 이원명, 『동야휘집』 3권 道流部, 「陳學究指窟避禍」(『한국문헌설화전집』 3권, 388~395쪽).

화에서처럼 정치적·경제적 상황 때문에 속계를 떠나 또 다른 세상을 찾아 나설 생각은 그다지 하지 않았을 것이다. 선계는 사욕이 없는 착한 사람들만이 볼 수 있는 세계이기 때문에 그가 원하지 않았더라도 그곳을 방문할 수 있었던 것이다.

이 시기 유선담, 특히 #12와 #14를 두고 김현룡[42]은 '신선의 신비성이나 신성미가 배제되고 하나의 해학 수준에서 작품이 구성되었다'고 평가했다. 그의 말처럼 실제로 이 시기 유선담에서는 선계로의 이동방법이나 선계에서의 삶을 길게, 자세히 서술하고 있으면서도 흥미를 자극시키기 위해서 의도적으로 과장되게, 우스꽝스럽게 표현하고 있다. 선계의 경액을 훔쳤다는 것(#12)도 그렇고, 선계의 여자를 뚫어지게 쳐다본다 하여 여자가 홍두깨로 유선자 고옥성을 때려 그의 등에 빨간 점이 생겼다(#14)는 서술도 유선담의 신성성이나 신비감을 감소시킨다. 유선담이 흥미 위주로 나아가고 있다는 것에 대한 증거이기도 하다.


# Ⅲ. 유선담의 서사 법칙과 유선자의 상황


## 1. 유선담의 서사 법칙과 선계 양상


Ⅱ장에서의 논의를 종합해 볼 때 유선담은 일정한 서사 구조가 있음을 알 수 있다. 먼저 선계에 관한 이야기를 듣거나 꿈을 꾼 후 직접 그곳을 찾아 나선다. 또는 이인을 만나 그의 안내를 받아 선계를 방문하게 된다. 어느 경우에나 선계를 찾아 들어가기 전에 험한 길을 한참이나 지나가게 된

---

42) 김현룡, 『한국문헌설화』 6권(건국대학교출판부, 2000), 89쪽.

다. 그런 과정을 거쳐 결국 선계를 찾게 되는 경우도 있고 그렇지 못하고 돌아오는 경우도 있다. 선계를 찾는 경우, 험한 진입로를 거치다가 생각지 않은 곳에 넓게 펼쳐진 선계를 찾아 감탄한다. 그곳 선계에서 짧게는 한순간, 길게는 몇 년 동안 지내다가 다시 속계로 돌아온다. 돌아온 후에도 두 가지 양상으로 이야기가 갈린다. 다시 선계로 돌아가는 경우와 다시 가려 했으나 실패하는 경우이다. 후자의 경우가 대부분이다. 이를 간략히 도식화해 보면 다음과 같다.

들음      → 찾아감(험한 진입로)  → 선계를 찾음(선계 묘사)  → 돌아옴 →    다시 선계로 감
안내받음                            선계 찾지 못함              다시 가려다 실패함

　이런 구조를 바탕으로 안내자의 이인적 풍모나 안내자와 유선자의 관계에 대해 말해 주는 이야기가 첨가된다.[43]

　이인의 안내를 받아 선계를 찾게 되었다는 형식은 『어우야담』에서 처음 보이며(#4) 이후 많은 유선담에 공통적으로 나타난다. 초기 유선담의 경우 선계를 찾아 나섰다거나 우연히 선계를 보았다는 단편적인 기사에 그쳤지만 후기로 갈수록 선계 진입로나 선계 공간, 시간 등에 대한 묘사가 보다 자세하고 화려해진다. #1, #2, #4, #6의 이야기를 #9, #10, #11, #13의 이야기와 나란히 놓고 보면 이 점 분명해진다. 한번 방문했던 선계를 다시 찾아가려다 실패하는 구성은 도연명의 「도화원기」에서 잘 나타난다. 우리나라 유선담의 경우 『어우야담』에서 처음 보이며(#4, #5) 이후 유선담에 자주 등장하는 화소가 되었다.

　선계를 찾았다는 설화에는 그곳의 자연환경이나 삶의 모습을 묘사해 놓았다. 이를 바탕으로 선인들이 꿈꾼 선계의 모습을 살펴보자.

---

43) 예외로, 선계에 대해 이야기를 듣거나 이인의 안내를 받지 않고 그야말로 우연히 선계를 방문하게 되는 경우도 있고, 돌아오고 난 후의 행동이 전혀 나타나지 않는 이야기도 있다. 그러나 대체로 선계설화는 위 도식과 같은 방식으로 이루어져 있다.

동양의 유토피아가 산해경형(山海經型), 무릉도원형(武陵桃源型), 삼신산형(三神山型), 대동사회형(大同社會型)으로 나누어진다는 것[44]은 앞글에서 이미 소개한 바 있다. 이 분류를 염두에 두고 살필 때, 유선담에 나타나는 선계는 크게 두 가지 양상으로 나타난다. 하나는 천연에서 모든 의식주 문제가 해결되는 화려한 공간인 산해경형 선계이요, 다른 하나는 전란 등의 이유로 속세를 피해 궁벽한 곳에 거하며 조용한 촌락을 이루고 사는 무릉도원형 선계이다.

전자에 해당하는 선계의 모습을 모아보면 다음과 같다.

#8) 음관이 그 뒤를 따라가다가 문득 한 곳에 이르니, 큰 궁전이 몇 리에 걸쳐 꽉 들어차 있는 것이 보였다. 멀리 우뚝하게 서 있는 누대에는 아름다운 색채가 비치고 있었다.⋯⋯좌우로 늘어선 수십 명의 시녀들은 하나같이 절세가인들이었다. 푸른 옷을 입고 시중드는 동자들도 또한 십여 명이나 되었다. 가까이에서 심부름하는 사람과 곁에서 시중드는 관리들도 있어 마치 임금과 같았다.⋯⋯장도령은 즉시 잔치를 베풀라고 명하여 그를 대접하였다. 안주와 음식은 풍성하고 기이하였으며, 노리개는 진기하여 하나같이 인간 세상의 것이 아니었다. 십여 명의 아리따운 소녀들이 늘어서서 음악을 연주하는데, 관현악기와 노래와 춤이 또한 인간 세상에서는 듣지도 보지도 못한 것이었다. 여러 소녀들의 아름다움은 참으로 선녀와 같았다.⋯⋯마침내 함께 잔치가 무르익도록 즐거움을 다하고 마쳤다. 밤에는 그로 하여금 따로 떨어져 있는 전각에서 자도록 해주었는데, 창과 문지방과 처마와 난간이 모두 산호와 수정 등 진기한 보배로 만들어져 영롱하고 맑고 투명하여 대낮처럼 밝았다.[45]

---

44) 이종은 外, 「韓國文學에 나타난 유토피아 意識 研究」, 『한국학논집』 28집(한양대 한국학연구소, 1996).
45) 「김영복 소장본 『천예록』에 실린 〈지리산로미봉진〉에 대하여」, 『문헌과 해석』 1998년 봄호: 官人隨後而行, 俄到一處, 見大宮殿, 彌滿數里, 樓臺縹緲, 金碧照映.⋯⋯左右侍姬數十人, 顏皆絶代, 靑童侍者, 亦且十餘人, 帳御使令從官, 有若王者.⋯⋯蔣卽命設宴以待之, 肴饌之盛異, 器玩之瑰琦, 俱非人間所有. 十數少娥, 列奏音樂, 絲竹歌舞, 亦非人世所聞, 衆娥之美麗, 眞所謂瑤姬玉女也.⋯⋯仍與酬醻, 盡飮而罷, 夜使寄宿於一別殿, 窓闥簾櫳, 皆以珊瑚水晶等

56  이상세계 형상과 도교 서사

#14-①) 들어가니 하늘이 밝게 빛나는 가운데 누각과 전각에 비단이 늘어
져 있고 계단과 섬돌은 모두 옥으로 되어 있었다. 상서로운 바람이 살랑살
랑 불고 고운 구름은 뭉게뭉게 일고 있었다. 공중에서 음악소리가 맑게 울리
고 기이한 향기가 났다. 뜰에 높이가 여러 자 되는 한 나무가 있었고, 그것
에 연꽃만큼 큰 붉은 꽃이 피어 있었다. 나무 아래에 한 여자가 옷을 다듬이
질하고 있었는데 아름답고 곱기가 누구와도 겨루지 못할 만큼이었다.46)

#14-②) 일어나 점점 안으로 들어가니 따로 아름다운 경치가 펼쳐져 있었
고, 그곳에서 세 노인이 바둑을 두고 있었다. 고생(高生)이 이르러도 돌아
보지 않은 채 바둑을 계속 두었다. 고생은 멈춰서 그것을 구경했다. 바둑
이 끝나자 물었다. "손님은 어떻게 여기에 오셨소?" 고생이 떨어져서 길을
잃었다고 말하자 노인이 말하였다. "이곳은 인간세상이 아니므로 오래 머물
수 없소. 내가 데려다 주겠소."47)

장도령이나 진학구는 신선으로, 특별한 이유가 있어 속계에 잠시 거처하
고 있었던 이들이다. 그들의 거처는 공통적으로 속계의 화려한 궁궐과 같은
모습이다. 훌륭한 경치를 지닌 곳에 옥 등의 보석으로 꾸민 우뚝한 전각이
있고, 화려하고 멋진 복장의 미남미녀들이 시중을 드는 가운데 아름다운 음
악이 은은히 흐르고 기이한 향기로 가득한 곳이다. 농사를 짓거나 여러 사
람이 어우러져 살거나 하지 않는 신선세계이다.

고옥성이 화를 피해 서산에 갔다가 이른 선계의 모습은 #14-②와 같았
다. 경치가 아름다운 곳이라고 말하고, 다만 그곳에서 신선들이 바둑을 두
고 있는 것이 나타나고 있다. 이는 『지봉유설』의 두 유선담(#2, #3)에서

---

奇寶爲之, 玲瓏瑩澈, 通明若畫.

46) 『東野彙輯』 3권, 「陳學究指窟避禍」: 入則洞天光明, 樓殿羅絡, 階砌皆蒼玉,
祥風微拂, 彩雲如蒸, 空中音樂嘹喨, 異香撲臭, 庭有一樹, 高數丈, 開赤花,
大如蓮, 樹下一女子, 擣絳紗衣, 艶麗無雙.

47) 『東野彙輯』 3권, 「陳學究指窟避禍」: 遂起而漸入別有佳境, 三老對奕, 見高
至, 亦不顧, 圍棋不綴, 高蹲而觀焉, 局終方問: "客何得至此?" 高言迷墮失路,
老者曰: "此非人間, 不宜久淹, 我送歸."

특별한 환경묘사 없이 바둑이라는 소재만 등장하는 것과 맥을 같이한다. 어떤 사람이 산에 나무하러 갔다가 백발이 성성한 노옹들이 두는 바둑을 한 판 구경하고 왔더니 도끼 자루가 이미 썩었더라는 이야기는 예로부터 사람들 사이에 전해지는 이야기이다. 선계에 대한 이런 막연한 이야기는 신선을 그린 그림들에서나 '신선놀음에 도끼 자루 썩는 줄 모른다'는 속담 속에서 그 모습을 찾아볼 수 있다. 신선세계에 대한 이런 생각이 설화로 나타난 것이 바로 #14-②나 #2, #3이다. 바둑이라는 소재가 등장하는 이런 이야기에서 속계와 다른 선계만의 시간(#3, #14-②)이 나타나는 것은 사람들의 이와 같은 의식이 반영된 결과이다.

#12) 대저 이 섬은 깨끗한 모래와 푸른 소나무 사이에 금빛 사초(莎草)가 있었다. 넓은 평지에는 간간이 인가가 있었는데, 농사를 짓거나 뽕나무를 기르지 않고 다만 물을 마시고 풀로 만든 옷을 입을 뿐이었다. 두 동자(童子)가 때때로 왕래하였는데 그 입은 바는 전신이 흰 깃털로 된 옷이었다.48)

#9) 붉은 벼랑 푸른 절벽, 맑은 시내, 은빛 폭포가 보였는데, 들어갈수록 경치가 더욱 빼어났다. 굽이마다 기이하고 기화요초가 곳곳에 피어 있었고, 진기한 짐승들이 때때로 날아다니고 모여들었다.……금빛 궁궐과 은빛 누대가 하늘가에 아득하고, 상서로운 구름과 안개가 하늘 저편에 희미하였다. 봉황을 탄 사람, 난새를 탄 사람, 학을 탄 사람, 용을 탄 사람, 인(獜)을 탄 사람, 구름을 타고 오르는 사람, 바람을 몰아 나는 사람, 허공을 걷는 사람, 파도를 타는 사람들이 혹은 위에서 아래로 내려오고, 혹은 아래에서 올라가며, 혹은 동쪽에서 서쪽으로 가고, 혹은 남쪽에서 북쪽으로 가며 삼삼오오 떼를 지어 날아다니고, 신선들이 부는 피리 소리가 은은하게 귀에 들렸다.49)

---

48) 『靑邱野談』 3권, 「識丹邱劉郞漂海」: 大抵此島, 晴沙碧松, 而間有金莎草, 一望平夷, 間間有人家, 而不農不桑, 只飮水衣草而已. 二童子或往或來, 而其所衣, 則全身乃白羽衣也.
49) 『天倪錄』, 「關東道遭雨登仙」(김동욱・최상은 공역, 『천예록』, 명문당, 1995,

　　앞서 인용한 이야기들은 일반 사람들이 전란 등을 피해 이룩한 무릉도원형 공간이 아니라 신선이 사는 공간이었다. 그러나 그것이 실제로 삼신산형인지 산해경형인지 정확히 드러나지는 않는 공간이었다. 반면 이제 인용한 두 공간은 보다 확연하게 선계의 모습이 묘사된 곳이다. #12는 단구의 모습을 나타낸 부분이다. 아름답고 깨끗한 자연환경은 여느 유선담과 마찬가지이지만, 농사를 짓거나 뽕나무를 기르지 않아도 모든 것이 충족되는 공간이라는 것은 특징이다. 또 그곳 노옹이 유동지 등에게 돌아가지 말고 그냥 이곳에서 살라고 하였으니, 이곳은 신선들뿐만 아니라 범인들도 살 수 있는 산해경형 선계인 것이다. 모두가 '열심히 일하며' 평온하게 사는 무릉도원형 선계와 비교했을 때 그 차이가 확연히 드러난다. 인용하지는 않았으나 먹는 음식도 보통 사람들과 달라서 경액을 마시면 배고픈 줄 모른다고 하였다.

　　이와는 달리 #9는 완전한 삼신산형 선계의 모습을 보인다. 처음 선비가 길을 잃었다가 노인의 안내를 받아 선계에 들어갈 때는 여타의 유선담과 같이 멋진 자연 경관이 갑자기 펼쳐진 하나의 별세계였다고 하였다. 그러나 그 노인의 딸과 혼인한 후 아내를 따라 선계를 구경하게 되었을 때 선비의 눈앞에 펼쳐진 공간은 #9와 같이 완전한 신선들만의 초월선계였다. 선비는 일반 사람도 살 수 있는 산해경형 선계에서 신선만 거하는 삼신산형 선계를 구경한 것이다. 기이한 짐승으로 가득하고, 사람들은 봉황 등의 상서로운 짐승을 타거나 구름을 몰고 다닌다. 은은한 음악소리가 들리는 것은 물론이다. 이런 공간이기에 완전히 장생불사의 신선이 된 인물이 아니면 그곳에 살 수 없는 것이다.

　　종합해 보면, 신선이 사는 선계는 화려한 경치에 수정, 산호, 옥 등의 보석으로 만든 대궐 같은 곳에서 선남선녀들의 시중을 받으며 사는 곳이다. 이곳에는 기이한 새도 많으며, 은은한 음악소리가 흐르는 가운데 기이한 향기가 가득하다. 이동할 때에는 봉황이나 용·구름 등을 이용하며 화식(火

---

35～36쪽).

食)을 하지 않고 경액 등을 마시며 산다. 땀 흘려 일하지 않아도 모든 것이 자연스럽게 해결되는 것은 물론이다.

　Ⅱ장에서 논한 유선담 중 다음과 같은 것은 무릉도원형 선계[50]의 모습을 보인다.

#1) 옛 노인들의 전하는 말로는 "그 속에 청학동이 있는데 길이 매우 좁아서 겨우 사람이 다닐 수 있고, 몸을 구부리고 수십 리를 가서야 넓은 경지가 전개된다. 거기엔 모두 양전 옥토가 널려 있어 곡식을 심기에 알맞으나, 거기엔 청학만이 살고 있기 때문에 이런 이름이 붙여졌다. 대개 여기엔 옛날 세상을 피해 사는 사람들이 살았기에 무너진 담과 구덩이가 가시덤불에 싸여 남아 있다"고 한다.[51]

#6) 관원이 달아나는 백성이라 생각하고 그를 잡아 힐문하니 말하기를 "옥토가 깊은 산속에 있는데 우마(牛馬)도 거기에 닿지 못할 곳입니다. 사람이 망아지나 송아지를 지고 들어가서 키워서 쓴답니다."[52]

#7) 한 곳에 이르니 산비탈에 밭이 있었는데, 나무를 베지 않고 다만 껍질을 여러 척 되게 벗겨 나무를 말라죽게 해서 만든 곳이었다. 흙을 흩으려 어지러운 나무 사이에 곡식을 파종하였고 또한 도랑이나 밭두둑이 없는데도 곡식 이삭이 말 꼬리같이 무성했다. 나무를 베어 높은 시렁을 만들고 그 위에 곡식을 쌓아 두었는데 창고가 마치 천만 개나 되는 듯 했다. 바위를 넘고 골짜기를 끊어 큰 절을 일으켰는데, 황금빛·푸른빛으로 환히 빛났다. 따뜻한 방에 승려 백여 인이 거주하고 있었다. 소나 말이나 수레 등

---

50) 무릉도원형 선계는 노자의 '소국과민'형 이상공간을 구체화시킨 것으로, 도연명의 「도화원기」에 잘 나타난다. 전란을 피해 산속에 이상공간을 만들어서 세상과의 인연을 끊고 사는 사람들의 삶의 모습이 드러난다.
51) 李仁老, 『破閑集』 上卷: 古老相傳云, 其間有靑鶴洞, 路甚狹嶮通人行, 俯伏經數里許, 乃得虛曠之境, 四隅皆良田沃壤宣播植, 唯靑鶴棲息其中, 故以名焉. 盡古之遁世者所居, 頹垣壞塹猶在荊棘之墟.
52) 『어우야담』 5권, 만물편 天地: 官人知其爲逋民窮詰之, "言有沃野在極深處, 牛馬所不到, 必須人負駒犢而入, 及長而用之".

의 탈것이 없고 사람들이 서로 돌아다니는 것을 허락하지 않았다. 다만 수천 리 밖에서 소금만을 사오는데……. 그러므로 소금이 금처럼 귀하다. 대개 채소를 넣어 국을 끓이고 초목에서 나는 즙으로 조미를 한다. 풍토는 매우 추워 이중창을 하고 이중으로 집을 짓지 않으면 편안하지 못하며, 곡식도 늘어놓지 못한다. 사람들이 모두 백 살이 넘도록 사니, 진실로 이른바 별천지이지 인간이 사는 세상이 아니다.53)

#10) 땅은 몹시 넓고 평탄했으며 토질이 기름졌고 그곳에 사는 사람들 또한 많았다. 뽕나무와 삼나무가 그늘진 동산을 이루었고 배나무와 대추나무가 숲을 이루고 있었다. 설생의 거처는 굴의 한가운데 있었는데 지극히 화려하고 깊었다. 오공을 당상으로 인도하여 음식을 대접하는데 음식들은 모두 산의 진미인 맛있는 나물과 기이한 과실로 향과 단맛이 몹시 특이했고, 인삼은 실로 그 크기가 팔뚝만 하였다.54)

#11) 경치가 기이하고 화려했으며 토양은 비옥하였다. 인가 수십 채에는 모두 승려가 살고 있었다. 농가는 서로 접해 있고 샘이 바위를 돌아 흐르고 있었으며, 골짜기에 배나무가 가득하였다. 집집마다 곡식을 쌓아 두고 사람들이 조용히 살고 있다.55)

#13) 동네 안에 인가는 대략 200여 호(戶)였고, 그 앞에 넓게 펼쳐진 평야는 양전·미토(良田美土)가 아닌 곳이 없었다. 둘레를 물으니 20여 리라

---

53) 『於于集』, 「於于野談」 5권, 萬物篇, 天地(경문사, 1979), 241쪽: 至一處, 有粟田依山坡, 皆不伐木, 只剝皮周數尺, 使木立槁, 破土, 種粟於亂木間, 亦無溝澮畦畝, 而其粟穗如馬尾, 斬木爲高架, 積粟其上, 處處如千囷萬廩, 跨岩截谷, 起大刹, 金碧照爛, 皆溫房燠室, 有僧百許人, 居之, 無牛馬車乘, 不與內地人相往返, 只因貿塩於數千里外,……故塩貴如金, 凡沈菹作虀, 皆取草木酸汁, 調其味, 風土苦寒, 非重窓複閣不可安, 而積粟陳陳, 人皆壽過百歲, 眞所謂別天地非人間者也.

54) 시귀선·이월영 공역, 『청구야담』(한국문화사, 1995), 438쪽.

55) 辛敦復, 『鶴山閑言』(『한국문헌설화전집』 8권, 337~339쪽): 景物奇麗, 田疇肥沃, 有人居數十家, 皆僧徒也. 農屋相接, 泉石回帀, 而滿洞皆梨樹, 家家積粟, 人人殷宋以生.

하였다. 이곳은 세상 밖의 숨겨진 무릉도원이었다. 또 벽을 사이에 둔 여러 칸의 방에서는 밤마다 글 읽는 소리가 들렸다. 물으니, 동네의 젊은이들이 헛되이 놀지 않고 매년 가을과 겨울을 낭하면 낮에는 일하고 저녁에는 책을 읽는데 반드시 이곳에 모여 공부한다고 하였다……
"……이웃 저자에 왕래할 때는 반드시 이 소를 타고 가 소금을 사 가지고 오므로 온 마을의 소금은 바로 이 소에 온전히 의지하고 있습니다. 산고기로는 노루, 사슴, 산돼지, 양 등이 있고 벌꿀통 300여 개가 산 아래 줄지어 놓여 있는데, 별도로 주관하는 사람은 없으나 상호간에 양보하며 쓰고 있습니다."[56]

이런 공간을 말할 때 공통적으로 '별천지'라고 하였으나 그곳에서 사는 모습이 그리 화려한 것은 아니다. 인용한 것을 통해 이들 선계의 모습을 종합해 보면, 이들 공간은 우선 깊은 산속이나 사람의 인적이 닿지 않는 깊은 미지의 장소에 있다. 외부 세속 세계와 접촉하지 않고 살며, 수레나 그 밖의 탈것을 이용하거나 이곳저곳 이동하는 일도 없이 그 공간 안에서만 조용히 산다. 소금은 땅에서 자체 생산할 수 없기에 귀하므로 나무즙으로 조미한다. 본래 있는 바위를 연결하여 집을 지어도 그 집이 넓고 따뜻하며 본래 있던 나무를 베지 않고 바로 파종해도 곡식을 수백 군데 쌓아 둘 정도로 풍족하다. 땅은 모두 옥토여서 게으름 피우지 않고 열심히 일하기만 하면 항상 풍족히 살 수 있다. 홍수나 가뭄 등의 자연 재해가 발생하는 일도 없다. 다들 놀지 않고 함께 열심히 일하며, 감독하는 사람이 없어도 모두가 나누어 쓰며 산다. 자기만의 욕심을 차리는 사람은 없다. 또한 다들 장수한다. 선계를 찾으러 나섰다가 실패한 이야기(#1, #6)라고 하더라도 그들이 상상하고 바라서 찾아 나선 땅은 이러한 모습이다.

인용하지는 않았지만, #10에서 설생이 한 말 중에 주목할 만한 내용이

---

56) 『靑邱野談』 3권, 「訪桃源權生尋眞」: 洞中人戶, 恰爲二白餘數, 前坪一望平鋪, 無非良田美土, 問其周廻, 則爲二十餘里, 隱然是世外桃源也. 又隔壁數間房內, 夜夜有讀書聲, 問之, 則以爲洞中年少, 不可浪遊, 每當秋冬, 晝耕夜讀, 必會此而課業云.

있다. 설생은 "마음에 맞는 곳을 만나면 그때마다 풀을 베어 집을 짓고 황무지를 개간하여 김을 맸소. 1년을 살기도 하고 3년을 살기도 하다가 흥이 다하면 그때마다 이동하여 다른 곳으로 옮겼소. 지금 내가 살고 있는 곳보다 산수가 뛰어나며 집이 화려하고 넓어 이곳보다 열 배쯤 되는 곳도 많았소.[57]라 했는데, 별세계를 어떻게 이루는가, 어떤 곳을 별세계라 하는가에 대한 정보를 얻을 수 있는 대답이다. 그가 이룬 별세계는 놀고먹는 곳이 아니라 산수 좋은 곳에 조용히 거처하며 땀 흘려 농사짓는 공간이니, 앞의 공간들과 같다.

Ⅱ에서 논의하지는 않았으나, 1751년에 이중환(1690~1752)이 편찬한 『택리지』[58]에도 여러 곳에서 복지(福地), 동천(洞天), 낙토(樂土), 부산(富山), 선경(仙境) 등에 대해 묘사해 놓아서 선인들이 선계를 어떻게 생각했는가를 아는 데 좋은 자료가 된다.

> ① 대관령 맥이 남쪽으로 상계(雙溪)·백봉(白鳳) 두 영(嶺)을 지나 두타산이 되었다.…… 산중에는 평평한 들이 조금 열렸고 논도 있다. 또 시냇가 바위가 아주 훌륭하다. 농사짓기와 고기잡기에 모두 알맞으니 이것은 하나의 특별한 동천(洞天)이다.(팔도총론 중 강원도 부분 53~54쪽)

> ② 고을의 서북편에 무성산(茂盛山)이 있다. 이것은 차령의 서쪽 줄기가 맺혀서 된 것인데, 토산(土山)이 빙 돌았고, 그 안에 마곡사와 유구역(維鳩驛)이 있다. 골짜기에 시냇물이 많으며, 논이 기름지고, 또 목화·기장·조를 가꾸기에 알맞아서 사대부와 평민이 여기에 한 번 살면 흉년·풍년을 알지 못한다. 넉넉한 살림을 보전하여 떠돌거나 이사해야 하는 근심이 적게 되니 대개 낙토이다.(팔도총론 중 충청도 부분 86~87쪽)

---

57) 『靑邱野談』 4권, 「吳按使永湖逢薛生」: 遇適意處, 輒芟茂而築焉, 闢荒而耘焉, 居或一年或三年, 興盡輒移而之他, 以吾之所居, 山之奇, 水之絶, 田廬之華, 曠十倍於此者, 亦者.

58) 이중환, 『택리지』(이익성 역, 을유문화사, 1993). 인용문 앞의 번호는 논의의 편의를 위해 필자가 붙인 것이다.

③ 지리산은……흙이 두텁고 기름져서 온 산이 모두 사람 살기에 알맞다.
   산 안에 백 리나 되는 긴 골이 있다. 바깥쪽은 좁으나 안쪽은 넓어서 가
   끔 사람이 발견하지 못한 곳이 있고, 나라에 세도 바치지 아니한다. 지
   역이 남해와 가까우므로 기후가 따뜻하여 산중에는 대가 많고 감과 밤도
   매우 많아서 절로 열렸다가 절로 진다. 기장이나 조를 높은 산봉우리 위
   에 뿌려 두어도 무성하게 자란다. 평지밭에도 모두 심으므로 산중에는 촌
   사람과 중들이 섞여서 산다. 중이나 속인이 대를 꺾고 감·밤을 줍는데
   크게 수고하지 않아도 생리(生利)가 족하다. 농부와 공장이 또한 심히
   노력하지 않아도 충족하다. 이리하여 이 산에 사는 백성은 풍년·흉년을
   모르므로 부산(富山)이라 부른다.(복거총론 중 산수 부분 161쪽)

④ 적악산 동북쪽에 있는 사자산은 수석(水石)이 삼십 리에 뻗쳐 있으며
   주천강(酒泉江)의 근원이 여기이다. 남쪽에 있는 도화동과 무릉동도 아
   울러 계곡의 경치가 아주 훌륭하다. 또 복지라 부르는데 참으로 속세를
   피해서 살 만한 지역이다. 공주 무성산과 천안 광덕산은 서로 연해 있
   어 모두 토산이다. 그러나 두 산 남쪽, 북쪽에 긴 골이 매우 많다. 절
   과 암자만이 골짜기를 차지한 것이 아니고, 골짜기마다 여염집과 밭고
   랑이 서로 뒤섞여서 긴 숲과 시냇물 위에 숨바꼭질하듯 하니, 완연한
   하나의 도원도(桃原圖)이다.(복거총론 중 산수 부분 173쪽)

⑤ 또 그 다음은 문경의 병천이다. 가은·봉생·청화·용유 등 훌륭한 곳
   이 있고, 북쪽으로 유선동학(遊仙洞壑)에 잇닿아서 시내와 산, 샘과 돌
   이 기이한 경치이다. 논이 기름지고 감과 밤을 가꾸기에 알맞은 땅이
   다. 주위 백 리가 모두 난리를 피할 만한 복지인, 참으로 은자가 살 만
   한 곳이다. 그러나 위치한 곳은 궁벽한데 산이 살기(殺氣)를 벗지 못하
   였으니, 속세를 피해 도를 닦기에는 알맞으나 평시에 살 만한 곳은 아
   니다.(복거총론 중 산수 부분 191쪽)


  동천, 낙토 등으로 나타나는 이들 선계도 앞서의 설화들에 보이는 무릉도
원형 선계와 다르지 않다. 깊은 산속 등의 장소에 뜻밖의 넓고 비옥한 땅이

있어, 이곳에서 농사를 짓거나 고기를 낚아 살면 풍년·흉년을 알지 못하고 풍족하게 살 수 있다는 것이다. 떠돌거나 세금에 시달릴 필요도 없는 땅(③)이다. 특히 복지나 낙토라고 일컫는 땅은 대체로 전란을 피할 수 있는 땅(④, ⑤)이다. ⑤를 보면 '평상시에 살 만한 땅은 아니지만 난리에 피할 만한 땅'을 복지라고 한다는 것이 드러난다.

요컨대, 문헌담과 『택리지』에 드러나는 무릉도원형 선계는 어느 정도의 고립성과 산수의 빼어남을 기본으로 한다. 여기에다 공통적으로 황무지를 개간하여 누구나 땀 흘려 농사를 짓고 산다. 세금 독촉에 시달리거나 무언가를 피해 유리해야 하는 삶도 아니다. 황무지를 개간했다 하더라도 그 땅이 옥토였다는 말은 선계 묘사에서 빠지지 않는다. 그러나 그곳에서의 삶은 선계하면 흔히 떠올리듯 무위도식하는 삶이 아니다. 회룡굴이네, 이화동[59]이네, 산도원이네 하며 이름만 다를 뿐 그 모습은 비슷하다. 전란을 피해 목숨을 부지하며 살 만한 땅을 선계로 여기는 것 역시 세상을 피해 만들었다는 무릉도원의 구축 이유와 연결되는 것이다.


## 2. 유선자의 상황과 의식


그렇다면 사람들은 왜 선계를 꿈꾸는가? 왜 선계를 찾아 헤매는가? 왜 세상을 떠나 선계를 만들어 사는가? 앞서 Ⅱ장에서 유선자의 의식에 관해서 언급하였던 것을 이제 종합하여 이런 질문들에 대한 답을 찾아보겠다.

앞서의 설화를 통해 볼 때 선계를 방문하게 되는 사람은 크게 셋으로 나눌 수 있다. 첫째, 인연이 있는 사람이 간다. 둘째, 일정한 상황에 처한 사람이 간다. 셋째, 그야말로 우연히 방문하게 되는 사람(#2)도 있다. 마지막

---

59) #11의 홍초의 유선담에 나타나는 이화동은 『어우야담』 소재 법환 스님의 이야기에도 나온 공간이다. 그곳에 사는 사람들이나 사는 모습도 유사한 점이 많다. 다만 홍초의 유선담에서 좀더 자세히 나타날 뿐이다.

경우에 관해서는 언급할 게 없지만 앞의 두 경우에 관해서는 좀더 천착할 필요가 있다.

인연이 있는 사람이란 어떤 사람인가? 욕심 없이 선행을 쌓아 이인들과 인연을 맺은 것을 계기로 선계를 방문한 사람이다(#4, #8, #14). #4의 이원익은 사사로운 욕심이 없는 사람이었기에 글자가 학이 되어 나는 것도 알아보고, 절 뒷길이 구슬로 덮인 것도 알 수 있었다. 승려가 그의 이런 모습을 보고서 그에게 도골(道骨)이 있다 여겨 선계를 구경시켜 준 것이다. #8의 음관은 걸인이라도 개의치 않고 그를 먹여주고 진정한 마음으로 그를 불쌍히 여겼기 때문에 장도령의 선계를 방문할 수 있었다. #14의 고옥성도 걸인 진학구를 위해 대가 없이 침도 놓아주고 집을 내주며 돌보아 주었기에 진학구가 자신의 선계 공간으로 그를 데려가기도 하였고 또 다른 선계로 장소를 옮겨 고옥성이 저승사자를 피할 수 있게도 해준 것이다. 이들 세 사람은 사사로이 모든 일에 손익을 계산하여 특정한 사람만을 대접하고 병을 고치는 사람이 아니었다. 즉 선계는 깨끗한 마음으로 선행을 베푸는 사람이 한 번쯤 방문할 수 있는 곳이다.

두 번째, 일정한 상황에 처한 사람이 선계를 방문할 수 있다는 것은 어떤 의미인가? 일정한 상황이란 어떤 상황을 말하는가? 벼슬에 있거나 벼슬자리에 나가려고 준비하는 양반들의 경우에는 어지러운 정치에 회의를 느끼고 더 이상 그걸 두고 볼 수 없으나 대처할 방법이 없을 때 그곳을 떠나 스스로 선계를 구축하거나 떠도는 삶을 살다가 우연히 선계를 방문하게 된다(#1, #5, #10, #13). 일반 백성의 경우 경제 기반의 붕괴와 극심한 수탈, 전란[60], 재해로 황폐해진 세상을 떠나 선계를 찾아 나서거나 스스로 선계

---

[60] 조선후기 설화에는 무릉도원형 선계를 구축하여 이곳에서 戰禍를 피한 이야기가 많이 있다. 지면 관계상 본고에서는 선계담이 나타나는 모든 이야기를 인용하지는 못하였으나 문헌 설화 중 이러한 이유로 속세를 떠난 경우는 많다. 『청구야담』 3권의 「李東皐爲傔擇佳郎」, 4권의 「安貧窮十年讀易」, 『溪西野譚』 2권(『한국문헌설화전집』 1권, 120~124쪽), 「嶺南某郡有一士」 등에서 많은 곳에서 무릉도원형 선계를 구축한 경우를 찾아볼 수 있다.

를 구축한다(#6과 『택리지』에 나타난 선계). 위의 두 가지 어느 곳에 해당한다고 잘라 말할 수는 없으나 한미하거나 불우한 삶을 살고 있는 사람 역시 선계를 방문할 수 있는 기회를 얻는다(#9).

#1의 이인로는 무신집정 시대의 불우한 문인이었고, #5의 왕실 자손 역시 세자 이외 다른 왕실 자손을 경계할 수밖에 없는 왕권정치하에서 불우한 삶을 살 수밖에 없는 사람이었다. 또한 무고하게 죽은 윤결을 안타까워한 것을 보면 당시 정치에 대해 몹시 실망한 인물이었음을 알 수 있다. #10의 설생은 계축년 폐모 사건 등을 보며 세상을 떠날 결심을 했다고 직접 말하였고, 오공의 벼슬자리 권유를 듣고 인사도 없이 떨쳐 일어나 가버렸다. #13의 권진사는 성균관에 들어가 문과를 준비하다가 뜻을 버렸다고 했으니, 왜 그 뜻을 버렸는지 정확히 나타나지는 않으나 당시 정치에 대해 크게 회의를 느껴 자신의 길을 버리고 유람의 길을 선택했음을 어렵지 않게 짐작할 수 있다.

#6의 백성은 선계의 위치를 정확히 알지도 못했지만 무턱대고 송아지를 지고 산속 선계를 찾아 들어간다. 그가 사는 삶이 얼마나 어려웠으면 그렇게 했을까? 관원이 산으로 들어가는 그를 보고 단번에 도망가는 백성이라 생각했다는 것을 통해 당시 세금이나 징용, 흉년 등을 이유로 고향을 떠나 유리하는 백성이 많았음을 짐작할 수 있다. 또한 나중에 그를 처형하는 것을 볼 때 당시 백성의 유리하는 상황과 관의 횡포가 얼마나 심했는지도 알 수 있다. 『택리지』에서도 산속 등 다소 은폐된 땅에서 백성들이 중들과 어우러져 농사지으며 살 수 있는 곳을 선계라 했으니, 당시가 백성들로 하여금 떠나고 싶은 생각을 하게 만드는, 열심히 일해도 굶주리는 힘들고 어려운 시기였음을 짐작할 수 있다.

#9의 선비의 상황은 직접적으로 묘사되어 있지 않으나 편모슬하의 한미한 집안의 어린 아들이었음을 알 수 있고, 또한 그가 속계에서 살다가 돌아온 후 곧 병자호란이 일어났다는 기사를 통해 그가 임진왜란 후 병자호란 이전까지 17세기 초반의 시기를 살았음을 알 수 있으며, 당시 조선의 상황

을 통해 선비가 처한 현실을 짐작해 볼 수 있다.

요컨대 사사로운 욕심에 휩쓸리지 않는 깨끗한 선심(善心)을 가진 사람이 이인을 만나거나 발견하여 선계를 방문할 기회를 얻게 된다. 자기의 이익을 따져서 귀한 것이 있으면 스스로 소유하려 하면서, 걸인들은 죽어가도 구휼하거나 병을 고쳐주려고 하지 않는 사람은 선계를 방문하지 못한다. 또, 선계를 잠시라도 방문하거나 또는 직접 선계를 구축하여 사는 사람들은 다들 답답하고 어려운 정치 현실이나 사회·경제 현실에 직면해 있는 사람들이다. 그들은 너무나 어지럽고 가능성 없이 돌아가는 정치에 회의를 느끼고, 결정적인 어떤 사건을 계기로 완전히 그곳을 떠나 차라리 유랑한다. 또는 고립된 한 세계를 만들어 그곳에 거처함으로써 세상에 대한 관심을 일부러 완전히 끊어버린다. 크게 바라는 것 없이 그저 열심히 일하며 평온하게 먹고만 살 수 있으면 그만이라고 생각해도 사회가, 국가가 그 기본적인 욕구마저 충족시켜 주지 못하는 황폐한 상황에 빠졌을 때 사람들은 유선을 꿈꾸고, 또한 그런 선계를 향하여 발길을 돌리며, 그런 선계를 만들어 산다. 세상에 더 이상 바랄 것이 없을 때 생존을 위해 또 다른 세상을 꿈꾸는 것이다. 그것이 바로 선계이다. 선계에 사는 이인이 보통 사람 중 누구를 초대하더라도 항상 이런 상황에 처해 있는 사람만을 데려온다.


# IV. 마치며


이상에서 고려후기부터 조선후기에 이르는 문헌 중 유선담을 살펴 그것들의 이야기 서술 방식을 살피고 각 설화에 나타나는 유선자의 상황이나 의식을 살펴보았다.

선계에 대해 들은 내용이나 이인의 안내를 통해 길을 나섰다가 어떤 이는 선계를 찾고 어떤 이는 실패한다. 선계를 찾아 그곳에서 얼마간 지내다가 돌아온 사람 중에는 나중에 다시 그곳을 가려다 실패한 사람도 있고, 아예 그곳으로 들어가 버리는 사람도 있었다. 이런 구조는 최소 17세기 초에 이미 정형화되어 이후 유선담에 계속 유지되었다.

사람들이 방문한 선계는 천혜의 신선 공간인 산해경형(또는 삼신산형) 선계와 전란 등의 어려운 상황을 피해 궁벽한 곳에 새로 만든 무릉도원형 선계로 크게 구분할 수 있다. 특히 무릉도원형 선계는 조선후기 문헌설화에서 다수 발견되지만 지면관계상 미처 논하지 못한 이야기가 많이 있다.

선계를 방문하는 사람은 이인과 인연이 있거나 일정한 상황에 처해 있는 사람이다. 인연이 있는 사람이란 사리사욕을 채우려 하지 않고 선행을 쌓았던 사람들이다. 특정한 상황에 처해 있는 사람들은 정치에 회의를 느껴 그곳을 떠난 사람들, 견딜 수 없을 만큼 심각한 사회·경제적 상황에 처해 있는 사람들이다. 이 두 경우 중 어느 것에도 속하지 않고 정말 그저 우연히 선계를 방문하게 되는 사람도 있지만 이런 경우는 상대적으로 드물다.

# 조선후기 선계(仙界)설화의 시·공간

## Ⅰ. 시작하며

『삼국사기』 고구려 영류왕 7년(624) 기사[61]를 볼 때 도교는 최소 삼국 시대부터 우리 선조의 관심을 끌어왔으며 조선 후기까지도 이러한 관심은 계속되었다. 도교에 대한 관심은 신선이 사는 공간 이상세계에 대한 관심과 늘 맞물리기도 했다. 그러므로 오랜 세월 우리 민족과 함께 해온 도교의 모습을 살펴보는 것은 바로 우리 민족의 의식과 삶을 살펴보는 것과 같다. 도교나 선계에 대한 연구의 의의도 이런 점에서 찾을 수 있을 것이다.

오랜 시간 동안 많은 사람들의 관심의 대상이었기에 도교나 선계(仙界)는 한시나 소설, 설화 등에서 쉽게 그 모습을 찾을 수 있다. 여기에서는 그 중 설화에 대해 논의를 전개하며, 도교 전반에 관한 고찰보다는 선계의 시·공간이 어떤 식으로 나타나는지를 살피는데, 시대적으로는 임병양란 이후 조선후기 선계설화를 대상으로 논의를 집중하고자 한다.[62]

---

61) 『三國史記』 高句麗本紀 第八: 七年春二月……命道士, 以天尊像及道法, 住爲之講老子, 王及國人聽之.

62) 도교나 선계에 관한 논문은 여럿 있다. 그러나 도교 설화나 선계설화만을 중점으로 다룬 논문은 그리 많지 않다. 鄭在書, 「神仙說話 研究」(서울대박사논

# Ⅱ. 선계설화의 시·공간 양상

선계를 '옥황상제 아래 뭇 신선들이 생활하는 천상(天上)·수부(水府)·지하(地下) 등의 초월선계'와 '깊은 산속이나 해상(海上) 등에서 신선술을 익힌 인간이나 세상을 피해 사는 사람들이 생활하는 지상선계'로 나눈다면, 조선후기는 지상선계에 대한 인식이 두드러진 시기이다.

지상선계에 대한 인식은 중국인 도연명의 「도화원기(桃花源記)」에서 구체적으로 드러난다.

> 진(晉) 태원(太元) 시절 한 무릉 사람이 고기잡이를 생업으로 하고 있었는데 시냇물을 따라 가다가 어디쯤 왔는지 길을 잃고 말았다. 갑자기 복숭아꽃 숲이 나타났는데 시냇물 양쪽으로 수백 보의 평지에, 다른 나무는 없이 싱그러운 풀들이 자라고 떨어지는 꽃잎이 이리저리 흩날렸다. …… 다시 수십 보를 나아가자 넓게 탁 트였는데 넓은 토지에 집들이 우뚝하고 기름진 밭, 아름다운 연못, 뽕나무·대나무 등속이 있었다. 길은 이리저리 뻗어 있고 닭 울고 개 짖는 소리가 들렸다. 그 가운데를 돌아다니며 농사일 하는 남녀들의 의복을 보니 모두 딴 세상 사람 같은데 늙은이나 젊은이나 모두 행복하고 즐거운 표정이었다. …… 스스로 설명하기를, 선대에 마을 사람들이 진(秦)나라 때의 난리를 피해 처자를 거느리고 외진 곳에 와서 다시는 나가지 않아 마침내 바깥 사람들과는 두절되었다고 하였다.63)

---

문, 1988); 朴基龍, 「韓國 仙道說話 研究」, 『국문학과 도교』(태학사, 1998) 등의 논문이 있으며, 김현룡, 『한국문헌설화』 6권(건국대 출판부, 2000)에서 도교관련 설화를 정리해 놓은 것이 있어서 관련연구에 많은 도움을 받을 수도 있다.

63) 陶淵明, 「桃花源記」: 晉太元中, 武陵人捕魚爲業, 緣溪行, 忘路之遠近. 忽逢桃花林, 夾岸數百步, 中無雜樹, 芳草鮮美, 落英繽紛……復行數十步, 豁然開郞, 土地平曠, 屋舍儼然, 有良田美池桑竹之屬, 阡陌交通, 犬鷄相聞. 其中往來種作, 男女衣著, 悉如外人, 黃髮垂髫, 並怡然自樂……自云, 先世避秦時亂, 率妻子邑人來此絕境, 不復出焉, 遂與外人間隔.

전란을 피하여 외진 곳에 들어와 외부와의 소식을 끊고 독립된 향촌을 이루며 사는 모습이다. 기름진 땅에서 세상일에 관심을 갖지 않은 채 행복하고 즐겁게 사는 사람들이 보이는데, 이곳을 우연히 방문했던 선비가 나중에 다시 이 무릉도원을 방문하려고 하니 길을 찾을 수 없었다고 한다.

현실이 고달플수록, 희망이 보이지 않을수록 사람들은 현실과는 다른 세상을 꿈꾼다. 선계를 꿈꾸고 그린다는 것은 이런 점에서 당시가 혼란하고 어려운 시기였다는 사실을 말해 주고 있는 셈이다. 진·송(晋宋) 교체기 군웅들의 다툼과 폭정, 그리고 이들로 인한 백성들의 유리(遊離)와 절망이 결국 「도화원기」 속 무릉도원 같은 세계를 그리게 만든 것이다.

이러한 선계에 대한 관심은 우리나라의 경우에도 예외가 아니어서, 이인로의 『파한집』에 청학동을 찾아가는 설화가 보이는 것을 시작으로 이후 많은 문헌에서 선계설화를 발견할 수 있다. 정치사회적 실정에서 볼 때, 특히 임병양란 이후 조선후기에는 오랜 전쟁으로 인해 농토는 황폐화되고, 삼정은 극심하게 문란하였다. 또 숙종 대의 어지러운 정치 싸움으로 민란은 계속 일어났고 도참설은 전국을 풍미했다. 당시 사회는 이렇듯 어렵고 혼란한 시기였다. 이 시기에 특히 선계에 관한 설화가 많이 나타나는 것은 어쩌면 당연한 일인지도 모른다. 본고에서는 바로 이 시기, 즉 조선후기의 설화에 나타난 선계의 양상을 '선계 진입방법', '시간의식', '공간과 삶의 모습'으로 나누어 구체적으로 살펴본다.


## 1. 진입방법

조선후기 사람들은 선계를 어떻게 생각하고 있었을까? 어떻게 하여 선계에 접근할 수 있으며 선계는 과연 어디에 있을 것이라 생각했을까?

인가를 찾아다니다 문득 가운데가 열려 있는 큰 돌을 보았는데 마치 돌문

같았다. 큰 내가 그 안에서 흘러나오는데 때때로 부춧잎이 떠내려 왔다. …… 선비도 배를 타고 종과 더불어 노를 저어 물을 거슬러 올라가다 물이 다한 곳에 배를 대고 언덕 위로 올라갔다. 한 곳에 이르렀는데 그곳에는 인가 수백 호가 모여 있었다. 산은 높고 골짜기 또한 깊어 세속먼지가 이르지 못하였으며 마을이 맑고 깨끗하여 진실로 별세계(別世界)였다.64)

『청구야담』에 보이는 위 설화에서 선비는 산속에서 길을 잃어 인가를 찾아 헤매다가 우연히 선계를 방문한다. 선계는 가고 싶다하여 의도적, 계획적으로 찾아갈 수 있는 곳이 아니라 말 그대로 우연히 한 번 가볼 수 있는 곳이다. 그곳까지 가는 길은 평탄하지 않다. 선계로 들어가기까지에는 깊은 산이 있었고 돌문이 있었으며 그 밑을 흐르는 물을 한참 지나 언덕 위로 올라가는 과정을 거쳐야 했다.

좁은 길을 따라 오르내리기를 몇 리나 했는지 알 수 없었고 다만 한 줄기 높은 산이 모두 모래나 바위뿐이었다. 승려가 말하기를 "이 모래는 가늘고 고운 것이 두터이 쌓여 있어 발놀림을 조금만 천천히 해도 다리가 빠져서 빼낼 수가 없습니다. 다만 나와 같이 움직임을 빨리하기를 배워야만 해를 면할 수 있습니다." 하니 홍생이 그 말대로 하여 산꼭대기에 이르도록 산허리를 빙 둘러 굽이굽이 난 길이 몇 리나 되다가 홀연히 길이 중간에 끊어졌다. 아래는 절벽이었고 맞은편 언덕은 몇 길쯤 떨어져 있었다. 승려는 한 번 훌쩍 뛰어 건넜으나 홍생은 두려워서 따라갈 방법이 없었다. 승려가 이에 두 소매를 펴고 언덕에 기대어 몸을 매달려서 하늘을 우러러 누워서 홍생으로 하여금 몸을 날려 자기의 가슴 쪽으로 달려오게 하였다. 홍생이 어쩔 수 없이 마음을 굳게 먹고 한 번 뛰니 승려가 두 손으로 안아서 위험한 곳을 건널 수 있었다. 또 구불구불한 좁은 길을 따라 돌고 돌아서 한 곳에 닿으니 이곳이 바로 별세계였다.65)

---

64) 『靑邱野談』, 「覘天星深峽逢異人」: 行尋人烟, 忽見大石中開, 若石門然, 有大川, 自其中流出, 菁葉時時隨流而下……其士人遂乘船, 與其奴, 棹船而遡流, 至水盡處. 泊船登岸, 尋至一處, 有人家數百戶居焉. 山高谷深, 塵埃不到, 村居蕭洒, 政是別世界也.

『동야휘집』[66)]에 실린 설화를 좀 길게 인용하였다. 홍생이 선계를 오고가는 승려에게 자신을 데려가 달라고 청해도 승려는 그곳이 멀고 보통 다리 힘으로는 이를 수도 없는 곳이라 하여 거절하지만 결국 홍생의 간청으로 허락하였다. 함께 선계에 갈 때에는 위와 같은 과정을 거쳤다. 속계(俗界)와 선계(仙界) 사이에는 가늘고 고운 모래가 두터이 쌓여 있어 보통 사람이 가려고 하면 발이 빠져들어 해를 당하게 된다. 그러고서도 곳곳에 있는 구불구불 끊어진 길을 거치고서야 별세계에 갈 수 있다고 하였다.

선계는 멀고도 깊은 산중에 있는데 그곳에까지 가는 길목에 장애물이 있어서 보통 사람은 혼자 힘으로 그곳에 갈 수 없다. 신선설화 중에 불로초가 있다는 삼신산에 가려면 반드시 바다를 건너야 하지만 그 물은 아무리 가벼운 터럭이라도 가라앉아 버리고 마는 약수(弱水)라서 누구도 그곳에 갈 수 없다는 이야기가 있는데,[67)] 그렇다면 이 약수가 선계와 속계 사이의 차단 장치이다. 위의 설화에서는 '모래'로 약수의 역할을 대치하였다.

『천예록』,[68)] 「관동의 길가에서 비를 만났다가 신선 세계에 오르다(關東道遭雨登仙)」에서는 서생이 산에서 길을 잃고 헤매고 있자 한 노인이 나타나 선계를 가르쳐 준다. 노인은 우연히 서생을 만나 도와준 것처럼 하였지

---

65) 『東野彙輯』 3권, 「設白帳避兵獲安」: 從僻路升降, 不知爲幾里, 抵一峻嶺地, 皆沙石, 僧曰, 此沙細軟積厚, 若移足稍緩, 則沒脛難抽, 但學我步數數擧趾, 可免此患. 洪如其言, 至嶺上, 路繞山腰透迤, 屈曲行幾里, 路忽中斷, 下臨絶壑, 對案相距, 可丈許. 僧一踔而過, 洪心忄委神□□無計從之. 僧乃展兩袖據案, 懸身而仰臥, 令洪躍來投其懷中, 洪不得已大着膽一跳而進, 僧兩手迎抱以涉危, 又屢轉崎嶇盤回到一處, 卽別界也.

66) 『東野彙輯』은 李源命이 1869년에 편찬한 책이다. 여기에서는 異本 중 8권 8책 199話가 수록된 서울대도서관본 『동야휘집』(『한국문헌설화전집』 3 · 4권, 동국대한국문화연구소 영인)을 대본으로 하였다.

67) 『海內十洲記』, 「鳳麟洲」: 鳳麟洲在西海之中央, 地方一千五百里, 洲四面有弱水繞之, 鴻毛不浮, 不可越也.

68) 『天倪錄』은 水村 任埅(1640~1724)이 엮은 야담집으로, 여기에서는 총 61話가 실린 天理大本 『천예록』(정명기 편, 『한국야담자료집성』 8권, 계명문화사 영인)을 대본으로 하였다. 김동욱 · 최상은의 완역본(명문당, 1995)이 있어 이 책의 대체를 살피는 데 도움이 된다.

만 나중에 보면 노인이 직접 그를 지목하여 선계로 데려온 것이 밝혀진다.

김영복 소장본 『천예록』에만 들어 있는 「지리산에서 길을 잃었다가 신선을 만난 이야기(智異山路迷逢眞)」에서는 한 음관이 지리산 기슭에서 길을 잃어 산속으로 들어가다가 장도령을 만났다. 그의 안내로 장도령이 거하는 곳에 가보니, 그곳은 티끌세상이 아닌 하나의 선계였다.[69] (비슷한 이야기가 『동패락송』, 「거지였던 장도령이 시해선이 되다(丐子蔣都令尸解而成仙)」[70]에 보인다.) 이 역시 선계 인물의 안내로 깊은 산중에 있는 선계를 방문한 예이다. 선계 방문을 할 수 있는가 없는가는 어디까지나 신선이 결정하는 것이지 보통 사람이 결정하는 것이 아니다.

이밖에 선계에 들어가는 과정을 『청구야담』에서 살펴보면 다음과 같다. 3권의 「도원을 방문하여 권생이 신선을 찾다(訪桃源權生尋眞)」에서 무릉도원을 방문했다는 권진사는 그곳에 살고 있는 사람이 데려온 소를 타고 그 고장에 들어갔다. 3권의 「이동고가 겸종을 위하여 좋은 사위를 택하다(李東皐爲傔擇佳郞)」에서는 이동고의 겸종의 사위가 가솔들을 이끌고 선계에 들어가는데, 그곳은 암석이 우뚝하고 수목이 빽빽한 길을 여러 날 가다가 짐을 실은 말과 소마저 풀어 보내야 할 막힌 곳에 이르러 석벽 위로부터 내려온 비단가닥을 잡고서야 올라갈 수 있다. 비단가닥이 없었다면 닿을 수 없는 곳이므로 이 비단가닥은 속세와 선계를 연결시켜 주는 유일한 수단이다 (『계서야담』 2권, 「이동고가 겸인의 상을 보다(李東皐相之傔人)」에서도 같은 내용이 보인다). 4권 「오안찰사가 영랑호에서 설생을 만나다(吳按使永湖逢薛生)」에서는 회룡굴이라는 별천지가 등장하는데 이곳은 어깨에 메는 가마를 타고 계곡으로 들어가 험악한 산길을 몇 리 지나 푸른 절벽이 우뚝한 중간에 난 문으로 들어간다. 이곳에서도 끈을 잡고 몸을 거꾸로 매달리

---

69) 김동욱, 「김영복 소장본 천예록에 실린 지리산노미진에 대하여」, 『문헌과 해석』 1998년 봄호.

70) 天理大本 『東稗洛誦』(이우성 편, 『동패락송』, 栖碧外史海外蒐佚本 26권, 아세아문화사, 1990). 이 책은 김동욱이 번역·출판하였다(아세아문화사, 1996).

게 하여 구부리고 들어가야 비로소 목적지에 이를 수 있다.

요컨대 당시 사람들이 생각하거나 경험했던 지상선계는 대체로 깊은 산속 어느 곳에 존재하는데, 이곳은 선계인물의 안내나 도움을 받고서야 방문할 수 있으며, 그렇지 않으면 끈의 도움이 있어야만 또는 거꾸로 매달려 한참을 가야만 간신히 도달할 수 있는 어떤 곳이다. 또 선계와 속계의 사이에는 사람들이 쉽게 접근할 수 없는 특별한 것이 있는데, 예컨대 위에서 보는 것과 같이 '가늘고 고운 모래층'이 그것이다. 그러므로 그 모래층이나 신이하게 내려온 끈, 험하고 좁은 바위 속 긴 길이라든지 하는 것들을 선계와 속계를 구분짓는 장치로 인식하고 있는 것이다. 소를 통해서 선계에 들어간다는 것도 끈이나 좁고 험한 길의 기능과 같다.

속계와 선계 사이에 이와 같은 장애물이나 차단장치가 있는 것은 사람들이 임의로 선계를 드나들 수 없다는 것을 나타내기도 하지만 역으로 속계에서의 어떤 권력이나 더러움이 절대 침범할 수 없는 곳이 바로 선계라는 의미이기도 하다. 그런 세계에서 전화(戰禍)나 학정(虐政), 수탈(收奪) 등에서 완전히 해방되어 살고 싶은 백성들의 욕망이 투영되어 있는 것이다.


## 2. 시간인식


이제는 선계의 시간 인식 문제를 보자. 다음은 『동야휘집』 3권, 「진학구가 굴을 알려주어 화를 피하다(陳學究指窟避禍)」의 일부분이다.

일어나 점점 안으로 들어가니 따로 아름다운 경치가 펼쳐져 있었고, 그곳에서 세 노인이 바둑을 두고 있었다. 고생(高生)이 이르러도 돌아보지 않은 채 바둑을 계속 두었고, 고생은 멈춰서 그것을 보고 있었다. 바둑이 끝나자 물었다. "손님은 어떻게 여기에 오셨소?" 고생이 떨어져서 길을 잃었다고 말하자 노인이 말하였다. "이 곳은 인간세상이 아니므로 오래 머물 수 없소. 내가 데려다 주겠소." 이에 이끌어 굴 아래에 이르렀는데, 구름이 옹위함이 마치 평지를 밟고 있는 듯하였다. 나뭇잎이 노랗게 져서 마치 가을인 듯함을 보고는 크게 놀라 말하기를 "내가 겨울에 왔는데 어찌하여 변하여 가을이 되었는가." 하였다. 집으로 달려가니, 처자가 한편 놀라고 한편 기뻐하였다. 고생이 위로하고는 물으니, 아내가 말하기를 "당신이 가신 지 삼 년이 되어도 돌아오지 않으시기에 허장(虛葬)을 지내려고 하던 중입니다." 하였다. 고생이 말하였다. "기이하다! 잠시 머물렀던 것뿐인데……."71)

의사인 고옥성은 거지 진학구의 상처를 치유해 준 것을 계기로 그와 교유하였는데, 진학구는 고생의 수명이 얼마 남지 않았다며 서산으로 화를 피하라고 하였다. 그의 말대로 서산으로 가다가 발을 헛디뎌 굴속에 떨어졌는데, 그곳이 바로 선계였다. 그곳에서 노인들이 두고 있는 바둑 한판을 구경하고 왔을 뿐인데 속계에서는 이미 삼 년이라는 시간이 흘러 있었다고 한다. 그런 시간의 흐름에 놀라고 어리둥절해하는 모습까지 잘 드러나 있는 이야기이다.

"이곳의 하루는 인간 세계의 1년입니다. 여러분이 표류해 온 때부터 지금까지 이미 50년이 지났으니, 비록 집으로 돌아가더라도 모두 생소할 뿐 아니라 집안 식구들도 모두 죽었을 것이니……." …… 세 사람이 각각 집으로 돌아갔는데, 마을의 모습이 전에 비해 많이 달라져 있었고 만나는 이들도 모두 생면부지였다.72)

위 설화에서도 선계와 속계의 시간차이가 명확하게 드러난다. 유동지 등

---

71) 『東野彙輯』 3권, 「陳學究指窟避禍」: 遂起而漸入別有佳境, 三老對奕, 見高至, 亦不顧, 圍棋不綴, 高蹲而觀焉, 局終方問: "客何得至此?" 高言迷墮失路, 老者曰: "此非人間, 不宜久淹, 我送歸." 乃導至窟下, 覺雲氣擁之, 如升遂履平地, 見木葉黃落, 似是淡秋, 大驚曰: "我以冬來, 何變暮秋." 奔赴家中, 妻子驚喜, 高訝問之, 妻曰: "君去三年不返, 方欲虛葬." 高曰: "異哉! 纔頃刻耳."

72) 『靑邱野談』 3권, 「識丹邱劉郎漂海」: "此中一日, 卽人間一歲也. 自君之漂海, 今已爲五十年, 雖歸家, 無非生疎渾, 眷盡爲零落……." …… 三人者各歸家, 視之村落面目, 比前大異, 逢人皆是生面.

이 우연히 단구(丹邱)라는 섬에 들어갔다가 집에 돌아왔더니 이미 50여 년이 흘러버려 모든 사람들이 생면부지였다. 이후 단구에서 훔쳐온 경액을 마시며 지냈던 유동지는 200살에 가깝게 살았다고 하였다. 선계와 속계의 시간은 다르며, 선계에서 마시며 먹는 음식 등에 의해서 인간의 수명 등이 바뀐다는 인식을 볼 수 있다.(『동야휘집』 7권, 「유동지가 바다에 표류하여 단구에 닿다(劉郎漂海到丹邱)」에서도 같은 이야기가 보인다.)

『동야휘집』 8권, 「땅강아지 세계에서의 백년 세월(百年光陰螻蛄郡)」[73]에서는 패성 선비 황일덕이 낮잠을 자고 있을 때 군군(郡君)이 찾는다며 귀관(貴官)이 그를 부르러 왔다. 그가 가면서 보니 한겨울에 시내가 흐르고 연꽃이 피어 있었다. 귀관의 설명에 의하면 그곳은 동국(東國)에서 1만 7천 리 떨어진 곳으로 하루가 한 해이며, 아침이 봄, 낮이 여름, 저녁이 가을, 밤이 겨울이라고 하였다. 황생은 그곳에서 공주와 결혼하여 아영을 낳고 보름 만에 그 자식의 관례를 행하였다. 군군이 죽자 섭정을 하였는데 그 해가 62년이라고 하였다. 그러다 공주의 만류를 뿌리치고 집에 돌아왔다. 와서 보니, 황생이 술 취한 후 두 달 동안 깨어나지 않았다며 온 가족이 그가 누운 주위에 둘러앉아 있었다. 선계에서는 벌써 62년이 지났는데 속계에서는 단지 두 달이 지났을 뿐이니, 선계와 속계의 시간차이가 극명히 나타나고 있는 이야기이다.

이밖에 속계와는 다른 선계의 시간 흐름을 보여주는 이야기가 여럿 있다. 『기문총화』 4권, 「서계 남진 이야기(南西溪趁)」[74]에서 서계 남진은 어려서부터 기이하여 숲속의 정사(精舍)에서 이인과 만나곤 했다. 그가 사화로 귀양을 가 있을 때 종을 시켜 청학동에서 바둑 두는 사람에게 편지를 전하고 오라고 했다. 종이 잠깐 사이에 심부름을 다녀왔는데도 산에 들어갈 때 2월이던 것이 나와서 보니 9월이었다고 한다. 이 역시 속계와 선계의 시간 차를 보여주는 이야기이다.

---

73) 『東野彙輯』 8권, 「百年光陰螻蛄郡」.
74) 『記聞叢話』 4권, 「南西溪趁」(정명기 편, 『한국야담자료집성』 6권, 계명문화사).

『청구야담』 1권, 「위성에서 산 과일을 먹으며 털복숭이 신선을 만나다(餉山果渭城逢毛仙)」에서, 정조 임인년에 영남 안찰사 김 아무개를 찾아온 털복숭이 인간은 지리산에 거한다고 자기를 소개하는데 그의 나이는 사백 세에 가깝다. 보통 사람은 백 세도 넘기기 힘든데 그가 사백 세에 가깝게 산다는 것은 그가 사는 세계와 속계의 시간이 같지 않다는 것을 보여준다.(『동야휘집』 8권, 「털복숭이 신선과 위성관에서 만나 이야기하다(毛仙接話渭城舘)」에도 같은 내용이 보인다.)

『청구야담』 3권, 「도원을 방문하여 권생이 신선을 찾다(訪桃源權生尋眞)」에서 권진사는 하루 200리를 간다는 소를 타고 선계에 들어갔다. 이 소가 비록 하루 200리를 간다고 하지만 아무도 그 고장과 세상과의 정확한 거리를 모르고 아무도 왕래에 성공한 적이 없이 다만 아무개 첨지만이 이 소를 타고 잠깐 세상에 왔다 간다. 즉 소의 움직임을 통해서 속계의 시간과는 다른 선계만의 시간이 흐르고 있는 것이다.(『동야휘집』 7권, 「강생이 산을 유람하다 무릉도원을 방문하다(姜生遊山訪桃源)」에도 보인다.)

요컨대 사람들은 분명 속계의 시간과 선계의 그것을 달리 인식하였다. '선계에서의 하루＝속계에서의 ○년' 이렇게 정확히 비례된다고 여기거나 그저 선계의 시간은 속계의 시간보다 훨씬 늦거나 빠르다고 생각하였다. 아니면 소의 걸음으로 시간을 파악하는 것처럼 선계의 시간은 일반인들이 생각하는 시간의 흐름을 떠나 있다고 여기기도 하였다.

선계와 속계의 시간차이는 왜 발생하는 것인가? 왜 거의 예외 없이 모든 선계설화에서 선계와 속계의 시간차이가 나타나는 것일까?

먼저는, 장수하고 싶다는 욕망에서 원인을 찾아야 할 것이다. 사람은 누구나 장수하고픈 욕망을 갖고 있다. 그래서 죽지 않고 산다는 신선이나 오래 산다는 십장생(十長生) 등은 끊임없이 사람들의 동경의 대상이 되어 왔다. 하루를 일 년같이 살 수 있다면 그것은 엄청난 장수이다. 동경의 세계 선계는 바로 그러한 욕망을 충족시킬 수 있는 공간으로 나타난다.

둘째는, 이야기의 신이성(神異性)을 확보하기 위해서 속계와는 다른 선계의 시간 구성이 필요했다고 본다. 분명 잠깐 동안 선계에 머물렀을 뿐인데도 현실세계에서는 몇 년이 혹은 몇 십 년이 흘렀으며, 선계를 다녀온 사람이 보통 사람으로서는 생각지도 못할 만큼 장수를 누렸다고 한다면 그만큼 그 공간에 대한 사람들의 호기심이 증폭될 것이고, 그 공간이 그만큼 더 신이한 곳으로 여겨질 것이다.

마지막으로, 선계와 속계의 서로 다른 시간 의식은 당시 사회와 연결하여 생각해야 하는 일면이 있다고 생각한다. 조선시대에는 전 국토, 전 백성이 모두 한 왕의 통치 아래 있었다. 그런 사회에서 왕의 통치가 미치지 않은 땅을 동경하고 그곳을 찾아간다는 것은 용납될 수 없는 일이다. 그러나 사회는 힘들고 어렵기만 하고 그럴수록 그런 사회에서 벗어나고픈 욕망도 강해진다. 이때에 전쟁 등과 같은 불가피한 상황으로 인해 어쩔 수 없이 본래 살던 삶의 터전을 떠나게 되었다고 한다면, 왕화(王化)의 통제와 징계로부터 비교적 합법적으로 벗어날 수 있다. 최소한 일부러 반심(叛心)을 가지고 왕이나 체제를 부정한 것은 아니기 때문이다. 특히 전란을 배경으로 한 선계설화가 많이 나타나는 것은 바로 이러한 의미일 것이다.

시간도 역시 마찬가지라고 생각한다. 속계와 다른 선계의 시간은 왕화에서의 이탈을 합리화하고 혹시라도 발생할 수 있는 뒷조사나 응징의 위험으로부터 안전을 확보하기 위한 장치가 아닐까? 선계를 찾아 나섰거나 경험했던 사람은 당시 사람이면서도 동시에 과거의 사람이기 때문에 새삼스레 지금 그와 그의 행적을 탓할 수는 없을 것이다. 그래서 마음껏 선계를 꿈꾸고 선계를 경험했다고 하더라도 자유로울 수 있었다. 선계의 시간이 거두는 효과는 이런 점에도 있으리라 생각한다.


## 3. 공간과 삶의 모습

앞 시대에 비해 조선후기 사람들은 선계에 대해 구체적인 인식을 가졌다.

전기 설화집 『어우야담』과 비교해 볼 때 이 점 극명하게 나타난다. 사람들은 선계의 모습을 어떻게 묘사하고 있으며 그곳에서의 삶은 어떤 식으로 이루어지리라 생각했을까?

> 노인이 가리켜 준 곳에 이르니, 높다란 소나무와 대나무가 무성하게 숲을 이루고 있었다. 그 바깥쪽으로 과연 시내가 있었는데, 흐르는 물 바닥에는 흰 바위가 평평하게 깔려 있었다. 자세히 보니 가까운 곳부터 멀리까지 모두 한 덩어리였다. 물빛이 옥과 같아 마치 흰 깁을 펼쳐 놓은 듯하였다. …… 붉은 벼랑 푸른 절벽, 맑은 시내, 은빛 폭포가 보였는데, 들어갈수록 경치가 더욱 빼어났다. 굽이마다 기이하고 기화요초가 곳곳에 피어 있었고, 진기한 금수들이 때때로 날아다니고 모여들었다.75)

인조 때 가평군에 사는 선비가 관동지방으로 가게 되었다. 산에서 비를 만나 말이 갑자기 죽어버렸다. 갈 길을 알지 못하고 있을 때 한 노인을 만나 그가 해준 말을 따라 어떤 곳으로 갔다. 그 모습이 위와 같았는데, 그곳이 바로 신선이 사는 곳이라 했다. 선비는 거기에서 3년을 머물며 결혼하여 살다가 돌아온다. 인용한 곳의 앞부분은 처음 선비가 본 그곳 선계의 모습이고, 뒷부분은 그의 아내가 보여준 후원의 모습이다(『동야휘집』 3권의 「지팡이 쥔 노인이 사람을 데려가서 혼인을 이루게 하다(曳杖翁引人成親)」에도 비슷한 내용의 설화가 실려 있다).

> 경치가 마치 그림 같고 토양은 비옥하였다. 집이 수십 채 있었는데 승려가 머무는 곳이었다. 꽃과 나무가 우거져 있고, 샘이 바위를 돌아 흐르는데, 골짜기 전체가 배나무였다. 집집마다 배를 쌓아 놓고 있었다.76)

---

75) 『天倪錄』, 「關東道遭雨登仙」: 行行到所指處, 長松萬株, 脩竹千竿, 表裏成林, 其外果有大溪, 流下水底, 白石平鋪, 細視之, 自近及遠, 摠是一石, 水色如玉, 若布白鍊……見丹崖翠壁, 玉溪銀瀑, 愈入愈勝, 曲曲奇絶, 琪花瑤草, 處處掩映, 珍禽異獸, 往往翔集.

76) 『東野彙輯』 3권, 「設白帳避兵獲安」: 景景物如畫, 田疇肥沃, 有閭家數十多,

홍생이 한 승려를 따라가 보았다는 선계 이화동(梨花洞)의 모습이다. 꽃
피는 계절이 되면 온 골짜기가 눈으로 뒤덮인 아침 같다고 하여 이화동이라
했다는데, 이곳은 비옥한 토양에 가득한 배나무에서 딴 배를 쌓아두고 사람
들이 편안히 지내고 있는 땅이다.

> 대저 이 섬은 깨끗한 모래와 푸른 소나무 사이에 금빛 풀이 있었다. 넓
> 은 평지에는 간간이 인가가 있었는데, 농사를 하지도 뽕나무를 기르지도
> 않고 다만 물을 마시고 풀로 만든 옷을 입을 뿐이었다. 두 동자가 때때로
> 왕래하였는데 그 입은 바는 전신이 흰 깃털로 된 옷이었다.77)

> 땅은 매우 넓고 평탄했으며 밭도 기름졌고 거처하는 사람들도 많았다.
> 뽕나무와 삼나무가 동산을 만들고, 배나무와 대추나무가 숲을 이루고 있었
> 다. 설생의 거처는 굴의 한가운데 있었는데 지극히 화려하면서도 깊었다.
> 오공(吳公)을 이끌어 당(堂)에 오르게 하여 산의 맛있는 나물과 기이한 과
> 실을 대접하는데, 향과 맛이 매우 특이했고, 인삼 뿌리는 굵기가 팔뚝만
> 하였다. 서로 손잡고 나가 노니는데, 수풀과 산봉우리 돌과 샘들의 기괴
> (奇怪)하고 장려(壯麗)함을 형용할 수 없을 정도였다.78)

위의 두 설화에 나타나는 선계는 다른 인용 설화의 모습과는 다소 다르
다. 사람들의 노력에 의해 생산되는 산물을 먹으며 지내는 것이 아니라 천
부적(天賦的)으로 기기묘묘한 산물들이 나는 풍요로운 공간이다. 반면 인간

---

는 是禪房, 花木掩翳, 泉石回環, 滿洞皆梨樹, 家家積梨實…….

77) 『靑邱野談』 3권, 「識丹邱劉郎漂海」: 大抵此島, 晴沙碧松, 而間有金莎草, 一
望平夷, 間間有人家, 而不農不桑, 只飮水衣草而已. 二童子或往或來, 而其所
衣, 則全身乃白羽衣也(『東野彙輯』 권7 「劉郎漂海到丹邱」에도 같은 내용의
설화가 보인다).

78) 『靑邱野談』 4권, 「吳按使永湖逢薛生」: 地甚寬平, 土田膏沃, 人居亦多, 桑麻
翳苑, 梨棗成林, 生之居, 當窟內之中心, 極華邃, 引公上堂, 薦以山味珍蔬奇
果, 香甘甚異, 人蔘正果, 肥大如臂, 相携出遊, 林巒石泉, 奇怪壯麗, 不可名
狀.(『東野彙輯』 4권 「茁田接客誇奇術」에도 회룡굴이라는 선계가 나타나지만
이야기 내용은 약간 다르다.)

설생이 거처하는 곳이라는 점 등을 고려할 때 모든 것이 자연히 해결되는 완전한 신국(神國)이라고 볼 수 없다. 그러므로 이들 두 공간은 산해경형, 무릉도원형, 삼신산형, 대동사회형으로 나뉘는 동양의 유토피아 중에 무릉도원형과 삼신산형 선계의 모습이 혼합되어 나타나는 것이다.

이상에서 살펴보았을 때 선계는 속세의 더러움이 전혀 없는 맑고 깨끗하며, 아름다운 곳이다. 풍요롭고도 조용하기도 하다. 그곳에 사는 사람들의 모습은 어떠한가 좀더 자세히 살펴보자.

> 올라가니 그 산 아래 끝없이 펼쳐진 평야에 기와집 몇 채와 초가집 수백 칸이 있어 닭과 개의 소리가 서로 들리는 한 조그마한 마을이 이루어져 있었다. 양가의 사람들은 봄에 밭 갈고 가을에 거두었으며, 남자는 김을 매고 여자는 베를 짜면서, 바깥세상 소식은 듣지 않고 앉아 산중의 재미를 누렸다.79)

『청구야담』, 「이동고가 겸종을 위하여 좋은 신랑감을 택해 주다(李東皐爲傔擇佳郎)」 중의 일부분이다. 이 이야기는 『계서야담』 2권, 「이동고가 겸인의 관상을 보다(李東皐相之傔人)」과 『동야휘집』 1권, 「겸종의 사위를 택하여 길지에서 가정을 보호하다(擇傔婿保家吉地)」에서도 공통적으로 보이는 내용이다. 이동고의 겸종의 사위가 구축한 선계의 모습은 넓고 기름진 평야에서 농사를 지으며 조용히 사는 조그마한 마을이다. 이들은 스스로 일하여 먹고 살 뿐 세상과는 상관하지 않는다.

이런 모습은 노자가 말한 소국과민(小國寡民)80)과 흡사하다. 노자는 이상적인 국가를 묘사하면서 적은 인구의 조촐한 이상국가를 그렸다. 그곳은 문자나 교통수단, 법률이나 정치도 없이 사람들이 자연 속에서 자유롭게 지

---

79) 『靑邱野談』 3권, 「李東皐爲傔擇佳郎」: 上則其山之下, 平原廣野, 一望無際, 有瓦家數處, 又有茅屋數百間, 鷄犬之聲相聞, 奄成一小郡邑. 兩家春耕秋穫, 男耕女織, 不聞世外之消息, 坐享山中之滋味.
80) 『老子』 80장, 「獨立」.

내는 곳이며, 서로 번거롭게 왕래하는 일도 없는 곳이다. 인용한 설화의 '닭과 개의 소리가 서로 들린다'는 묘사는 노자가 말한 '이웃 나라가 바라보이고 닭과 개 짖는 소리가 서로 들린다. 백성들은 장수하며 서로 왕래하지도 않는다(鄰國相望, 鷄犬之聲相聞, 民至老死, 不相往來)'라는 표현을 그대로 받아들인 점이 분명하게 드러난다.

다른 선계설화에서도 이러한 소국과민의 모습이 흔히 보인다.

밭 갈아서 먹고 베 짜서 입으니 시비(是非)할 것이 없고 조세도 내지 않습니다. 다만 나뭇잎이 지면 가을이라 여기고 꽃이 피면 봄이라 생각한답니다.81)

동네 안에 인가는 대략 200여 호였고, 그 앞에 넓게 펼쳐진 평야는 양전·미토가 아닌 곳이 없었다. 둘레를 물으니 20여 리라 하였다. 이곳은 세상 밖의 숨겨진 무릉도원이었다. 또 벽을 사이에 둔 여러 칸의 방 안에서는 밤마다 글 읽는 소리가 들렸다. 물으니, 동네의 젊은이들이 헛되이 놀지 않고 매년 가을과 겨울을 당하면 낮에는 일하고 저녁에는 책을 읽는데 반드시 이곳에 모여 공부한다고 하였다.82)

터를 크게 개척하여 새로 큰 집을 짓고 여염집을 넓게 두어 사람들을 모아 그곳에 들어가 사니, 그대로 하나의 큰 마을을 이루었다. 잡초를 제거하고 황무지를 개척하니 비옥하지 않은 땅이 없었다. 일 년에 거두는 곡식이 수천 석에 이르니 의식이 풍족하여 일생을 편안히 지냈다. 임진년 난리에 사람들은 어육(魚肉)이 되었지만 이생이 살고 있던 마을만은 전쟁의 화를 겪지 않았으니, 이곳을 산속의 무릉도원이라고들 한다.83)

---

81) 『靑邱野談』 1권, 「覘天星深峽逢異人」: 而耕田而食, 織布而衣, 是非不到, 租稅不出, 只以葉落爲秋, 花開爲春.
82) 『靑邱野談』 3권, 「訪桃源權生尋眞」: 洞中人戶, 恰爲二白餘數, 前坪一望平鋪, 無非良田美土, 問其周廻, 則爲二十餘里, 隱然是世外桃源也. 又隔壁數間房內, 夜夜有讀書聲, 問之, 則以爲洞中年少, 不可浪遊, 每當秋冬, 晝耕夜讀, 必會此而課業云.

『청구야담』에 나타나는 선계의 모습을 모았다. 「깊은 골짝에서 하늘의 별을 보는 이인을 만나다(覘天星深峽逢異人)」, 「무릉도원을 방문하여 권생이 신선을 찾다(訪桃源權生尋眞)」, 「가난함을 편안히 여겨서 궁핍하게 십 년 동안 주역을 읽다(安貧窮十年讀易)」에서는 농사를 지어 자급자족하는 산업 형태가 보인다. 농사를 짓되 특정한 사람들만이 하는 것이 아니라 남녀노소 누구나 다같이 열심히 일하고, 그 땅은 모두 옥토여서 충분한 수확을 낸다고 서술되어 있다. 적은 사람이 농사지어 많은 노는 사람을 먹이는 것이 아니라 모두가 함께 일한다. 또 거듭된 가뭄이나 홍수·전란으로 인해 척박해진 속세의 땅들과 달리 이곳에서는 좋은 땅에서 농사를 짓는 것으로 나타난다. 당시 사람들이 바라는 선계의 모습은 이렇듯 현실적이고도 소박하다.

이 장소들과 당시 사회의 차이점은 세금, 즉 수탈의 유무에 있다. 이곳에서는 스스로 밭을 갈고 베를 짜서 생활을 영위한다. 어느 누가 권력을 갖거나 종을 부리거나 하는 모습은 나타나지 않는다. 실제로 「깊은 골짝에서 하늘의 별을 보는 이인을 만나다(覘天星深峽逢異人)」에서는 세금을 내지 않는다는 표현이 정확히 나온다. 전란 이후에 심해진 삼정의 문란과 각종 강제적 수탈·횡포에 대한 사람들의 부정적·비판적 의식이 위와 같은 무릉도원의 묘사로 표현되었다. 사람들은 이들 사회에서 시간에 크게 신경쓰지 않고 자연과 함께 지내며 다만 조용하고도 평화롭게 산중의 즐거움을 즐기며 산다.

요컨대 조선후기 사람들이 생각했던 선계는 기화요초가 우거진 맑고 푸르며 아름다운 곳이기도 하면서, 기름진 땅에서 농사지어 뿌린 대로 거두며 사는 풍요한 곳, 급한 일이나 다툼이 없고 관으로부터의 수탈도 없는 평화로운 곳이다.

---

83) 『靑邱野談』 4권, 「安貧窮十年讀易」: 大拓基址, 新搆甲第, 廣置閭舍, 募民入處, 居然成一大村落矣. 闢草葉開荒蕪, 無非膏腴之地. 歲收穀幾千石, 衣食豊足, 一生安過. 壬辰之亂, 生民魚肉, 而生之一村, 獨不經兵燹, 此是山桃源云.

# Ⅲ. 마치며

　이상에서 조선후기 설화에 나타난 선계의 모습을 선계진입방법, 시간인식, 공간과 삶의 모습 등으로 나누어 살펴보았다. 주로 조선 후기의 3대 야담집인 『청구야담』, 『계서야담』, 『동야휘집』을 살피며 논의를 전개시켰을 뿐 조선 후기의 문헌설화를 모조리 들면서 설명하지는 않았으나, 그렇게 했더라도 논의의 내용은 대동소이할 것으로 생각된다. 본문의 논의에 대한 요약은 생략한다.

　선계에 대한 관심은 오랜 옛날부터 끊임없이 이어져 왔다. 멀리는 이인로의 『파한집』에서 청학동을 찾아가는 이야기를 발견할 수 있으며 조선 중기에 대량으로 지어졌던 유선시(遊仙詩)도 선계에 대한 지대한 관심의 산물이다. 어느 시대에는 지상선계가, 어느 시대에는 초월선계가 지배적으로 나타나는 등의 차이가 있지만, 이들 사이를 관류하는 공통점이 있다. 이것을 선계 인식 전통의 계승과 변이라는 면에서 살펴볼 수 있을 것이다.

# 유선담의 전승과 변모

## Ⅰ. 시작하며

역사나 문학이나 어느 것이든 평지돌출은 없는 법이다. 전 시대의 어떤 맥이 흘러 다음 시대의 어떤 것에 영향을 미치고 그것이 또 다음 시대의 무엇을 만들게 된다. 사람들의 의식도 마찬가지다. 앞 시대 사람들이 꿈꾸고 생각해 왔던 것들을 알게 모르게 받아들이고 발전시키며 다음 시대를 살고 있다. 그러나 또한 시간이 흐름에 따라 사람들의 생활방식이나 사고방식은 끊임없이 바뀐다. 앞 시대로부터 내려오는 것들이라도 그것을 그대로 받아들이지 않고 자신이 사는 현실에 가장 알맞게 바꾸는 것이다.

선계를 노닌 이야기, 즉 유선담(遊仙譚)에서도 이것은 똑같아서, 앞 시대의 어떤 면이 다음 시대에 그대로 나타나기도 하고, 앞 시대의 특징이 다음 시대에는 변모되어 나타나기도 한다. 당시 사회 분위기와 문풍(文風) 등에 가장 걸맞은 형식으로 표출되는 것이다.

우리 문학사 중에서 선계에서 노닌 내용을 쓴 작품을 일별해 보면, 고려시대에는 그런 작품이 거의 보이지 않는다. 후기 『파한집』 소재 청학동을 찾아갔다 실패한 이야기가 유일하다. 조선시대 들어와서도 초기에는 이런 글이 발견되지 않는다. 그러다가 중기와 후기에 갑자기 선계를 노닌 내용의 글이 다수 보인다. 그런데 거기에도 일정한 특징이 있다. 즉, 조선중기에는 유선을 다룬 시가 대부분인 데 반해 조선후기에는 유선시가 거의 보이지 않고 유선 설화가 매우 많이 나타난다는 것이다.

이 글은 선계 관련 이야기를 문학사적으로 정리하는 것을 목표로 한다. 다만 앞의 세 글에서 조선후기에 주로 나오는 선계설화의 서사구조나 그 시·공간적 특성 등은 자세히 살폈으므로 여기에서 반복해서 논하지 않는다. 중복된 부분을 생략하고 사적 논의에 꼭 필요한 부분만 다룰 것이다.

# Ⅱ. 중기 유선문학과 후기 선계설화의 계승과 변모

유선담은 고려와 조선초기에는 영성하다가 중기에 와서야 많이 나타나되, 중기에는 유선시가 주류를 이루고 후기에는 선계설화가 대부분을 차지하는 흐름을 이룬다는 것은 앞서 이야기했다. 이런 점을 생각하며 이제 조선 중기 유선문학과 후기 선계설화가 어떤 식으로 계승되었고 또 어떻게 변화되었는지를 보자.

## 1. 변함없이 이어지는 특징들

우선 중기 유선문학과 후기 선계설화를 나란히 두고 보면 크게 세 가지 면에서 공통된다. 첫째는 시간인식 면이요, 둘째는 임의로 출입하는 것을 막는 차단장치요, 셋째는 선계를 노니는 이가 처한 상황이나 그가 사는 시대 분위기이다. 서사 속 이들 세 가지에 대해서는 앞의 세 논문에서 이미 충분히 이야기했으므로 유선시만 간략히 예로 들며 정리하는 데 그치고자 한다.

먼저, 시간인식 면이다. 선계의 시간은 속계와 전혀 다르다. 잠시 선계에 머물렀던 사람들이 돌아올 때쯤이면 속계에서는 몇 달 또는 몇 년이 흘러 어리둥절하게 만든다. 이런 내용은 중기 유선문학에서나 후기 선계설화에서나 공통된다. 선계가 등장하는 문학에서는 이런 시간의 문제가 중요하게 다루어진다.

| | |
|---|---|
| 여섯 폭 비단 치마 안개 속에 끌며 | 六葉羅裙色曳煙 |
| 완랑을 불러 영지밭에 오르도다. | 阮郎相喚上芝田 |
| 꽃 가운데서 피리 한 곡 들었는데 | 笙歌暫向花間盡 |
| 인간 세상에선 만 년이 흘렀구나.84) | 便是人寰一萬年 |

허난설헌의 「유선사(遊仙詞)」 87수 중 마지막 수이다. 선계에서 원랑(阮郎)과 함께 선계의 꽃밭에 노닐며 피리 한 곡조를 들었을 뿐인데 그 사이 인간세에서는 일만 년이란 세월이 흘렀다고 하였다.

후기 선계설화에서도 『청구야담』 3권의 「식단구유랑표해(識丹邱劉郎漂海)」, 『기문총화』 4권의 「남서계진(南西溪趁)」 등에서 이런 인식이 선명하게 보인다.

둘째, 선계에는 늘 속인이 임의로 접근하지 못하도록 차단장치를 두었다.

| | |
|---|---|
| 하늘 위 백옥경에 | 天上白玉京 |
| 열 두 누각 다섯 성. | 十二樓五城 |
| 선인 상제께 조회하려니 | 仙人朝上帝 |

---

84) 許蘭雪軒, 『蘭雪軒詩集』, 「遊仙詞」.

범과 표범아, 문 막지 마라.85)　　　　　　　虎豹莫嚴扃

　유몽인의 〈옥경참용(玉京驂龍)〉이다. 상제가 거처하는 백옥경 입구는 범과 표범이 굳게 지키고 있다고 하였다. 누가 백옥경 앞에까지 갈 수 있을지는 모르지만 범과 표범이 지키는 문은 지날 수 없을 테니 보통 사람의 선계 출입은 차단된 것이다.

　후기 선계설화에서도 『청구야담』 3권의 「이동고위겸택가랑(李東皐爲傔擇佳郎)」 등 거의 대부분의 글에서 이런 내용을 볼 수 있다. 다만 차단장치가 위와 같이 맹수(猛獸)인지, 약수(弱水)인지, 위치를 제대로 파악할 수 없을 만큼 험하고 긴 길인지의 차이만 있을 뿐 속인의 접근을 막는 속계와 선계 사이의 차단장치가 늘 나타난다.

　셋째, 유선하게 된 당사자가 처한 개인적인 상황이나 그가 사는 시대의 분위기의 면에서 둘이 공통된다.

삶과 죽음 부질없음 슬퍼하면서　　　　　　悲生死之浮休兮
티끌세상 벗어나 멀리 갔다네.　　　　　　超塵寰以遠徂
상계의 선부에 올라가서는　　　　　　　　跻上界之仙府兮
아랫세상 풀더미 굽어보았지.86)　　　　　俯下土之積蘇

　위 시는 심의가 쓴 〈반도부〉의 첫 부분이다. 생사의 부질없음에 대한 회의 때문에 선계로 진입하게 되었다는 말로 유선을 시작하고 있다. 삶의 부질없음을 슬퍼하며 상계에 올랐다는 것은 그만큼 자신이 사는 세상에 대해 지쳤고, 그곳을 벗어나고 싶어 한다는 말이며, 그가 사는 현실과 그가 처한 상황이 좋지 않다는 것을 나타낸다. 생략한 뒷부분 시에서 잘 드러나 있다. 그의 소설 「기몽(記夢)」에서도 비참한 현실상황과 그 가운데서 선계를 꿈꾸

---

85) 柳夢寅, 「臥駝十五圖」 중 세 번째, 「玉京驂龍」.
86) 沈義, 『大觀齋亂稿』 1권, 「蟠桃賦」.

는 모습을 볼 수 있다.

『청구야담』 3권의 「방도원권생심진(訪桃源權生尋眞)」 등에서도 당시의 특별한 정치적 상황에 실망하여 과거공부를 폐하고 산천을 돌아다니다가 우연히 선계를 방문하게 된 이야기 등을 볼 수 있다.

행복하고 만족스러울 때는 삶에 대한 회의를 느낄 겨를이 없으나 삶이 고달프거나 세상에서 자신의 뜻을 제대로 펼칠 수 없을 때에는 그렇지 않다. 그럴 때면 사람들은 자신을 얽어매는 사회의 모든 편견이나 시선, 한계 등으로부터 벗어나기를 꿈꾼다. 이런 점은 조선 중기나 후기나 마찬가지였다.


## 2. 조선 중기와 후기 사이의 변화


위와 같은 것들에서는 중기의 유선문학과 후기의 선계설화가 일치한다. 그러나 시대의 변화에 따라 이런 유선담에도 다음과 같은 변화가 일어난다.

첫째, 중기에는 주로 시문의 형식으로 유선담을 노래했다면 후기에는 시문의 형식보다는 설화나 잡록의 형식이 더욱 두드러진다. 또 중기 유선문학에 나타난 선계가 주로 초월선계라면 후기 선계설화나 잡록 등에 나타나는 선계는 주로 지상선계이다.

먼저 전자의 문제를 잠시 언급하자. 조선 중기에는 시문의 형식으로 유선담을 실었으며, 그중에서도 특히 시의 형식으로 유선을 노래한 것이 많다.[87] 이 유선문학의 형식은 계속해서 이어지지 못하고 조선 후기에 들어서면서 사라졌다. 유선문학의 한계와 시대의 어떤 패러다임의 변화 등이 후기 문인들의 문집에서 유선문학을 사라지게 만들었을 것인데, 이에 대해서

---

87) 정민(『초월의 상상』, 휴머니스트, 2002)에 의하면, 20명의 작가가 쓴 유선문학은 5언이나 7언 절구, 율시, 고시가 대부분이고, 文은 드물다. 비록 유선문학 전체를 모두 조사한 것은 아니지만 20여명의 작가들에게서 이런 경향이 나타난다는 것은 당시 유선담이 주로 시의 형식으로 불렸다고 일반화시키기에는 충분하다고 생각한다.

는 뒤 절에서 상론한다.

설화의 경우 조선 전기나 중기에는 선계설화가 거의 발견되지 않거나 드물게 발견될 뿐이다. 예컨대 성현(成俔: 1439~1504)의 『용재총화(慵齋叢話)』 같은 책에서는 단 한 편의 선계설화도 발견되지 않는다. 임진왜란 직전에 엮어진 『어우야담』에 몇 편의 도교관련 설화가 보이기는 하지만, 이 책에 보이는 내용은 양반가 자손 중 어떤 사람이나 큰 학자가 신선이 되기 위해 내단·외단 수련을 한다는 내용이 주를 이루고 있을 뿐이다. 선계에서 노닌다거나 선계를 방문하게 되었다거나 하는 이야기는 드물다.

도교나 선계 등이 나타나는 설화는 임병양란 이후에 눈에 띄게 많이 생겼다. 물론 고려후기 이인로의 『파한집』에 청학동에 관련한 이야기와 이곳을 찾아 헤매었다는 이야기가 있기도 하지만, 대개 도교나 선계에 관한 이야기는 임병양란을 기준으로 그 이후, 즉 조선후기에 나타났을 뿐 그 이전 시기에는 이에 관련한 이야기를 찾아보기 힘들다. 조선후기에 들어서면서 문인들의 문집에서 시나 문의 형식으로 된 유선담은 사라졌지만, 『계서야담』, 『청구야담』, 『동야휘집』, 『기문총화』, 『해동이적』 등의 문헌설화집에 다수의 도교나 선계 관련 설화가 다수 수록되어 있다. 선계를 노닌다는 내용물은 같지만 이를 표현하는 방식은 변화하였다는 것이다.

형식뿐만이 아니라 그 안에 담긴 선계의 모습도 조선 중기와 후기는 차이를 보인다. 중기에는 초월선계의 모습이 주로 묘사된다면 후기에는 지상선계의 모습이 주로 나타난다. 유선문학에서는 거의 다 천상이나 지하에 있는 초월선계를 그렸다. 바다 한가운데 있다는 삼신산은 누구도 본 적도, 가볼 수도 없는 가상의 신선공간이기 때문에 이 역시 초월선계라고 해야 한다. 이수광의 〈기몽〉,[88] 조찬한의 〈몽선요〉,[89] 정두경의 〈유선사〉[90] 등 모두가 다 그렇다. 한시 중에, 지상 어느 곳에 있다는 신선의 흔적을 찾아 돌아

---

88) 李睟光, 『芝峯集』 7권, 「記夢」.
89) 趙纘韓, 『玄洲集』 2권, 「夢仙謠」.
90) 鄭斗卿, 『東溟集』 9권, 「遊仙詞」.

보고 읊은 시나 자신의 어렵고 답답한 처지를 노래하면서 자신은 신선세계에서 인간세상으로 귀향을 온 신선이라 스스로 위로하며 돌아갈 날을 기다리면서 한탄하는 내용의 시들이 여럿 있다. 그러나 이러한 시들은 비록 신선에 관한 용어를 사용하긴 하였으나 어디까지나 속인(俗人)의 생활을 속인의 감정과 느낌으로 그렸다. 또는 자신의 처지에 대한 울울한 심정을 위로하고자 그런 내용을 썼을 뿐 선계를 노닌다거나 선계 어느 곳을 묘사하며 어떤 일을 한다는 등의 구체적 유선의 모습은 드러나지 않는다. 지상의 선계를 방문하여 누구를 만났다거나 하는 내용도 없다.

조선후기의 대표적 야담집 『청구야담』에서만 살펴더라도, 도교나 선계에 대한 내용이 상당히 많이 나온다. 산도원(山桃源), 단구(丹邱), 십승지(十勝地) 등에 관한 내용이 「안빈궁십년독경(安貧窮十年讀易)」, 「식단구유랑표해(識丹邱劉郞漂海)」, 「남사고동국선십승(南師古東國選十勝)」 등에 보인다. 즉 대부분 지상선계의 모습을 표현했다. 조선후기라고 해서 꼭 지상선계의 모습만 나타나는 것이 아니다. 그러나 주로 지상선계의 모습이 많이 나타날 뿐 초월선계는 어쩌다 가끔 보이며 역시 지극히 피상적으로 나타날 뿐이다. 예컨대 『청구야담』에서 보면 총 182화(話)의 이야기 중 도교관련 이야기임이 직접적으로 드러나는 것은 25화인데, 그중에 초월선계의 모습이 나타나는 것은 2화(「백두옹지교일서생(白頭翁指敎一書生)」, 「의남임수환유철(義男臨水喚愈鐵)」)뿐이다. 그 초월선계의 모습 역시 읽는 이가 그곳의 모습을 떠올릴 수 있을 만큼 구체적으로 장소나 체계가 묘사되지는 않고 피상적으로 서술되고 있을 뿐이다.[91]

이렇듯 조선 중기와 후기의 유선담은 그 형식과 내용에서 '시로 표현한 초월선계'에서 '설화로 표현한 지상선계'로의 변모를 보였다.

둘째, 중기의 유선문학이 주로 중국 고문헌에 나타나는 선계를 답습하여 중국풍에 대한 모방상이 강하다면 후기의 유선담은 우리나라의 특정한 산악

---

91) 이 연구서 첫 번째 논문 참조.

이나 바다의 모습 등이 나타나는 조선풍이 강한 형태라 하겠다.

문인들이 남긴 유선문학을 보면, 자신의 생각이나 경험을 살려 글을 지었다기보다는 대체로 중국의 신선고사에 나오는 인물들에 얽힌 이야기를 제재로 삼아 글을 지었다.

| | |
|---|---|
| 소매 속의 외는 대추만 한데 | 袖瓜如棗 |
| 회오리바람 타고 바다로 가네. | 颰行海寓 |
| 진(秦)나라 정치에 진저리나니 | 嬴政骨膻 |
| 지극한 도를 어찌 말하리. | 至道奚語 |
| 옥 신에 금서(金書)를 | 玉舃金書 |
| 속세에 남겼으니. | 留報人間 |
| 반도(蟠桃)가 열리거든 | 蟠桃結子 |
| 봉래산의 날 찾게.92) | 訪我蓬山 |

위의 예에서 보는 바와 같이 허균은 「대령산신찬(大嶺山神贊)」에서 중국 신선고사 가운데 나타나는 왕예(王倪), 광성자(廣成子), 서왕모(西王母), 상원부인(上元夫人), 윤희(尹喜), 마고(麻姑) 등 30여 명의 선계 인물들을 노래하였다. 유몽인도 서왕모, 정령위, 적송자, 마고, 안기생, 황초평, 여동빈, 서왕모, 갈홍 등 선인을 노래한 시를 남겼다. 즉, 허균 외에도 많은 이들이 중국의 신선고사에서 그 소재를 가져와 유선시를 남겼다. 그러나 한정된 소재로 표현하다 보니 시간이 지날수록 유선문학은 한계에 부딪혀 앞 사람의 글에 대한 모방에 그칠 뿐이었다. 18세기 이후 유선문학이 자취를 감추게 된 하나의 원인이다.

유선문학 작품 중에는 중국의 유선문학을 가져와 결구해 놓았다거나 그것들을 본 뜬 작품도 많다. 정민에 의하면, 허난설헌의 「유선사(遊仙詞)」 87수는 중국의 조당(曹唐)의 「소유선사(小遊仙詞)」 98수 중 많은 부분을 그

---

92) 許筠, 『惺所覆瓿藁』 14권, 「大嶺山神贊」 중 安期生 부분.

대로 가져온 것이며, 임제의 「효적선체(效謫仙體)」는 이백의 「감흥(感興)」 6수와 「등태산(登泰山)」 6수를 본뜬 작품[93]이다. 그러나 중국의 글도 어디까지나 상상력으로 이룬 신선고사들을 모방하여 구성했을 뿐 자신들의 경험세계가 아니기 때문에 한계가 있었으며, 이를 모방한 우리 문학 역시 같은 한계에 부딪힐 수밖에 없었다.

초월선계는 철저히 상상 속 공간이기 때문에 그곳을 노니는 이야기는 처음부터 사실적 묘사를 기대하기 어렵고, 공간이 다르기에 지상에서 본 어떤 모습을 반영하여 구성할 수도 없다. 그렇기에 몇몇 사람의 기발했던 착상이 있은 뒤론 상상력의 한계를 드러내며 갈수록 선인들의 작품에 대한 모방과 반복이 나타나게 되었다는 것이다.

반면 조선후기의 선계설화에는 우리의 역사 현실이, 우리나라의 지리적 특성이나 지역명이 잘 드러나며, 우리나라만의 독특한 생활양식 등이 투영되어 있다.

우리나라는 국토의 상당 부분이 높고 낮은 산악으로 이루어져 있으며, 특히 동부 지역은 더욱 험한 산으로 이루어져 있다. 조선후기의 설화를 살펴보면, 선계는 대체로 깊은 산속에 자리잡고 있으며 상대적으로 험하다는 강원도 쪽을 배경으로 하고 있는 것이 많다. 『청구야담』에서 보면 「방도원권생심진(訪桃源權生尋眞)」이 춘천 근처의 산을 배경으로 하는 것을 비롯하여, 많은 수의 설화에서 깊은 산속에 있는 선계를 묘사하였다. 중국은 서부 지방을 제외하면 기차로 몇 시간을 달려도 광야가 끝없이 똑같이 펼쳐지는 점을 고려할 때, 강원도를 중심으로 험하고 깊은 산악을 배경으로 한 유선담이 많다는 사실은 우리나라만의 특징이라 할 수 있다.

조선후기 설화의 경우 임병양란 이후 혼란스러운 사회분위기와 맞물려 무릉도원형 선계의 모습이 지배적으로 나타난다. 『청구야담』의 「이동고위겸택가랑(李東皐爲傔擇佳郞)」과 「안빈궁십년독경(安貧窮十年讀易)」에서는 임진

---

93) 정민, 『초월의 상상』(휴머니스트, 2002) 참조.

왜란을 맞아 전 국토가 유린될 때 그곳만은 평안하였던 무릉도원을 묘사해 놓았고, 「첨천성심협봉이인(覘天星深峽逢異人)」에서는 더럽고 시끄러우며 조세징수가 혹독한 세상을 싫어하여 산속에 무릉도원을 개척했다고 하였으며, 「방도원권생심진(訪桃源權生尋眞)」에서는 고양지방에 살다가 가까운 지친(至親)과 외가, 처가, 당내의 족속들이 모두 한꺼번에 세상을 등지고 산속에 들어와 이후 세상과 왕래하지 않고 살고 있는 무릉도원을 묘사해 놓았다. 후자의 두 이야기는 특별히 어느 시대라고 말하지는 않았으나 묘사되고 있는 세상의 모습을 통해 어느 시대, 어떤 모습의 삶인지 짐작할 만하다. 역사와 지형을 함께 담은 조선풍의 유선담이 펼쳐져 있다는 것이다.

선계 묘사에 사용되는 표현에도 우리나라만의 생활양식이 드러난다. 예컨대 「방도원권생심진(訪桃源權生尋眞)」에서는 '닭 우는 소리와 개 짖는 소리(鷄狗之聲)', '다듬이 소리(砧杵之響)'가 마을 사방에서 들렸다고 하였고, 「이동고위겸택가랑(李東皐爲傔擇佳郞)」에서는 깊은 산속에 있는 평야에 '기와집(瓦家)'과 '초가집(茅屋)' 수백 칸이 있었다고 하였다. 모두가 우리나라 사람들이 만든 선계라는 것을 입증해 줄 만큼 조선적인 내용이다.

셋째, 묘사된 선계의 모습이나 그 묘사 방법 면에서도 중기와 후기의 유선담은 큰 차이를 지닌다. 중기의 유선문학에서는 실재할 수 없는 공상적인 것들을 낭만적인 상상력으로 묘사하고 있다면 후기의 선계설화에서는 지상의 특정 산이나 바다를 거론하면서 거리와 사는 모습, 산업형태 등을 현실적이고도 현재적으로 묘사하고 있다.

먼저 유선시에 묘사된 선계의 묘사를 살펴본다.

아침엔 이슬이요 저녁엔 유하주   朝餐沆瀣暮流霞
허공 나는 이 있음 믿을 만해라.   須信凌虛有作家
굽어보니 땅덩이는 아득하기만 한데  下視塊蘇嗟渺渺
대붕새는 드물고 하루살이만 가득.  大鵬飛少蟣蟓多

맑은 새벽 학 타고 상청에 오르니      清晨騎鶴上淸虛
붉은 구름 서린 동천은 옥황의 거처.      洞闕紅雲玉帝居
상제 명 내려 내게 소서(紹書) 쓰라시기에      特令弄臣宣紫紹
하늘 글자로 시 한 수 낭낭히 읊었네.      朗吟天篆一行書


좌계엔 구름 없이 백유성(白楡星) 비치고      左界無雲種白楡
광한궁 선녀들은 춤을 너울너울.      廣寒宮裏舞仙妹
은하에 배 띄우니 파도는 넓고      泛槎銀海波瀾闊
금궐 경루는 옥황상제 계신 곳.94)      金闕瓊樓是帝鄕

매월당 김시습의 「능허사」 5수 중 가운데 세 수이다. 매월당이 선유하기를 꿈꾸어 표현해 낸 선계는 이렇다. 5수 전체 내용을 보면, 맑고 높은 하늘 어딘가 옥피리 소리 은은히 들리는 백옥경에 신선들이 모여 있다. 그들은 거추장스레 화식(火食)을 하지 않고 이슬과 유하주를 부어 마시어 살 뿐이다. 학을 타고 움직이되 새벽이면 어김없이 옥황상제가 계신 상청(上淸)에 올라 그 앞에서 조회를 받는다. 상제가 계신 광한전은 너울너울 춤을 추는 선녀들로 가득하고 은하수를 물 삼아 배 띄워 놓고 즐기는 곳이다. 그곳에는 하루살이처럼 꾸물거리며 사는 인간이 없으며, 세상에 있는 티끌도 도저히 범접할 수 없다.

선계를, 옥황상제를 중심으로 한 하늘이나 수궁 등을 나타내는 초월선계, 사람들이 우연히 이르러 살 수도 있는 지상의 어느 험산준령·바다 가운데 섬 등의 지상선계로 나눈다면, 중기 유선문학에 나타난 선계는 초월선계이다. 선유자는 봉황, 용, 구름을 타고 그곳 선계에 오르거나 가사(假死) 상태 또는 몽유 상태로 선계를 볼 수 있을 뿐95)이다. 그곳 초월선계는 피리 소리가 은은히 들리는 가운데96) 옥황상제를 중심으로 뭇 신선들이 아침마

---

94) 金時習, 『梅月堂詩集』 3권, 「凌虛詞」.
95) 許蘭雪軒, 『蘭雪軒集』, 「感遇」 넷째 수.
96) 金時習, 『梅月堂詩集』.3권, 「凌虛詞」 5수 중 첫 번째 수.

다 『황정경』 등을 외며 조회를 하는 곳[97]이며, 번잡스럽게 밥이나 반찬을 마련하는 것이 아니라 이슬을 먹고 사는 곳이며[98] 푸른 새가 날아다니며 소식을 전하고[99] 요지(瑤池)에서 서왕모가 주관하는 잔치[100]도 벌어지는 곳이다.

조선후기 선계설화에 나타난 선계의 모습은 이와 다르다. 여기에서는 주로 지상선계가 나오는데, 지상선계는 인연이 있는 사람들이 우연히 잠시 방문할 수 있는 장소로, 전쟁으로부터 사람의 목숨을 안전하게 보호해 줄 수 있는 곳이다. 또 예지력을 지닌 사람이 조용히 살며 천기를 엿보고 세상일을 미리 점치는 곳이고, 현실 정치에 염증을 느낀 사람이 세상을 떠나 세상 시간과 세상 인연을 잊어버리고 사는 곳이며, 모두가 다 평등하게 열심히 일하며 의식주 걱정 없이 사는 곳[101]이다.

요컨대 조선 중기의 낭만적 상상, 공상의 세계가 조선후기에 들어서면서는 다소 사실적이며 현실적인 모습으로 바뀌어 나타나고 있다는 말이다.


# Ⅲ. 마치며: 유선담 계승·변모의 저변


앞 절의 논의에서 밝힌 대로 시대 흐름에 따라 어떤 면은 그대로 계승하였고 어떤 면은 변화시킨 것이다. 그러면 이러한 계승과 변모의 의미는 어떤 것인지 살펴봄으로써 논의를 정리하고자 한다.

먼저 시간관념에 집중해 보자. 장생의 욕구는 예나 지금이나 변함없는 인

---

97) 許筠, 『惺所覆瓿藁』 2권, 「上淸辭」에는 조회를 하는 장면이 잘 묘사되어 있다.
98) 金時習, 『梅月堂詩集』 3권, 「凌虛詞」 5수 중 두 번째 수.
99) 金時習, 『梅月堂詩集』 3권, 「遊仙歌」 넷째 수.
100) 柳夢寅, 「臥駝軒十五圖」 중 네 번째, 「瑤池張宴」.
101) 이들 내용은 앞에 있는 세 편의 논문에 자세하다.

지상정이다. 세상이, 삶이 아무리 행복하고 기뻐도 스러져 가는 육체와 멈추지 않는 시간은 사람들에게 끝없는 아쉬움을 남긴다. 예로부터 지금까지 죽지 않은 사람이 어디 있는가 말이다. 누구나 피할 수 없는 죽음과 죽음 이후 세계에 대한 미지, 그것 때문에 선계를 꿈꾼다고 해도 과언이 아닐 것이다. 그러므로 장생의 관념이 들어 있지 않은 선계는 선계가 아니다. 속계에서의 몇 년이, 또는 몇십 년이 선계에서는 겨우 바둑을 한 판 둘 정도의 시간이거나 한 이삼일 쉴 정도의 시간밖에 되지 않는다는 묘사는 이런 장생 욕망의 투영이다. 이것은 선계를 꿈꾸는 일을 포기하지 않는 한 계속될 내용인 것이다.

다음은 선계와 속계 사이의 차단장치! 누구나 쉽게 들어 다닐 수 있으면 그곳은 특별한 세계가 아니다. 그저 현실 세계의 어느 지역일 뿐이다. 그렇다면 현재 자신의 주위에서 일어나고 있는 많은 일들이 똑같이 일어날 것이고, 똑같이 힘들고 괴로울 뿐이다. 그런 세계는 따로 꿈꿀 필요가 없다. 최소한 선계는 사람들이 겪고 있는 현실의 각종 괴로움과 혼란, 위험이 제거된 곳이어야 하기에 아무나 쉽게 그곳을 들어 다닐 수 없게 하여 그곳만의 일정한 환경을 유지하여야 한다. 그런 면에서 지금 현실세계가 아닌 꿈꾸어 이루어낸 다른 세계인 선계에서 '차단장치'는 앞의 '시간관념'과 함께 선계를 이루는 필수적인 요소가 된다. 시대가 흘러 세상이 변해도 없어질 특성이 아닌 것이다.

선유자가 처한 사회적·개인적 상황의 면은 어떤가? 선계를 꿈꾸는 것은 기본적으로 모두 현실에 대한 불만과 연결되어 있다. 현실 사회의 어떤 면이, 개인의 어떤 상황이 불만족스럽거나 괴로워 피하고 싶을 때, 또는 정신적으로 충만한 기쁨에 쌓여 있지 못하고 왠지 공허함이나 외로움, 허무함 등을 느낄 때 사람들은 또 다른 세상을 꿈꾼다. 그 세상이 선계로 나타나는 것이다. 구체적 모습이 천상의 어떤 공간으로 나타나는가, 지상 어느 곳으로 나타나는가는 나중 문제이다. 우선 그 또다른 세계, 선계를 꿈꾼다는 것 자체가 불만족스런 상황에서 출발한다는 점은 어느 시대나 공통된 특성이다.

바면 벼모되 며은 왜 나타나는가? 앞 절에서 변모된 점으로 세 가지를 들었다. 중기에는 시의 형식으로 초월선계를 주로 노래했는데 후기에는 설화의 형식으로 지상선계를 주로 노래했다는 점, 중기 유선시는 주로 중국이나 선인(先人)들의 작품에 대한 모방상이 강하다면 후기 설화는 우리 산하(山河)와 역사를 배경으로 한 조선풍이 강하다는 점, 중기 선계는 비실제적이고 낭만적인 상상력으로 이루어진 공간이라면 후기 선계는 현실적 정치·경제 문제에 관한 소망을 담은 보다 사실적인 공간이라는 점이었다.

이 세 가지는 모두 조선 중기와 후기의 문풍과 관련지을 때 잘 이해된다.

고려말기부터 우리나라 문단을 풍미했던 송시풍(宋詩風)은 16세기 초 중종·명종 대(代) 이후 점차 변화하기 시작하여 선조 연간 이르러 당시풍(唐詩風)으로 완전히 전환되었다. 전 시대의 교조적이고 윤리적이며, 사변적인 송시풍의 영향, 그중에서도 험벽한 고사나 까다로운 수사를 내세운 강서시파의 영향 속에서 갑갑함을 느낀 조선 중기의 문인들이 새로움을 추구했던 것이다. 그래서 그동안 싸매어 놓았던 감정을 자유롭게 분출하고 상상의 나래를 마음껏 펼치며 글을 써 나갔다. 그때 사람들이 흔히 썼던 것이 지금 여기에 없는 상상의 공간이었다. 그러다 조선 중기에는 여성이 아닌 남성이 궁궐의 궁녀 또는 규방 여성의 목소리로 노래하는 염정시, 남성이 아닌 여성이 변방에서 전쟁을 수행하거나 수자리 사는 이야기를 노래한 변새시(邊塞詩), 〈강남곡〉이나 〈채련곡〉 등 남조민가풍(南朝民歌風)을 노래한 작품이 많이 발견된다. 이것들의 공통점은 자신이 듣거나 보았거나 경험한 내용을 노래한 것이 아니라 순전히 지금 여기에 없는 상상의 세계를 방 안에 앉아 머릿속으로 꿈꾸어 나타낸 점이다. 오랜 시간의 평화체제 유지로 인한 사회적 유약함, 계속되는 명분 없는 당쟁, 그리고 이후 갑자기 발생하여 전 국토와 온 백성의 정신을 황폐케 했던 임병양란 등을 겪으면서 사람들은 이것에 대한 돌파구로서 실제적인 어떤 것을 그린 것이 아니라 머릿속으로 한껏 자신의 상상의 날개를 펴보며 새 공간을 그려보는 방법을 택하였던 것이다.[102]

그런 시대 분위기 속에서 현실이 아닌 어느 화려한 공간을 제약 없이 그리고 누릴 수 있는 유선시는 당시인들의 구미에 꼭 맞는 것이었으며, 그 유선의 공간이 지상이 아닌 천상이었던 것 역시 당시의 문풍과 어울리는 것이다. 이와 함께 당(唐)의 악부체를 의고(擬古)하고자 하는 당시의 분위기까지 고려한다면 조선 중기에 '초월선계'를 그린 '유선시'가 많았던 것은 이해가 된다.

18세기에 들어서면서 전 시대의 천편일률적이고 의고적인 면에 대한 반발로 일상의 것을 자신의 목소리로 개성 있게 나타내는 경향이 문단을 지배하게 되었다. 양반들뿐 아니라 서얼이나 경아전 등 여항인물들이 시단을 형성하여 활동하게 되면서 기존 시의 규범과 상투성으로부터 탈피한 새로운 소재, 새로운 표현들이 제가끔 개성 있게 드러났던 것이다. 이야기물에 대한 관심이나 긍정적 인식도 높아져 다수의 야담집들이 이 시기에 발간되었다. 사회는 급격하게 변화하고 있었고, 경제적인 풍요로움과 도시적 복잡함을 갖춘 곳이 늘어나고 있었다.[103]

이러한 때에 방 안에만 앉아 자신의 상황이 아닌 다른 이들의 상황을, 지금의 것이 아닌 옛것만을 본뜨려 하고 머릿속 상상 세계에서 돌파구를 찾으려하는 시도는 자연 도태되고 말았다. 현실에는 없는 공상만으로 이루어진 초월세계가 지상세계로 대체되고, 그 지상세계에서 사람들이 오순도순 모여 사는 모습으로 선계의 모습이 바뀌는 것은 필연적인 시대 분위기였다.

초월선계는 세상에 실재하지 않는, 처음부터 가상의 공간이었다. 누구도 그 세계를 경험한 사람이 없고, 그 세계에 사는 사람이 다시금 세상에 돌아와 사람들 사이에 살 리도 없다. 중국의 『열선전』이나 『신선전』 등의 책을 보면서 그곳에 실린 인물들의 신선고사를 이용하여 한껏 상상의 나래를 펴서 그려낸 공간일 뿐이다. 상상의 근본 소재를 중국 고사에 의존하다 보니

---

102) 조선 중기의 문단의 주요 경향과 작품들의 특성에 관해서는 정민, 『목릉문단과 석주 권필』(태학사, 1999)에 논의가 자세하다.

103) 조선 후기 문단의 경향과 작품들의 특성에 관해서는 안대회, 『18세기 한국한시사 연구』(소명, 1999)에 논의가 자세하다.

유선시에서 펼쳐지는 내용이 중국 작품들에 대한 모방성이 강한 것은 피할 수 없는 일이었다. 또한 실재하지 않은 공간을 그저 머릿속으로만 그려낼 뿐이었기에 사실적인 묘사를 기대하기 어려웠고, 지상에 세우는 공간도 아니기에 지상에서 본 어떤 모습을 투영하여 그려낼 수도 없었으므로 그저 비실제적인 낭만적 묘사에 그칠 수밖에 없었다. 시재(詩材)뿐만 아니라 시의 표현이나 분위기까지 모두 의고가 강했던 유선시의 작가들은 일정 시간이 지나면서 더 이상 창조적 글을 모색할 수 없게 되고, 표현의 한계를 느끼게 되었다. 그래서 조선 후기에 들어서는 유선시들이 더 이상 발견되지 않는다.

조선후기에 들어서면서 선계의 묘사도 지상선계에 대한 묘사로 바뀌었고, 선계에 관한 관심 역시 양반들의 전유물이 아니라 전 계층에까지 확산되는 양상을 나타내었다. 또 후기에 들어서 그 시대의 산문정신과 맞물리면서 사람들이 다투어 잡록이나 야담집을 엮게 되었다. 이 역시 당시의 문풍이었다.

조선적인 것, 생활 주변의 것들에 대한 관심이 많았던 당시로서 선계도 강원도, 경상도 등 자신들이 사는 지역 어느 곳에 있을 것이며, 지상 어느 곳에 있으니까 혹시라도 우연히 그곳을 방문할 수도 있을 것이라고 생각하였던 것이다. 그곳의 모습이 현실적이고 사실적으로 그려졌던 것도 역시 사회적인 분위기였다. 황당한 어떤 것을 바란 것이 아니다. 삼정의 문란, 가혹한 수탈 등에 시달리던 사람들이 그러한 문제들이 없는 사회를 바라며 구체적으로 그려본 것이 자연스레 지상선계로 나타나게 된 것이다. 하늘을 날아다닌다거나 이슬을 먹고 산다거나 하는 이야기는 사라지고 그저 자신들이 지금 가장 고통스러워하는 것이 없는 세계, 즉 가혹한 수탈이나 불합리한 지배제도가 없는 세계, 놀고먹는 사람 없이 모두가 협력해서 열심히 일하여 의식주 걱정이 없는 그런 사회를 그려내게 된 것이다. 중기의 선계가 비실재적이고 다소 환상적 공간이었던 것과는 다른, 실제적이고도 현실적인 선계가 그려지게 된 것은 당시의 이러한 분위기와 연결된다.

제 2 부

# 공간의 의미와 이상세계 형상

# 묘향산의 도교문화적 특징과 양상

## Ⅰ. 시작하며: 왜 묘향산인가?

목은 이색(1328~1396)은 '묘향산은 압록강 남쪽 기슭, 평양부의 북쪽에 있어 요양(遼陽)과 경계를 이룬다. 산이 크고 높아 여기에 견줄 만한 것이 없다. 장백산에서 뻗어 나온 것이다. 겨울에도 시들지 않는 향나무가 많고 선·불(仙·佛)의 옛 자취가 지금도 남아 있다. 산 이름은 여기에서 가져온 것이다'104)라고 했다. 견줄 만한 곳이 없을 만큼 아름다운 산, 향나무가 많아서 묘향산이란 이름을 가진 곳, 신선과 불가의 자취가 많은 곳이라는 것을 말해 주는 기록이다.

한민족에게 이 묘향산은 특별한 곳이다. 묘향산은 우리 민족의 기원이라 말하는 단군신화의 배경이 되는 땅이며, 수려한 자연경관으로 보는 이를 감탄시켰던 절경(絶景)이고, 각종 전쟁의 상황에서 우리를 지켜주었던 요새였다. 또한 수만의 봉우리 안에 이루 다 셀 수 없는 암자가 있어서 어느 때엔 왕이 직접 그 사찰을 찾아가 향화(香火)를 올리기도 했었다. 사회의 부침

---

104) 李穡, 『牧隱文稿』卷之二』, 「香山潤筆菴記」: 香山在鴨綠水南岸平壤府之北, 與遼陽爲界. 山之大莫之與比, 而長白之所分也. 地多香木, 冬靑, 而仙佛舊 迹存焉, 山之名以香山.

(浮沈)에 따라 자의로, 또는 타의로 세상과 멀어진 지식인들이 방외인(方外人)이란 이름으로 묻혔던 땅이기도 하다. 현대에는 북한의 김일성 전 주석이 이 산에 묻힘으로써 북한 사회에서는 특히 묘향산이 민족의 영산으로 더욱 각광을 받고 있기도 하다.

묘향산은 북한 관련 연구소에서 발간하는 기관지에 자주 소개가 된다. 그러나 대체로 관광지 소개성 글이 대부분이지 이곳 자체에 관한 깊이 있는 연구들은 아니다. 그 밖의 연구논문으로는 크게 휴정과 유정의 생애와 사상을 다룰 때 묘향산을 함께 언급한 것과 불교 사찰 관련 보고서가 대부분이다. 이 논문에서 다루려는 문제와 관련해서는 허흥식[105]과 이종은[106]의 선행연구를 참고할 만하다. 허흥식은 묘향산과 보현사와 단군굴 관련 여러 자료들을 수집·검토·소개하여 이 분야에 관한 종합 자료 기준을 제시하고 있다. 이를 통해 묘향산 관련 사찰의 운영이나 종류, 전란에 관한 기록 등 참고할 만한 내용을 얻을 수 있다. 이종은은 매월당 김시습, 삼연 김창흡, 죽하 김시화의 시문을 통해 묘향산에 대한 인식을 살폈으므로, 이 글과 함께 참고하면 유·도교적(儒道敎的) 면, 시문(詩文)·서사잡문(敍事雜文) 면에서 상호보완이 될 것으로 생각한다.

여기에서는 묘향산에 대한 인식과 그 문학적 형상의 문제를 다루되, 논의의 집중을 위해 도교적인 의미에서 묘향산을 바라보는 데 초점을 맞출 것이다. 유교나 도교 이외에 불교나 민간신앙 등 다른 의미에 관해서도 별도의 심도 있는 논의들이 이어져야 할 것이나 이 점은 후고로 미룬다. 또한 이를 위해 서사문학, 특히 설화나 필기문학을 중심으로 논의를 전개할 것이다. 시문은 유자들의 것이 대부분이라 도교적인 인식을 다루기에는 부족하거나 왜곡된 면이 있기 때문이다.

---

105) 허흥식, 「名山과 大刹과 神堂의 의존과 갈등—묘향산과 보현사와 단군굴의 사례」, 『佛敎考古學』 창간호(위덕대학교 박물관, 2001.12), 107~143쪽.
106) 이종은, 「묘향산의 문학적 형상 一考」, 『한양어문』 16집(한양대학교 한양어문학회, 1998.12), 47~78쪽.

# Ⅱ. 묘향산의 도교문화적 특징과 양상

도교라는 통로로 묘향산을 살피면 그 특징을 몇 가지로 정리해 볼 수 있다. 여기에서는 그 특징을 크게 넷으로 나누어 그 양상을 예문을 통해 살피며 왜 그런 특징이 나타나게 되었는지를 궁구해 본다.


## 1. 신성(神聖)한 공간, 도인(道人)의 활동장

첫째, 묘향산은 수많은 도인들이 활동한 신비스러운 공간이다.

묘향산에 관해서는 온갖 신이한 이야기들이 많이 전해진다. 이곳에서 도를 닦는 사람들 이야기도 많이 나온다. 수십 년 전에 죽었다고 전해졌던 사람들이 전혀 늙지 않은 채 모습을 드러내는 곳도 바로 이 묘향산이다. 이처럼 묘향산은 신이하면서도 성스럽고 수수께끼 같은 공간이다. 도를 닦는 사람들, 늙지 않는 사람들이라 했으니 이 공간은 곧 불로장생의 도교의 공간이라고 말할 수 있다.

다음은 『이향견문록』에 나오는 이야기이다.


김세휴는 영변 사람이다. 일찍이 이인을 좇아 수련하는 방법을 배워서 날씨가 추울 때도 솜옷을 입지 않고 배고파도 곡식을 먹지 않았다. 묘향산에 들어가 맑은 공기와 눈 덮인 봉우리 사이를 돌아다닌 지 거의 사오십 년이 되었다. 그 지방에서는 다들 그를 신선이라 불렀다. 그 땅에 들어가서 김신선 집을 물으면 나무하는 아이나 들밥을 나르는 아낙들까지 모르는 이가 없었다.

풍채와 외모는 보통 사람과 다르지 않지만 맑은 분위기와 여윈 몸집에는 속세의 기운이 없었다. 하루에 먹는 것이라곤 솔잎 몇 순가락을 맑은 물에 타서 마시는 것뿐이었다. 밤부터 새벽까지 똑바로 앉아 자지 않다가 새벽이 되면 반드시 문을 나와 잠시 뜰을 거닐다가 방에 들어갔다. 다른 사람이 알까봐 두려워한 것이다. 또 운명추리를 잘하였는데, 그가 추리한 것은 신기하게도 딱 맞는 경우가 많았다. 스스로 말하기를 "『황정경』을 구천 번 정도 읽었는데 중비로봉에 들어가 만 번을 다 읽은 후 돌아오고 싶다"고 했다. 육십여 세가 되었을 때에 나무로 만든 신을 신고 깎아지른 듯한 절벽을 가는데도 나는 듯 빠르니, 승려들이 신명(神明)을 받들 듯 공경하였다.107)

김세휴는 묘향산에 들어가 이인을 좇아 벽곡 등의 온갖 수련을 하였다. 한참의 수련을 통해 그는 속세의 기운이 남아 있지 않다고 할 만큼 맑은 분위기를 갖게 되었다. 주위 사람들이 그를 신선이라 부를 정도였다. 김세휴에게 묘향산은 신선을 좇아 노니는 곳이요, 스스로 신선이 되기 위해 수련하는 공간이다. 물론 김세휴가 수련하다가 나중에 금강산 유점사에서 죽어서 조카가 유해를 챙겨 갔다는 후일담이 기록되어 있으니, 신선 중에서 비교적 격이 낮다고 하는 지선(地仙)이나 시해선(尸解仙)의 반열에도 들지 못한 것은 사실이다. 그러나 그가 신선들이 읽는다는 경전인 『황정경』만 번 읽기를 목표로 하였고 각종 도교적 수련을 하였음은 명백하게 기록되어 있다. 김세휴가 왜 하필 묘향산에서 수련을 하고 그 산에 들어가 『황정경』을 읽으려 했는가? 묘향산이 바로 그런 도교적 도인의 수련 공간이기 때문이다.

한무외(韓無畏, 1517~1610) 역시 묘향산의 도인을 말할 때 빠지지 않을 만한 인물이다. 유몽인은 『어우야담』에 이런 이야기를 썼다.

---

107) 『里鄕見聞錄』 10권, 「金世麻」: 金世麻寧邊人也. 早從異人, 學修鍊法, 寒不
衣絮, 飢不茹穀. 入妙香山, 徜徉於淸凉雪嶺之間, 殆四五十年, 西關皆以神
仙號之. 入其境, 問金神仙家, 樵童饁婦莫不指示焉. 其神兒不踰中人, 而淸
癯無俗樣, 一日所啖, 只松葉數匙和淸水而已. 夜則徹曉危坐不寐, 至五更,
必出戶盤桓於階庭, 少焉, 暫入室, 唯恐傍人知之. 又精於推命, 多奇中. 自
言讀黃庭經九千餘遍, 欲入中毗盧, 讀萬遍而還云. 年六十餘, 而着木屐行,
懸厓絶頂, 捷如飛. 僧輩敬奉如神明, 所傳多靈異涉誕, 或秘之.

한무외는 지금의 청주 지방인 서원(西原)의 선비이다. 젊었을 적 호협하게 사는 것을 좋아하여 지방 관기(官妓)들을 마음대로 휘두르더니, 하루는 어떤 기생의 기둥서방을 죽이고 원수를 피하여 관서의 영변에 살았다. 곽치허(郭致虛)를 만나 비방(秘方)을 배워서 선가(仙家)와 불가(佛家)에 두루 통하더니, 여든 살이 되어서도 두 눈이 빛나고 턱수염은 칠흑같이 검었다. 허균이 원접사(遠接使)의 종사관으로 있을 때 한무외는 순안(順安)의 훈도(訓導) 벼슬에 있었다. 허균이 그와 이야기해 보고는 그가 기이한 존재라는 것을 알게 되었다. 함께 거처하자고 하여 신선술을 물으니 한무외가 말하였다.

"신선이 되는 방법은 간단합니다. 남몰래 비밀스런 계책을 꾀하지 않고, 죄 없는 이를 죽이지 않으며, 남을 속이지 않고, 재물을 쫓지 않으며, 어려운 사람을 보면 재물을 아끼지 않고, 항상 청결하여 여색을 가까이하지 않으면 됩니다."(중략)

한무외가 여든 살 정도에 병 없이 앉아서 돌아가니 순안 지방에 장사지냈다. 오륙 년이 지난 후에 친구가 묘향산에서 그를 만났다. 낯빛이 조금도 늙지 않았으므로 벗이 물었다.

"사람들은 그대가 죽었다고 하던데, 어찌하여 모습이 전보다 더 좋은가?"
"전한 사람이 잘못했군 그래."[108]


한무외는 희천지방 교생(校生) 곽치허(郭致虛)에게 연단비방을 배워 우리나라 도교의 도맥(道脈)을 이은 인물로 꼽힌다. 우리나라 내단 수련의 계보를 다룬 『해동전도록(海東傳道錄)』을 저술하기도 한 인물이다. 그는 이 책에서 조선의 도맥이 태상노군(太上老君)-위백양(魏伯陽)-종리권(鍾離權)-최승우(崔承祐), 자혜(慈惠)-최치원(崔致遠), 이청(李淸), 명오(明

---

108) 柳夢寅, 『於于野談』 1권: 韓無畏西原儒士也. 少時好任俠, 擅西原官妓. 一日殺妓夫, 避仇人關西寧邊居焉, 遇熙川校生郭致虛, 學秘方, 泛濫仙佛, 年八十雙目炯然, 鬚胡如漆. 許筠爲遠接使從事官時, 無畏爲順安訓導. 筠與之語, 知其爲異客, 要共宿, 問學仙之方, 無畏曰: "大凡爲仙之道, 勿作陰謀秘計, 勿刑殺無辜, 勿欺誣人, 勿營財, 見窮困人勿惜財, 常淸淨, 勿近女色玩好."……無畏年八十餘, 無病坐化, 葬於順安. 後五六年, 其友遇於香山, 容色不老, 問曰: "人言公死, 何容勝昔?" 無畏曰: "傳之者謬也."

悟), 김시습(金時習)-서경덕(徐敬德), 홍유손(洪裕孫)-곽치허(郭致虛)를 거쳐 자신으로 이어졌다고 주장하기도 하였다. 그만큼 도교 쪽의 중요한 인물인 한무외가 주로 활동했던 곳이 바로 묘향산이다.

왜 신선이 되고자 하는 이들이, 또는 신선 같은 분위기를 내는 이들이 바로 묘향산에서 활동하고 이곳에서 발견되는가? 그런 신이함은 어디에서 오는가? 아무래도 이는 한민족의 기원인 단군신화에서 찾아야 할 것이다.

환인의 작은 아들 환웅이 자주 천하에 뜻을 두고 인간세상을 구하자, 아비가 아들의 뜻을 알고 삼위태백을 내려다보니 인간을 널리 이롭게 할 만하였다. 그래서 천부인(天符印) 세 개를 주어 가서 다스리도록 하니, 환웅이 삼천의 무리를 이끌고 태백산 마루 신단수 아래로 내려왔다. 후에 환웅이 웅녀와 혼인하여 단군을 낳으니 그가 바로 한민족의 조상이라는 것109)이 단군신화의 대개이다. 환웅이 하늘에서 하강했다는 장소가 바로 묘향산이다. 이런 민족적 역사 때문에 묘향산은 민족의 영산(靈山)이며 태반(胎盤)이라는 상징성을 지닌다. 이런 인식은 우리나라 문인의 글에 수없이 보인다. 예컨대 송익필의 『구봉집(龜峯集)』 2권의 〈향산(香山)〉에서 이런 인식이 잘 드러난다.

| | |
|---|---|
| 산악의 위엄 영험하고 빛나며 | 山嶽威靈赫 |
| 밭과 들판 비와 이슬 고루고루. | 田原雨露均 |
| 해와 별도 오가지 못하니 | 日星休往復 |
| 천지의 밤낮도 멈춰 있구나. | 天地失昏晨 |

---

109) 『三國遺事』 1권, 「紀異1, 朝鮮」: 古記云, 昔有桓因〔謂帝釋也〕, 庶子桓雄, 數意天下, 貪求人世, 父知子意, 下視三危太伯, 可以弘益人間. 乃授天符印 三箇, 遣往理之. 雄率徒三千, 降於太伯山頂〔卽太伯今妙香山〕, 神壇樹下, 謂之神市, 是謂桓雄天王也, 將風伯雨師雲師, 而主穀主命主病主刑主善惡, 凡主人間三百六十餘事, 在世理化. 時有一熊一虎, 同穴而居, 常祈于神雄, 願化爲人, 時神遺靈艾一炷, 蒜二十枚曰: "爾輩食之, 不見日光百日, 便得人 形." 熊虎得而食之, 忌三七日, 熊得女身, 虎不能忌, 而不得人身. 熊女者無 與爲婚, 故每於壇樹下, 呪願有孕, 雄乃假化而婚之, 孕生子, 號曰壇君王儉.

길이 닫혀 쌓인 눈 그대로라              寶閉千年雪
꽃피는 오월에나 봄 같다네.             花開五月春
태평성대 제왕의 덕이 보이니            康衢歌帝德
옛날 신인이 강림한 곳이라.            聞昔降神人

묘향산이라는 이 산악의 신성함 때문에 해와 달조차 걸음을 멈춘다며 그 위엄을 표현하였다. 그 이유를 바로 옛 신인(神人), 즉 환웅의 강림처(降臨處)라는 것으로 설명하고 있다. 이렇듯 묘향산을 신령한 땅으로 인식하는 특성 때문에 이 공간이 도교의 도술이나 이인의 신비로움이나 신이한 특성과 쉽게 연결될 수 있었을 것이다.


## 2. 도·불(道佛)의 융합(融合) 공간


둘째 묘향산은 도인의 활동장인데, 특히 묘향산에서 활동하는 도인은 불교와 도교의 특성을 동시에 지닌 융합체로서 나타난다.

묘향산에서 수련하였다는 사람들의 이야기나 이곳에서 잠시나마 모습을 드러내었다는 도인들에 대한 기록은 앞에서 말한 것 등 여러 가지가 있다. 그런데 묘향산의 도사나 이인들에게는 일정한 특징이 있다. 이들은 승려와 도인의 모습을 동시에 지닌다는 점이다. 분명 승려라고 하였고 승려의 복장을 하고 있는데, 도교의 도사들이나 할 만한 수련을 하거나 그런 특성을 드러내거나 그런 일들을 하고 있다.

『청구야담』 4권에는 택당 이식과 한 승려의 이야기를 말한 부분이 있다. 너무 길어서 전문을 인용하기는 어려우므로 요약하여 제시한다.

택당이 젊었을 때 용문의 내매사(乃邁寺)에 거처하면서 『주역』을 연구하였는데 다른 중들이 다 잘 때 유독 한 불목하니는 택당의 등불 빛을 빌어 그 옆에서 짚신을 삼으며 자지 않았다. 택당이 『주역』을 읽다가 모르는 부분이 생겨 고심하는 것을 보고 이 중은 속으로 탄식을 한다. 그 말을 우연히 듣게 된 택당은 그가 보통 사람이 아님을 알고 간청하여 그에게 『주역』을 배웠다. 택당이 의심나는 곳에 표지를 붙여서 남의 눈을 피하여 그를 찾아가 물으면 그는 은미하고 오묘한 진리를 분석하여 알려주었다. 택당은 마음속이 시원하게 뻥 뚫려 구름을 젖히고 푸른 하늘을 보는 것만 같았다. 택당이 산에서 내려간 후 그 중이 집을 찾아와 병자년의 전쟁을 예고하고 영춘(永春)으로 피신할 것을 말하기도 하였다. 그래서 병자호란 때 택당은 어머니를 모시고 영춘 지방으로 들어가 편히 지냈다. 나중에 택당이 재상이 되었을 때, 우연히 묘향산을 유람하다가 그 중을 만났다. 용모가 강건하여 용문산에 있을 때와 똑같았다. 택당은 사흘간 그와 함께 머물며 도에 대해서 듣기도 했다. 헤어진 후로는 다시는 만나지 못하였다.110)

택당이 젊은 시절 절에서 글을 읽고 있을 때 한 불목하니를 만났다고 하였다. 불목하니란 절에서 밥을 짓고 물을 긷는 일 등을 맡아 하는 사람을 가리키는 말이다. 정식으로 승려가 되어 불교의 수련을 했는지는 드러나지 않지만, 절에 속한 식구가 된 것은 확실하고 또 후반부로 갈수록 그를 승려로 표현했다. 이 사람은 불교의 인물이지만 도교적 특징도 짙게 지닌다.

우선 『주역』에 능통하였다는 점에서 도교의 특성을 드러낸다고 할 수 있다. 주역을 탐색하여 운수를 점치며 안내해 주는 것은 도교 도사의 일 중 하나였다. 또 전란 때에 보신처를 알려주는 것이 전란 이후 선계서사의 주요 골자111)인데, 그 역시 택당에게 그리하였다. 이는 임란 이후 갑자기 많이 생겼던 이인설화의 내용구조이다. 더불어 수십 년 뒤에 그 중을 다시 만났는데 전의 모습과 전혀 변함없이 똑같더라고 했다. 이는 흔히 장생불사하는 신선의 풍모를 묘사할 때 쓰는 글귀이기도 하다. 이런 점을 종합했을 때 이 사람은 불교적 인물임과 동시에 도교적 인물이라 할 수 있다. 아니 오히려 외

---

110) 『靑邱野談』 4권, 「澤堂遇僧談易理」: 李澤堂少時多病廢擧業, 專意調養. 家在砥平白鴉谷, 近龍門山, 嘗携周易棲龍門乃邁寺, 沈潛研究…….
111) 이에 관해서는 이 연구서 첫 번째 논문 참조.

모에서만 불교적 특성이 드러날 뿐 그 행적과 특성은 도교 쪽에 가깝다.

　권만(權萬: 1688~1749)이 『강좌집(江左集)』 8권의 〈묘향산 승려 이야기(妙香僧說)〉에서 그리고 있는 사람 역시 승려라 하였으나 도교적 특성을 지닌 인물이다. 다음 항에서 인용하며 고찰할 것이므로 우선 여기에서 필요한 것만 언급하겠다. 그 기사에 보면 부엌에 먹을거리가 없고, 밥을 해 먹은 흔적도 없다고 했으니 벽곡을 한 것이요, 방문자가 배고프다고 했을 때 환약을 주었는데 그걸 먹으니 배고픔을 잊게 되었다고 했으니 이는 도교의 도사들이 흔히 쓰는 도술을 표현하는 서사이다. 또한 명나라 멸망의 때를 생각했을 때 권만이 그 기사를 쓸 당시에도 그가 살아 있었다는 점에서 장생불사의 면모를 충분히 보여주고 있다. 즉 이 사람 역시 표현은 중이라고 하였으되 도교적 인물의 특성을 지닌 이다.

　묘향산에 나오는 이인, 도인의 무리가 유독 불교와 도교의 특성을 동시에 지니는 것은 무엇 때문인가?

　묘향산에는 이루 다 셀 수 없을 만큼 많은 사찰과 암자가 있었다 한다. 『신증동국여지승람(新增東國輿地勝覽)』 54권의 「영변대도호부」에는 "묘향산은 부의 동쪽 1백 30리에 있는데, 태백산이라고도 부른다. 옛 기록에 그 산에 3백 60개의 암자가 있다고 썼다"라는 기록이 있다. 또 법종(法宗)[112]은 『허정집(虛靜集)』의 〈속향산록(續香山錄)〉에서 "아 높고 낮게 벌여 있는 봉우리가 대개 그 수가 9천이요, 크고 작은 여러 사찰의 수는 8만을 넘으니 성대하고 아름답도다"라고 했다. 두 기록의 봉우리와 암자의 수가 같지는 않지만 시간의 차이를 고려할 때 있을 법한 일이다. 또 둘의 차이는 있어도 봉우리와 암자가 매우 많았다는 사실을 말한 것은 서로 같다. 봉우리와 암자가 많았으니 그 안에 온갖 특성을 지닌 승려들이 많았을 것은 더

---

112) 法宗(1670~1733): 조선 英祖 때의 佛僧으로 호는 虛靜이다. 12세에 玉峯에게서 중이 되었고, 20여 세 때에 묘향산에 들어가 道安에게서 대장경을 배우고 그 제자 秋鵬의 법을 이어받았으며, 眞常, 內院, 祖院 등의 여러 절에 있으면서 후학을 가르쳤다. 이런 삶의 인연으로 그는 묘향산에 대해 비교적 상세한 기록들을 남길 수 있었다.

말할 필요가 없다.

그런가 하면 도교의 유적들이나 수련처들도 여럿 있었다. 불(佛)과 대비되는 개념으로서 단군을 신령(神靈)으로 여기거나, 또 단군이 나중에 종적을 감추어 신선이 되었다는 전설 때문에 그를 신선으로 여기는 인식은 우리나라에 널리 퍼져 있었다. 때문에 아무리 서로가 다른 것이라고 분명히 구분하여 지적하더라도 우리나라 일반인들 사이에서 선교(仙敎)와 도교(道敎)는 혼용되어 인식되었던 것이 사실이다. 그런 면에서 묘향산 곳곳에 있는 단군관련 유적[즉, 단묘(檀廟)]이나 천신묘(天神廟)·지신묘(地神廟) 등은 도교의 유적으로 파악할 수 있다. 묘향산을 도교의 터전으로 볼 수도 있는 것이다. 서거정(1420~1488)은 묘향산을 말하면서 이 산에 선·불의 신령한 유적이 많이 있음[113]을 지적하기도 했으니 바로 이런 맥락에서이다.

요컨대 유독 묘향산을 배경으로 한 이인 중에는 승려와 도사의 모습을 동시에 갖춘 이들이 많다. 이런 특성은 사찰과 도관이 둘 다 매우 많은 묘향산이라는 공간의 특성 때문에 나타난 현상이다.


## 3. 방외(方外)의 은일(隱逸) 공간

묘향산은 아무나 오르지 못할 험한 산이라 세상의 티끌이나 온갖 시끄러움과는 다소 단절되어 있다. 게다가 예부터 신령스럽다 여겨진 산이라 이곳에는 특히 신인(神人), 도인(道人)이 많았다. 이곳은 티끌 세상에 흥미를 잃고 스스로 세상으로부터 단절한 방외인을 받아줄 만한 넉넉하고 깨끗한 산이며, 그들이 도를 깨우치려 수련(修練)한 땅이다.

방외(方外)는 세상의 규범과 법도, 또는 지배적인 가치관으로부터 벗어난

---

113) 徐居正, 『四佳文集』 5권, 「送峻上人遊妙香山序」: "……산에는 신선과 부처의 영험한 자취가 많아 至元과 延祐의 사이(1264~1320)에 황제가 향을 내리기도 하였지요. 山多仙佛靈跡, 至元延祐之間, 皇帝降香祈禱."

밖의 세계를 뜻하며, 방외인은 바로 그런 방외에 있는 사람을 말한다. 이들은 방내(方內)와 방외(方外)의 경계에서 어느 한 곳에 편입되지 못한 채 방외로의 일탈과 방내에 대한 비판을 끊임없이 시도한다. 유교를 국시로 하는 조선 사회에서 승녀들이나 도사들은 방외인이었고 묘향산은 방외의 공간이었다. 그들은 세상의 질서를 부정하며 어지러운 세상을 떠나 스스로의 도를 추구하며 묘향산에서 은거하였다. 세상에 대한 태도 때문에 방외인의 경우 흔히 도교적 특성을 갖는 게 일반적이다.

『대동야승』의 여러 곳에서 정희량(1469~?)에 관한 몇몇 이야기와 그에 대한 의견을 볼 수 있다.

정희량은 연산조 을묘년에 과거에 급제하여 예문관 검열이 되었다. 무오년 사화에 연루되어 귀양을 갔다가 얼마 후에 석방되었다. 모친상을 당하여 풍덕(豊德) 땅 여막에 거처하면서 항상 자제들에게 말하기를, "갑자년에 사화가 다시 일어날 것인데, 우리들도 화를 면치 못할 것이다" 하였다. 임술년 5월 5일에 여막문 밖을 걸어 나가더니 한참이 되어서 지나도록 돌아오지 않았다. 집안사람들이 이상하게 여겨서 자취를 찾다가 강변에 짚신 두 짝이 버려져 있는 것을 발견하였으나 사람은 간 곳이 없었다. 이 때문에 물에 빠져 죽은 것이라 여겼다.

나중에 서쪽 산에 있는 중이 말하였다.

"여러 산을 오가는 이상한 승려가 있습니다. 전에 정희량의 얼굴을 알던 사람이 그 승려를 보더니 그가 바로 정희량이라고 하였습니다. 혹은 그가 머리를 기른 방사(方士)가 되어 비밀스레 여러 산을 왕래한다고 하기도 합니다. 또 그 중이 주었다는 시구(詩句)가 세상에 퍼져 사람들이 그것을 다투어 읊기도 하지요."

김륜이 일찍이 이천년을 따라 다니면서 그가 쓴 오행(즉 生年月日時)을 보았었기 때문에 그의 오행에 대해 매우 상세하게 알고 있었다. 김륜이 한양에 왔을 때 판서 신경광(申景洸)이 점치는 것을 좋아하여 선비와 고관들의 오행을 써 두고 점을 쳐서 징험하였는데, 그 가운데 희량의 오행도 기록되어 있었다. 김륜이 경광을 방문하였다가 그 기록을 보게 되었다. 정희량의 오행을 보고는 깜짝 놀라며 "이것은 나의 스승 이천년의 것이다"라 하였다. 아마도 정희량이 죽지 않고 지금까지 살아 있는 것 같다.114)

정희량은 조선중기에 활동했던 문신으로 김종직의 문인이었다. 성종이 죽은 후 올린 상소로 유배되는 등 등용과 유배를 거듭하다가 모친(母親)의 시묘살이 중 행적을 감추었다. 특히 음양학에 뛰어났다고 알려져 있다. 위의 기록에 의하면 그가 무오년 사화를 겪은 후 갑자년 사화를 앞두고 종적을 감추었다고 했다. 무오년 사화란 연산군 4년에 김일손(金馹孫) 등 사림파가 유자광(柳子光) 중심의 훈구파(勳舊派)에게 화를 입은 사건이다. 성종실록 편찬 시 김종직이 사초에 〈조의제문(弔義帝文)〉을 실은 것을 계기로, 그가 세조의 왕위찬탈을 비방한 것이라 하여 사림파들을 다 얽어 넣었던 사화이다. 갑자년 사화는 연산군 10년에 연산군의 어머니인 폐비 윤씨의 복위 문제와 얽혀 일어난 사화이다. 이때 윤씨의 폐위에 찬성했거나 그의 복위를 반대한 선비들에 대한 대대적인 징계가 있었다. 당파싸움에 따른 사화가 이어지는 때에 정희량은 방내의 공간을 떠나 자취를 감추었다. 조정이라는 방내의 공간에 환멸을 느끼고 방외의 공간인 묘향산에 든 것이다.

세상에 대한 분노와 불만 등을 품은 채 세속을 떠나 묘향산에 든 방외인에 대한 기록은 이외에도 여럿 찾아볼 수 있다. 권만은 『강좌집』에서 묘향산에 거하였던 어떤 중에 대해 썼다.

---

114) 『大東野乘』9권: 有鄭希良者, 燕山乙卯登第, 爲藝文檢閱, 戊午屬史禍被謫, 未幾得放, 遭母喪居廬于豐德地, 常謂子弟曰: "歲甲子則士林之禍復作, 我輩亦且不免云." 壬戌五月初五日, 步出廬幕門外, 久不還來, 家人怪之, 尋跡至江邊, 見兩草履, 棄在水際, 無去處, 因爲沉江而死. 後西方山僧謂, 或云異僧往來諸山, 或贈識希良顔面者, 分明認見, 或云長髮爲方士, 秘迹往來, 棲息於諸山, 或贈僧詩句, 流播於世, 人爭口誦, 金倫嘗從行見其所錄生年月時, 五行甚詳, 來京師, 有申判事景洸好卜, 書錄士人達官五行, 常自推卜驗之, 希良五行亦錄於其中, 倫往訪景洸坐談間, 因閱其書錄, 至希良五行, 忽驚曰: "是吾師李千年八字也, 以此言也, 盖疑希良不死, 至今存云.

세상에 다음과 같은 이야기가 전한다. 한 선비가 묘향산을 유람했다. 궁벽하고 깊은 곳에 칡덩굴에 얽힌 한 암자가 있었다. 고요히 인적은 없고, 주방 부뚜막에도 먹고 마실 노구가 전혀 없었다. 상지분을 여니 50여 세쯤 되는 한 노승이 눈을 감고 가부좌를 틀고 앉아 있었는데 먼지가 쌓여 발등을 덮을 정도였다. 그 모습이 빼어나면서도 커다랬다. 책상 위에 ≪초사≫ 한 책이 있었다. 물어도 대답이 없더니 선비가 배고프다고 하자 책상 속에서 환약 하나를 찾아 내놓았다. 그것을 삼키니 괜찮아졌다. 선비가 그곳에 머물러 몇 번을 물었어도 대꾸도 하지 않았다. 책을 펴고 〈이소〉를 읽더니 "마부는 슬퍼하고 내 말은 근심하여, 움츠리며 돌아보면서 가지를 않는구나" 라는 대목에 이르자 책을 덮고 말을 이루지 못하다가 조금 후에 통곡하였다. 통곡하는 이유를 물어도 대답하지 않았다. 돌아가려면서 또 배고프다고 하자 다시 환약 하나를 주었다. 선비가 산에서 나와 사람을 만나서 문득 그 중의 일을 말하였으나 아는 사람이 없었다. 나중에 지리산에서 이 일을 이야기하니 한 행각승이 말했다.

"아아, 그런 중이 있다는 말은 사실입니다. 나도 그곳 암자에서 그 승을 보았는데 물어봐도 대답은 않더니 환약을 먹여주면서 〈이소〉를 읽으며 통곡했습니다. 곡을 끝내고서도 말을 하지 않았지요. 공의 말과 딱 맞습니다. 열흘쯤 같이 지낸 후에 내가 함부로 말하지 않는다는 것을 알고 난 후에야 말하였습니다. 승은 촉나라 사람입니다. 명나라 말에 삼천병마로 난에 임했다가 적에게 섬멸되었는데 경우 몸만 빠져나왔습니다. 조선은 예의를 아는 나라라 반드시 명나라를 위하여 복수를 하리라 생각하고는 동으로 패수(浿水)를 건너 이 땅에 이르렀으나 일을 이룰 수 없다는 것을 알고는 끝내 머리를 깎고 산에 들어갔습니다. 내가 본 때에도 오십 전후로 보였는데, 그것이 이미 50여 년이나 되었습니다."115)

---

115) 權萬, 『江左集』 8권, 「妙香僧說」: 世傳一士人遊香山, 窮深極遠, 有小庵在藤底, 寂無人聲, 廚竈無飮食之具, 開戶有老僧年可五十餘, 合眼塊坐, 凝塵沒跗, 狀貌壞偉, 案上有楚辭一冊, 有問無答, 士人告飢, 探案腹投一丸於前, 嚥之果然, 士人宿留, 屢問而不與之交言, 開卷讀離騷, 至僕夫悲余馬懷, 睠跼顧而不行, 掩抑不成聲, 已而痛哭, 問所以痛哭之意, 不答, 將歸又告飢, 又饋一丸, 士人出山逢人, 輒語以僧事, 莫有知者, 後於智異山談此事, 有一行脚曰: "噫! 信矣有是僧, 吾亦於是庵見是僧, 叩之不應, 饋以丸, 讀離騷痛哭, 哭旣不言, 一如公言, 相守旬月, 知吾不妄言然後言. 僧蜀人也, 大明末, 以三

묘향산에 홀로 거하는 중이 이 산에 들어온 것은 명나라의 멸망 때문이라 하였다. 오랑캐라 여겨온 청에게 명이 망하자 복수를 꿈꾸었다고 하였다. 소중화(小中華)라 자부해 온 조선은 대국(大國)에 대한 의리를 저버리지 않고 북벌을 할 것이라 생각하고는 그때에 함께 뜻을 도모하고자 기다린 것이다. 이 사람이 통곡하면서 읽는 것은 초사(楚辭) 중에서 특히 〈이소(離騷)〉이다. 이소는 전국시대 초나라 굴원의 작품으로, 초회왕과의 불화로 쫓겨나는 상태에서 위태로워지는 나라에 대한 걱정과 때를 만나지 못한 자신에 대한 안타까움을 표현한 발분(發憤)의 글이다. 이 사람이 〈이소〉를 읽으며 통곡했다는 것 역시 조국에 대한, 그리고 자신에 대한 심정을 말해 주는 것이다. 그에게 있어서 세상이란 오랑캐의 정치가 행해지는 곳이므로 방내로 들어갈 수 없고, 또한 조국에 대한 안타까움으로 완전히 방외에서 평안히 지낼 수도 없었다. 그런 이들이 은거한 장소가 바로 묘향산이다.

방외인들이 숨는 장소가 왜 묘향산일까? 이 산이 갖는 신령한 분위기는 행적을 '감추고' 사는 '비밀스런' 방외인의 욕구와 연결된다. 또한 봉우리가 많고 산이 깊으니 그런 의도를 성취하기에 더욱 알맞았을 것이다. 더불어 묘향산 자체가 시대를 만나지 못한 영웅이 몸을 감추는 곳, 새 영웅의 탄생처라는 함의를 지닌 채 인식되었다는 점을 생각할 필요가 있다. 우리 민족의 기원을 말하는 단군신화의 배경이 된다는 점도 그렇고, 또 이무기 모양의 거물(巨物) 우(禹)가 묘향산에 살다가 세상이 어지러워질 것 같은 때 스스로를 죽여 영웅으로 재탄생하게 된다는 이야기116)에서도 이런 인식을 잘 볼 수 있다.

---

千兵馬赴難, 殲於賊, 僅以身免, 謂朝鮮禮義之邦, 必爲明復讐, 東渡浿水, 及到, 知事不可濟, 遂剃髮入山. 吾見時, 亦似五十左右歲人, 今已五十年矣."
116) 禹에 관한 이 이야기는 『靑邱野談』 1권, 「問異刑洛江逢圃隱」(博川一砲手, 獵于妙香山, 香盖大山, 多人跡所不到處. 砲手見一鹿, 幾捕未捕, 終日逐之……)뿐만 아니라 여러 문인의 잡록에도 자주 등장한다.

## 4. 선계와 부신(保身) 공간

험한 여러 봉우리로 이루어진 곳이라 방외인들이 숨는 장소로 알맞다는 묘향산의 특성과 연결하여 한 가지 더 이야기될 것이 있다. 묘향산은 무릉도원의 선계요 전란 등으로부터 사람들을 보호해 준 보신처였다.

어지럽고 힘든 세상을 떠나 죽음의 고통을 극복한 신선들! 그들이 사는 곳이 곧 선계이다. 세상이 힘들수록 사람들은 무릉도원을 꿈꾼다. 신선의 땅, 세상을 벗어난 땅인 묘향산에 별천지가 없었다면 그것이 오히려 이상할 것이다.

만종재본 『어우야담』 5권에서 유몽인은 선계에 관한 기사를 몇 편 싣고 있는데, 그중에 묘향산에 관한 내용이 나온다.

내가 듣기로, 우리나라 산천은 험하고 깊은 까닭에 인적이 닿지 않아서 진나라 사람의 무릉도원 같은 곳이 한둘이 아니라 한다. 특히 묘향산 북쪽은 오랜 세월동안 사람이 다니지 않았다. 가정·융경(嘉靖隆慶) 연간에 한 백성이 송아지를 등에 지고 길도 없는 골짝으로 들어가니 관리가 도망치는 백성이라 여겨 끝까지 힐문하였다. 그 백성은 "깊은 산속에 비옥한 들이 있다고 합니다. 그곳은 워낙 깊어서 소나 말이 갈 수는 없으므로 반드시 망아지나 송아지를 짊어지고서야 들어간다고 하니, 이것을 가져다가 앞으로 키워서 쓰려고 합니다" 라고 했다. 관가에서는 군관을 보내 따라가서 그 길을 알아두게 하였으나 험한 곳을 지나며 오른 지 며칠 만에 그 백성 등은 길을 잃어버렸다. 관가에서는 그 백성이 일부러 알리지 않으려 한다 하여 그를 죽여 버렸다.117)

---

117) 만종재본 『어우야담』 5권: 余嘗聞, 我國山川阻深, 人跡所不到, 如秦人武陵處非一, 獨妙香山之北, 曠世不通人烟, 嘉靖隆慶間有一民, 負小犢入無徑之谷, 官人知其爲逋民窮詰之, 言"有沃野在極深處, 牛馬所不到, 必須人負駒犢而入, 及長而用之." 官家使軍官隨之識其路, 歷險登頓數日失其路, 其民不許之, 官家怒而殺之云.

우선 산천이 험하여 사람의 발자취가 닿지 않은 곳에 무릉도원 같은 곳
이 여럿 있다는 전제를 두고 묘향산에 얽힌 이야기를 한다. 한 백성이 송아
지를 등에 지고 그곳에서 살겠다고 들어가는 것을 관에서 잡아 결국 죽였다
는 내용이다. 왜 산으로 들어가는가? 세상에서는 견디기 힘들어서이다. 어
디로 가는가? 함부로 목숨까지 앗아가는 세상의 특성이 없는 산이다. 그 산
이 바로 묘향산으로 표현되었다.

유몽인은 이어지는 이야기에서도 묘향산에 있다는 선계에 대해 말하였다.

천계 2년 내가 송천사에서 노닐다가 법환이라는 한 중을 만났는데 그가
다음과 같은 말을 해 주었다.

법환은 젊어서 묘향산에 오른 적이 있었다. 향로봉에 올라 북쪽을 바라보
니 산악이 험하고 깊었다. 푸르고 아득한 저 너머를 두고 어떤 사람은 그것
을 고향산(古香山)이라 부른다. 또 그곳에 별세계(別世界)가 있어서 옛 사
람이 거처하고 있다고 했다. 오늘날에도 세상을 떠난 사람들이 숨어 있다고
했다. 법환은 기뻐하며 소나무 껍질과 잣나무 잎에 먹을 것을 싸서 길잡이
도 없이 그곳을 찾아 들어갔다. 해나 달도 보이지 않을 만큼 삼나무와 노송
나무가 하늘 높이 솟아 있는 가운데 토끼나 원숭이가 다닐 만한 길도 없었
다. 원근은 조용하여 새 소리 하나 들리지 않고 가끔 도토리가 떨어져 있어
갈 길을 표시해 줄 뿐이었다. 북쪽으로 가며 노숙한 지 여드레가 지났어도
인가는 보이지 않았다. 그러다 한 곳에 이르니 밭이 산언덕에 있었는데 나
무는 베지 않고 단지 껍질만을 여러 척 될 만큼 벗겨서 나무를 말라죽게 한
것이다. 그 사이 흙을 파서 어지러이 파종해 두었는데, 도랑이나 이랑이 없
는데도 이삭은 말 꼬리같이 풍성하기만 하였다. 나무를 베어다가 높은 시렁
을 만들어 곡식을 쌓아 두었으며 곳곳마다 수많은 창고가 있었다. 바위 너
머 계곡이 끊긴 곳에 큰 사찰을 지었는데, 누런 단청이 화려한 곳이었다.
따뜻한 방에는 수백 명의 승들이 거처하고 있었다. 소나 말이나 수레가 없
어서 내지인과 서로 왕래하지 않고 다만 수천 리 밖에서 소금만 사올 뿐이
었다. 소금을 운반할 때에는 세 번 찌고 열 번 말린 후 나뭇잎으로 싸서 길
게 묶는다. 그래서 비록 물 속에 떨어져도 물이 스며들지 않게 한 후에야
등에 지고 가져온다. 그런 까닭에 소금이 금처럼 귀하다. 야채를 담그고 국

을 끓일 때는 풀이나 나무에서 나온 신 즙으로 조미한다. 날씨가 매우 추워 이중창이나 덧문이 아니면 편안하지 않으나, 곡식을 넉넉히 쌓아 두고서 다들 상수하니 신실로 별천지이지 인간 세상이 아니라 할 수 있다.118)

선계의 모습을 구체적으로 표현한 내용이다. 울창한 나무숲을 헤치고 길도 없는 길을 따라 한 곳에 들어가니 나무 사이에 농사를 지으며 사는 곳이 있었다. 땅이 비옥하여 곳곳마다 곡식이 가득한 평화로운 곳이라 하였다. 오직 소금을 사러 나갈 뿐 그 외에는 따로 드나들지 않고 살면서 다들 장수하는 곳이라 표현했다. 이곳이 어디 있다고 하였는가? 묘향산이다. 묘향산은 인간이 그리는 꿈같은 세상이 있을 만한 땅으로 여겨진 것이다.

유몽인은 이 기사 뒤에 여연(閭延)과 무창(茂昌) 지역을 찾아갔었다는 이야기를 썼다. 4월에 이곳에 가서 얼음을 깨고 정강이만큼 큰 여항어(餘項魚)를 손에 잡히는 대로 잡아서 나무에 걸어두었다. 며칠이 지나 돌아가는 길에 가져 왔는데 누구도 가져가는 사람이 없었다. 그 땅 토지의 비옥함도 내지(內地)의 열 배나 되더라고 했다. 그리고 이 땅이 고향산(古香山)119)과 가깝다는 점을 지적하여 묘향산에 있는 선계를 간접적으로 드러내고 있다.120)

또 양만고(1574~1654)는 『감호집(鑑湖集)』 3권에 이런 내용을 썼다.

---

118) 만종재본 『어우야담』 권5: 天啓二年余遊松泉寺遇一衲名法環, 少時登香山香爐峰北望, 山岳阻絶青冥浩渺之外, 或稱有古香山爲世別界, 古人所居, 今亦有遁世人潛焉. 環樂之, 遂贏松皮栢葉爲糗, 尋無媒之墟以入, 則杉檜叅天, 不見日月, 蒼蔚之中, 無一兎迬猴蹊, 遠近闃靜, 不聞一鳥聲, 往往或闢芊徑以表行徑, 北行露宿八日程, 不見人家, 至一處, 有粟田依山坡, 皆不伐木, 只剝皮周數尺, 使木立槁, 破土, 種粟於亂木間, 亦無溝澮畦畝, 而其粟穗如馬尾, 斬木爲高架, 積粟其上, 處處如千囷萬廩, 跨岩截谷, 起大刹, 金碧照爛, 皆溫房燠室, 有僧百許人, 居之, 無牛馬車乘, 不與內地人相往返, 只因貿塩於數千里外,……故塩貴如金, 凡沈菹作羹, 皆取草木酸汁, 調其味, 風土苦寒, 非重窓複閣不可安, 而積粟陳陳, 人皆壽過百歲, 眞所謂別天地非人間者也.

119) 고향산에 대해서는 이 책 다음 항목에 있는 글인 '法宗의 〈續香山錄〉과 古香山의 의미'에서 자세히 다루었다.

120) 만종재본 『어우야담』 5권: 昔因萬戶黃裕, 聞搜討於閭延茂昌之境, 四月氷雪, 凍泥沒股餘項, 魚大如脛, 斲氷取之, 恣其手攫, 掛木, 經數日, 歸路取而來, 人無取者, 土地之沃倍內地十之. 今此古香山者, 豈地近閭茂, 風土似之也歟.

향산 은적암에 살던 한 중은 화식을 끊은 채 낙엽을 모아 놓은 방 안에서 기거하며 추위를 견뎠다. 곡기를 끊고 3년간 솔잎을 먹더니 온몸에 털이 나 길이가 한 자나 되었다. 산중에 사람의 발길이 닿지 않는 만 길의 절벽이 있었다. 중이 올려다보며 날아오르려 하자, 갑자기 몸이 가벼워지더니 마침내 날아서 봉우리에 오를 수 있었다. 봉우리 꼭대기에 있는 바위굴에서 여러 해를 살았다. 어디를 가려고 생각하면 문득 보라색 구름이 한 덩이 날아와 그 몸을 둘러쌌다. 늘 솔잎을 먹었던 탓에 굴 앞에 있는 서너 그루 소나무 잎을 다 먹어버리고 말았다. 그래서 골짜기 속으로 내려가 따야 했다. 그곳에서 속인을 만났다. 그 형상을 괴이하게 여겨 묻기에 이와 같이 대답하니 속인이 그곳을 보게 해 달라고 간절히 청하였다. 비승은 속인을 끼고 날아올라 굴속에 들어갔다. 굴속은 누르고 푸른빛이 현황하여 선경 같았다. 비승이 전에 먹던 솔잎을 한 숟가락쯤 떠먹었는데 토해내고 삼키지 못했다. 비승은 굴에 오르려고 했으나 이미 몸이 무거워 날 수가 없었다. 속인은 비승을 집에 데리고 왔다. 비승에게 밥을 먹인 지 석 달 만에 털이 다 빠지고 얼마 뒤에 병들어 죽었다고 한다.

사람들이 모두들 밥을 먹은 실수 때문이라고 하지만, 나는 선가의 죄가 속인들에게 비밀을 누설하는 것보다 큰 것이 없다고 생각한다. 이 비승은 속인을 데리고 바위굴에 들어갔다. 그 굴은 하늘이 아끼고 땅이 숨긴 곳이니, 어찌 인간 세계에 귀양 보냄을 면할 수 있었겠는가?121)


이렇게 서(序)를 쓴 후 이 일을 오언장시(五言長詩)로 표현한 것이 이어진다. 요약하자면 한 중이 함부로 신성한 선계의 공간을 누설함으로써 벌을 받았다는 내용이다.122) 선계는 늘 숨겨져 있다. 그도 그럴 것이 누구나 잘

---

121) 楊萬古, 『鑑湖集』 3권, 「隱寂庵飛僧」: 香山隱寂庵居僧, 絶烟火, 聚落葉房中, 坐臥禦寒, 且斷穀服松葉三年, 遍身生髮, 長可尺餘, 山有萬仞絶壁, 人迹所不到, 僧仰見思欲騰上, 忽覺身輕, 遂飛上峰, 峰頂有石窟, 因棲息累年, 思有所往, 則必有一片紫雲來, 繞其身, 然猶服松, 窟前只有三四條, 食葉已盡, 下採於洞中, 仍値俗人, 怪其形問之, 答如是, 懇乞往觀, 狹騰入窟, 則窟中金碧炫耀, 蓋仙境也. 又挾而下, 俗人勸其飯强, 以後食一匙許, 嘔吐不下咽, 欲上窟而身已重不得飛, 俗人率歸家, 食食三月, 毛髮落盡, 未久病沒云. 人皆謂食飯之失, 余則以爲仙家, 罪莫大於漏泄, 而此僧挾俗人, 入石窟, 窟乃天所慳, 地所秘也, 烏得免竄謫哉.

알기 쉽게 접근할 수 있는 곳이라면 속세의 온갖 티끌이 스며들 것이기에 더 이상 선계일 수 없을 것이다. 그런 선계를 함부로 누설하고 속인을 들였으므로 벌을 받았다는 인식이 드러난 글이다. 속세에 알려지지 않는 또 다른 세상이 있는 곳, 그 장소를 묘향산으로 잡고 있다.

묘향산에 선계가 있었다는 서사가 자주 보인다. 왜인가? 중심부로부터 떨어진 깊은 산이라는 지리적 조건으로 인해 현실로부터 격리되어 있었고, 이 때문에 전란에 대해 상대적으로 더 안전했다는 점 때문이라 생각한다. 조선시대에 실록 보관 장소로 이 산을 택했던 것도 이런 생각에서 나온 것이다. 세속과 다른 공간이라면 우선 세상 사람이 함부로 들어갈 수 없어야 한다. 이중환(1690~?)은 "평안도 영변 묘향산은……다른 길은 없고 오직 서남쪽 수구(水口)로만 들어갈 수 있으며 한 사람씩만 걸어갈 수 있다"고 했다.[123] 이 산은 함부로 이곳저곳에서 들어갈 수 없다는 말이다. 신성하면서 쉽게 접근할 수 없는 공간이라 이곳에 세속과 다른 또 다른 세상이 있는 곳이 바로 묘향산이다.


# Ⅲ. 마치며


서산대사 휴정은 우리나라 대표적 네 산을 평하여 금강산은 수려하나 장엄하지 못하고[秀而不壯], 지리산은 장엄하나 수려하지 않으며[壯而不秀], 구월산은 장엄하지도 수려하지도 못하고[不壯不秀], 묘향산은 장엄하면서도

---

122) 양만고의 〈은적암비승〉과 『감호집』에 대한 것은 강민경, 「조선 중기 유선문학 연구」(한양대 박사논문, 2004.8), 113~137쪽을 참고 바람.
123) 李重煥, 『擇里志』, 「卜居總論, 山水」: 平安道寧邊妙香山……無蹊逕惟從西南水口以入焉.

수려하다〔亦壯亦秀〕고 하며 묘향산을 조선의 첫 번째로 높였다. 스스로가 그 제일 산을 근거지로 활동하기도 했었다. 이 묘향산에는 불교나 도교나 민간신앙의 흔적이 많이 있다. 또 이를 바탕으로 한 민족적 인식에 관해서도 이야기할 만한 것이 많다. 묘향산을 통해서 한민족을 바라볼 수 있을 만큼 다양하고 깊이 있는 의미를 지니는 산이다.

 여기에서는 묘향산의 여러 면 중 도교문화 면에서 그 특징과 양상을 살폈다. 그리하여 도인이 활동하는 신성한 공간, 도·불의 융합처로서의 공간, 방외의 은일 공간, 보신처로서의 선계 공간으로 크게 나누어 묘향산의 모습을 살필 수 있었다. 이 논문에서는 필기·야담류를 중심으로 논의를 전개하였다. 이 글에서 미처 인용하지 못한 수많은 글이 있으며 수많은 유적들이 있다. 예컨대 김시화(金時和: 1757~1835)의 『죽하집(竹下集)』 2권에는 〈도묘향산(到妙香山)〉, 〈명월당만음(明月堂漫吟)〉 등 묘향산과 관련된 여러 장소와 인물과 사적을 읊은 시가 여럿 있는데, 이 시편 곳곳에 신선에 관한 이야기와 인식이 그대로 드러나기도 한다. 이 밖에 심진루(尋眞樓), 은선대(隱仙臺) 등 선녀에 관한 여러 공간이 묘향산에 있으며, 이들에 대해 읊거나 기록한 시편이나 글귀도 많다. 묘향산에 관한 글들을 총망라하여 보여주지 못하였으나 그렇게 하더라도 묘향산의 도교문화적인 특성은 앞의 논의와 크게 달라지지 않으리라 여긴다.

 분단의 현실에서 묘향산은 아직도 우리에게 먼 산이다. 묘향산의 수려한 모습을 누구나 자유로이 쉽게 바라보며 그곳을 밟아보게 될 날이 빨리 오기를 바란다. 또 그날이 이르기 전에 묘향산의 다양한 모습들이 모두 밝혀지고 정리되어야 할 것이라 생각한다.

# 법종의 〈속향산록〉과 고향산의 의미

## Ⅰ. 시작하며

필자는 앞 논문에서 묘향산의 도교문화적 양상과 그 의미를 살폈다.[124] 이 글은 그것의 연장선에 있다.

묘향산은 우리 민족의 시조신화인 단군신화의 배경이고, 그 이후 고구려 주몽의 건국과 그 와중에 경쟁관계에 있었던 송양국(松壤國), 행인국(行人國) 관련 이야기[125]의 배경이 되는 지역이다. 또 임진왜란 때에 서산대사가 전국의 승병을 일으켜 나라의 위기에 큰 공을 세운 본거지이기에 우리 민족의 기원과 역사에 관한 한 매우 의미 있는 곳이다.

---

124) 신익철(2004)에서도 비슷한 내용이 다루어진 바 있다.

125) 이규보의 〈서사시 동명왕편〉에 의하면, 금와왕의 아들들이 주몽을 해치려 하자 주몽은 남쪽으로 도망쳐 지금의 묘향산 근처로 온다. 여기에는 송양국이 먼저 정착하여 있었다. 주몽은 이곳에서 먼저 나라를 세운 후 오래된 나무로 궁궐을 짓고 새로 만든 북에 시커멓고 오래된 듯한 색깔을 칠하여, 자신이 송양국보다 먼저 이곳에 정착하고 있었다고 속인다. 둘의 다툼 끝에 송양국은 다른 곳으로 쫓겨나고 결국 주몽이 이곳을 차지한다.

또 고구려를 건국한 주몽은 B.C. 32년에 오이(烏伊)와 부분노(扶芬奴)라는 두 장군을 시켜서 당시 태백산(太白山) 동남쪽에 있던 고대국가인 행인국(荇人國)을 쳐서 그 땅을 차지하고는 이곳을 성읍으로 삼았다. 이때의 '태백산'이 곧 묘향산이다.

우리가 묘향산이라고 부르는 이 산은 일반적으로 고향산(古香山: 또는 구향산(舊香山)이라 하기도 한다)과 신향산(新香山)으로 구분한다. 고향산은 북한의 자강도 희천시와 맞닿은 곳으로, 주로 묘향산 비로봉 북쪽을 말한다. 보현사를 중심으로 만폭동, 상원동 등이 있는 쪽은 이와 대비하여 신향산이라 부른다. 이들 각각을 외향산(外香山)과 내향산(內香山)이라 하기도 한다.

묘향산에 대한 기록은 거의 대부분 신향산에 관한 것이며, 수십 세기를 이은 묘향산 탐승자들 역시 신향산 부분만을 오르고 그 경치와 감동을 읊었다. 신향산과 고향산은 그저 신(新)과 고(古)로 나뉘는 이외에 실제 두 공간 간의 다른 점이 없는가? 다르다면 어떤 점이 다를까? 필자의 문제의식은 여기에서 출발하였다.

그런 생각으로 자료를 검토하던 중 법종(法宗: 1670~1733)의 〈속향산록(續香山錄)〉에 주목하여 이 글의 특성을 살폈다. 이를 묘향산에 관한 다른 기록과 비교하되 특히 고향산 관련 자료와 연관지어 고찰함으로써 내향산과 다른 외향산의 공간 의미를 도출할 것이다.

# Ⅱ. 법종의 〈속향산록〉과 고향산

고려사에 거란의 침입 등과 관련하여 묘향산이 여러 번 언급되며, 유람한 후 쓴 문학작품으로 김시습(金時習: 1435~1493)의 〈유관서록(遊關西錄)〉(『매월당집(梅月堂集)』), 조호익(曺好益: 1545~1609)의 〈유묘향산록(遊妙香山錄)〉(『지산집(芝山集)』), 김창흡(金昌翕: 1653~1722)의 〈관서일기(關西日記)〉(『삼연집(三淵集)』), 강후진(康侯晉: 1685~1756)의 〈유묘향산기(遊妙香山記)〉(『감영록(鑑影錄)』), 박제가(朴齊家: 1750~1805)

의 〈묘향산소기(妙香山小記)〉(조선고전문학선집 29, 『기행문선집』). 김시화(金時和: 1757~1835)의 〈묘향산기(妙香山記)〉, 김석규(金碩奎: 1826~1883)의 〈향산록(香山錄)〉(『치암문집(恥庵文集)』)이 있다. 또 이곳에 인연한 승려들이 쓴 기록으로 추붕(秋鵬: 1651~1706)의 〈묘향산지〉, 태율(兌律: 1695~?)의 〈향산지(香山誌)〉 등 시문(詩文) 여러 편이 있다. 근세 들어 박달성, 최남선, 이은상, 원택연126) 등도 묘향산 탐승 기록을 남겼다. 이 밖에 묘향산의 대표적 사찰인 보현사 관련 기록이 매우 많으며, 김상용(金尙容: 1561~1637)의 〈망향산(望香山)〉(『선원유고(仙源遺稿)』下) 등 묘향산에 대해 쓴 시들도 상당히 많이 남아 있다. 묘향산에 직접 가지는 않았으나 그곳으로 떠나는 이들에게 주기 위해 쓴, 또는 그곳의 필요에 따라 쓴 각종 금석문이나 기문 등도 있으니, 이색(李穡: 1328~1396)의 〈향산윤필암기(香山潤筆菴記)〉(『목은문고(牧隱文稿)』)나 서거정(徐居正: 1420~1488)의 〈송준상인유묘향산서(送峻上人遊妙香山序)〉(『사가문집(四佳文集)』) 등이 바로 이것이다. 조선후기 가사 〈향산별곡(香山別曲)〉과 〈향산록(香山錄)〉도 있다. 평안도 지역으로 유배를 가거나 그곳에서 벼슬살이를 하던 사람들이 남긴 글들까지 있다. 흔히 묘향산에 관한 자료는 매우 적다고 생각하는 경우가 많은데, 실상 자료가 적다고 말할 수도 없다. 다만 연구자들의 손길이 본격적으로 미치지 않았을 뿐이다.

여기에서 중점적으로 다루는 법종의 〈속향산록〉도 이곳과 연이 닿은 승려가 남긴 묘향산에 관한 중요한 기록이다.

이 글을 살피기 전에 법종이 누구인지에 대해 간략히 살펴보자. 법종은 완산전씨(完山全氏)이고, 자는 가조(可祖)이며 호는 허정(虛靜)이다. 12세에 옥잠장로(玉岑長老)에게서 머리를 깎고 불교에 입문하였다. 20여 세에 묘향산에 들어가 월저 도안(月渚道安)에게서 대장경을 배운 바 있다. 휴정

---

126) 박달성, 「국경 천리에서 묘향산 사이 관서 기행」; 이은상, 「妙香山香爐峯行」, 『신동아』, 1933. 7; 최남선, 「단군굴의 영적을 가진 영변의 묘향산」, 『한빛』 4・5 합병호, 1928 5; 元澤淵, 『조광』 48호, 「探勝案內記－묘향산편」, 1939. 10.

(休靜)－편양(鞭羊)－도안(道安)－추붕(秋鵬)으로 이어지는 법맥을 이은 인물이기도 하다. 의지는 돌과 칼처럼 굳고 정신은 맑은 얼음처럼 차가워 스스로 허정(虛靜)함을 잘 지켰던 것으로 유명하다. 때문에 그것이 호가 되기도 한 것이다. 내원암(內院庵) 등 여러 곳에 머물며 문도들에게 선(禪) 등에 관한 가르침을 베풀다가 묘향산 남정사(南精舍)에서 입적하였다. 묘향산과 구월산과 대둔사에 부도를 세워 봉안하였다. 저서로 『허정집(虛靜集)』이 있다.

노산 이은상이 북한의 5대 사찰 회상기인 다섯 편의 수필을 쓰면서 『허정집』의 간행과 유포에 관해 말한 것[127]이 있어서 눈길을 끈다. 이은상은 1931년 7월 묘향산 탐승길에 오르기 위해 보현사에 머물렀다. 그때 주지승 보봉화상이 자기는 50년이나 보현사에 있었어도 '안산'에 들어가 본 적이 없었다며 산에 가는 것을 막았다.

　　그래서 서울서 동행한 대은화상(大隱和尙)과 나는 길잡이를 구할 때까지 큰절에서 사흘을 묵을 수밖에 없었던 것이 되레 커다란 수확이 되었던 것이다. 나는 이 절에 보관되어 있는 경전(經典) 문집(文集)들의 목판을 조사하기 시작했다. 뜻밖에도 역대 스님들의 여러 시문집을 발견하고서는 안주(安州)로부터 급히 종이를 사들여다가 그 문집들을 찍어내었는데 『청허집』은 50권, 『허백집』, 『월저집』, 『설암집』, 『허정집』, 『월파집』들은 각각 세 벌씩 찍어 서울로 실어 올렸었다. 그랬기 때문에 오늘도 혹시 학자들이 지니고 있는 『청허집』은 자랑엣말이 아니라, 실상 내가 그것을 50벌이나 찍어다가 펴낸 것들일지도 모른다. 그리고 다른 문집들을 세 벌씩 찍어왔던 것도 퇴경(退耕) 스님의 간청으로 그에게 한 벌씩 나눠드린 일이 있었거니와 그때 이같이 한 것이 무슨 공덕이나 쌓은 것 같아 지금도 마음에 흐뭇한 생각만 든다.

---

127) 李殷相, 『조국강산』(1974, 횃불사), 제5편 「그 성역 지금 어떤고」 중 묘향산 보현사 부분, 137~141쪽.

보현사에 머무는 동안 이 절에 보관된 경전과 문집 목판을 조사하다가 서산대사와 도안, 명조, 추붕, 법종, 태율의 시문집을 발견하고 급히 종이를 사들여 와 몇 벌씩 찍어서 세상에 유통시켰다는 내용이다. 이때의 일로 이들 승려들의 문집이 온전히 지금 우리 학자들에게 전해지고 있다는 것이다.

법종의 문집 『허정집』은 영조 8년인 1732년에 영변 보현사에서 목판본으로 간행하였다. 노산이 보현사에 보관 중인 문집을 보며 놀라워하며 발빠르게 찍어 펴낸 것으로 보아 널리 보급되지는 못했던 듯하다. 정치적, 지리적 격절성(隔絶性)까지 고려하면 그럴 법도 해 보인다. 이때 찍은 목판본은 현재 규장각에도 있다. 동국대에서 간행한 『한국불교전서』 9권에도 『허정집』이 전하므로 이제는 어렵지 않게 이를 볼 수 있다. 이 글도 여기에 따랐다.

같은 글에서 이은상은 이들 승려들의 법통 관계와 인물됨에 대해서 요약적으로 제시해 놓았다. 여기에서 "설암의 제자였던 허정 법종은 본시 삼화(三和) 사람으로 '하늘로써 장막을 치고 땅으로써 자리를 깔고, 구름으로써 문을 달고, 산으로써 먹을 삼는다'고 노래하여 자연 그것을 체득한 도인이었다"고 했다. 법종을 '자연을 체득한 도인'으로 묘사한 것이다.

법종은 조선 후기 문인 삼연 김창흡이 스스로를 두고 '대명 천하에 집 없는 나그네, 태백산 속 머리 기른 승려〔大明天下無家客, 太白山中有髮僧〕'라 했던 시에 차운하여, 다음과 같이 자신의 삶과 행색을 나타낸 바 있다.

| | |
|---|---|
| 나는 듯 두 발로 팔도 길을 누비고 | 雙屐飛時路八域 |
| 지팡이 휘두르는 곳 산은 천 층이라. | 一節揮處山千層 |
| 빼어난 맑은 자태 참으로 선객이요 | 淸儀落落眞仙客 |
| 표표한 행색은 가사 입은 승이라. | 行色飄飄正衲僧 |

석장을 짚으며 팔도를 누비는 승려라고 자신을 표현한 것은, 앞에서 이은상이 했던 설명과 상통한다.

법종이 〈속향산록〉을 통해 주로 기록한 곳은 묘향산 중에서도 고향산 지역이다. 고향산은 비로봉을 중심으로 한 중앙연봉의 북쪽일대로, 산세가 험하고 깎아지른 듯한 벼랑과 깊은 계곡들이 첩첩히 쌓여 있으며 웅장한 폭포들이 즐비한 것으로 알려져 있다. 지역적 개념으로는 자강도 희천시 부흥리 등 그 일대이다.

고향산에 들어가려는 이들은 희천을 거쳤다. 예컨대 삼연 김창흡은 보현사를 중심으로 신향산 지대를 2~3일에 걸쳐 보고 배를 타고 희천으로 들어가 그곳 고을 원의 환영을 받은 후 그 지방 사람의 안내로 원명사를 거쳐 법왕대·금선대를 돌아보고 돌아왔다.[128] 근세에 조선일보사 주최 묘향산탐험단(妙香山探險團)은 신향산 쪽에서 산에 올라 비로봉을 넘어 구향산 쪽으로 길을 잡아서 법왕대·금선대와 원명사를 거쳐 희천으로 내려와 만포선열차(滿浦線列車)로 돌아갔다.[129] (이 두 글이 현재까지 발견된 '구향산을 기행하고 쓴 글' 전부이다.)

구향산의 시작이든 끝이든 그것은 늘 희천이었다. 현재 북한 자강도에 속해 있는 희천시는 역사적으로 많은 일을 겪은 땅이다. 고조선 시대와 한사군·고구려 시기를 거쳐 발해 때까지에는 서경 압록부에 속해 있다가 고려 광종 때에야 고려의 영토에 편입되었다. 고려 때에는 이곳을 청새진(淸塞鎭)이라 불렀다. 청새진은 당대 최북방에 위치한 중요한 요새로 고려사에 자주 등장한다. 이 지역은 고려 고종 4년에는 거란의 침입을 막는 데 공이 있다는 이유로 위주방어사로 승격된 적도 있었으나 나중에 오랑캐에게 투항하여 희주로 강등되었다. 그 후 조선 태종 13년에 이르러서야 지금과 같이 '희천'이라 불리게 되었다.[130] 세종 11년 황희(1363~1452) 등이 '약산성(藥山城)은 하늘이 내린 요새이므로 무주(撫州)와 연주(延州)를 합쳐 한 고을로 만들어서 대도호부로 부르고, 부사 판관을 두고 병마도절제사로 겸임하게 하며, 토관을 설치하여 큰 진(鎭)을 이루도록' 하자고 건의하여, 이

---

128) 金昌翕, 『三淵集』, 「關西日記」.
129) 元澤淵, 『조광』 48호, 「探勝案內記─묘향산편」, 1939. 10.
130) 『고려사』 58권: 『신증동국여지승람』 54권, 평안도 희천군.

곳에 영변도호부가 설치되면서 그 이름을 희천이라 하였던 것이다.[131]

이 땅은 특히 험한 산지로 이루어져 있다. 남서부 하천 유역을 제외하고는 나머지 모든 면이 묘향산, 낭림산 등의 높은 산지로 이루어졌다. 그래서 근세까지도 사람의 오고감이 뜸하였다가 일제시대 만포선열차(滿浦線列車)가 운행되고, 언론기관을 중심으로 한 동룡굴 탐승관광단[132]이 대규모로 꾸려지면서 비로소 외부 사람의 출입이 잦아졌던 것으로 보인다.

# Ⅲ. 법종의 〈속향산록〉에 나타나는 고향산의 공간 의미

## 1. 〈속향산록〉 경개(梗槪)

법종의 스승인 설암 추붕은 일찍이 〈묘향산지(妙香山誌)〉를 썼다. 법종의 〈속향산록〉은 스승인 추붕의 〈묘향산지〉를 이어 쓴 것이다. 〈속향산록〉 첫머리에 그 사정이 나와 있다.

> 당악(唐岳)에 사는 진사 이만추(李萬秋)가 향산을 유람하다 설암선사(雪岩禪師)가 지은 〈향산지(香山誌)〉를 보게 되었다. 문장이 비록 문채가 있으나 내산(內山)만을 기록하여, 가장 높은 비로봉과 외산(外山)의 경치를 두루 적지 못해 완전한 지지(地誌)가 되지 못했으니, 이것이 빠진 부분이라 여겨 나에게 그것을 이어주기를 부탁하였다. 내가, "돌아가신 선사께서

---

131) 『영변지』, 연혁; 『신증동국여지승람』 54권, 평안도 영변대도호부.
132) 일본의 식민정책과 묘향산 관광의 상관관계에 대해서는 우미영, 『동방학지』 133집, 2006. 3, 참조.

기록한 끝을 어찌 감히 당돌하게 잇겠습니까?" 하자, 만추가 "우리 속가에
서는 조상의 글에 빠진 데가 있으면 후손이 그 문집을 잇는 것이 상례입니
다"라고 권하는 바람에 내가 주제넘게 응하고 말았다.133)

　　법종이 묘향산 제1봉인 비로봉과 외산(外山)의 경치를 그려 스승이 쓴
묘향산의 면모를 보충·완성했다는 것이다. 서술의 시작 역시 스승의 자취
를 이은 것을 그대로 드러내어 "올해 사월 초파일에 선사께서 기록한 자취
를 따라 상비로암(上毘盧庵)에 올라 걸어서 저 제일봉에 오르니, 곧 비로봉
정상이다"134)라며 서술을 시작했다. 즉 스승이 쓴 대로 돌아본 후에 그 서
술이 끝나는 비로봉 정상부터 이어서 비로봉 북쪽에 있는 외산, 즉 고향산
의 모습을 자세히 기록한 것이다.

　　법종은 일찍이 〈회문체제향산(回文體題香山)〉이라는 시를 남긴 바 있다.

| | |
|---|---|
| 탁 트인 푸른 하늘 눈 들어 바라보니 | 長天碧豁眼高望 |
| 위아래로 층층이 암자와 당(堂)이라. | 上下層分庵子堂 |
| 서늘한 골짝 시내 밤 더욱 요란하고 | 凉壑夜聲川聒聒 |
| 창 비추는 달빛 그림자도 푸르러라. | 照窓寒影月蒼蒼 |
| 옥빛 열린 곳 흰 구름 걷힌 곳이요 | 光開玉處收雲白 |
| 금빛 흩어진 곳 누런 잎 진 곳이라. | 色散金時落葉黃 |
| 인간 세상 온갖 일 잊어버리고 | 忘却世間人事萬 |
| 미친 흥에 겨워 향산 두루 노닌다. | 狂遊浪踏遍山香 |

　　세상 번뇌를 모두 잊고 묘향산 곳곳을 두루 밟고 다니는 호방함을 잘 보
여준다. 그리고 이렇듯 묘향산을 두루 맘껏 밟고 다닌 그의 경험과 그 산에

---

133) 法宗, 『虛靜集』下卷, 「續香山錄」, 523쪽: 唐岳李進士萬秋, 遊香山, 得見雪
　　岩禪師所著香山誌. 文雖斐然, 但記內山而猶亦未周其第一峯與外山景, 則專
　　不記誌, 此爲闕如, 囑余續之. 余曰: "先師傳尻, 豈敢唐突." 李曰: "吾俗家
　　先祖之文, 亦有闕焉, 則後孫續集, 世之常也." 以勸之, 余漫應矣.
134) 523쪽: 今年淸和月灌佛日, 踵先師誌終之跡, 上上毘盧庵, 以健脚陟彼第一
　　峯, 卽毘盧頂上.

대한 관심·사랑이 〈속향산록〉 같은 충실한 글을 만들어 내는 원천이 된 것이다.

법종의 〈속향산록〉의 내용을 요약하며 살펴보자.

먼저 앞에 소개한 대로 스승의 뒤를 이어 묘향산에 대한 기록을 완성할 것을 권하는 이의 청을 받아 〈속향산록〉를 쓰게 된 계기를 말했다. 그래서 추붕의 〈향산록〉이 끝나는 지점인 비로봉 정상에서 요동벌을 바라보며 시 한 수를 읊은 후 비로봉 북쪽 길로 내려간다. 향라목으로 뒤덮여 있어 그 나무를 부여잡고 거꾸로 매달려 겨우 내려와 곰취밭에 이르렀다고 했다. 여기에 서서 눈을 들어 앞을 조망한다. 바로 아래에 취두봉이 있고 그 아래에 부용봉, 금선대, 심원암이 있다고 했다.

조망을 마치고는 숲 우거진 산기슭으로 나가 폭포가 떨어져 여러 못을 이룬 심원(深源)을 지난다. 그 후로는 부용봉에 올랐다가 금선대를 거쳐 원명사에 이른다. 그 사이에서 보이는 여러 봉우리와 그 봉우리에 있는 암자와 대(臺), 굴(窟)의 이름을 나열하였다. 척반대와 금선·법왕대, 산화·주악대에 관해서는 관련 고사를 소개했다. 여기까지가 묘향산 북쪽, 희천 남쪽에 대한 설명이었다.

그 후에는 묘향산 동쪽, 덕천 북쪽에 대한 설명이 이어진다. 해탈암에 이어 폭포암, 금강암을 거쳐 동관음사까지의 내용이 그것인데, 그 동선(動線)에서 바라보이는 암자와 봉우리까지 세세히 적었다. 이미 헐어져 터만 남은 암자들도 최대한 그대로 적었으며, 그중에서도 해탈암 주변 모습과 동관음사의 경치를 자세히 썼다.

이후로는 보월사, 은봉암, 명안암, 진불암을 거쳐 누점에 갔다. 그곳에서 남북의 봉우리와 암자들을 간략히 말하고, 다시 진불암과 성불암을 지나 내산(內山) 어귀까지를 돌았다. 마찬가지로 그 동선에서 바라보이는 봉우리와 암자를 적었으며, 특히 지금은 터만 남아 있는 것들을 몇 줄에 걸쳐 일일이 나열하였다. 그 사이 은수암, 명안암, 누점(淚岾) 등에 대해서는 그곳의 경치와 명명(命名)에 얽힌 고사를 자세히 적었다.

그 다음 내용은, 엄연한 구분으로는 내향산에 해당하지만 보통 탐승자들이 거의 오르지 않았고, 추붕도 다루지 않았던 암자 등에 관해 쓴 것이다. 외사자목으로 들어가 남부도밭을 지나 은신굴, 불지굴, 무주암, 하선암을 거쳐 견불암, 천수암, 설령대를 도는 코스다. 설령봉에서 사방을 돌아보며 그 경치를 매우 역동적이고 다채롭고 아름답게 묘사하는 것으로 암자와 봉우리에 대한 설명을 마쳤다.

마지막 부분은 묘향산에 암자와 사찰이 많다면서 구경해 볼 만하다는 말로 마무리했다.


## 2. 〈속향산록〉의 서술 특성과 고향산의 이미지

이와 같은 〈속향산록〉의 서술에는 크게 두 가지 특징이 있다.

하나는 그가 각 봉우리와 그 봉우리에 있던 암자와 대(臺), 그리고 그곳에 얽힌 설화와 문헌 기록 등을 매우 자세히 쓰고 있다는 점이다. 뿐만 아니라 한 장소에서 동서남북으로 보이는 봉우리와 그 봉우리에 있었다가 지금은 폐허가 된 암자까지 일일이 다 적었다. 이런 서술 태도는 그의 스승 추붕의 서술태도와 이어진다. 처음부터 스승의 뒤를 이어 완성된 한 짝의 묘향산 기록을 쓰기 위해 한 것이니만큼 스승의 기록 태도를 충실히 따랐을 것은 당연하다.

> 향산이라 부른다는 것은 설암 대사의 〈향산지〉에서 이미 말했다. 따로 태백이라 하는 것은 그 천개 바위의 눈빛[雪色]에서 따온 것이요, 또 아미(娥媚)라 일컬음은 보현(普賢)이 모셔진 까닭이다. 여러 암자의 경우 상중하의 삼층을 층층이 열거하며 지적한 것은 또한 설암의 〈향산지〉와 같다.135)

---

135) 527쪽: 名曰香山者, 雪巖誌已言矣, 一名太白者, 取其千巖之雪色, 亦稱
   蛾眉者, 普賢之所住故也. 若其諸庵, 則上中下三層, 層層列數, 亦如雪巖

〈속향산록〉 뒷부분을 이용한 것이다. 먼저 '묘향산을 향산이라고 하는 이유'는 설암이 이미 설명했으므로 다시 이야기 하지 않겠다고 한 후 묘향산을 또 '태백산'과 '아미산'이라고 하는 이유만을 말했다. 스승이 말한 것은 다시 말하지 않는다는 원칙을 가지고 법종이 글을 썼음을 알게 하는 대목이다. 뒷부분에서는 예컨대 '상선암, 중선암, 하선암' 하듯 상중하로 있는 암자까지 일일이 모두 열거하였다는 점을 말하면서, 스승이 여러 암자를 일일이 나열한 것처럼 그 역시 최대한 자세하고 사실적으로 각 암자들을 드러내려 했다는 점을 분명히 하였다.

불승의 입장에서, 또 제자의 입장에서 불교 암자 등을 자세히 쓰려 했다는 점은 묘향산 불교의 법통을 이은 한 불자로서 당연한 태도라 크게 주목할 만하지 않다. 다만 그 자세한 서술로 당시 암자의 수나 상황 등을 사실적으로 알 수 있다는 의의는 인정해야 할 것이다.

두 번째 특징이면서 이 작품에서 필자가 관심을 갖는 특이한 점은 다른 곳에 있다. '봉우리는 구천이요, 암자는 팔만사천이라(高低列峀大數九千餘峯, 大小諸刹多計八萬九庵)'는 표현에서 드러나듯, 법종은 각 봉우리와 암자를 표현하는 데 주력하였으나 각 서술에서 고향산이 선계로 규정된다는 사실이다. 즉 많은 봉우리에 있는 수많은 사찰과 암자를 최대한 자세히 쓴 문면에 의도적이든 우연히 그렇게 된 것이든 향산 각 처를 선계136)로 표현하는 경향이 뚜렷하다.

그런 특성은 글의 시작부터 드러난다.

---

誌矣.

136) 別天地, 武陵桃源, 仙區, 壺中, 仙界 등 다양한 표현으로 나타나지만 그것들은 모두 '세상의 風塵이 닿지 못하는 이상세계'를 나타내며, 일반적으로 이런 세계는 '도가적 신선세계'를 의미했다. 또한 이런 이상세계에서 사는 사람들이 일반 백성이기도, 불로장생의 地上仙이기도 할 뿐만 아니라 승려집단으로 나타나기도 한다. 예컨대 『동야휘집』, 「設白帳避兵獲安」에 나오는 梨花洞이 그렇다. 필자는 거주자의 신분이나 종교를 且置하고 바깥세상과 다른 꿈의 공간, 이상공간을 통칭하여 '仙界'라고 사용한다.

(비로봉에서) 봉우리 북쪽은 측백나무와 향라목(香羅木)이 푸르게 뒤덮여 있는데, 날씨가 추운 것을 싫어하여 잎과 가지를 내려뜨리고 있어 흡사 노인의 머리털 같다. 남쪽은 민둥하고 북쪽은 황량한데 향목과 사철나무가 많다. 선불의 옛 자취가 있다 함은 이를 가리킨다.[137]

향목과 사철나무가 많아 '묘향산'이라 명명했다는 것과 이곳에 선불의 자취가 많았다는 것은 이색[138] 등 여러 사람이 지적한 말이다. 법종은 비로봉 북쪽을 내려다보면서 이 말을 떠올리면서, 이 표현이야말로 바로 묘향산 중에서 '고향산' 쪽을 설명해 주는 말이라 설명한 것이다.

이어지는 서술 곳곳에서도 고향산을 선계라고 규정한 내용이 나온다.

(금선대) 염불조와 화두조는 어지러이 공중에서 슬피 울고, 청경호(聽經虎)와 세발원(洗鉢猿)도 숲 밖으로 슬프게 우짖으니 아름다운 경치가 제일인 선구(仙區)이다.[139]

또 운수암을 지나고 우현을 넘어 보월사를 찾아갔다. 얕은 골짜기는 앞이 탁 트였고, 깊은 골짜기는 심원하였다. 바위는 우람하고 숲은 울창하다. 절벽은 가파르고 험한 봉우리들이 묶어놓은 것처럼 우뚝 솟아 있으니 하나의 호중(壺中) 별천지로다.[140]

남쪽으로 향림암에 내려갔는데 기이한 향기가 진동하고 숲도 울창하였다. 내외 환희점이 서남쪽을 끼고 우람하게 솟았고, 좌우의 마운봉은 동북쪽을 에워싸면서 서 있다. 골짜기는 깊고도 깊으니 참으로 호중 선계이다.

---

137) 523쪽: 頂之陽則沙石平鋪, 頓無寸草, 禿然如髡, 頂之陰則汁栢香羅, 蒼翠遍覆, 厭天寒而垂下蔓地, 恰似老人之頭髮. 陽禿陰荒也, 地多香木冬靑, 而仙佛舊跡存焉, 其是之謂歟.

138) 이색, 『牧隱文稿』 2권, 「香山潤筆菴記」: 地多香木, 冬靑, 而仙佛舊迹存焉, 山之名以香山.

139) 念佛鳥話頭鳥, 亂哀鳴於空中, 聽經虎洗鉢猿, 亦悲號於林外, 無限勝景, 第一仙區.

140) 524쪽: 又過雲水庵, 踰牛峴, 訪入寶月寺, 谷哈呀而洞幽邃, 石礌硧而林縈紆, 壁立而峩嶪, 峽束而岹峣, 渠然一壺中別境天也.

이곳이 바로 그윽하게 깃들어 고귀함을 기르는 장소이다.141)

　법종의 서술이 사찰이나 암자 중심으로 되어 있기 때문에 각 장소의 이름이 표면적으로는 불교적이다. 그럼에도 실제로 그 설명 내용은 신선의 세계 또는 별천지로 나타난다. 선구(仙區)나 호중(壺中), 별경천(別境天)은 글자만 다를 뿐 모두 같은 것을 지칭한다.

　일반적으로 사람들은 선계란 아름다운 곳이라 생각했다. 그래서 아름다운 경치를 만나면 습관적으로 별유천지라고 말했다. 그러나 〈속향산록〉은 그저 아름답다 하여 선계란 단어를 쓴 것에 그치지 않는다. 다른 많은 특성이 일반적인 선계 서사와 맥이 닿는다.

　　(설령봉)층암을 올라 세심하게 산의 근본을 살피니,…… 멀고 가까운 봉우리가 굽이친 모습은 그 형세가 마치 묶인 듯하면서도 편안한 듯, 향한 듯 등지듯, 높은 듯 낮은 듯, 달리는 듯 엎드린 듯, 성근 듯 빽빽한 듯, 모여들어 조용한 듯, 우르르 몰려들어 지껄이는 듯……눈이 하얗게 쌓인 듯, 구름이 층층이 일어난 듯, 공중에 층을 내고 구름과 비는 산의 허리께에서 일어났고, 그 위는 밝은 해가 빛나니, 이 산의 높음은 비교할 것이 없다 할 만하다. 구름 가에 벌여있는 바위는 모두 볼 수는 있으나 이를 수는 없으니, 또한 약초를 캐고 도를 닦으려는 무리 중에 어떤 이는 그 갈 바를 알지 못하고, 어떤 이는 돌아갈 길을 잊어버린다. 참으로 연기로 밥을 짓는 자가 올라와 볼 수 있는 곳이 아니니 별천지다.142)

---

141) 525쪽: 南下香林庵, 異香馥郁, 祇林森鬱, 內外歡喜岾, 擁西南而巋○〔山＋品〕, 左右磨雲峯, 圍東北而崷崒, 洞壑深深, 正如壺中, 此乃栖幽養高之處.

142) 526~527쪽: 更登層巖, 細審山根則……遠近峰巒, 透邐之體, 勢若竦也妥也, 向也背也, 高也抵也, 走也伏也, 戾也密也, 戢戢也闌闌也, 喁喁也閧閧也……或如雪積之皚皚, 或如雲起之層層, 逈出層空上, 雲雨或作於山之腰, 其上則白日皎皎, 可謂此山之高, 莫之與比也. 雲邊列峀都在可望, 而不可到處, 亦多採藥尋眞之輩, 或不知去向, 或失其歸路, 固非烟火食者之所可登覽, 眞是別有天地也.

설령대 주변을 묘사한 부분이다. 봉우리의 아름다움을 드러내는 표현이 다양하고 감각적인 구절이다. 글의 마지막 부분에 나오는 '화식자(火食者)', 즉 익힌 음식을 먹는 자는 신선과 대비되는 '속인'을 말하는 것이요, 속인이 올라와 볼 수 있는 곳이 아니라는 것은 '신선이 되었거나 선연(仙緣)이 있는 자만 선계를 한 번 볼 수 있다'는 인식과 맥이 닿는다. 그리고 이런 표현을 거쳐 '풍진(風塵) 세상과 구별된' 이 아름다운 장소가 '별천지(別天地)'로 규정된다.

그의 설명을 좀더 자세히 살피면 일반적으로 당대 우리나라 사람들이 선계에 대해서 생각하고 형상화하던 모습이 그대로 나타나고 있음을 볼 수 있다.

(1) 곧장 해탈암을 향했다. 길이 없고 산이 험하여 지팡이를 짚어가며 힘들게 갔다. 어떤 때는 나무 아래로 몸을 굽히고, 혹은 바위를 빙 돌아서 가고, 어떤 때는 절벽을 만나 돌아 나왔다. 어떤 때는 높은 돌 비탈을 만났으나 억지로 나아갔다. 가다가 돌아오고 돌아오다 다시 가기를 반복하는 가운데 날은 이미 어둑해졌다. 몸은 떨리고 겁도 났지만 힘을 다하여 해탈암에 이르렀다. 도끼로 나무를 찍어 판자집을 만들었는데, 건물은 매우 소박하지만 터는 넉넉했다. 경치가 맑고 좋으며, 봉우리와 바위가 늘어서 있고, 골짜기는 심원하니 인간 세상이 멀리 떨어져 있어 온갖 시비(是非)의 소리가 들리지 않는다. 참으로 영지를 캐어 흰 돌에 구워 먹으며 세월을 보내는 자가 살 만한 곳이다.143)

(2) 북쪽으로 은선대에 올랐다가 견불암으로 내려왔다. 암자는 막 중창을 하였는데, 옛 규모에 의거해서 많은 사람이 쓸 수 있게끔 하였다. 용호(龍虎) 두 봉우리는 문이 되고 남쪽 산은 절벽으로 솟아 지게문에 해당된다. 골짜기 마을은 심원하여 완연한 별천지이다. 그 앞길 옆의 바위는 범이 웅

---

143) 524쪽: 直向解脫庵. 無路險山, 孤笻探討, 百種艱苦, 或傴僂樹下, 或蹩躠岩上, 或當絶崖而還退, 或値危磴而强進, 進還退, 退還進, 日已曛黑, 身竦心惕, 竭力以達, 卽解脫也. 斧成板屋, 架雖甚朴, 場地肥饒, 物景淸勝, 峰巒排羅, 洞府深邃, 人間遠隔, 指馬不聞, 眞採紫芝煮白石, 度歲者之可所居.

크리고 있는 모습인데, 낮에도 혹 음산하여 호랑이가 나와 사람을 기다리는 듯하였다.144)

(3) 방향을 바꾸어 은봉암을 올랐는데 산봉우리가 아득하고 안개와 노을이 자욱하였다. 온갖 아름다운 꽃과 풀들이 향기롭고 붉은 살구와 푸른 복숭아가 주렁주렁 달렸다. 암자 주위의 산봉우리는 많고도 높고, 문같이 벌여있는 높은 산은 연이어 진중히 있다.145)

(4) 노루목을 지나 작은 언덕을 넘어, 다시 깊은 골짝을 돌아 석문으로 들어가 보전(寶殿)에 올랐는데 천수암이라 한다. 세운 지 얼마 안 되어 단청의 채색이 어제 한 듯하였다. 뒤쪽으로 관음봉을 기대고 앞쪽으로 아미천을 향했는데, 푸른 낭떠러지와 절벽에 흰 구름과 붉은 노을이 서렸다. 옥 같은 숲의 나무는 천년이 되도록 늙지 않았고, 기이하고 아름다운 꽃과 풀은 네 계절 항상 봄처럼 싱싱하다. 참으로 무릉도원의 선경이요, 인간 세상에서 복을 뿌린 땅인지라 실로 하늘이 준 것이다.146)(번호-필자)

〈속향산록〉에서 법종이 선계로 설명한 곳 중에 몇몇을 뽑았다.

(1)과 (2)는 각각 해탈암 주변과 은선대 주변에 대해 쓴 것이다.

선계는 들어가는 것 자체가 매우 어렵다는 것이 일반적인 인식이었다.147) 그래서 각 서사에 나타나는 선계는 속세의 사람들이 쉽게 올 수 없

---

144) 526쪽: 北上隱仙臺, 還下見佛庵. 庵纔重刱, 俠其舊制, 容衆得宜. 龍虎兩峙, 逼門南山, 壁立當戶, 洞府深邃, 渾如壺中景也. 其前路側, 虎石蹲然, 晝或陰曀, 虎出待人.

145) 525쪽: 轉上隱峯庵, 山峯隱隱, 烟霞抹抹, 琪花瑤草馨香, 紅杏碧桃艶麗, 背庵圍嶂, 簇簇然巍巍然, 呈門列獄, 纍纍焉抑抑焉.

146) 526쪽: 過獐項踰小峙, 轉深谷入石門, 登寶殿, 曰天授庵, 新刱未久, 丹艧如昨. 背倚觀音峯, 面向阿彌天, 蒼崖翠壁, 白雲丹霞, 玉樹瓊林, 千秋不老, 瑤草琪花, 四時長春, 眞武陵桃源之仙境, 人間鍾福之地, 天實爲之授也.

147) 예컨대 『溪西野談』2권의 「李東皐相之傔人」에도 선계로 들어가는 장면이 나오는데, 암석이 우뚝하고 수목이 빽빽한 길을 여러 날 가다가 짐을 실은 말과 소마저 풀어 보내야 할 막힌 곳에 이르러 석벽 위로부터 내려온 비단줄한 가닥을 잡고서야 올라갈 수 있었다.

는 어려운 위치에 있다. 선연(仙緣)이 있는 사람만 위와 같은 과정 등을 거쳐 힘들게 도착한다. '골짜기가 심원하여 인간 세상의 시비가 들리지 않은 곳'이 바로 선계이며, 신선이 살 만한 곳이다.

위 글에서도 이 점이 잘 반영되어 있다. 법종은 해탈암에 가기 위해 몸을 굽혔다가 절벽을 만났다가 등을 반복하여 간신히 이르렀다 하였다. 은선 주변 마을은 봉우리와 절벽이 문의 역할을 하여 사람이 함부로 접근하지 못하게 하는 깊은 별천지의 모습이다. 특히 (2)에서는 범이 웅크린 듯한 느낌으로 잡인이 함부로 들어오는 것을 막는 듯한 인상을 강하게 했다.

(3)은 은봉암 주변에 대해 쓴 것인데, 이곳에는 기화요초가 가득하고 살구와 복숭아가 주렁주렁 달렸다고 했다. 깊은 산, 안개와 노을로 자욱하여 밖으로부터 가려진 신비한 분위기의 땅에 과실이 주렁주렁 달려 있다는 것 역시 선계의 모습을 드러낸 것이다.148) 특별히 이런 모습은 힘들게 농사를 지어서 먹고 사는 것이 아니라 자연이 모두 조화로워 자연 자체에서 천부적으로 모든 것이 충족한 복지(福地)의 형상이다.

(4)에서처럼 '천년 된 나무들과 기화요초가 사계절 내내 싱싱하다는 것' 역시 불로장생의 선계(仙界)를 드러내는 전형적인 표현이다. 법종은 하늘이 내린 복지가 바로 이곳이라고 인식했다. 불교의 건물인 천수암은 이곳에 최근에야 들어온 것이라 했다. 오랫동안 가려졌던 곳이며 별천지로 인식되던 곳에 불교의 건물이 침투하여 들어선 형세이다.

신선이나 도인의 존재를 짐작케 하는 지명도 다수 보인다. 예컨대 '(동관음사에서) 눈을 들어 멀리 바라보니, 오세신선동엔 흰 구름이 겹겹이다(攟眸遠望, 則五歲神仙洞, 白雲萬重)'라고 한 것과 '동쪽으로 시내를 건너 은신굴에 올랐다. 은자가 숨어 지내며 도를 닦는 곳이다(東渡溪上隱神窟, 歸

---

148) 예컨대 『東野彙輯』 3권의 「設白帳避兵獲安」에 나타나는 선계는 "경치가 마치 그림 같고 토양은 비옥하였다. 집이 수십 채 있었는데 승려가 머무는 곳이었다. 꽃과 나무가 우거져 있고, 샘이 바위를 돌아 흐르는데, 골짜기 전체가 배나무였다"라고 하였다.

隱谷神虛)'라 한 것 등 '신선동'이나 '은신'이라는 지명이 드러내는 의미도 눈여겨봐야 할 것이다. 실상 그런 지명은 훨씬 많았을 것이나 불교가 들어오면서 새로운 명명이 이전의 이름을 상당히 대체했을 것이다.[149]

요컨대 법종은 특히 불교의 암자와 봉우리를 드러내는 데 치중했으나 그 와중에 별천지로서의 고향산이 강조되었다. 이는 그의 잘못이나 또 다른 의도이기보다는 고향산 자체의 특성과 의미가 자연스레 그렇게 젖어 나오는 것이다.


# Ⅳ. 묘향산 속 선계로서의 고향산


묘향산은 여러모로 이상향으로 인식될 만한 조건을 갖추고 있다. '선불의 유적'이 많았던 때문에도 그렇고, 불(佛)에 대비해 선(仙)으로 인식되는 단군신화의 배경이 되는 성지라는 인식이 이 땅의 신이성과 연결되기도 했다.

묘향산은 공간의 격절성(隔絶性)과 접근의 어려움이 그 어떤 다른 산보다 심하다. 그래서 역사적으로 전쟁이 일어났을 때나 죄를 짓고 도망갈 때 묘향산이 이용된 예가 여럿 있다. 고려시절에는 거란과의 전쟁에서 상황이 불리하면 묘향산에 들어 숨었고, 조정에 반기를 든 세력이 근거지로 활용하기도 했다. 조선시대에도 죄인이나 도적들이 이 산에 숨어버려 토포(討捕)에 어려움이 있다는 기록이 여럿 있다.[150] 조정에 반기를 든 도적떼를 표현한 현대 장편소설 〈임꺽정〉이나 〈장길산〉에서도 묘향산이 나온다. 묘향산의 이런 격

---

149) 허홍식(2001) 107~143쪽에서는 불교가 단군유적을 비롯한 토착신앙의 유적들을 대치했다고 했다.
150) 『高麗史節要』 12권, 명종 4년 5월; 『高麗史節要』 14권, 고종 3년 9월·4년 6월; 『조선왕조실록』 명종 원년 9월 15일 등.

절성은 세상과 다른 또 다른 세상의 존재 가능성을 높여준다. 아니 사람들로 하여금 그곳에 그런 세상이 존재할 것이라는 믿음을 갖게 하는 데 기여한다.

임진왜란 발발 전인 16세기 중반에 평안도평사(平安道評事)를 역임했던 기봉 백광홍(1522~1556)은 강원도 관찰사로 떠나는 임억령을 전송하며 칠언사운(七言四韻)의 시 한 편을 주는데 그중에서 "서쪽 솟은 영호산은 묘향산이 그것이요, 남녘의 방장산은 두류산을 일컫누나. 하물며 이 풍악산 관동 땅에 이름나니, 구름 안개 자옥한 봉래궁이 이곳이라"151)라 하였다. 도교에서 흔히 말하는 삼신산 중 영호산, 즉 영주산은 바로 묘향산을 말한다는 것이다.

묘향산을 삼신산, 즉 신선이 사는 산으로 인식하는 경우는 백광홍뿐만 아니라 다른 사람들에게서도 발견된다. 도교에 지대한 관심을 가졌던 허균(1569~1618)은

> 내가 일찍이 『오악진형도(五嶽眞形圖)』 및 『동명기(洞冥記)』와 『십주기(十洲記)』를 얻어 고찰해 보니, '삼신산이 동해에 있다' 했으나 우리나라를 빼고는 이곳이 있을 수 없으며, 그 이른바 '방장에 있다'는 것은 이미 대방(帶方)에 있으니, 영주산·봉래산도 역시 금강산과 묘향산의 밖에서 벗어나지 않을 것이 분명하다. 만약 그렇다면 그곳은 신령스럽고 아득한 구역이어서 사람은 능히 올라갈 수 없는 곳이니, 반드시 위에 진짜 상진(上眞)·천선(天仙)이 있어 복지(福地)를 장악하고 동천(洞天)을 맡아서 그 일을 다스리는데도 세상에 이를 아는 자가 없다. 이 어찌 진선(眞仙)의 무리들이 혼탁한 것을 싫어하여 손을 가로저으며 만나려 하지 않는 것이 아니겠는가? 아니면 사람이 스스로 인연이 없어 도달하지 못하는 것인가? 이는 모를 일일 따름이다.152)

---

151) 白光弘, 『岐峯集』 3권, 「奉送石川按節關東」(정민 역, 역락, 2004, 168~169쪽.): ……瀛壺西峙是妙香, 方丈南紀稱頭流. 況茲楓岳名關東, 雲烟杳靄蓬萊宮…….

152) 許筠, 『惺所覆瓿稿』 7권 文部 4, 「沙溪精舍記」: 余嘗取五嶽眞形圖及洞冥記十洲記而考之, 三山之在東海者, 捨吾國則無有是處, 其所云在方丈者, 旣在於帶方, 則瀛洲·蓬萊亦不出於金剛, 妙香之外也明矣. 若然則其靈區絶境, 人所不能攀者, 必有上眞天仙掌福地司洞天, 以治其事, 而世莫之知, 豈眞仙之儔. 厭溷濁而撝之, 不令覿耶, 抑人自無緣而不能到耶. 是不可知已……(민

라 하였다. 여러 서저을 탐독하여 '묘향산이 봉래산에 해당하는 삼신산'이라 규정하고 그런 복지에 닿을 수 없는 이유를 나름대로 추론하였다. 허균의 말처럼 이 산은 일찍부터 선도(仙道)의 이상향으로 인식되었다.

　조선후기 무인(武人) 김시화 역시 묘향산을 선계로 인식하고, 묘향산을 여행하는 것이 선연(仙緣)에 의해 결정된다고 했다.

> 묘향산은 해동의 명산으로 일명 태백산이라고도 한다. 옛날에 단군이 이 산의 박달나무 아래에 내려와 동국 어리석은 백성들의 군주가 되었다. 우리 왕조에 이르러서는 신승(神僧) 서산대사가 이 산 속에서 도를 닦다가 임진왜란이 일어나자 수제자 송운(松雲)·뇌묵(雷默) 등을 지휘하여 나라에 공을 세웠으니, 인걸지령(人傑地靈)이 더욱 빛났다. 그렇다면 이 산의 이름이 해동에서 무거워진 것은 금강산과 우열을 겨룰 만큼 형승이 뛰어나기 때문만이 아니니, 그 영이로운 자취가 보통보다 훨씬 뛰어나 예로부터 선산(仙山)이라 일컬어진 까닭이다. 나는 일찍이 한번 가보고 싶어 했으나 기회가 없었다.…… 어떤 사람은 선연(仙緣)이 이르기도 하고 늦기도 하니 또한 그 때가 따로 있는 것인가?[153]

　역사적인 맥락을 떠올리며 이 산의 영이로운 자취를 떠올리고 이를 통해 이 산을 선산(仙山)이라 규정하였다. 또한 그런 선산을 찾아갈 수 있는 선연을 희망하는 마음이 잘 드러나 있다. 허균이나 김시화의 글에서 묘향산을 바라보는 시선은 공통적임을 알 수 있다.

---

족문화추진회 국역본)

153) 『竹下集』 3권, 「妙香山記」: 妙香山乃海東之名山, 而一名太白山也. 奧昔檀君誕降於此檀木之下, 爲東國草昧生民之主. 逮夫我朝有神僧西山大師修道於此山之中, 而當壬辰之亂, 使高足松雲雷默, 多有效勞於國家, 人傑地靈, 尤有光焉. 然則此山之重名於海東者, 非徒其形勝之甲乙於蓬萊, 以其靈異之跡, 逈出於尋常而自古稱之以仙山也. 余嘗有一見之願, 而無由得也.…… 或者仙緣早晚, 亦有其時歟. 김시화의 묘향산 여행에 관한 논의는 이종은, 「묘향산의 문학적 형상 一考」, 『한양어문』 16집(한양대 한양어문학회, 1998. 12), 69∼76쪽 참조. 번역도 여기에 따랐다.

　필자는 앞 글에서 묘향산이 도교문화적인 특징을 짙게 갖고 있다고 하면서 여러 예들을 소개했다. 그때 묘향산의 특성 중 하나로 이곳이 '선계'로 인식된다는 점을 말하며 유몽인과 양만고의 글을 제시하였다. 한편 이 글 Ⅲ에서 법종의 〈속향산록〉을 검토한 결과 향산 중에서도 고향산이 선계, 즉 이상향적인 의미를 짙게 지닌 공간으로 나타났다. 이 결과를 기억하여 앞 글 논의의 내용을 다시 검토할 필요가 있다.

　유몽인은 『어우야담』에서 선계에 관한 세 가지 이야기를 소개했다.[154] 하나는 한 백성이 산속에 비옥한 들이 있다는 소식을 듣고 송아지를 지고 산으로 들어가다 관리에게 붙잡혀 결국 죽음을 당했다는 이야기였다. 학정과 수탈이 없는 묘향산 속 이상공간을 찾아간다는 이 이야기가 시작되는 부분에서 유몽인은 우리나라 산천에 무릉도원 같은 곳이 많다면서 "특히 묘향산 북쪽은 오랫동안 인적이 없었다(獨妙香山之北, 曠世不通人烟)"고 한 후 그 백성 이야기를 꺼냈다. 그렇다면 이 이야기의 배경이 묘향산 북쪽, 즉 고향산을 배경으로 하는 이야기임을 알 수 있다.

　두 번째 이야기는 좀더 확실히 그 배경을 표시해 두었다. 법환이라는 승려가 별세계가 있다는 이야기를 듣고 무작정 산에 들어간 지 며칠 만에 그런 세계를 발견했다는 것이다. 그가 찾아간 산이 '고향산(古香山)'이라고 정확히 적어 두었다.[155]

　마지막으로 선계 이야기를 듣고 여연과 무창 근처로 찾아갔다가 봄이 한창인데도 얼음이 있고 큰 물고기가 많이 있는 신기한 지역을 봤다는 이야기를 부기(附記)했는데, 유몽인 스스로도 "지금 이 고향산이라는 곳이 여연·무창과 가까우므로 풍토도 비슷한 것인가(今此古香山者, 豈地近閭茂, 風土似之也歟)"라고 하였다.

---

154) 만종재본 『어우야담』 5권, 萬物편－天地 부분. 이 글은 〈古香山記聞〉이란 제목으로 『臥遊錄』(정신문화연구원간)에 실려 있기도 하다.

155) 『於于野談』 5권, 「萬物편－天地」: 少時登香山香爐峰北望, 山岳阻絶靑冥浩渺之外, 或稱有古香山爲世別界, 古人所居, 今亦有遁世人潛焉.

양만고의 〈은적암비승〉(『감호집(鑑湖集)』)도 다시 보자. 은적암에서 수련하던 한 승이 득도하여 날아다니며 솔잎을 먹고 살다가 한 속인에게 선계를 보여주었다가 결국 죽고 말았다는 이야기였다. 속인은 선계를 한 번이라도 보고 싶다는 간절한 소망으로 승에게 간청했지만, 이는 천기(天機)를 누설한 것이기 때문에 불로장생할 수 있도록 득도한 이도 결국 죽음을 맞을 수밖에 없었다. 그때 은적암 역시 바로 고향산에 있다. 법종의 〈속향산록〉에서도 "윤필・원통・우적・묘적・은적 등의 암자들은 부서지고 헐린 지 이미 오래여서 모두 볼 수 없었다(潤筆圓通雨積妙寂隱寂等庵鎖歇已久, 皆不得見)"라고 하는 부분에 등장한다.

요컨대 묘향산이 선계적인 의미와 분위기를 지닌 공간인 것은 앞서 예로 든 허균과 김시화의 글에서도 드러난다. 또 유몽인이 묘향산을 배경으로 일어났던 일을 말한 세 이야기나 양만고의 글에서 공통적으로 나타난 선계는 묘향산 중에서도 고향산 지역에 대한 일이었다. 선계를 말한 이들 이야기가 묘향산 중에서도 하필 모두 '고향산'인 것은 고향산의 공간 의미를 충분히 설명해 준다. 앞 장에서 본 대로, 법종은 스승이 신향산에 대해 쓴 글의 서술방식을 철저히 답습하여 스승이 했던 대로 고향산의 각 봉우리와 암자를 최대한 자세히 실었다. 추붕이 신향산에 대해 쓴 글에서는 전혀 그렇지 않았으나 법종이 구향산에 대해 쓴 글에서는 '선계'로서의 특성이 자연스레 강조되었다. 이 모든 것들을 통해 고향산과 신향산은 다른 의미를 지닌 공간이며, 특히 구향산은 신향산과 달리 선계로서의 의미를 짙게 지닌 공간인 것을 알 수 있다.


# V. 마치며


흔히 묘향산에 다녀왔다는 사람은, 또 묘향산에 대해 글을 남긴 사람들 역시 대부분 신향산을 돌아본 사람들이다. 그들 중 대부분은 보현사를 출발, 상원동 등산로를 이용하여 인호대와 상원암을 돌아본 후 단군대와 불영대를 거쳐 다시 보현사로 돌아와서 '묘향산을 등반했다'고 한다. 아니면 만폭동 등산로로 올라가며 여러 폭포를 구경한 후 봉우리를 넘어 단군대와 불영대를 거쳐 내려오는 것으로 묘향산 탐승을 끝냈다. 심지어 그저 보현사에 머물며 사방의 묘향산 봉우리들을 바라보고 시 한 수 지은 후 묘향산을 보고 왔다 자랑을 한다. 그러나 그들 중 묘향산의 참 모습을 보았다고 말할 수 있는 이는 적었다. 그래서 노산 이은상156)은 "다만 보현사에서 상원암으로, 단군대로, 한 바퀴 둘러 내려와서는 묘향산 구경했노라고 뼈기는 것 뿐, 참말 묘향산은 첩첩한 구름 밖에 떨어져 있는 것이다" 하며 한탄하였다.

방문객의 발길이 한정된 곳에만 닿았기 때문에 신향산과 그 속의 각 처소에 대해 쓴 글들은 매우 많고, 그들이 남긴 글의 대부분은 상당히 겹친다. 인적이 드물었던 고향산은 글에 나타나는 일이 드물었고, 그래서 더욱 신비로울 수밖에 없는 땅이었다.

여기에서는 법종의 〈속향산록〉을 중심으로 고향산에 대해 쓴 다른 기록을 연관지어 살펴보아, 묘향산 중 특히 고향산은 신향산과 달리 특히 '선계' 공간으로 인식되는 공간이었음을 밝혔다. 신향산과 고향산은 단지 신(新) / 구(古)로 이름만 다른 것이 아니라 그 의미에서도 달랐던 것이다. 신향산이 탐승객들을 맞을 때에 고향산 지역은 베일에 가려지면서 선계, 별세계로서의 이미지를 더욱 굳혔다.

묘향산에 관해서는 단군신화와 관련한 유적만이 연구되었을 뿐 특별히 언급할 만한 더 이상의 연구가 진행된 것이 없다. 묘향산에 대한 연구는 역사적으로도, 인물사적으로도 아직 미답(未踏)의 상태이다. 다양한 분야에서 더욱 많은 연구가 진행되어야 할 것이다.

---

156) 이은상, 『조국강산』, 141쪽.

# 〈만하몽유록〉을 통해 본
# 애국계몽기 선계서사의 양상

## Ⅰ. 시작하며

〈만하몽유록(晚河夢遊錄)〉은 만하(晚河) 김광수(金光洙: 1883~1915)[157] 가 1907년에 지은 장편 한문소설이다. 본래 이름은 〈몽유록〉이나 연구의 선편을 잡았던 김기동[158]이 다른 것들과의 변별을 위해 작자의 호를 붙여 〈만하몽유록〉[159]이라 부른 이래 대체로 이와 같이 통용하고 있다. 여기에서도 이에

---

157) 김광수의 字는 仲宣, 호는 晚河, 본관은 울산으로 河西 김인후의 13대손이다. 아버지 晦悔 金昶中과 어머니 昌寧 曹씨 사이 2남 1녀 중 장남으로 태어났으며 우암 송시열의 9대손인 淵齋 宋秉璿 문하에서 수학하였다. 실제로 〈만하몽유록〉 안에 김인후와 송병선을 등장시켜 그들의 후손이고 문하인 것에 대한 자부심을 숨김없이 표현하였다. 『만하유고』 2권을 남겼는데 여기에 행장과 묘갈명이 있어서 대체적인 생애를 알 수 있다.

158) 김기동, 「〈만하몽유록〉의 연구」, 『한국문학연구』 10집(동국대 한국문학연구소, 1987), 5~17쪽.

159) 김광수의 〈몽유록〉은 그의 문집인 『晚河遺稿』 1권에 실려 있다. 『만하유고』 는 총 2권으로 이루어져 있으나 〈몽유록〉이 실린 1권의 분량이 절대적으로 많고 2권은 매우 적다. 이 글들은 『만하선생문집』이라는 이름으로 한국역대 문집총서 376권(경인문화사, 1990)에 영인되어 있다. 이중 〈몽유록〉은 24~162쪽에 실려 있다. 이후 인용할 때에는 이것에 의하여 쪽수만 쓰고 책

따라 〈만하몽유록〉이라 한다. 이 작품은 정미년 7월 1일에 1인칭 주인공 내가 밤에 꿈을 꾸다가 그 꿈속에서 천상, 지하, 중국의 여러 지역을 유람하며 그곳에서 논쟁을 벌인 후 돌아오다 잠이 깬다는 내용의 소설이다.

이 소설은 애국계몽기에 순한문으로 쓰인 소설인 데다 담고 있는 역사적 비판의식과 통찰력도 날카로워 여러 학자들의 관심을 받았다. 김기동은 처음 이 작품을 언급한 학자이나 대체적인 소개에 그쳤고, 이후 장효현[160]에 의해서 이 작품에 대한 진지한 연구와 평가가 시작되었다 할 수 있겠다. 그는 〈만하몽유록〉에 우리나라를 둘러싼 여러 나라들의 판도와 추이에 대한 올바른 파악과 이에 대한 진지한 타개 노력이 보인다면서 이 작품의 중요성을 강조하였다. 조용호[161]는 작품에 대해 보다 소상하게 살피면서 이 작품에 담긴 동·서양 세계에 대한 인식과 전통 윤리에 대한 태도 등을 종합하여 이 작품이 동도서기론적(東道西器論的) 현실대응을 보이고 있음을 증명하였다. 조상우[162]는 그의 박사학위논문에서 애국계몽기 학자들의 현실 대응 방식을 논하는 과정에서 이 작품을 한 항목으로 삼아 논의를 전개시켰다. 이 작품에 형상화된 이상세계를 자세히 설명하기도 했는데, 이 세계를 유가적인 입장에서의 현실 대응으로 설명하였다. 이 밖에 신재홍[163]과 같이 여러 연구자들이 이 작품을 중점적으로 다루지는 않았어도 몽유양식을 말하는 부분에서는 빠지지 않고 반드시 이 작품을 언급하였다.[164] 기존의 이들 연구는 그 입장이나 내용에서 서

이름은 적지 않는다. 『만하유고』의 모든 글은 완역·출판되었으므로 이제는 쉽게 접할 수 있다(박종훈·서신혜 공역, 『만하몽유록』, 한양대출판부, 2005).

160) 장효현, 「애국계몽기 고전장편소설의 역사현실 대응─〈정씨복선록〉과 〈만하몽유록〉」, 『한국서사문학사의 연구』Ⅴ(중앙문화사, 1995), 2021~2049쪽.

161) 조용호, 「김광수의 몽유록 연구」, 『고소설연구』 11집(한국고소설학회, 2001. 6), 357~396쪽.

162) 조상우, 「애국계몽기 한문산문의 의식 지향 연구」(고려대 박사학위논문, 2002. 6)

163) 신재홍, 『한국몽유소설연구』(계명문화사, 1994), 192~235쪽.

164) 이후에도 〈만하몽유록〉에 대한 연구는 계속되었다. 조상우, 「애국계몽기 한문소설에 표출된 지식인의 여성인식─〈만하몽유록〉과 〈여영웅〉을 중심으로」, 『한국고전여성문학연구』 8집(한국고전여성문학회, 2004. 6), 129~152쪽; 이병직, 「만하몽유록 연구」, 『문창어문논집』 41집(문창어문학회, 2004. 12), 1~27쪽; 서신혜, 「만하몽유록에서 作詩와 遊覽의 기능」, 『어문론총』 41호(한국문학언어학

로 어긋나지 않는다. 후반의 연구는 전반의 연구를 좀더 자세히 설명하고 있다.

필자는 이런 기존의 연구 성과들이 잘못되었다고 생각하지 않는다. 다만 기존의 논의가 이 작품에 시종일관 등장하고 있는 각종 선계는 도외시한 채 다만 그 속에서 인물들 간에 나누는 대화에만 치중하고 있는 점을 아쉽게 생각하였다. 본래 소설 배경은 지극히 도교적인 공간인데 이것의 형상화에서는 이런 공간들이 기존에 도교에서 말하는 방식과 달리 묘사되고 있다. 이 점에 착안하여 도교적 이상 공간을 나타내는 서사의 역사적인 변동 맥락을 이 작품을 통해 읽어보려고 한다. 우리 고전소설에 나타나는 각종 사상과 의식을 말하면서 유불도(儒佛道)를 빼놓을 수 없다는 점을 생각한다면 이러한 작업 역시 소설사에서 반드시 이루어져야 할 일이다.

# Ⅱ. 왜 선계인가? 왜 몽유인가?

〈만하몽유록〉은 지상에 없는, 상상으로만 존재하는 세계에 대한 가상의 장대한 유람 기록이다. 이 소설에 나타나는 선계는 한두 곳이 아니다. 왜 가상의 초월세계, 선계를 유람한다고 했을까?

〈만하몽유록〉을 보면, 본격적 유람에 나서기 전 몇 줄의 내용도 말 그대로 도교 서사에서 말하는 선계 자체이다. 무산신녀(巫山神女)의 전송을 받기도 하고, 별유천지(別有天地) 괴안국(槐安國)에서 40년 동안 재상으로 있었다고도 하였다. 그 후 재상 인장을 반납하고 유람의 길에 나서는 것이다. 주(朱)씨와 진(陳)씨가 세상을 피해 모여 사는 집성촌 무릉도원(武陵桃源), 조선 남쪽에 세운 이상세계 자하도(紫霞島), 천상과 지상과 지하의

---

모든 세계를 다스리는 상제가 있는 곳 천상 백옥경(白玉京), 염라대왕이 상제의 명을 받아 다스리고 있는 염라국의 지장부(地藏府) 등이 차례로 일인칭 주인공 내가 유람한 장소이다. 주인공이 이런 선계들을 유람하는 중간중간에 중국의 역사적 사건이 일어난 장소들을 둘러보고는 여러 느낌이 있어서 그것을 시로 읊기도 한다. 또 어떤 공간에서는 한 여인을 만나 가연(佳緣)을 맺어 살다가 헤어지기도 한다. 그러나 조용호165)가 말했듯 이런 부분들은 작품에서 중요한 위치를 차지하지 못한다. 더구나 여인과 인연을 맺는 장소 역시 선계의 분위기를 짙게 풍기고 있을 정도이다. 이 소설을 통해 작가가 하고 싶은 말, 드러내고 있는 핵심 문제의식들은 각종 선계를 다니며 주인공이 보고 듣고 물으며 답한 내용에 담겨 있다. 그러므로 이 소설에서 이들 선계는 반드시 주목해야 할 대상이다.

　사람들에게 선계는 꿈의 세계이다. 끊임없이 상상하고, 가고 싶어 하고, 이루고 싶어 하는 세계이다. 그 세계를 낙토(樂土)라고 부르든, 유토피아나 (신)선(세)계 또는 이상국(理想國), 동천(洞天), 복지(福地) 등 어느 것으로 부르든 의미는 모두 같다. 꿈의 세계에 대한 동경은 오랜 세월 변함없이 인간이 추구하는 것이다. 우리나라의 경우도 예외가 아니다. 이런 세계에 대한 동경은 멀리 고려후기 이인로의 『파한집』166) 이래로 수많은 잡록류 서적과 설화에서 쉽게 찾아볼 수 있다.

　인간은 언제 새로운 세계를 꿈꾸는가? 이인로가 『파한집』에 선계를 찾아 길 떠나는 이야기를 쓸 때는 무신정권기라는 정치적 혼란기였다. 조선 전기 문헌에서는 선계에 관한 기록을 찾아보기 힘들다가 임병양란 직후에 갑자기 이런 기록이 많아진다. 『지봉유설』, 『어우야담』 등이나 이후 『천예록』과 『택리지』 등의 책에서 쉽게 이런 내용을 찾아볼 수 있다. 한결같이 임병양란이라는 전란을 배경으로 하여 이상세계를 찾아 나선 사람들이나 이런 세

---

165) 조용호, 「김광수의 몽유록 연구」, 『고소설연구』 11집(한국고소설학회, 2001. 6), 357~396쪽.

166) 李仁老, 『破閑集』 卷上(柳在泳 역주, 일지사, 1978), 39~42쪽.

계를 이루고 사는 곳을 우연히 방문하고 돌아오는 내용을 담았다. 전쟁이라는 상황과 이상세계를 향한 꿈이 만나는 지점이다. 이후 붕당과 세도정치 아래 피폐해진 조선후기에도 선계를 향한 마음과 행동을 담은 글은 끊임없이 계속 나왔다. 사회가 어지러울수록, 자신의 생존에 대한 위협이 강하게 느껴질수록 새로운 세계에 대한 동경은 더욱 강렬해졌다.

고소설에서도 선계가 자주 등장한다. 그러나 보통 고전소설 속 선계는 어떤 인물을 지상에 적강시키기 위해 서두 장면에서 잠시 등장하거나 어려움을 겪는 주인공을 극적으로 도와주기 위해 잠깐 나타나는 경우가 대부분이었다. 그러다가 19세기 들어 작품의 처음부터 끝까지 선계가 나타나며, 한 선계뿐만 아니라 여러 선계를 두루 돌아다니는 내용의 〈만옹몽유록〉[167] 같은 소설이 나타난다. 이것은 19세기라는 당시 상황의 반영이다. 조정의 어지러움이 더욱 심해질 뿐 아니라 우리나라를 차지하려는 열강들의 각축전이 더욱 심해지는 상황과 맞물리는 현상이다.

새 왕조의 수립과 기틀 정립으로 사회가 비교적 안정되었던 조선 중기 이전까지는 선계 관련 기사들이 보이지 않는다. 그러나 전란을 계기로 사회가 어려울 때에 이런 내용이 갑자기 많이 나타나는 현상은 선계 추구와 사회 혼란이 연결되어 있다는 증거이다. 현재 살고 있는 세상이 어지러울수록, 현 세상에 대한 위기감이 고조될수록 새로운 세상에 대한 소망은 더 강렬해졌던 것이다. 이런 맥락에서 김광수의 〈만하몽유록〉에 선계가 반복적으로 계속 등장하는 것이다.

19세기 후반에 비해 김광수가 이 소설을 썼던 20세기 초반은 사회의 위기감과 불안감이 더 고조되었을 때다. 청일전쟁·러일전쟁에서 일본이 잇따라 승리하고, 일본의 간섭으로 고종이 강제 양위하였으며, 군대가 해산되는 등의 일이 일어났을 때이니, 이 점 더 말할 필요가 없다. 이런 일들에 대한 분노와 불안은 소설 속에서도 직접적으로 표현되어 있다. 그러므로 김광수

---

167) 〈謾翁夢遊錄〉은 尹致邦(1794~1877)이 지은 것이다. 김정녀, 「謾翁夢遊錄 연구」, 『고소설연구』 9집(한국고소설학회, 2000. 6)을 참조할 수 있다.

는 새 세상에 대한 바람을 담아 전대의 〈만옹몽유록〉 같이 역대의 여러 선계를 두루 다니는 작품을 쓰게 된 것이다. 다만 국가의 존폐 위기 가운데서 무엇인가를 하여 힘을 길러야 한다는 의식이 강하게 작용하여, 선계 속에서 여러 진지한 역사적 고민을 담아 논쟁을 벌이고 있는 것이다. 비슷한 시기 『대한매일신보』에 연재되었던 소설 〈디구셩미리몽〉168) 역시 시대에 관해 근심하는 대화를 나누다가 백옥경 여러 곳을 유람하고 돌아다니는 내용을 담고 있다. 선계에 대한 동경이 이런 경향 및 시대상황과 맞물리면서 비슷한 유형의 작품을 내게 되었던 것이다.

동시에, 왜 몽유(夢遊)인가를 생각해 볼 필요가 있다. 이상세계, 선계는 실존하는 세계가 아니기 때문에 실제로 유람할 수 없으므로 '꿈' 속에서 돌아볼 수밖에 없기는 하다. 그러나 이 시기 왜 하필 몽유의 형식으로 작품을 남겼는가에 대해서는 더 생각해 보아야 한다. 김광수는 〈만하몽유록〉의 처음을 이렇게 시작했다.

> 옛날에 무정이 꿈에 부열을 보고 공자가 꿈에 주공을 보았다는 것, 이것은 다른 것이 아니다. 마음과 뜻으로 그 성현의 도를 생각했기 때문이다. 남편을 요서로 원정(遠征) 보낸 이천 지방의 한 부인이 꿈에 요서지방에 가고 동방(洞房)의 아름다운 여인이 꿈에 강남을 돌아다닌 것, 이것은 다른 것이 아니다. 마음과 뜻으로 부부의 정을 생각한 까닭이다. 이로 말미암아 살펴보건대 꿈이라는 것은 뜻과 마음을 둔 일이 생각에 감응하여 이루어지는 것이다.169)

---

168) 이 작품에 관해서는 송민호, 『한국개화기 소설의 사적 전개』(일지사, 1975), 126~131쪽을 살펴볼 수 있다. 이후 몽유양식을 논하는 논자들은 대부분 이 작품을 짧게나마 언급하였다.

169) 24쪽: 昔者, 武丁夢得傅說, 孔子夢見周公, 此無他. 於心於意, 思其聖賢之道故也. 伊州征婦夢到遼西, 洞房佳人夢行江南, 此無他. 於心於意, 思其夫婿之情故也. 由是觀之, 夢也者, 有意有心之事, 感於思而成者也.

한마디로 말해 '간절히 원하면 그것이 꿈으로 나타난다'고 했다. 그래서 자신이 평소 사해를 두루 다니며 승경을 구경하고 뜻을 펼쳐 보이기를 원했다는 것을 말하였다. 그렇다면 이후 이어지는 〈만하몽유록〉의 내용은 김광수 자신의 간절한 바람을 옮겨 적은 글이다. '몽유'라는 사실이 작가 자신의 간절함을 더욱 강조하는 결과를 낳게 되는 것이다. 사해를 두루 다니며 보기를 원했던 꿈이 이루어졌다면 그 꿈속에서 보고 느끼고 생각하고 말한 것 역시 그가 평소 간절히 생각하고 원하던 모습대로였을 것이다. 때문에 이 소설에서 그린 선계의 모습은 애국계몽기를 살던 사람 김광수가 간절히 원하던 새 세계를 구체화시켜 보인 것이다.

# Ⅲ. 어떤 선계인가?

이 소설에 나타나는 초월세계는 주·진씨의 무릉도원, 조선 남쪽의 자하도, 천상 백옥경, 지하 염라국 등 여러 곳이다. 이 밖에 신녀(神女)가 지내는 무산(巫山), 괴안국(槐安國) 등 그저 지나치듯 언급된 도교적 이상세계도 상당수 있다. 우리가 관심을 갖는 것은 선계가 나타난다는 사실이 아니라 그 선계가 어떤 모습으로 나타나며 이 시기만의 특징은 무엇이냐는 것이다. 이를 위해 이 작품에서 나타나는 선계의 특성을 몇 가지로 나누어 살펴보면 다음과 같다.

## 1. 물질문명을 인정한 선계, 서구(西歐) 지향의 선계

도가에서 말하는 선계는 대개 노자가 『도덕경』 80장에서 말했던 소국과

민(小國寡民)의 나라이다. 도연명이 〈도화원기〉에서 노자의 '소국과민'형 이
상공간을 구체화시켜 표현한 것이 무릉도원이다. 이는 전란을 피해 산속에
이상공간을 만들어서 세상과의 인연을 끊고 사는 사람들의 삶의 모습을 표
현한 것으로, 이후 이상공간에 대한 논의는 대체로 이를 기준으로 삼는다.
이들 나라에서는 인공적 도구도 사용하지 않고 사람들이 서로 왕래하지도
않으며 다스리는 사람도 없다. 인위적인 제도나 금지사항도 없다. 물론 바
깥세상의 정치 상황에 대해 관심을 기울이지도 않는다. 아무나 언제든지 오
고 갈 수 있는 노출된 공간에 있지도 않다.

〈만하몽유록〉에서는 분명 도가적 이상공간의 전통을 이용했다. 그런 공간
의 이름을 사용하고, 신선으로 알려진 인물들을 그곳에 등장시켰지만 전통
의 선계와는 다른 모습으로 이들 공간을 구체화시켰다.

이 작품에 구체적으로 등장하는 선계 중에서 주·진옹170)과 그들의 자손
이 이룩한 '무릉도원'이 바로 이런 곳이다. 사해유심주(四海遊心舟)를 타고
노닐던 1인칭 주인공 나는 주옹과 진옹을 만난다. 그들과 고금의 중국 역사
와 현대의 국제관계 등에 관해 이야기를 나누는 것은 물론, 두 노인이 새로
운 세계에 들어와 살게 된 사연도 듣게 된다. 바로 도연명이 〈도화원기〉에
서 말한 것과 같이 '진나라 학정과 사회 혼란' 등으로 인하여 세상에 뜻을
버리고 들어왔다고 하였다. 한마디로 주·진옹이 구축한 무릉도원은 전통적
인 도가의 선계를 충실히 그 틀로 마련한 것이다.

그들이 사는 곳을 돌아보며 주인공은 이들에게 여러 가지를 묻는다.

"여기 사는 사람의 자녀 교육은 어떠합니까?"
"전에는 각 사람이 스스로 가르쳤으나 불편한 것이 많아서 근래에는 새
로 조약을 세우고 규칙을 다시 만들었습니다. 그랬더니 아이들을 기르고

---

170) 徐州지방 朱陳村에 朱씨와 陳씨만이 살면서 대대로 서로 혼인하였다. 이 때
문에 나중에는 兩家에서 대대로 通婚하는 사이라는 뜻으로 朱陳之好라는 말
이 생겼다. 즉 〈만하몽유록〉에서 김광수는 본래 도교적 맥락에서 세상과 떨
어진 이상공간으로 여겨지던 것들을 끌어와 원하는 세계를 그린 것이다.

재산을 모으며 교육하는 데 편리할 뿐 아니라 산업을 경영하는 데에서는 일은 반만 해도 결과는 배나 되었습니다. 어떻게 하는가 하면, 주민들이 힘을 합하여 집을 짓고 위치를 배치합니다. 산모실, 양아실, 남학실(男學室), 여학실이라는 것이지요. 대개 부녀자가 잉태하여 해산할 때가 되면 산모실로 가서 해산합니다. 해산한 후 삼칠일이 되면 아이는 양아실로 보내지지요. 그곳에서는 성장 정도를 판별하여 조금 어린 아이들은 끼리끼리 놓아서 젖을 먹입니다. 먹는 양에 따라 함께 먹여, 아이들이 배부르고 배고픈 때가 같습니다. 이와 같이 키워서 세 살쯤에 말문이 트이면 유학실(幼學室)로 보내지요. 그곳에서 나이 드신 어진 스승이 좋은 말과 지극한 논의로 교육합니다. 여섯 살이 되면 남자는 남학실로 보내고 여자는 여학실로 보내어 지혜로운 정도를 판별하여 인도함으로써 그 수준에 따라 나아가게 합니다. 이와 같이 가르친 지 10년이면 집으로 돌아가 각자 자신의 일에 종사하게 되니 사업을 이루지 못함이 없고 재주를 넓히고 국량을 채우지 못함이 없습니다."

내가 속으로 생각하기를 '여기 사는 사람들이 생산하고 교육하는 방법은 구미(歐美) 사람들과 다를 바가 없구나. 서양의 풍조가 어떻게 이곳에 들어왔을까' 하였다.171)


두 노인과 여러 이야기를 하던 주인공은 그들이 사는 고장의 교육에 대해 물었다. 그에 대한 답변은 위와 같았다. 조약을 만들고 규칙을 세워서 출산과 양육과 생산을 이에 따라 한다는 것이다. 인위적인 규칙 등을 제정하는 것이 우선 기존의 무릉도원과 다른 점이다. 기존 무릉도원에서는 그저

---

171) 66~67쪽: "居人之子女教育, 如何乎?" 曰: "往時, 則各自教育, 多有不便之, 方近來新立條約, 更設規則, 非生聚教訓之便利, 至於營産作業, 事半功倍. 何則. 居人亦以衆力建築堂宇, 排布位置, 一曰産母室, 二曰養兒室, 三曰男學室, 四曰女學室. 盖婦女有孕滿期, 則往于産母室而解産. 解産後三七日, 送兒於養兒室, 則辨其稍長, 稍幼者, 類類各置, 及其乳也, 各隨其量而同飮, 兒飽兒飢, 亦同其時. 如此養育, 至于三歲, 可以解語, 則送于幼學室, 老成賢哲之師, 以格言至論, 教其言語, 至于六歲, 則男送于男學室, 女送于女學室, 辨其智愚而導之, 隨其等級而進之. 如此教訓十年之後, 各歸其家, 各從其事, 事業無不成就, 才器無不擴充云." 余於心自謂曰: "居人生産教育之道, 無異於歐米之人, 西洋風潮, 從何處而入于桃源耶."

해 뜨면 일어나 모두 함께 땀 흘려 일하고 해가 지면 집에 들어와 밥을 먹고 삼삼오오 모여 책도 읽으며 살면 그 뿐이었다. 산모실, 양육실을 따로 만드는 것도 그렇고 남녀를 구별하여 남학실과 여학실을 구분하는 것도 새로운 모습이다. 전자는 현대의 양육 시스템을 보는 듯하고 후자에서는 유가(儒家)의 남녀유별 규범의 영향이 느껴진다.

이 선계 묘사에서 주목되는 점은 두 가지이다. 첫째는 작품 속에서 그가 구현한 세계는 그 기본틀에서는 도가의 선계를 충실히 이용했으면서도 구체화의 면에서는 인위적인 것이 없음(無人爲)을 기본으로 한 기존의 선계와는 정반대로, 체계적인 구분과 관리가 있는 세상을 그렸다는 점이다. 인위가 없는 것이 아니라 철저한 인위가 있다.

둘째로 주목되는 점은 이런 체제에 대해 감탄하면서 이것들을 '서구의 풍조'로 생각한다는 점이다. 정해진 규칙에 따라 출생과 양육과 생산이 이루어지는 등의 방법을 찬양하고, 그것을 서양의 풍조라고 하며 부러워했다. 즉 이 작품에 와서 '선계는 곧 서구세계'라는 새로운 공식이 성립되는 것이다. 이런 영향은 현대 우리나라 사회에서도 짙게 감지되므로 그 의미가 예사롭지 않다. 사람들이 바라는 더 나은 세계, 새로운 세계, 유토피아는 '서구 세계'라는 인식이 바로 〈만하몽유록〉 선계 서사에서 보이는 특수함이다.

앞서 언급한 대로 이 작품에서 구현한 세계는 작가가 간절히 바라는 꿈의 세계이다. 그러므로 작품에 그려진 세계는 20세기 초반을 살았던 작가의 현실대응방식이며 이런 점에서 선계에 대한 바뀐 인식은 중요하다.


## 2. 도가적 선계에서 유가적 이상세계로의 유도


〈만하몽유록〉에 나타난 선계의 두 번째 특징은 분명 기본의 도가적 선계의 모습을 묘사했으면서도 이를 유가적 이상세계로 유도하여 바꾸려고 한다는 점이다.

주인공은 규칙에 의해 육아와 교육이 이루어지는 사회를 부러워하고만 마는 것이 아니다. 주·진옹의 입을 빌려 '그렇게 하니 생산이 배가 되고, 이렇게 교육하니 자기 일을 감당하지 못하는 이들이 없었다'고 하여 그것을 찬양하는 생각을 확실히 표현하였다. 그런데 주·진옹에게서 소개받은 이 사회의 모든 것을 주인공 내가 보고 듣고 부러워만 한 것이 아니다. 주인공은 특정한 사항을 들어 그것을 비판하고 바로잡아야 한다고 주장하였으며 결국 주·진옹이 그것에 승복하였다.

주인공 내가 지적한 내용은 두 가지이다. 하나는 동족 간에 혼인하는 문제이고 다른 하나는 군주가 없는 문제이다.

주옹과 진옹, 그리고 그의 아들·딸들만이 들어와 이룩한 사회였고 다른 이들과는 교류를 하지 않았으므로 이들은 서로 간에 혼인하여 그때까지 유지해 왔다고 하였다. 두 노인은 '요임금의 증조가 곧 순임금의 고조인데도 요의 딸이 순의 아내가 되었으니 친족 간 혼인은 성인도 하신 일이라 문제 될 것이 없다'고 하였다. 그러나 주인공 나는 '그것은 한때의 권도였을 뿐이기 때문에 그것으로 핑계 대는 것은 옳지 않다'며 동족 간의 혼인을 비판하였다. 주·진옹은 그것에 승복하여 따랐다. 주인공 나는 철저히 유가의 논리로 그들을 논박하며 논쟁을 벌였다. 다만 그들 사회에서 모든 번다한 예절은 생략한 채 신부가 신랑의 손을 잡고 연당(緣堂)으로 들어가는 '종부례(從夫禮)'만으로 모든 혼인예식을 끝낸다는 점에 대해서는 매우 감탄하고 찬동하였다. 앞에서 규범이나 규칙에 의한 체계적 관리 등을 선호한 의식과 연결된다.

또 '사는 사람들의 풍속이 순후(淳厚)하여 특별히 하는 것이 없더라도 교화되기 때문에 군장을 둘' 필요가 없을뿐더러 '땅은 좁고 사람은 많지 않으니 왕을 세우기에 족하지 않다'고 하자 주인공은 이것에 대해서도 논쟁한다.

"옛날부터 지금까지 인위적인 행위를 하지 않고도 변화시킨 이로는 천지 신명만 함이 없습니다. 그러나 가만히 생각해 보면 하늘에는 옥황상제가 있고 땅에는 염라대왕이 있다고들 합니다. 거기에는 무슨 까닭으로 군장이 있겠습니까. 만약 땅의 대소로 논한다면 탕은 70리 땅으로 왕 노릇 하였고 문왕은 백 리로 왕 노릇 하였습니다. 이 땅이 비록 좁다고 하나 긴 곳을 잘라 짧은 곳에 붙이면 수백 리는 넘을 듯하니 왕을 세우기에 충분합니다. 또한 인구로 말하자면 진의 서불은 500명의 동남동녀들을 이끌어 왕 노릇 하였으며 제나라의 전횡은 그 무리 500명을 이끌어 왕 노릇 하였습니다. 여기에 사는 사람은 비록 많다고 할 수는 없으나 지금 오백 집에 삼천 명이 있으니 또한 왕 노릇 할 만합니다. '또 오랑캐에게 왕이 있는 것이 중국에 없는 것과 같지 않다'고 말하지 않던가요. 이는 군주가 없을 수 없음을 말한 것입니다. 이런 까닭에 공자는 한 나라에 3개월 동안 군주가 없으면 조문하였으니 군주는 없을 수 없는 것을 여기에서 또한 볼 수 있습니다."[172]

각종 유가 선인(先人)의 경우를 내세우며 군주가 없는 무릉도원을 비판하고 있으며, 이에 대해 주·진웅은 곧 승복하여 군주를 세우는 의논을 하러 간다.

기본적으로 무릉도원형 선계는 어지러운 정치 현실에 염증을 느껴 이를 피해 들어간 이들이 만든 세계이기 때문에 정부도 없고 다스리는 이도 없으며 세금도 없고 싸움도 없는 것으로 묘사되었다. 그러나 이전까지의 선계와는 달리 〈만하몽유록〉에서는 논쟁을 통해 그곳 사람들을 승복시킴으로써 전대까지 이어져 오던 선계의 모습을 바꾸어 버리고 있다. 그 논쟁의 논리는 늘 성현이나 유교 경전 등의 유가 사상이었다. 도가 세계의 틀을 지닌 선계를 그대로 끌고 와 이를 유가의 세계로 변화시켜 표현하고 있다는 점이 〈만하몽유록〉 선계서사의 특징이다.

그러나 논쟁을 통해 기존의 도가적 선계를 유가적인 이상세계의 모습으로

---

172) 67~68쪽: "往古來今, 無爲而化者, 莫如天神地祇. 然竊聞, 則天有玉皇上帝, 地有閻羅大王云. 是何故而有君長耶. 若以地方之大小論之, 則成湯七十里而王, 文王百里而王, 此地雖曰偏小, 絶長補短, 猶過數百里, 亦足以王矣, 亦以人口之多少言之, 則秦之徐市率男女五百童而王, 齊之田橫與其徒半千人而王. 居人雖曰不多, 今有五百戶三千口, 亦可以王矣. 且語不云乎, 夷狄之有君, 不如諸夏之亡, 此乃不可無君之語也. 是故, 仲尼三月無君, 則弔, 不可無君, 於此亦可見矣."

유도하여 이것을 이루었다고 하여도 그것은 공허한 문자상의 변화요 승리였다. 군주가 없는 무릉도원을 비판하였지만, 반대로 군주가 엄연히 있는 당시 사회는 오히려 그가 꿈에 봤던 무릉도원과는 비교할 수 없이 위험하고 혼란스러우며 위태로운 상태였다. 작품 속에서 주인공 내가 그런 사회를 떠올리고 그것 때문에 슬퍼하며 울분을 느끼고 안타까워하는 모습을 끊임없이 보여주고 있는 것은 바로 논쟁을 통한 설득과 변화가 공허할 뿐임을 스스로 보여준다.

## 3. 망국의 원인을 극복하는 선계 표현

〈만하몽유록〉에 제시된 선계의 또 다른 특징은 당시 망해 가는 조선이라는 세계의 멸망 원인을 극복하는 방식으로 선계를 묘사하였다는 점이다. 즉 현실의 문제에 대한 통찰력과 의식을 적극 반영하여 선계를 묘사했다는 것이다. 이 점은 조선의 남쪽에 있다는 자하도를 설명·묘사하는 과정에 잘 나타난다.

주·진웅과 헤어진 1인칭 주인공 나는 또다시 유람하다가 어느 곳에서 푸른 옷을 입은 소년과 만난다. 그는 자하도의 인물이다. 흔히 도교 서사에서 길을 안내하거나 어떤 신선이나 도사의 심부름을 하는 이들은 늘 '푸른 옷을 입은 소년'이었다. '자하(紫霞)' 역시 신선세계를 드러내는 코드이다. '자하'는 자줏빛 구름 기운으로 신선이 사는 곳에 떠돈다고 알려져 있다. 그래서 자하상(紫霞想)이라고 하면 신선세계에서 노니는 기분을 나타내는 말로 사용되었다. 즉 자하도나 푸른 옷을 입은 소년은 도가의 신선세계, 선계를 드러내는 소재이다.

그렇다면 자하도는 어떤 모습으로 묘사되는가? 주인공 나는 이 소년과 여러 이야기를 나누면서 그가 사는 세계에 대해 묻고 듣는다. 다음은 소년이 그 세계에 대해 설명한 대목 중 일부이다.

　"우리 군주께서 신하를 택하는 것은 다른 임금과 다릅니다. 그 사람이 재주가 있는지 없는지, 선한지 그렇지 못한지를 따지지 않습니다. 보지 않아도 살필 수 있고 듣지 않고도 압니다. 이 때문에 재주와 덕이 있어 등용할 만한 사람이 비록 천만 리 밖에 있어도 앉아서 불러들여 직분을 줍니다. 그래서 불러주기를 기다릴 뿐, 알현하기를 구하지 않아도 됩니다……."173)


　이곳의 임금은 사람의 재주와 덕만을 통찰할 수 있는 능력을 지녔다. 그래서 인재 등용에서 빠지는 능력자가 없고 제자리를 찾지 못하는 인물들도 없다고 말하였다. "선한 이를 천거하여 능력대로 쓰니 들에는 남은 현자가 없고……"하며 그곳을 소개하는 내용이 뒤에 이어진다. 자하도에 대한 여러 이야기를 들으며 작가는 우선 인재 등용의 면에 매우 감동한다.

　혼란한 사회가 지속될 때 대체로 그 원인으로 인재 등용의 잘못을 든다. 어느 특정 시기만 그런 것이 아니라 늘 그러했기에 특별히 어느 시대 누가 그런 주장을 했다고 말하는 것조차 필요 없을 정도이다. 김광수 역시 조선 사회의 혼란과 외국에 의한 위협이 가중되는 상황에서 인재 등용의 잘못을 깊이 지적하였다. 그런 그의 생각은 '간절한 소망을 담아 이룩한 꿈의 이상세계'인 이 소설 속 선계에 그대로 반영된다.

　또 주인공은, 이 나라에서는 외방의 배와 인물이 들어오는 것을 금한다는 것을 듣고 이를 비판한다. 이에 대해 청의동자는 이렇게 말하였다.


　"대저 함정을 파놓고 호랑이를 기다리려면 먼저 여우와 이리를 금하고, 그물을 쳐놓고 매를 기다리려면 먼저 까마귀나 까치를 쫓습니다. 오늘 우리 임금께서는 형세를 살피면서 시세를 기다리고 있습니다. 비유하자면 사냥하는 사람이 장비를 설치하고 금수를 기다리는 것과 같습니다. 이런 까닭에 외국의 배나 나라 밖의 사람을 완전히 금하여 인간 세상에 천기가 누

---

173) 72쪽: "吾君之擇臣, 異於他君. 無論其人才不才善不善, 不見而察, 不聞而知. 是故有才德可用者, 雖在千萬里之外, 坐以招來, 授之以職. 然則可以待招, 未可求見……."

설되지 않도록 하였습니다. 또 장차 온갖 곡식을 파종할 사람은 서둘러 지붕을 올리고 천리 먼 길을 갈 사람은 미리 행장을 단속하는 법입니다. 지금 우리 임금께서는 뜻을 사방에 두고 모든 나라와 교역하려 합니다. 그런 까닭에 먼저 사람을 선택하여 각기 그 소임을 채우고 미리 대비하고 계십니다. 백에 하나라도 빠뜨린 것이 없게 한 후에 마땅히 천하에 호령을 행하여 부도(不道)한 나라를 정벌하고, 해내(海內)에 신의를 펴서 도가 있는 나라와 교유할 것입니다."174)

한마디로 큰 뜻을 품고 장차 모든 나라와 교역하는 국가를 이룰 것이지만 이를 위해 먼저 각각의 능력에 맞는 사람을 선택하여 필요한 사항을 채우고 대비한다는 것이다. 도외의 사람을 금해 놓고 앞으로의 일을 준비하지만, 그 준비가 다 끝나면 새로운 세상을 펼칠 것이라 했다. 우리나라가 준비하지 못한 채 애국계몽기의 혹독한 상황을 맞아 어려움을 겪고 있다는 생각이 투영되어 이 문제를 잘 해결한 사회를 이상국으로 형상화한 것이다.

자하도 역시 앞 항목에서 이야기하였듯이 삼강오륜을 기준으로 하여 서로를 존중하고 높이며 사는 유가적인 사회로 표현되었다. 즉 앞의 무릉도원과 마찬가지로 정통 도가적 선계의 틀을 그대로 가져다가 이를 유가적 질서에 의해 움직이는 사회로 묘사한 것이다. 덧붙여 현실의 여러 문제를 해결하여 구성한 자하도 같은 세계가 곧 이상세계라고 하여 그곳을 형상화시킨 것이다. 즉 이런 모습은 이러한 새 세상에 대한 간절한 소망을 투영한 것이기도 하고 현재 정치, 사회 현실에 대한 비판의 표현이기도 한 것이다.

---

174) 75쪽: "夫設陷穽而待虎, 先禁狐狸, 張網羅而待鷹, 先逐烏鵲. 今日吾君之察形便待勢, 譬如獵者之設機械待禽獸. 是故切禁方外舟度外人, 無使漏天機於人世也. 且將播百穀者亟其升屋, 遠行千里者預以束裝. 而今吾君志在四方欲交萬國, 故先擇其人, 各充其任, 豫備之. 道百無一闕然後, 當行號令於天下, 以征不道, 敷信義於海內, 以交有道矣."

## 4. 응징개념의 지하세계

주인공은 지상의 여러 선계를 돌아본 후 천상 백옥경과 지하 염라국도 돌아볼 기회를 얻는다. 천상 백옥경을 보러 갈 때에는, 한(漢)나라 장건(張騫)의 안내를 받아 지나는 길에 견우·직녀를 만났다. 월궁(月宮)의 항아를 본 것은 물론 요지(瑤池)의 서왕모를 만나 이야기를 나누기도 하였다가 마침내 천상 백옥경에 도착하였다. 그곳에서 화산(華山) 태을진인(太乙眞人)의 안내를 받아 온갖 선관(仙官)들이 상제 앞에서 조회하는 것을 구체적으로 목격한 것은 물론 직접 주소(奏疏)를 올려 상제를 배알하기도 한다. 이들 한 인물 한 인물이, 그리고 이들이 사는 공간 한 곳 한 곳이 예부터 문헌과 설화를 통해 전해져 오던 도가의 신선세계이다.

백옥경에 도착 하는 때까지 만나거나 지났던 인물과 공간, 그리고 그들과 나눈 이야기는 문헌에 지식으로 전해지는 도가의 이야기들이므로 특별한 것이 없고 다만 백옥경에서 상제에게 상소문을 올리는 것은 작가의 현실인식을 드러내 주기 때문에 이 소설에서 상당히 중요하다고 하여 선행 연구자들이 자세히 언급하였다.175) 상제는 그 상소문을 보고 그를 칭찬하며 이 나라에 훌륭한 군주를 내려줄 것을 약속하는 것으로 이 장면이 마무리 된다. 선행 연구도 있고 이 논문이 중점으로 다루는 내용인 선계는 이전과 별다른 점이 없으므로 이 부분에 관해서는 더 이상의 언급을 하지 않는다.

필자의 관심을 끄는 것은 지하 염라국이다. 도교에서는 물론 우리 선인들의 일반적인 우주관념상 온 세상은 상제가 다스린다. 상제는 천상 백옥경에 살면서 천상세계를 다스리고 지하의 염라대왕을 통해 지하세계를 다스린다. 염라대왕은 지하세계의 우두머리이지만 어디까지나 상제의 위임을 받아 그곳을 다스린다. 천상에서 죄를 지은 이를 염라국으로 보내어 그곳에서 벌을 내리도록 하기도 한다. 또한 상제는 지하세계뿐만 아니라 지상의 모든 곳에

---

175) 장효현, 앞의 논문 52쪽: 조상우, 앞의 논문 48~50쪽.

사는 인간들의 생사화복을 주관하다. 수명, 혼인, 징벌 등 분야별로 담당자를 두어 그들을 통해 다스린다.

〈만하몽유록〉도 이러한 세계관은 같다. 그러나 이 시기 초월계에 관한 서사의 특징은 바로 '징치(懲治)의 지하세계'를 강조한다는 점이다. 그리고 이 지하세계의 끔찍함을 구체화시키고 이곳에 들어갈 이들까지 제시하고 있다는 면에서 특이하다.

천상에서 돌아온 주인공은 신인(神人) 장건에게 얻은 '팔황종의마(八荒縱意馬)'를 타고 진(秦)의 만리장성 등 중국 역대 전적지 등을 돌아보고 감회에 젖어 시를 읊조리고 또 어느 곳에서 미인을 만나 가연(佳緣)을 맺고 살다가 홀로 귀향길에 오른다. 도중 심양에서 척화(斥和)를 주장하다 잡혀간 삼학사를 만나 그들의 도움으로 염라국을 돌아볼 기회를 얻었다. 그래서 '조선충의지문(朝鮮忠義之門)'에 들어가 홍익(洪翼)과 오달제(吳達濟)와 윤집(尹集)을 만나기도 하고 '대한충신지문(大韓忠臣之門)'에 들어 민영환(閔永煥)과 조병세(趙秉世)를 만나 이야기하기도 했다. '대한의사지문(大韓義士之門)'에 들어가 송병선(宋秉璿)과 최익현(崔益鉉)을 만나 강개한 음성으로 나라의 미래를 걱정하며 이것을 타개할 방법을 의논하기도 하였다. 그런데 이들만을 만나보는 것이 아니라 염라국 지장부(地藏府)에 들어가 '해동난적지굴(海東亂賊之窟)'과 '조선사흉지굴(朝鮮四凶之窟)'과 '대한오적지굴(大韓五賊之窟)'을 차례로 돌아본다.

> 이에 다시 한 끝을 보니 그 문에는 '대한오적지굴'이라 쓰여 있었다. 굴의 문이 매우 깊고 인적이 없어서 보이는 것도 들리는 것도 없이 다만 여러 형구들만 있었다. 다시 문을 지키는 나졸에게 물었다.
>
> "저기 있는 오적의 굴은 어찌하여 텅텅 비어 적막합니까?"
>
> "다섯 사람이 죄를 지은 지 얼마 되지 않았고 아직까지 인간 세상에 살아 있으므로 먼저 지옥을 만들어 둔 후 장차 천명을 기다리는 것입니다."
>
> 묻고 답하는 사이에 흐르는 냄새가 코를 찔러 오래 있을 수 없었다.176)

죄를 징치하는 세 굴 중 한 곳을 그린 부분이다. 어둡고 어두침침할 뿐 아니라 온갖 형구들이 있는데 이곳은 비어 있다 했다. 대한오적이라고 했으니 을사오적을 말한 것임을 쉽게 연상할 수 있다. 이들이 아직 살아 있어서 감옥이 비어 있다고 하여 이들에 대한 분노를 표현하였다. 이들은 당연히 이런 징벌을 당할 것이라는 내용을 강조하면서 이런 행위에 대해 경계하고 있는 것이다. 해동난적지굴이나 조선사흉지굴도 마찬가지 의미이다. 징치계념의 초월세계, 즉 응징의 지하세계를 강조하고 있다.

염라국, 지장부 등은 전에도 물론 죄를 지은 이들을 벌하는 곳으로 인식되었다. 그러나 구체적으로 국가를 팔거나 어지럽힌 이들을 죄인으로 설정하여 이곳이 이들의 당연한 귀결처인 것처럼 설정하고 있는 것은 나라의 멸망이 목전인 애국계몽기 시기에만 드러나는 초월세계 형상화의 특징이다.


# Ⅳ. 마치며: 소설사적, 시대사적 의미


이상 〈만하몽유록〉에 나타나는 선계 서술의 특징을 살펴보았다. 이제는 선계라는 대상뿐만 아니라 작품의 다른 방식과 내용 등을 고려하여 소설사적인 면에서 이런 특징들이 지니는 의의와 이 작품의 시대사적 의미를 살펴보아야 할 것이다. 〈만하몽유록〉은 선계와 유람과 몽유를 조합하여 만들어 낸 이 시대만의 특별한 형식의 고소설이다. 그러므로 '선계', '몽유', '유람'과 '현실대응' 등을 염두에 두고 생각해 보아야 한다.

---

176) 153쪽: 於是, 更見一邊, 則題其門曰'大韓五賊之窟'. 窟門深深, 人迹寥寥, 無所見無所聞, 而只有諸般形具矣. 更謂門卒曰"在彼五賊之窟, 何其空空如也, 寂寂如也?"答曰"五人之得罪未久, 尙今生在人間, 先修地獄, 而將待天命也."問答之際, 流臭觸鼻, 不可久住.

우선 몽유라는 것을 중심에 두고 생각해 보자. 몽유양식은 오랜 시기 동안 우리 문학사의 한 자리를 차지하고 이어져 온 서사방법이다. 〈만하몽유록〉은 이런 전통적인 방식으로 이루어진 작품인데, 몽유양식으로 쓰인 다른 소설 수십 편과 비교했을 때 애국계몽기라는 시기적 특수성이 반영된 양상을 보인다. 임병양란 직후 몽유록은 당대 현실에 대한 첨예한 비판과 진지한 문제인식을 담아 다수 창작되었다. 그러다가 17세기 말 이후 18세기에는 장편화되었다. 19세기에 들어서는 새로운 양식으로 탈바꿈하여 〈만용몽유록〉 같은 작품에서는 역사 현실에 대한 진지한 토론 없이 여러 선계에 대한 단순하고 계속적인 유람의 사건만을 기록하였다. 그 선계는 예부터 내려오는 선계에 대한 단순한 돌아봄에 그쳤다.

〈만하몽유록〉은 현실에 대한 철저한 문제의식과 고민을 담았다는 점과 장편 몽유록의 양식을 사용했다는 점에서 임병양란 이후 17·18세기 몽유록 작품의 전통을 이었다. 임병양란 후에 현실에 대한 비난과 강개함을 담은 〈강도몽유록〉, 〈달천몽유록〉, 〈피생몽유록〉 등의 작품이 집중 나타난 것과도 같이 〈만하몽유록〉 역시 당시의 시대상에 대한 판단과 비판적 역사의식 등을 담았던 것이다. 동시에 19세기에 새로이 등장한 몽유양식의 변화를 받아들여 선계 이곳저곳을 유람하는 형식의 모티프도 함께 받아들였다.[177]

요컨대 〈만하몽유록〉은 이전 시기 몽유록 양식에 대한 총체적 수용을 통해 애국계몽기 나름의 또 다른 몽유양식을 보여주었다고 할 수 있다. 이들 선계에 대한 계속적인 유람이 이루어지면서도 이 각 장소의 모습이나 편리함, 사는 방법 등에 대한 반성론적 인식이 보이며 각각의 순간에 현실 사회에 대한 현실인식과 비판의식을 동시에 보이고 있다. 상소의 형식으로 강개한 목소리를 내기도 하고 국권 회복과 국력 신장에 대한 강한 바람을 담고 있기도 하다.

같은 시기 나타난 〈디구셩미리몽〉에서도 '진지한 역사의식'과 '유람'의 양

---

177) 〈만하몽유록〉이 전대 몽유록의 양식적 특성들을 골고루 담았다는 점은 김정녀 역시 언급한 바 있다. 앞의 논문, 325쪽.

식이라는 두 가지 면을 모두 포용하였다. 즉 이 작품 역시 〈만하몽유록〉과 같은 양상을 보이는 것으로 보아 이 점은 19세기와도 또 다른 애국계몽기만의 시대적인 특징이 반영된 점임을 알 수 있다.

또한 이 작품은 응징개념의 지하세계를 구체화하였다. 실질적인 국권상실과 군대해산, 고종양위 등의 일련의 사건들이 일어나는 역사적 현실을 반영하여 을사오적 등에 대한 분노를 이런 방식으로 표현한 것이다. 동시에 일부러 문명의 이기(利器)를 모두 버리고 사회로부터 스스로 격리하여 무위(無爲)의 삶을 사는 것을 무릉도원형 선계의 모습이라고 여겼던 이전의 인식과는 전혀 달리 선계의 모습을 그렸다. 이들 사회에서는 체계적인 규칙에 따라 공동 출산과 육아, 교육이 이루어지며, 이를 통해 일의 효율성을 따지고 있다. 작가는 이런 모습을 매우 놀라우면서도 부러운 눈으로 그리고 있고 또한 동시에 이런 사회를 서구적인 것으로 그리고 있기도 하다. 인재 등용이 올바로 빠짐없이 이루어지며 대외 개방에 대한 준비가 철저히 이루어지고 있는 선계가 제시되기도 했다. 이는, 실제로는 이렇게 하지 못했던 지난 삶에 대한 비판과 반성이면서 그런 사회가 와야 한다는 외침이기도 하다. 즉 〈만하몽유록〉에서의 이런 방식의 선계구체화는 몽유양식의, 나아가 소설의 시대적 의미 찾기의 몸부림이었다고 할 만하다. 몽유양식의 소설사적 평가에서 이 시기의 이런 특성들은 반드시 고려되어야 할 것이다.

이상에서 애국계몽기 김광수의 〈만하몽유록〉에 나타난 이상세계의 모습에 주목하여 그 특징을 살피고 도교서사에서 그것의 변화와 의미를 생각해 보았다. 이제 그런 일련의 유람과 논쟁과정이 드러내는 의미는 무엇인지 돌아보면서 글을 마무리 해야겠다.

김광수는 〈만하몽유록〉을 영인본으로 140쪽 가까이 되는 장편의 한문소설로 완성했다. 이 속에는 서사에 꼭 필요한 것이 아닌 수십 편의 시와 부(賦)와 제문 등을 포함시켰다. 중국 역대 왕조의 흥망에 대한 단순 나열·정리식 서술도 여러 장에 걸쳐 장황하게 하였다. 책에서나 볼 수 있는 여러 가공의 지역을 일일이 화려하게 묘사하기도 하고, 중국 동서남북의 여러 땅을 일일이 다 거론하면서 그 모습을 그리기도 했다. 여기에 여러 서계의 모습과 그 속에서 신선과 나누는 이야기를 자세히 쓴 것이 더해져 장편소설이 완성된 것이다. 그러나 여러 시문들과 역사 지식이 수십 장에 걸쳐 이어져도 현실적으로 주인공은 무능하였다. 입몽(入夢) 전과 전혀 달라진 점이 없는 원점으로 돌아와 각몽(覺夢)하고 있을 뿐이다. 각 선계를 돌며 그 사회를 엿보는 것은 물론 논쟁을 통해 그들의 잘못을 지적하여 도가적 선계를 유가적 선계로 바꾸도록 했을지라도 오히려 작품에는 어쩔 수 없는 현실에 대한 절망감이 짙게 표현되었을 뿐이다. 이 점 염라국에서 최익현이나 민영환과 이야기하는 과정에 너무나 잘 나타나 있다. 즉 지식을 총동원하여 자신의 능력은 과시했을지 모르지만 실제로 현실에서의 무능을 오히려 더 짙게 표현한 결과를 낳게 되었던 것이다. 암흑기 지식인의 공허한 발자국만 작품에 남기게 되었던 것이다.

요컨대 〈만하몽유록〉이 동도서기의 진보적 성향을 띠고 있다며 이를 높이 평가해야 한다는 목소리에도 불구하고, 여러 이상세계의 구체적 제시에도 불구하고 결과적으로는 암흑기 지식인의 공허한 과거 돌아보기가 작품에 가장 잘 드러나게 되었다는 사실은 부인할 수 없다. 능력을 과시하며 여러 곳을 들르고 그곳마다 그 느낌을 시문으로 표현하였으나 각 장면의 느낌은 '무상, 허무, 안타까움'으로 드러났던 것은 어쩔 수 없는 당시 사회에 대한 작가의 솔직한 인식이었던 것이다.

# 조선후기의 이상세계 추구 경향과
# 현대 한국의 현실
-내 할아버지의 할아버지께서 바라시던 세상,
지금 우리가 사는 세상-


## I. 시작하며: 사회가 혼란할 때 사람들은
## 어떻게 하는가


누구나 자신이 사는 때를 혼란하고 어려운 시대라고 한다. 주관적으로는 어느 시대나 다 똑같이 어렵겠지만 객관적으로 보았을 때는 특별히 더 어려운 시기가 있게 마련이다. 이 글에서는 그중에서도 조선 후기에 주목하고자 한다. 조선후기라 하면 임진왜란과 병자호란이라는 큰 전쟁을 겪은 후인 17세기 이후를 말한다. 당시 조선은 오랜 전쟁으로 인해 온 국토가 황폐화되었고, 가뭄이나 홍수·전염병 등이 계속되었다. 정부는 또 정부대로 전쟁으로 불타버린 각종 궁궐이나 관청을 다시 짓는 일을 하면서 많은 돈과 노동력이 필요했으며 이 모든 것들은 당시 사회를 살았던 많은 백성들의 몫이었다. 전쟁이라는 어려운 상황에서 선비들이 보인 무능력함과 비겁함에 실망한 백성들은 이전에 믿고 순종하며 따르던 대상을 잃어버린 정신적 공황도 겪었다. 시간이 흘러도 상황은 좋아지지 않았다. 안동김씨·풍양조씨 등의 세도정치가 이어지고, 그런 와중에 관직을 사고파는 경우가 대부분이었으며 돈으로 관직을 산 사람들은 더 높은 관직을 얻기 위해 또는 관직을 사느라 들인 본전을 찾기 위해 백성의 피와 살을 짜는 혹독한 세금을 거두어 들였다. 외세는 시시각각으로 몰려와 나라의 이권을 모두 다 가져가고 나라의 정치까지 좌지우지하게 되었으니 조선후기의 상황은 점점 더 어려워지기만 했다. 그 어려운 시기가 결국은 일제시대로 이어졌으니 조선후기를 산 사람들의 절망감은 우리가 이루 다 헤아릴 수 없는 정도였을 것이다.

사회가 혼란해지고 모든 가능성이 다 사라진 듯 절망적으로 느껴질 때 사람들은 어떻게 할까? 조선후기의 경우, 대개 다음 세 가지 정도의 대응 양상을 보였다. 첫째, 사회의 현실을 잊을 만한 다른 것에 몰입함으로써 현실을 잊는 방식이다. 고대 중국의 죽림칠현(竹林七賢)이 술을 벗하며 살면서 세상을 잊은 것처럼 술에 빠져 현실을 잊기도 했고, 바둑이나 놀음 등 각종 잡기(雜技)에 빠져 시간을 보내기도 했다. 특별히 문학의 면에서 보자면 소설에 열광하며 이에 집착하면서 시간을 보내는 예가 많았다. 이덕무(1741~1793)의 『사소절(士小節)』[178]에는 이런 현상을 우려하는 목소리가 드러나기도 한다. 사회 문제가 될 만큼 소설에 몰입하는 사람들이 많았다는 말이다. 둘째, 현실 삶의 터전을 떠나 자신이 바라는 세계를 찾아가거나 어느 장소에서 바라던 세계를 직접 만드는 방식이다. 유토피아라고 부르든 천국이나 극락, 또는 별천지라고 부르든 누구나 자기가 바라는 세상이 있다. 자신이 지금 사는 현실에 있는 어떤 문제점이 없는 완벽한 이상세계를 꿈꾸는 것이다. 이런 꿈꾸기는 어느 시기에나 있을 수 있다. 다만 조선후기의 경우 바로 이러한 이상세계를 찾아 직접 길을 떠나거나 우연히 이런

---

178) 『士小節』, 「婦儀·事物」(『청장관전서』 31권)에 보면 소설을 탐독하다가 집안일을 돌보지 않거나, 돈을 주고 책을 빌려 보다 집안 재산을 탕진하기도 한다는 이야기가 나온다.

이상세계를 방문하고 왔다는 이야기가 다른 시기에 비해 현저하게 많이 나타난다. 셋째, 혁명을 도모하여 새 사회를 건설하려 하는 경우이다. 저항에 그쳐서 실패한 경우가 대부분이지만, 조선후기에 특별히 각 지역에서 민란이 많이 나타났던 것은 바로 이러한 대응방식의 예이다. 또한 이씨(李氏)의 나라가 망하고 정씨(鄭氏)의 나라가 새로 들어선다는 등의 예언을 담은 각종 비결(秘訣)이 세상에 널리 퍼졌던 것 역시 이 경우에 해당한다.

위의 세 가지 모두 일정하게 사회를 설명하는 면이 있으나 이 글에서는 두 번째 방식을 집중 조명해 보려 한다.

인간은 누구나 현실보다 좀더 나은 공간에서 살기를 꿈꾸고 그것과 가장 가까운 곳에서 살고 싶어 한다. 이것은 인간이면 누구나 갖고 있는 공통적인 특성이다. 그러기에 옛날이나 지금이나 이상향을 향한 끊임없는 갈망은 많은 이들의 공통적인 관심사이다. 이상향을 향한 추구와 갈망이 인간의 공통적인 특성이고 현대의 삶도 '행복' 추구에 목표를 두고 있다면 이상공간에 대한 인식을 밝히는 것은 곧 인간을 밝히는 일이 된다. 또한 우리가 추구하고 있고 추구해야 하는 미래상을 미리 보여주는 작업이 되기도 할 것이다. 조상들이 그린 이상세계가 비록 상상의 공간이지만 대안이 없이 혼란스럽기만 한 사회일수록 그 사회가 지향할 세계와 가치관을 정립하는 것이 필요하다는 면에서 우리 조상들의 이상세계의 꿈을 살필 필요가 있으리라 생각한다.

이 글의 주안점은 '이상세계'이다. 이는 각 시대, 각 문헌에 따라 유토피아, 천국, 극락, 선계, 복지, 이상향 등의 다양한 이름으로 불려왔으나 '인간이 궁극적으로 바라는 공간'이라는 점에서 모두 하나로 묶일 수 있다. 이 공간에 대한 동경, 이곳의 모습에 대한 구체적 묘사와 상상 표현 등이 왜 나타나며 어떻게 나타나는가 등을 조선후기를 중심으로 살핀다. 이후 이런 이상세계 추구 경향과 내용을 통시적으로 간략히 정리하여 그 사상적 함의를 살피고 오늘날의 사회현상과 연결시키겠다.

이 글에서 주로 이용하는 자료는 각종 설화집과 여러 문인들의 잡록(雜錄)이다. 왕조실록 등의 정사(正史)에 비할 때 그 권위는 떨어질 수 있겠으나 설화라는 양식 자체가 민중 사이에서 민중들의 이야기를 담아 형성된 것이라는 면을 고려할 때 이들 자료를 통해서 서민들의 삶과 의식을 보다 가깝게, 보다 솔직하면서도 자세하게 알 수 있다고 생각한다.

# Ⅱ. 조선 후기 사람들은 어떤 세계를 꿈꿨는가

## 1. 새 세계를 꿈꾼 정도

사회가 혼란할 때 그 사회로부터 도피하여 새로운 이상세계를 꿈꾸는 것은 오랜 옛날부터 내려오던 방식이다. 이상세계를 찾아 그곳으로 떠나는 기사는, 우리나라의 경우 고려후기 이인로(1152~1220)의 『파한집(破閑集)』에서 그 첫 예를 볼 수 있다. 그 이후에도 다른 이들의 저서나 문학 작품 속에 이런 이야기가 더러 나타났지만 그리 자주 보이지는 않았다.

그러던 것이 임병양란 이후로는 우연히 그런 세계를 방문하게 되었다거나 실제로 그런 세상을 찾아 떠나서 살았다거나 하는 이야기가 갑자기 많이 나타난다. 청학동을 찾아 나섰다가 끝내 못 찾았다는 이야기에서부터, 이상세계를 찾아 떠나려고 산에 들어가는 이를 관졸(官卒)들이 잡아서 끌고 왔다는 이야기까지 많은 내용을 볼 수 있다. 16세기에 나온 『신증동국여지승람』이나 『해동전도록』에 이어 『지봉유설』과 『어우야담』(17세기 문헌), 『천예록』과 『택리지』(18세기 문헌), 『청구야담』과 『동야휘집』과 『계서야담』(19세기 문헌) 등 많은 책에서 바로 이러한 이야기들을 쉽게 볼 수 있다. 각 시대를 대표하는 야담집 또는 잡록을 예로 들었을 뿐이지 이들 문헌 외에도 많은 곳에서 이 같

은 이야기가 보인다. 이런 경향이 한두 사람의 돌출적 행동이 아니라 무시할
수 없는 한 행동 경향이었음을 보여주는 것이다.

유몽인(1559~1623)의 『어우야담』에는 새 세계를 찾아 나서는 사람을
관에서 붙잡아 처형하는 이야기도 나온다.

> 예1) 가정 융경 연간에 한 백성이 작은 송아지를 지고 길도 없는 계곡
> 으로 들어가고 있었다. 관청의 관리가 그를 도망하는 백성으로 알고 끝까
> 지 꼬치꼬치 캐물으니 그가 말하기를,
> "좋은 땅이 산속 깊은 곳에 있는데, 소나 말도 닿지 못할 만한 곳입니다.
> 사람이 망아지나 송아지를 지고 들어가서 키워서 쓴답니다."
> 라고 하였다. 관리가 포졸을 시켜 그를 쫓아가서 그 길을 알아오게 하였다. 험
> 한 길을 거치고 봉오리에 오르기를 며칠 하는 동안 길을 잃어버렸고 그 백성은
> 끝내 그곳을 찾아내지 못했다. 관리는 화를 내며 그를 죽여 버렸다 한다.179)

가정 융경 연간은 선조 무렵이며, 글의 내용으로 보아 임진왜란 직후의
일인 듯하다. 힘없는 한 백성이 세상을 버리고 산속으로 들어가려다 관원에
게 잡혀 결국 처형당하는 이야기이다. 송아지를 지고 가는 모습을 통해서,
그가 그저 욕심 없이 농사나 지으며 살려고 산으로 들어가는 것임을 알 수
있다. 그 백성이 속세를 떠나서 호의호식하며 일 안 하고 놀면서 신선처럼
살겠다고 가는 것도 아니라서 이 이야기에 담긴 현실은 더욱 심각하다. 그
냥 욕심 없이 스스로 열심히 농사지으며 살 수도 없는 세상임을 보여주는
것이다. 관졸이 그를 보고 즉시 도망가는 백성으로 여겼으며, 결국 그를 처
형까지 시키는 것으로 보아 당시에 이런 사람이 한둘이 아니었던 것도 짐작
할 수 있다.

---

179) 『於于野談』 5권, 萬物篇, 天地의 5번째 항목(『어우집』): …… 嘉靖隆慶間有
　　一民, 負小犢入無徑之谷, 官人知其爲逋民窮詰之, 言有沃野在極深處, 牛馬
　　所不到, 必須人負駒犢而入, 及長而用之. 官家使軍官隨之識其路, 歷險登頓
　　數日失其路, 其民不許之, 官家怒而殺之云.

일반 백성뿐만 아니라 벼슬하는 식자층에서도 세상을 떠나 이상세계를 향해 가는 경우를 볼 수 있다. 예컨대 『청구야담』 4권의 「오안찰사가 영랑호에서 설생을 만난 이야기(吳按使永湖逢薛生)」는 오윤겸(1599~1636)과 함께 과거를 준비하던 유생 설생이 광해군의 계축년 폐모(廢母) 사건이 일어난 것을 보고 세상을 떠나 은둔한 이야기가 나온다. 오윤겸이 나중에 영랑호에서 설생을 만났는데 그때 설생은 회룡굴(回龍窟)이라는 이상세계를 구축하여 살고 있었다. 정치적 혼란과 그것에 대한 탄식으로 세상을 떠나 이상세계를 추구했던 식자층의 모습을 잘 보여주는 예이며, 이상세계를 향한 추구는 식자층이나 일반 백성을 가리지 않고 광범위하게 퍼져 있었음을 보여준 예이다.

우리 선조들이 찾고자 했고 만들고자 했던 이상세계는 각종 이름으로 불렸다. 『파한집』에서는 '청학동(靑鶴洞)'이라 했고, 『청구야담』에서는 '이화동(梨花洞)'이라 했으며, 『동야휘집』에서는 '산도원(山桃源)'이라 했다. 『택리지』에서는 복지(福地), 동천(洞天), 낙토(樂土), 부산(富山) 등의 이름으로 표시했다. 이 밖에 태평동(太平洞), 오복동(五福洞)이라는 곳도 있었다.[180] 이상세계를 부르는 다양한 이름이 있고, 각종 장소가 있었다는 것 역시 이상세계 추구 경향이 얼마나 강했는지를 보여주는 것이다.


## 2. 꿈꾼 사회의 구체적 모습

그렇다면 조선후기 사람들은 어떤 세상을 꿈꿨고, 어떤 세상을 찾아 나섰을까? 각종 문헌 자료들을 통해 살펴본다.

우선 이상세계는 보통 사람이 쉽게 접근할 수 없는 곳에 있다고 사람들

---

180) 이런 다양한 이상세계의 위치나 분포·모습에 관해서는 이종은 외, 「한국문학에 나타난 유토피아 의식 연구」, 『한국학논집』 28집(한양대 한국학연구소, 1996)과 정민, 『초월의 상상』(휴머니스트, 2002) 71~116쪽 참조.

은 생각했다.

  예2) 좁은 길을 따라 오르내리기를 몇 리나 했는지 알 수 없었고 다만
한 줄기 높은 산이 모두 모래나 바위뿐이었다. 승려가 말하기를 "이 모래
는 가늘고 고운 것이 두터이 쌓여 있어 발놀림을 조금만 천천히 해도 다리
가 빠져서 빼낼 수가 없습니다. 나와 같이 빨리 움직일 줄 알아야만 해를
면할 수 있습니다." 홍생이 그 말대로 하여 산꼭대기에 이르도록 산허리를
빙 둘러 굽이굽이 난 길이 몇 리나 되다가 홀연히 길이 중간에 끊어졌다.
아래는 절벽이었고 맞은편 언덕은 몇 장(丈)쯤 떨어져 있었다. …… 또 구
불구불한 좁은 길을 따라 돌고 돌아서 한 곳에 닿으니 이곳이 바로 별세계
(別世界)였다.181)


  별세계(이상세계)와 속계(현실세계) 사이에는 보통 사람이 쉽게 접근할
수 없는 특별한 것이 있는데, 예컨대 위에서 보는 것과 같이 '가늘고 고운
모래층'이 그것이다. 조선후기의 여러 문헌을 살펴보면 이런 곳은 특별한 인
물의 안내나 도움을 받고서야 방문할 수 있으며, 그렇지 않으면 끈의 도움
이 있어야만 또는 거꾸로 매달려 한참을 가야만 간신히 도달할 수 있는 어
떤 곳이다.

  또한 대개 이상세계는 깊은 산속이나 어느 바다 한가운데에 있었다. 그런
곳이라면 아무나 쉽게 찾아오지 못할 것이요, 본래 피해왔던 속세의 온갖
간섭이나 압력이 미치지 못할 것이다. 잔인한 전쟁이나 혹독한 세금 거두기
등 사회의 온갖 어려움을 피해 자신과 가족의 몸을 보존할 수 있는 곳이 바
로 이상세계였다. 혹독한 정치를 비판하고 여기에서 피하고자 한 것이 이상
세계 추구의 저변임을 여기서 알 수 있다.

  예3) "금년 4월에 왜구들이 대거 우리나라에 들어와 사람들이 모두 어육

---

181) 『東野彙輯』 3권, 「設白帳避兵獲安」: 從僻路升降, 不知爲幾里, 抵一峻嶺地,
    皆沙石, 僧曰, 此沙細軟積厚, 若移足稍緩, 則沒脛難抽, 但學我步數數擧趾,
    可免此患. 洪如其言, 至嶺上, 路繞山腰透迤, 屈曲行幾里, 路忽中斷, 下臨
    絶壑, 對案相距, 可丈許. …… 又屢轉崎嶇盤回到一處, 卽別界也.

(魚肉)이 되었습니다. 한양두 침략을 당하여 임금께서는 지금 의주에 머무르고 계십니다. 이와 같은 때에 댁이 한양에 있었다면 목숨을 보존할 수 있었겠습니까?…… 대감님께서 또 몸소 저의 누추한 거처에 오셔서 나라의 운명을 근심하시며 집안 권속들을 저에게 부탁하셨던 까닭에 제가 몇 년 전부터 여러 해 동안 경영하여 이 하나의 무릉도원을 만들어 두었습니다."182)

예4) 임진년 난리에 사람들은 어육이 되었지만 이생이 살고 있던 마을만은 兵火를 겪지 않았으니, 이곳을 산속의 무릉도원이라고들 한다.183)

조선후기의 대표적 야담집인 『청구야담』에서 두 예를 가져왔다. 위의 것은 「이동고가 겸종을 위하여 좋은 신랑을 구해 준 이야기(李東皐爲傔擇佳郞)」이고, 아래 것은 「가난을 편히 여기며 십 년 동안 주역을 읽은 이야기(安貧窮十年讀易)」이다. 중국 도연명의 「도화원기」의 영향으로 도연명이 방문했다는 무릉도원은 동양인들이 공통적으로 꿈꾸는 이상세계를 가리키는 대명사가 되었다. 위의 두 이야기는 '특별한 사람으로 인식되던 ○○가 산속에 한 촌락을 개척하였으며 그곳에서 전쟁을 피할 수 있었으니, 그곳이 곧 무릉도원이었다'는 서술형식을 갖추고 있다. 같은 형식의 설화가 다른 설화집에도 무수히 발견된다.

조선후기 사람들은 사회의 온갖 위험으로부터 자신의 생명을 안전하게 보호할 수 있는 곳이어야만 이상세계가 될 수 있다고 생각했음을 알 수 있다. 이러한 인식은 임진왜란을 겪으면서 더욱 뚜렷해졌으며 사회가 혼란해질수록 더욱 강해졌다.

이런 이상세계에서는 사람들이 시간에 쫓겨 살지 않는다. 흔히 시간을 잊고 살아가거나 속세의 시간 흐름과는 전혀 다른 시간 속에서 산다.

---

182) 『靑邱野談』 3권: 今年四月, 倭虜大入我國, 生靈盡爲魚肉, 至犯京都, 大殿今駐輿龍灣, 如是之際, 宅在京城, 則其能保存乎, …… 大監又親臨鄙所, 憂以國運, 託以家眷, 故小人自年前, 積年經營, 排置此一區桃源矣.

183) 『靑邱野談』 4권: 壬辰之亂, 生民魚肉, 而生之一村, 獨不經兵燹, 此是山桃源云.

예5) 일어나 점점 안으로 들어가니 따로 아름다운 경치가 펼쳐져 있었고, 그곳에서 세 노인이 바둑을 두고 있었다. 고씨가 이르러도 돌아보지 않은 채 바둑을 계속 두었고, 고씨가 멈춰서 그것을 보고 있었다. 바둑이 끝나자 물었다. "손님은 어떻게 여기에 오셨소?" 고씨가 떨어져서 길을 잃었다고 말하자 노인이 말하였다. "이 곳은 인간세상이 아니므로 오래 머물 수 없소. 내가 데려다 주겠소." 이에 이끌어 굴 아래에 이르렀는데, 구름이 옹위함이 마치 평지를 밟고 있는 듯 하였다. 나뭇잎이 노랗게 져서 마치 가을인 듯함을 보고는 크게 놀라 말하기를 "내가 겨울에 왔는데 어찌하여 변하여 가을이 되었는가." 하였다. 집으로 달려가니, 처자식이 한편 놀라고 한편 기뻐하였다. 고씨가 위로하고는 물으니, 아내가 말하기를 "당신이 가신 지 삼 년이 되어도 돌아오지 않으시길래 빈 관으로 장례를 치르려 하던 중입니다." 하였다. 고씨가 말하였다. "기이하다! 잠시 머물렀던 것뿐인데……"184)

조선후기 3대 야담집 중 하나인 『동야휘집』 3권 「진학구가 굴을 알려주어 화를 피한 이야기(陳學究指窟避禍)」의 일부분이다. 고씨 성을 가진 남자가 남의 도움으로 서산에 있는 신선세계를 가게 되었다. 그곳에서 노인들이 두는 바둑을 한판 구경했을 뿐인데 세상에서는 이미 삼 년이라는 시간이 흘러 있었다. 속세보다는 훨씬 시간이 느리게 가므로 그곳에서 1년을 살면 속세에서 10년이나 100년 가까이 산 것이다. 장수(長壽)의 꿈을 실현할 수 있는 장소라는 말이다.

『동야휘집』 7권, 「강생이 산을 유람하다 도원을 방문한 이야기(姜生遊山訪桃源)」와 『청구야담』 3권, 「도원을 방문한 권생이 진인을 찾은 이야기(訪桃源權生尋眞)」는 이름만 다를 뿐 비슷한 이야기이다. 이 이야기에서 권진사는 하루 200리를 간다는 소를 타고 선계에 들어갔다. 이 소가 비록

---

184) 『東野彙輯』 3권, 「陳學究指窟避禍」: 邃起而漸入別有佳境, 三老對奕, 見高至, 亦不顧, 圍棋不綴, 高蹲而觀焉, 局終方問: "客何得至此?" 高言迷墮失路, 老者曰: "此非人間, 不宜久淹, 我送歸." 乃導至窟下, 覺雲氣擁之, 如升邃履平地, 見木葉黃落, 似是淺秋, 大驚曰: "我以冬來, 何變暮秋." 奔赴家中, 妻子驚喜, 高訝問之, 妻曰: "君去三年不返, 方欲虛葬." 高曰: "異哉! 纔頃刻耳."

하루 200리를 간다고 하지만 아무도 ㄱ 고장과 세상과의 정확한 거리를 모르고 아무도 왕래에 성공한 적이 없이 다만 아무개 첨지만이 이 소를 타고 잠깐 세상에 왔다 간다. 즉 소의 움직임을 통해서 속계의 시간과는 다른 선계만의 시간이 흐르고 있는 것이다.

그런 이상세계에서 사는 모습은 한마디로 노자(老子)가 말한 '소국과민(小國寡民)'185), 즉 '작은 나라 적은 백성'으로 나타낼 수 있다. 노자는 이상적인 국가를 묘사하면서 적은 인구가 모여 사는 조촐한 국가의 모습을 그렸다. 그곳은 문자나 교통수단이 없고 인위적인 법률이나 정치도 없는 곳이다. 사람들이 자연 속에서 자신의 본성에 따라 자유롭게 지내는 곳이며 서로 멀리 이동하며 번거롭게 왕래하지도 않는 곳이다. 조선후기 이상세계의 모습을 살펴보면 공통적으로 바로 이러한 노자 식의 국가관이 나타난다.

예6) 올라가니 그 산 아래 끝없이 펼쳐진 평야에 기와집 몇 채와 초가집 수백 칸이 있어, 닭과 개의 소리가 서로 들리는 한 조그마한 마을이 이루어져 있었다. 양가의 사람들은 봄에 밭 갈고 가을에 거두었으며, 남자는 김매고 여자는 베 짜면서, 바깥세상 소식은 듣지 않고 앉아 산중의 재미를 누렸다.186)

예7) 한 곳에 이르니 산비탈에 밭이 있었는데, 나무를 베지 않고 다만 나무껍질을 여러 척 되게 벗겨 나무를 말라죽게 해서 만든 곳이었다. 흙을 흩어 어지러운 나무 사이에 곡식을 파종하였고 또한 도랑이나 밭두둑이 없는데도 곡식 이삭이 말 꼬리같이 무성했다. 나무를 베어 높은 시렁을 만들고 그 위에 곡식을 쌓아 두었는데 창고가 마치 천만 개나 되는 듯 했다. 바위를 넘고 골짜기를 끊어 큰 절을 일으켰는데, 황금빛·푸른빛으로 환히 빛났다. 따뜻한 방에 승려 백여 인이 거주하고 있었다. 소나 말이나 수레 등의 탈것이 없고 사람들이 서로 돌아다니지 않았다. 다만 수천 리 밖에서

---

185) 『老子』 80장, 「獨立」.
186) 『靑邱野談』 3권, 「李東皐爲傔擇佳郞」: 上則其山之下, 平原廣野, 一望無際, 有瓦家數處, 又有茅屋數百間, 鷄犬之聲相聞, 奄成一小郡邑. 兩家春耕秋穫, 男耘女織, 不聞世外之消息, 坐享山中之滋味.

소금만을 사오는데……. 그러므로 소금이 금처럼 귀하다. 대개 채소를 넣어 국을 끓이고 초목에서 나는 즙으로 조미를 한다. 풍토는 매우 추워 이중창을 하고 이중으로 집을 짓지 않으면 편안하지 못하며, 곡식도 늘어놓지 못한다. 사람들이 모두 백 살이 넘도록 사니, 진실로 이른바 별천지이지 인간이 사는 세상이 아니다.187)

예8) 경치가 기이하고 화려했으며 토양은 비옥하였다. 인가 수십 채에는 모두 승려가 살고 있었다. 농가는 서로 접해 있고 샘이 바위를 돌아 흐르고 있었으며, 골짜기에 배나무가 가득하였다. 집집마다 곡식을 쌓아 두고 사람들이 조용히 살고 있다.188)

예9) 동네 안에는 대략 200여 집이 있었고, 그 앞에 널찍이 펼쳐진 평야는 양전・미토가 아닌 곳이 없었다. 둘레를 물으니 20리 정도 된다고 하였다. 이곳은 세상 밖의 숨겨진 무릉도원이었다. 또 벽을 사이에 둔 여러 칸의 방에서는 밤마다 글 읽는 소리가 들렸다. 물으니, 동네의 젊은이들이 헛되이 놀지 않고 매년 가을과 겨울을 당하면 낮에는 일하고 저녁에는 책을 읽는데 반드시 이곳에 모여 공부한다고 하였다…….

"……이웃 저자에 왕래할 때는 반드시 이 소를 타고 가 소금을 사 가지고 오므로 온 마을의 소금은 바로 이 소에 온전히 의지하고 있습니다. 산고기로는 노루, 사슴, 산돼지, 양 등이 있고 벌꿀통 300여 개가 산 아래 줄지어 놓여 있는데, 별도로 주관하는 사람은 없고 상호간에 양보하며 쓰고 있습니다."189)

---

187) 『於于集』, 「於于野談」 5권, 萬物篇, 天地(경문사, 1979), 241쪽: 至一處, 有粟田依山坡, 皆不伐木, 只剝皮周數尺, 使木立槁, 破土, 種粟於亂木間, 亦無溝澮畦畝, 而其粟穗如馬尾, 斬木爲高架, 積粟其上, 處處如千囷萬廩, 跨岩截谷, 起大刹, 金碧照爛, 皆溫房燠室, 有僧百許人, 居之, 無牛馬車乘, 不與內地人相往返, 只因貿塩於數千里外,……故塩貴如金, 凡沈菹作羹, 皆取草木酸汁, 調其味, 風土苦寒, 非重窓複閣不可安, 而積粟陳陳, 人皆壽過百歲, 眞所謂別天地非人間者也.

188) 辛敦復, 『鶴山閑言』(『한국문헌설화전집』 8권, 337~339쪽): 景物奇麗, 田疇肥沃, 有人居數十家, 皆僧徒也. 農屋相接, 泉石回帀, 而滿洞皆梨樹, 家家積粟, 人人殷寂以生.

이상세계에 대해 많은 이들이 대체로 비슷한 인식을 갖고 있었음을 보이기 위해 다양한 문헌에서 인용하였다. 이들 이상세계는 공통적으로 적은 수의 사람들이 모여 한 촌락을 이루며 다 함께 일하며 산다. 해가 뜨면 일하고 잠시라도 게으름을 피우지 않는다. 겨울이 되어도 나태한 생활을 하지 않고 함께 모여 학문을 닦는다. 날마다 상다리가 부러질 만큼 고기를 쌓아 놓고 먹지는 않지만 자연에서 나는 온갖 나물 등을 맘껏 먹는다. 특별히 자연의 어느 면을 개발하거나 어떤 도구를 사용하지 않고, 사람들이 이곳저곳 이동해 다니지도 않는다. 통제하는 사람이 없어도 서로 싸우지 않고 그저 평화롭고 풍족하게 지낸다. 세속에서와 같이 계급이 있어서 누군가 특별한 권력을 갖지도 않으며, 누군가의 감시나 압박을 받지 않는다. 지켜야 할 어떤 법이 있는 것도 아니며 내야 할 세금이 있는 것도 아니다. '소국과민'의 모습이 그대로 드러나는 것이다. 또한 세속에서 겪은 각종 수탈과 통제, 권력 관계로 인한 뿌리깊은 비판과 반항을 이렇게 표현했다고 할 수도 있다.

『청구야담』 중에 「점천성심협이인(覘天星深峽逢異人)」, 「방도원권생심진(訪桃源權生尋眞)」, 「안빈궁십년독역(安貧窮十年讀易)」 등에도 비슷한 모습이 보인다. 그곳에서 사람들은 농사를 지어 자급자족한다. 농사를 짓되 특정한 사람들만 하는 것이 아니라 남녀노소 누구나 다같이 열심히 일하고, 그 땅은 모두 옥토여서 충분한 수확을 낸다. 적은 사람이 농사지어 많은 노는 사람을 먹이는 것이 아니라 모두가 함께 일한다. 그 땅은 가뭄이나 홍수·전란으로 인해 척박해진 적이 없기에 뿌리고 가꾼 만큼 많은 수확을 낸다. 조선후기 사람들이 바라는 선계의 모습은 이렇듯 현실적이고 소박하다.190)

---

189) 『靑邱野談』 3권, 「訪桃源權生尋眞」: 洞中人戶, 恰爲二白餘數, 前坪一望平鋪, 無非良田美土, 問其周廻, 則爲二十餘里, 隱然是世外桃源也. 又隔壁數間房內, 夜夜有讀書聲, 問之, 則以爲洞中年少, 不可浪遊, 每當秋冬, 晝耕夜讀, 必會此而課業云.

190) 조선후기 사람들이 바라는 이상세계의 보다 더 구체적인 모습에 관해서는 이 책 1부의 내용을 참조해 주기 바란다.

# Ⅲ. 우리 조상들이 꿈꿔온 이상세계의 특징

흔히 이상사회에 관한 논의에서는 토마스 모어(1478~1535)나 프란시스 베이컨(1561~1626) 등의 외국 학자들만을 말하고 그들이 제시한 이상사회인 '유토피아'나 '신아틀란티스' 등만을 말한다. 그러나 '유토피아'가 아니라 선계(仙界), 청학동(靑鶴洞) 등이라는 용어를 썼을 뿐 이상세계에 대한 논의나 그것에 대한 탐구는 우리나라에서도 일찍부터 있었다. 이인로의 책에서 발견된 것이 처음이라고 하더라도 그가 1152년에 태어나 1220년에 죽었다는 것을 생각할 때 우리나라에서의 이상세계 관련 논의가 외국의 그것에 비해 시기상 결코 뒤지지 않는다는 사실을 알 수 있다.

'유토피아'나 '신아틀란티스'의 경우 그 사회 모습이 구체적으로 드러나는데 우리나라의 경우 그렇지 못하기 때문에 같은 선상에서 유토피아니즘을 논의할 수 없다고 말할지 모르겠다. 그러나 실상은 그렇지도 않다. 우리나라의 경우에도 이상사회의 모습을 자세히 그리며 구체적으로 실현까지 해본 사례가 있다.

1674년 신석(申奭: 1650~1724)과 그 집안사람들을 중심으로 경기도 가평에 세웠다는 판미동(板尾洞)은 현실 개혁적 이상사회이다. 그들은 현실 삶의 어떤 측면들을 부정하고 허무주의, 염세주의로 돌아가 지금 없는 것만을 꿈꾸다 허망하게 죽어가지 않았다. 실제로 원하는 삶의 모습을 그리고 현실의 그 부조리한 면을 개혁한 새로운 이상세계를 직접 건설해 보려는 시도를 이 판미동 고사에서 볼 수 있다. 깊은 산골에 향촌 자치의 이상세계를 만들고 몸소 교화를 베풀어 이룩하였다는 이곳은 성공적인 운영으로 널리 소문이 날 정도였다고 한다(황원구, 1982).

정약용(1762~1836)은 경기도 광주 인근에 심씨 일가가 만들어 살았다는 미원촌의 모습을 글로 나타내었는데, 그 이상사회를 매우 구체적으로 그리기도 했다. 『여유당전서』 4권에 실린 「미원은사가(薇源隱士歌)」[191]가 바로 그것이다  이 작품에는 이상사회의 가옥구성과 규모, 사업구조, 교육 등의 면이 자세히 나타난다. 복잡한 서울의 집을 팔아 시골로 들어와 집을 얽은 후 들을 일구어 각종 종자를 파종하여 자급자족한다. 하인들과 모두 한마음을 이루고 함께 일하며 함께 경서(經書) 공부도 한다. 아들딸에게 모두 농사와 길쌈을 가르치고 그 사이에 꽃을 심어 심성을 곱게 한다. 전체적으로 볼 때 소국과민의 도교적인 무릉도원 식으로 사회의 겉모습을 꾸미고, 유교적인 윤리 원리에 의해 서로 공동체를 이룩하여 사는 유토피아의 한 모습을 그렸다.

요컨대 이상세계에 관한 논의는 결코 서양에서만 있었던 것이 아니다. 동서양에서 동시에 있었던 이상세계 논의를 비교해 볼 때 우리나라 사람이 바라는 이상세계의 모습과 그 특징을 보다 뚜렷이 알 수 있다.

서양의 유토피아에 관한 논의는 크게 모어의 '유토피아'형과 베이컨의 '신아틀란타'형으로 구분할 수 있다. 전자가 절제와 규범을 내세운 금욕적 사회라면, 후자는 과학적 진보를 통한 욕구충족적 사회이다. 전자 는 사회에서 인간이 원하는 많은 것들이 유한하다는 것을 전제한다. 그리고 인간사회의 모든 모순과 악의 근원이 사유재산과 화폐경제에 있다는 판단 아래 이 둘을 폐지한 공유제 사회를 제시했다. 후자는 과학적 응용을 통해 생활에서 인간이 원하는 모든 것들을 풍부히 생산해 낼 수 있다고 전제한다. 다만 인식자의 제한된 능력이나 감각의 불완전성 등 때문에 과학의 무한한 진보가 어려우므로 각종 우상(偶像)을 제거함으로써 이 문제를 해결하여 결과적으로 풍요로운 이상세계를 건설할 수 있다고 주장했다. 이후 이상세계에 관한 논의가 더욱 활발히 이루어지고 보다 많은 사람들에 의해 이것이 논의되며, 또 이전 시기 이상세계의 꿈이 현실에서는 그렇게 되지 않음을 주장하며 오히려 '디스토피아'를 주장하는 논의까지 생겨났다. 그러나 대개 서양인들이 그린 유토피아는 모어와 베이컨의 두 주장에서 그리 많이 벗어나지 않는다.[192]

---

191) 이에 관해서는 심경호(1992)와 정민, 『초월의 상상』(휴머니스트, 2002) 89~95쪽을 참조하기 바람.

그렇다면 동양인, 특히 우리나라 사람들의 경우는 어떠한가? 앞에서 제시한 것을 요약해 보자면 우리 조상들이 바라던 세상은 이랬다. 현실 세상과의 사이에 어떤 장애물이 있어서 쉽게 접근할 수 없는 깊은 산속이나 바다 가운데 있는 곳이다. 이곳에서는 시간의 흐름이 없거나 느려서 생명연장의 꿈이 자연스레 이루어지며, 서로를 이기거나 해치기 위한 다툼 없이 한가롭고 조용하기만 하다. 차별 없이 누구나 땀 흘려 일하면서 풍족한 의식주(衣食住)를 누리며 산다. 누구에게 세금을 낸다거나 강제 노동을 해야 하는 등의 외부압력이나 권력도 없다. 소수 집단이 모여 서로 양보하고 협력해 살아가는 작은 나라였다. 자연 속에서 절대 화려하지 않은 소박한 생활을 맘 편히 할 수 있는 장소가 바로 우리 조상들이 바라던 이상세계였다.

이상세계에 관한 이야기가 집중적으로 나타나는 것이 조선후기이기도 하고, 오늘날과의 시간적 연계성을 고려할 때 가까운 시기이기 때문에 조선후기를 예로 들어 설명했다. 그러나 고려 시기나 조선전기에 이상세계에 대해 기록한 것들을 보아도 그 내용은 크게 다르지 않다. 후기에 비해 전기는 이상세계를 그저 한순간의 환상적인 꿈같은 공간으로 그리는 데 그친 반면 후기로 들수록 공간인식과 사회구성, 생업 등의 면을 보다 구체적으로 묘사한 점이 다를 뿐이다. 즉, 앞 단락에서 제시한 내용은 우리 조상들이 바라던 공통적인 이상세계의 모습을 대표한다.

이를 서양의 유토피아 논의와 비교·대조해 볼 때 우리 조상들이 그린 이상세계는 베이컨보다는 모어식의 유토피아와 상대적으로 가깝다. 그러나 그것과 완전히 같은 것도 아니다. 누구나 다 함께 같이 일하며 필요한 것을 공유하는 점은 모어식 유토피아와 같다. 이런 삶의 모습이 예6)~예9)에서 보인다. 모어의 '유토피아'에서 하루 6시간씩 의무적으로 일하듯 우리 선조들이 그린 이상세계에서도 해가 떠 있는 낮 동안에는 모두가 함께 모여 일을 했다.

---

192) 이상 서양의 유토피아니즘에 관해서는 김영한의 『르네상스의 유토피아 사상』(탐구당, 1988)과 『르네상스 휴머니즘과 유토피아니즘』(탐구당, 1989)을 참조 바람.

모어는 왕, 학자나 승려 등의 신분을 인정하며 그들이 개인적인 욕심을 부리며 악을 행하지 않는 한 그들의 역할을 각기 나누어 설정하였다. 그러나 조선후기의 이상세계에서는 어떠한 신분, 계급도 인정하지 않는다. 모두 다 똑같은 존재일 뿐이다. 다만 나이에 따라 연장자의 결정을 존중하며 따를 뿐이다. 또 일을 통제하는 어떤 인물도 존재하지 않고 자율적으로 운용될 뿐이다. 이 점 예9)에서 잘 보인다.

베이컨이 과학기술의 응용력을 높이 평가하고 이를 통해 풍요로움을 이룩하여 이상세계를 건설하려 했지만 우리 조상들의 경우는 이와 정반대의 길을 택했다. 조선후기 문헌에서 드러나는 이상세계는 하나같이 깊은 산골이나 바다 한가운데, 즉 자연 자체를 삶의 터전으로 한다. 그 세계에서는 수레 등의 어떤 기계를 사용하지도 않고 가까운 거리에 소수로 모여 살면서도 서로 왕래조차 하지 않는다. 다만 자연의 운행과 함께 하여 해 뜨면 일하고 해 지면 집에 들어오며, 봄이 되면 씨 뿌리고 가을이 되면 거두어 들였다. 과학·기술문명과는 거리가 멀다. 예6)과 예7)에 이런 내용이 잘 보인다. 당시 조선에 냉장고나 텔레비전, 전화나 자동차 같은 현대 과학기술의 결과물은 없었으나 수레나 거중기 같은 도구들은 이미 충분히 있었을 텐데 이상세계에서는 그것을 전혀 배제하고 자연과 함께 농사만 지으며 산다. 의도적으로 기계나 문명을 거절했다는 말이며 이런 점에서 베이컨의 '신아틀란타식 이상세계'와는 상당한 거리가 있다.

우리 선조들의 이상세계에 대한 묘사에 보이는 두드러진 특징은 자연경관에 대한 묘사가 상당한 비중을 차지한다는 점이다. 이상세계에 대해 쓴 기사는 한결같이 빼어난 자연경관을 한참 묘사하여 이에 빨려 들어갈 듯한 후 그 안에서의 삶을 말한다. 그리고 사람들은 그 아름다운 자연 공간의 일부이다. 그들은 자연의 움직임대로 일어나고 일하며 살아간다. 인간이 자연을 이용하고 정복하려 하지 않기에 자연 역시 홍수나 가뭄 등 자연재해를 내리지 않고 늘 풍요로운 소출만을 내며 그 빼어나게 아름다움을 유지하는 것으로 그렸다. 예8)과 예9)에도 이런 모습이 보이고, 일일이 다 인용하지는 않지만『천예록』중「지리산에서 길을 잃었다가 신선을 만난 이야기(智異山路迷逢眞)」나「관동지방에서 비를 만났다가 신선세계에 오른 이야기(關東道遭雨登仙)」,『택리지』중의「팔도총론」이나「복거총론-산수(山水)」등에서 이런 부분을 무수히 확인할 수 있다. 과학기술로 만들어진 각종 도구를 사용하지 않고 못이나 쇠갈고리 등도 쓰지 않은 채 나무와 나무 사이를 연결하여 집을 짓고 그 땅에 심겨진 나무 열매를 먹고 그 땅을 일구며 자연과 함께 사는 삶을 우리 조상들은 행복한 삶으로 여겼다. 그리고 그렇게 사는 삶이야말로 꿈같이 바라는 삶이라고 했다.

조선후기는 물론이고 역사 전반에서 볼 때 우리 조상들의 이상세계에 관한 인식에서 두드러진 또 하나의 특징은 보신처(保身處)로서의 선계(仙界), 즉 신변의 안전을 보장해 줄 수 있는 곳을 이상세계로 여겼다는 사실이다. 보신처로서의 이상세계 인식은 예3)과 예4)에 확실히 나타날 뿐 아니라 고려시대부터 조선후기까지 이상세계를 그린 기사에서 공통적으로 드러난다. 이러한 특성은 몽골의 침입, 왕조 교체기의 전쟁, 임진왜란, 병자호란, 각종 민란, 열강의 침입 등 크고 작은 난리 등이 끊임없이 일어났던 우리나라의 역사와 관련이 있는 듯하다. 각종 난리 속에서 무엇보다도 신변의 안전을 강렬히 소망하게 되었고 이것을 보장해 줄 만한 땅이야말로 유토피아라고 인식하게 되었을 것이다. 베이컨의 '신아틀란티스'의 경우 폭풍이나 지진, 홍수, 기근, 전염병 등이 일어날 것에 대비해 과학자들이 실제 생활에 응용할 수 있는 각종 지식과 기술을 제공하여 인간의 이익과 행복을 증진시킨다고 묘사한다. 그러나 이들 문제에 대해서 개인의 안전을 보장하는 것이 이상세계 구성의 절대적인 부분을 차지하지 않으며 또 전쟁 등 생명의 위협을 느낄 만한 급박한 상황이 피부에 와 닿을 만큼 절박하게 묘사되지도 않는다. 서양은 비교적 정복자나 침략자의 입장에 서는 경우가 많았기 때문에 서양의 유토피아 관련 묘사에서는 육체적인 안전을 유토피아 성립의 중요 요건으로 삼지는 않은 것으로 보인다.

우리 선인들이 이상세계를 추구하며 살던 때에 비하면 지금의 삶은 여러 모로 다르다. 산업혁명 이후 근대기계 문물을 일으켰고 각종 개발이 이루어졌다. 적은 사람들이 작은 고을 단위로 사는 삶이 아니라 수십억의 사람들이 무수히 모여 사는 지구촌의 시대이다. 한 군데서 나서 그곳에서 살다가 거기에 묻히는 것이 아니라 하루에도 수십만 명이 지구 반대쪽 나라 등을 향해 날아다니는 시대이다. 그러나 동서양을 막론하고 정도의 차이만 있을 뿐 모두 이러한 삶을 살고 있음에도 불구하고 각 민족별로 각 대상에 대한 판단기준, 생활태도, 추구하는 가치 등은 상당히 다르다. 그러므로 옛 산업구조, 생활환경과 지금의 그것이 다르다는 점에 주목할 것이 아니라 그럼에도 불구하고 민족별 정신적 가치와 추구경향은 다르다는 전제하에 옛날 어느 것이 지금 어떤 모습으로 나타날 수 있는지, 지금 어떻게 그것을 적용할 수 있는지를 생각해야 한다. 물질적 진보와 정신적 진보 사이의 괴리 현상이 문제가 되는 현대에, 옛 우리 조상들의 이상세계 추구 경향과 그 모습을 살피고 이를 서양의 유토피니아즘과 대조하여 한국인만의 특징을 추출해 내는 것은 이래서 필요하다.

# Ⅳ. 이상세계 추구 경향으로 본
# 한국의 현실

  어느 시대에 사는 사람들이나 모두들 좀더 나은 세상이 오길 원하고 그런 세상을 만들려 노력한다. 좋은 세상에서 살고 싶은 욕구야 어느 나라 어떤 사람이나 마찬가지이지만, 어떤 세상이 나은 세상·좋은 세상인지에 대한 생각은 다를 수 있다. 서양인이 꿈꿔왔고 꿈꾸고 있는 유토피아와 동양인, 특히 한국인이 꿈꿔왔고 꿈꾸고 있는 이상세계는 다르다. 한국인은 어떤 세상을 꿈꿔왔는가, 그리고 어떤 세상을 만들고 있는가? 이상세계를 향한 꿈이라는 면에서 보았을 때 현재의 삶은 어떤가?

앞에서 조선후기 우리 조상들이 꿈꾼 이상세계의 모습을 살펴보았다. 그리고 서양의 경우와 같고 다른 그 욕망을 살펴보았다. 그 모습과 비교할 때 현재 한국에서 일어나고 있는 여러 일들은 어느 정도의 위치에 있는가를 짚어볼 수 있다. 현대인의 삶과 사회 분위기에 우리 조상들이 꿈꾸던 삶과 연결되는 면으로 설명할 것들이 상당히 많다. 이를 몇 가지로 정리해 보면서, 앞으로 우리 사회가 지향해야 할 모습을 잠시 그려보며 논의를 정리하려고 한다.


## 1. 판타지 소설의 유행과 이상세계


매스 미디어나 인터넷의 보급으로 독서 인구가 급격하게 줄었으며 특히 어린이나 청소년의 경우 그 정도는 더 심해졌다. 그럼에도 불구하고 엄청난 인기를 끌며 폭발적으로 많이 읽히고 있는 책들이 있다. 『해리포터』 시리즈나 『반지의 제왕』 같은 판타지 소설이 바로 그것이다.

해리가 $9\frac{3}{4}$번 플랫폼을 이용하여 가는 호그와트 마법 학교나 벽돌담을 통과해 가는 마법사들의 상가 다이애건 앨리는 이 세상에 없는 공간이다. 프로도가 절대반지를 없애러 악의 군주 사우론이 있는 불의 산으로 가는 동안에 거치는 요정의 나라나 중간 대륙도 역시 세상에 없는 곳이다. 그럼에도 독자들은 그런 세계에 관심을 기울이고 그 세계에서 일어나는 일에 몰입하며 끝없는 여행을 한다. 그런 독서 여행을 하는 동안 사람들은 세상의 법칙이나 세상에서부터 오는 온갖 고민에서 벗어나 자유를 누리며 초월을 상상한다.

외환위기 이후에 더욱 답답해진 한국사회에서 이런 서적들의 유행은 조선후기의 현실에서 이상세계를 꿈꾸고 그런 세상을 찾아 나섰던 경향과 연결되는 것이다. 본래 현실에는 없는 세계라 어떤 특별한 변화를 일으키지는 못하지만 어두운 현실을 사는 사람들에게 일시적인 휴식이나 평안을 제공해 준다는 점에서 이상세계를 향한 꿈이나 판타지 소설의 유행은 같은 맥락에서 평가받을 만한 것이다.

그리고 세상이 힘들고 답답해질수록 이상세계를 향한 추구가 더 커졌듯이, 판타지 소설의 유행과 같은 현상은 그만큼 우리 사회가 더 힘들고 혼란해졌다는 사실을 보여주고 대중들이 또한 그만큼 힘들어하며 사회에 대해서, 정치에 대해서 비판하고 있다는 것을 보여준다. 이는 정치하는 이들에 대한 경고의 메시지이기도 하다.

## 2. 현대 공동체 집단과 과거 이상세계의 모습

조선후기 사람들이 바랐던 이상세계는 깊은 산속이나 바다 한가운데에 있었다. 그곳은 현실세계의 폭력이나 다툼, 위험 등이 없는 격리된 공간이었다. 조선후기 이상 공간에는 그곳 사람들이 지켜야 할 강제 규범이 없다. 어떤 특성을 유지하기 위해 인위적인 통제를 가하지도 않는다. 다만 해 뜨면 일어나 땀 흘리며 모두 함께 일하다 해 지면 집에 들어가거나 모여서 놀기만 했을 뿐이다. 우리 조상들은 유교적 교화의 효과를 높이 평가하거나 인간의 선하고 자연스런 천성을 높이 평가하여 이것에 의해 사회가 자율적으로 유지된다는 긍정적 사고방식을 갖고 있었던 것이다.

이런 사회의 모습은 가장 긍정적인 경우만 가정했을 때이니 실제 사람들이 모여 살며 발생하는 사소한 분쟁들에 대한 인식까지 나타나지 않는 게 사실이다. 이런 면에서 조선후기 이상세계에 대한 인식이 다소 모호하거나 막연하다고 평가할 수 있다.

오늘날 우리나라에도 어느 산골이나 궁벽한 시골에 공동체 사회를 건설하여 그들 나름대로 살아가는 곳이 몇 있다. 그 옛날 우리 조상이 그랬던 것처럼 그곳도 역시 사회와 떨어진 공간에 뜻을 같이하는 소수의 사람들이 모여 그들 나름대로의 규칙에 따라 삶을 살고 있다. 그들에게는 지켜야 할 나름의 특별한 규정이 있다는 점이 특징이다. 몇 시에 일어나야 한다든지, 몇 시에 기도나 모임을 가져야 한다든지, 하루 몇 시간 이상의 노동을 해야 한다든지 하는 것들이 바로 그것이다. 공동체별로 그들의 경향이나 색깔을 유지하기 위한 나름의 규칙을 상당수 만들어 규제하며 이를 어길 때에는 이 사회에서 추방된다.

조선후기 이상세계와 현대의 공동체 사회를 비교해 본다면, 전자의 경우 도피적이고 체제 이탈적 성격이 후자에 비해 현저히 강하다. 그곳은 왕의 정치적 힘이 미치지 않고 세금도 내지 않는 하나의 독립된 공간이다. 그래서 이런 세계를 찾아가려다 잡혀 사형당하는 사람까지 있었던 것이다. 현대의 공동체 집단은 사회와 어느 정도 끊임없는 관계를 유지하며, 다른 사람도 자유로이 누구나 오갈 수 있는 그런 곳이다. 체제 내에서 새로운 한 사회를 만드는 것이니 다소 적극적이고 현실 개혁적인 면이 있다는 점에서 평가할 만하다.

조선후기의 이상세계가 단순히 생각을 통해 이루어진 상상공간인 경우가 많았기 때문에 어떤 사회 유지를 위한 규정을 구체적으로 표현하지 않았다. 반면 현대의 공동체 사회는 실제 그런 사회를 만들어 살아가고 있기 때문에 그 규칙에 의한 사회 유지가 구체적으로 나온다고 할 수 있다. 다만 단순히 공동체의 유지 차원에서 간단한 규정을 마련한 것과 공동체의 특성을 규정하거나 분위기를 만들기 위해 의도적으로 만든 규칙·통제는 같은 차원에서 논의될 수 있는 것이 아니다. 특정한 분위기나 특성을 만들기 위한 의도적인 규칙이 있는 사회는 그들이 떠나려 했던 현실의 부조리한 모습을 다시금 그대로 몰고 올 수 있는 위험성을 가진 것이기 때문이다. 현대의 자치 공동체 사회에서의 삶을 조선후기의 이상세계와 동일시하는 경향도 있으나 이 점에서 이 둘을 곧바로 연결시킬 수는 없다.


## 3. 커뮤니티(community) 활동

정보화 시대가 되면서 인터넷 인구가 늘어나고 이에 발맞추어 각종 인터넷 커뮤니티가 활발한 활동을 하고 있다. 물론 개중에 큰 규모인 것도 있지만 대부분의 커뮤니티는 맘이 맞는 소수의 사람들로 이루어져 있다. 그들 나름의 기호나 이유로 함께 모여 그들 스스로가 원하는 활동을 하는 하나의 새로운 세상을 만들어 가는 것이다. '적은 백성'이 모여 사는, 세상과 다른 하나의 '작은 나라'이다.

커뮤니티의 경우 활동 시간이 정해져 있지 않다. 이른 아침이나 심야를 가리지 않고 24시간 내내 이 사회는 유지된다. 인터넷이 연결된 곳이면 어느 곳에서고 활동할 수 있으니 공간적 상황도 가리지 않는 것이다. 현실에 '없는'(ou), '장소'(topos)인 '유토피아'(utopia)에서 '시간'(chronos)의 굴레가 '없는'(ou) '유크로니아'(uchronia)의 자유를 누리며 사는 것이 바로 커뮤니티 활동이다.[193]

이들 커뮤니티는 기본적으로 기계문명의 힘을 이용하여 그 안에 새 공간을 만든 경우이다. 우리 선조들은 최대한 과학기술과 멀어져 기계를 쓰지 않는 자연 그대로의 삶을 추구했다. 이런 면에서 커뮤니티는 우리 선조들이 그렸던 이상세계와는 전혀 다른 듯하다.

그러나 운영원리는 서로 비슷하다. 실체가 없고 통제도 없으며 현실과 다른 시간 속에 있다는 점에서 커뮤니티는 우리 선인들이 꿈꿨던 이상세계와 연결된다. 현실에서 벗어나고 싶은 욕구를 정신적으로라도 잠시나마 실현할 수 있으며, 회원 가입 조건을 통해서 원치 않는 이들의 접근을 봉쇄할 수도 있다. 우리 선인들이 속세와 이상세계 사이에 두었던 차단막이나 장애물 같은 것들을 설치할 수 있다는 말이다.

조선후기 선인들이 꿈꾸고 가고 싶어 했던 이상세계와 커뮤니티를 나란히 놓고 본다면 커뮤니티의 경우 현실과의 차별성과 연계성을 동시에 갖고 있다는 점에서 차이가 있다. 대부분의 커뮤니티가 오프라인 상에서의 만남을 병행하고 있으며 그런 만남을 통해 동지적 연계성을 더욱 돈독히 하고 있다. 사회를 완전히 떠난 것이 아니라 적당히 자유로우며 비밀스러움은 유지

---

193) 시간이나 세계의 변화에 관한 통찰은 김용석, 『깊이와 넓이 4막 16장』(휴머니스트, 2002)의 4-1을 참조할 만하다.

하되 동시에 사회 내에 다른 사람과 섞여 있도록 하였다. 바라는 세계에서, 같이 지내고 싶은 사람들과 함께, 원하던 삶을 살면서, 현실을 떠나는 위험이나 모험을 감수하지 않아도 되도록 한 것이다.

## 4. 정부와 기업 등의 '작고 적게' 만드는 움직임

앞에서 우리 조상이 꿈꾼 이상세계의 모습은 한마디로 '작은 나라 적은 백성'으로 나타낼 수 있다고 하였다. 앞 시기 국민의 정부에 이어 현 참여정부의 시책이나 모습도 이런 것을 지향하는 면이 많다. 현 정부에서 끊임없이 내세우고 있는 것은 '작은 정부'이다. 참여정부는 규제나 통제를 풀고 자율과 자치에 의해 이루어지는 나라·정부를 이상적으로 여기며 그런 시책으로 나아가고 있다. 지방자치제나 지방 분권이 점점 강화되고 있는 모습, 부서별 독립성을 인정해 주는 경향 등이 바로 이런 바람을 현실화시키고 있는 것이다. 중앙의 압제나 통제력을 풀어주어 한 나라 안에 작은 나라들을 만들어 주며 그들 상호간의 적절한 긴장관계를 통해 사회가 유지되도록 한다.

요즘엔 정부 각 부처는 물론 각종 회사에서도 최고 경영자부터 실무를 담당하는 일반직원까지 동등한 위치에 앉아 토론하는 문화가 자리를 잡아가고 있는데 이 역시 '작은 나라'라는 이상세계 모습과 연결된다. 흔히 이것을 두고 민주주의가 자리잡아 간다고 하는데, 한두 사람을 위한 특별함이 없는 각 개개인의 행복과 평안을 위한 평등과 자유를 보장한다는 면에서 이 민주주의 역시 '작은 나라 적은 백성'이 사는 방식과 연결되는 면이 있다.

적은 백성이 모여 이루어지는 작은 나라에서는 어떤 계급적 특성이나 차별성이 적다. 우리 선인들이 꿈꾼 '소국과민'의 세계에서는 누구나 동등한 자격으로 땀 흘려 일하며 자연에서 나는 소출로 배불리 먹는다. 특권의식을 가진 이들도, 특별대우를 받는 사람도 없다. 다만 젊은이는 더 열심히 일하고 늙은이는 세월의 연륜을 인정받아 지혜자로 대우받으며 존경받을 뿐이다. 현 참여

정부에서 나오고 있는 '성여 없음'이 이칭이라든가, 지여이냐 학벌 또는 성별
이나 서열을 무시한 파격인사 등을 이와 같은 '소국과민'의 특성과 곧바로 연
결시킬 수는 없으나 궁극적으로 지향하는 면에서는 분명 공통점이 있다.

# V. 마치며: 무엇을 선택할 것인가

조선후기 문헌설화나 잡록 등을 살펴보면 우연히 선계, 즉 이상세계를 방
문하게 된 사람들의 뒷이야기가 나온다. 그들은 선계에서 현실 세계로 돌아
온 이후에는 현실 생활에 흥미를 잃어버린 채 그가 전에 갔던 이상세계를
그리워하며 탄식하면서 살다가 결국 죽어가거나 어느 산속으로 들어가 행적
을 감추어 버린다.[194]

'상상의 공간', '꿈꾼 공간'이란 어디까지나 상상에 그치기 때문에 더욱 그
리워지는 법이라고 하고 말 것인가? 또 잠시 원하는 세상을 맛본 이후 옛
방문자들처럼 그리워만 하다가 죽을 것인가?

무릉도원을 찾아가는 이야기는 대체로 세상이 싫어 떠나려는 염세적 도피
주의의 경향이 강했다. 그러나 흔치는 않지만 적극적으로 세상을 개혁해 보
려는 현실 개혁적 유토피아를 건설하려는 경향도 나타났다. 앞에서 말한 판
미동이나 정약용의 (〈미원은사가〉)에 나타나는 사회가 바로 그 예이다.

---

194) 오주석(1999)의 『옛 그림 읽기의 즐거움』에서는 세종의 셋째 아들인 안평대
　　　군이 화가 안견을 시켜 그린 〈몽유도원도〉에 대한 설명이 있다. 오주석은 그
　　　림을 설명하면서 안평대군이 쓴 〈夢遊桃源記〉를 함께 설명하였다. 그림이나
　　　글에서나 멋지고 평화로운 桃源의 모습 한편에 다시 돌아갈 수 없는 무릉도
　　　원에 대한 애틋한 정한만이 쓸쓸한 기운으로 남아 작품 전체에 감돌고 있다
　　　고 풀이했다. 이런 풀이는 정곡을 뚫은 것이다. 조선 전기에 만들어진 이 그
　　　림이나 글에 풍기는 이러한 분위기는 조선이 멸망할 때까지 이상세계를 이야
　　　기하는 글마다 공통적으로 드러났다.

현실에는 없는 꿈의 공간만을 그리워하며 채워지지 않는 갈급함을 이기지 못하면서 대상 없는 분노를 품고 사는 것을 원하는 사람은 없을 것이다. 좀 더 나은 세상, 행복한 세상을 원하는 마음을 공통적으로 가지고 있듯, 그 공통된 마음을 한데 모아 바라는 새 사회, 새 터전을 적극적으로 건설해 봄 직하다. 그런 면에서 오늘날의 복지 정책을 입안하고 수행하는 데에 이 연구가 일정한 시사를 줄 수 있을 것이다.

가능성 판단의 차원에서 가릴 일이지만 현재의 변화 움직임과 사회 분위기는 극단의 경향이 있다. 로또 복권에 온 나라가 미쳐가는 상황을 두고 모든 것을 체념해 버린 한탕주의라고 한탄하기도 하지만 새 정부 들어 벌어지는 각종 개혁과 변화의 움직임에 기대를 걸며 좀더 나은 나라를 만들 수 있을 것이라는 희망도 가져볼 수 있는 때이다.

우리 조상들이 그랬듯이 한국인은 어떤 대단한 세상을 바라는 것이 아니다. 그저 열심히 일해서 의식주 걱정 없이 사는 사회, 누구나 특별한 제재나 특별대우를 받지 않고 사는 작지만 평온한 나라, 신분의 안전을 보장받으며 최대한 자연의 순환과 가깝게 살 수 있는 그런 나라를 원한다. 시끄럽고 폭력적인 할리우드 영화가 아니라 가슴속 깊은 속울음을 울게 하는 '집으로', '마라톤' 같은 영화를 더 사랑하는 사람들이 한국인이다. 그 옛날 우리 할아버지의 할아버지가 그랬듯 지금 우리도 좀더 나은 세상을 꿈꾸는데, 그 나라는 모든 것을 기계가 다 하는 삭막한 세상이 아니라 뜨거운 울음이 있는 동양적인 이상세계였으면 좋겠다.

덧붙여 오늘날 사학이나 철학, 사회학, 문학 분야의 연구가 서양이나 동양 어느 한편에 치우치는 경우가 많은 것이 사실이다. 그러나 한 문화나 사상이 어느 곳에서 다른 곳으로 일방적으로 전파되기만 하는 법은 없다. 오히려 인간의 의식은 비슷한 과정을 거쳐서 움직여 간다고 생각한다. 그런 면에서 유토피아에 관한 논의도 서양과 동양, 외국과 우리나라의 경우를 동시에 두고 그 가치를 서로 인정해 가면서 나아가는 학제간 연구가 활성화되었으면 좋겠다.

제
**3**
부

# 도교서사의 미학

# 〈난초재세기연록〉에서의 도교 개입양상과
# 작품의 미적 특질


## Ⅰ. 시작하며


이 글은 〈난초재세기연록〉에서 도교가 작품에서 차지하고 있는 비중과 그 형상화 방식을 밝히고, 선계의 절대적 간섭에도 불구하고 이 작품이 독자의 흥미를 끌 수 있었던 미적 특질을 밝히는 것을 목적으로 한다.

〈난초재세기연록〉은 한나라 악부 〈공작동남비〉의 두 주인공 유난지와 초중경의 삶[195]을 바탕으로 이들이 환생하여 전생에 맺힌 원을 푸는 과정을 그린 중장편 한글소설이다.[196] 작가나 창작연대는 아직 미상이다. 이제까지

---

195) 漢 말엽 盧江府의 말단 관리 焦仲卿과 그의 아내 劉蘭芝는 서로 매우 사랑했다. 그러나 시어머니가 며느리를 계속 구박하다가 친정으로 쫓아내어 버리고, 아들 초중경을 마을의 부유한 집 진씨 여자와 혼인시키려 한다. 쫓겨난 며느리 유난지 역시 친정어머니와 오빠로부터 재혼 압박을 받는다. 그 마을 태수가 그녀를 탐내자 그들의 압박은 더해만 간다. 두 사람은 결국 서로 상대에 대한 굳은 사랑을 맹세하며 각기 목숨을 끊었다. 이들의 일을 바탕으로 쓴 작품이 〈孔雀東南飛〉이다. 이 작품은 徐陵(507~583)의 『玉台新詠』에 수록되어 있고, 『樂府詩集』에는 「焦仲卿妻」라는 이름으로 수록되어 있다.
196) 소설에 쓰인 단어를 살피면 한문소설일 가능성도 상당히 있어 보이지만 아직 확실한 증거가 없어서 판단은 잠시 보류한다.

는 이 작품에 대해서 몇몇 소개글만 있었을 뿐이었다. 최근에야 필자가 이본 등 기본적인 사항을 정리하고 〈공작동남비〉의 변용이라는 면에서 이 작품의 이야기 구조와 특징을 살핀 것[197]이 있을 뿐 아직까지 다른 연구가 진행되지 못하였다. 앞으로 다양한 방향에서 논의가 축적되고 문학사 전반에 어떻게 자리매김할 것인가에 관한 평가도 이어져야 할 것이다.

연구현황, 창작연대 등에 관한 기본적 서지사항은 선행논문으로 돌리고, 이 글에서는 우선 이야기 구조를 따라가면서 이 작품 전반에 도교의 영향이 어떻게 드러나는가를 먼저 살핀다. 그 후에 그런 노골적인 개입에도 불구하고 작품이 흥미를 끌도록 만든 것은 무엇인가를 세세히 살필 것이다. 이 둘을 이었을 때 작품 전반에 관한 보다 심층적인 이해를 이룰 수 있을 것이라 여긴다.


# Ⅱ. 사건을 이끌어 가는, 보이는 힘 도교


다른 여러 고소설이 그렇듯 유불도 삼교의 특징과 사상은 각각의 면에서 다양하게 서로 얽히며 한 소설을 이룬다. 이 작품도 예외가 아니다. 주인공의 환생을 여래가 허락하고, 관음보살이 추천한 집에 주인공을 환생시키며, 유가(儒家) 선비의 바람대로 부귀영달하고 자손까지 그렇게 된 이후로는 관음의 은혜에 보답한다며 관음사(觀音寺)를 세우는 등 불교나 유교의 영향과 특징이 보인다. 그러나 이들의 영향이 전후반의 일부분에서만 잠깐 드러나고 말거나 상투적인 서술인 것에 비해 도교의 영향은 작품 전반에 걸쳐 끊임없이 보이며 이것은 작품에서 사건의 전개 전반을 이끌어 가는 힘으로 작용한다. 그러므로 이 작품을 이해하기 위해 도교의 개입과 그 역할을 살피는 것은 반드시 필요하다.

---

197) 서신혜, 「〈난초재세기연록〉연구―〈공작동남비〉의 변용을 중심으로」, 『온지논총』 8집(온지학회, 2002.12), 157~180쪽.

## 1. 시서 진도남의 등장

이 소설에서 도교적인 면모를 상징하는 것은 바로 진도람이다. 소설의 첫 장면은 진도람의 화산(華山) 석실(石室)에서 시작된다.

한글본이라 진도람이라 썼지만 이는 '진도남'이다. 진도남의 이름은 진단(陳摶)으로 송나라 초기의 도사이다. 소설 안에도 '진도람이라면 이는 진단이니……' 하는 대목이 있다. 도남(圖南)은 그의 자이다. 화산에 숨어서 평생 동안 벼슬하지 않았으며, 송나라 태조가 일어남을 예언하기도 하였다 하여 유명하다. 그가 전한 양생연단(養生煉丹)의 도결(圖訣)이 바로 『태극도(太極圖)』라고 알려져 있기도 하다. 『북송기(北宋紀)』 몇몇 곳에서 그에 관한 기사를 읽을 수 있다. 태조 대의 기록에는 그를 화산의 은사(隱士)로 기록하였고[198] 태종 대에는 그의 명성을 들은 왕이 그를 곁에 두고 싶어 했으나 거절했다는 기사가 있으며[199] 진종 대에는 왕이 직접 화산에서 그가 머물던 운대(雲臺)에 가서 그의 화상(畵像)을 보았다는 기록까지 나온다.[200]

우리나라 고소설 여러 편에서나 야담에서도 신선 또는 도사 진도남의 이야기가 보인다. 〈옹고집전〉에서는 시주를 청하는 중을 옹고집이 꾸짖는 장면에서 "진도남은 중이 아닌 운림처사였고" 하는 대목이 나오고, 완판본 〈토끼전〉에서 자라가 토끼를 잡으러 세상에 나가서 그 경치를 보며 하는 말 중에 "화산에 남은 집은 진도남의 운대로다" 하는 대목이 있다. 이뿐만이 아니라 홍명희의 〈임꺽정〉에는 "그때 강동지는 무슨 경륜을 하느라고 그리하는지 종일 꼼짝을 아니하고 박참봉 집 건넌방에 가만히 드러누워서 진도남의 잠자듯이 헛잠이 들어 있고" 하는 대목도 있다.

진도남은 당시에도 도사로 인식되었으며 그것이 점점 이어져 신선으로 여겨졌다. 그런 그의 행적은 우리나라 사람들에게까지 잘 알려져 있었음을 이

---

198) 『續資治通鑑, 北宋紀』 1권, 太祖 建隆元年.
199) 『續資治通鑑, 北宋紀』 12권, 太宗 雍熙元年.
200) 『續資治通鑑, 北宋紀』 29권, 眞宗 大中祥符四年.

런 작품의 예에서 알 수 있다. 홍명희 작품에 나오는 강동지의 모습은 이 소설의 첫 부분에 나오는 진도남의 모습과 똑같이 묘사되기도 했다.

> 화설 진도람 선생이 한번 화산 석실 중에 들어 도를 닦을 새 석상에 비겨 백날을 자매 정신을 모으고 기운을 수습하야 진토의 혼탁한 기운을 물리치고 조화의 신기한 틀을 앗으매 맑은 정신은 우흐로 건상을 사맛고 활연한 흉금은 시세길흉과 기운왕래를 자연이 모를 것이 없더니……[201]

신선 진도남이 일어나는 소설의 첫 장면이다. 그 진도남이 자연초목에 슬픈 기색이 있는 것을 발견한다. 그리고 그곳에서 초중경과 란지의 묘를 확인한 후 '중하 단오일에 옥제께 조회'할 때 그들의 원을 풀게 해 주겠다고 약속한다. 약속대로 진도남은 그 두 사람을 데리고 가서 '선관선녀들이 다 모닷는' 곳에서 세존에게 그들을 소개한다. 선관선녀들이 조회하는 곳에 진도남이 가는 것으로 보아 이미 그는 지상선(地上仙)의 반열에 있었음도 알 수 있다.

진도남의 활약은 여기에서 그치지 않는다. 린호의 부모, 문경공주의 부모에게 수시로 나타난다. 작품 곳곳에서 등장인물들의 입에 그의 이름이 자주 오르내리기도 한다. 작품이 끝날 때까지 그는 두 남녀주인공의 소원을 이루기 위해 결정적인 역할을 한다.


## 2. 선계의 간섭과 사건의 진행


유난지와 초중경은 전생의 원을 풀기 위하여 다시 인간 세상에 태어나 부부가 되도록 허락을 받았다. 그러나 전세(前世)에서 태수와 마을의 진씨 여자의 청혼으로 두 사람이 사랑을 이루지 못하고 자살했던 것처럼, 또다시

---

201) 별다른 언급이 없는 한 북한본 〈란초재세기연록〉을 대본으로 한다. 이하 인용문도 마찬가지다. 북한본은 조선고전문학선집48로서 문학예술종합출판사에서 1994년에 출간된 것이다.

태수 등이 또 린도아 교씨 여자로 환생하여 그들 사이이 혼인을 마으려 한다. 다만 결정적인 순간마다 도교의 개입이 있어서 결국 유난지와 초중경이 환생한 양린호와 문경공주는 혼인을 이루게 된다.

이들 개입은 크게 네 곳에서 이루어진다. 우선 린호가 선유산에 들어가 진도남을 만나 자신의 전생을 듣고 〈공작시〉라는 글씨를 받는 장면, 공주가 누각에서 달구경하다가 진도남이 보낸 백의동자에게서 〈공작시〉라는 글씨와 혼인에 관한 이야기를 듣는 장면이 있다.

> 홀연 백의동자 나아와 이르대
> "선생이 상공을 기다리신지 오라더니 청하시더이다"
> …… 선생이 답왈,
> "그대 전세의 곧 중경이라 시운을 만나지 못하야 부부 서로 위하야 청춘 원사하며 원기를 인하여 천추에 맺힌 한이 수운이 이르며 백일이 능히 비최지 못할지라…… 이 글 가운데 사람이 그대 전세부부니 모로미 란지의 환신을 만나 복록을 받으라."
> 하고 종이에 글 쓴 것을 주거날 보니 '공작시' 세 자 분명한지라
>
> 공주 금병에 의지하야 잠간 조을매 홀연 백의동자 앞에 와 례하고 왈
> "소동은 진도람 선생의 부리신 배라 선생이 이 글을 옥주께 드리라 하시더이다."
> 하고 한조 각 종이를 란간에 놓고 왈
> "이 글 가운데 녀자난 곧 옥주라 중경을 서로 찾으매 양가의 천연을 어긋치지 말라 하시더이다"
> 언파에 몸을 한번 솟아 청공을 향하니 간 곳이 없난지라

위의 것은 남자 주인공 린호에게, 아랫것은 여자 주인공 문경공주에게 전생을 알려주는 장면이다. 선계의 직접 개입으로 이들 두 남녀는 서로 자신의 전생을 알게 되고 그 상대가 확실하지 않으면 혼인하지 않겠다는 강한 의지를 보인다.

당사자들의 굳은 의지에도 불구하고 〈공작시〉라는 글씨가 쓰여진 것을 훔쳐서 혼인 자리를 빼앗으려 하는 린도 등의 음모가 성공하는 듯 보일 때 다시 두 번에 걸쳐서 선계의 개입이 이어진다.

주인공 린호의 작은 아버지이자 자기의 아들 린도를 부마로 만들려 하는 양정희, 린호를 자기의 사위로 삼고 싶어 하는 경진 등이 짜고서 음모를 꾸민다. 서로 선계로부터 받은 '공작시'라는 글씨를 훔치고 그들의 사연을 흉내내어 하늘이 정해 준 짝을 바꾸려 한 것이다. 린호의 아비 양문희가 그 사실을 알았으나 동생이 관련된 일이라 속만 끓이고 앞에 나서지는 않는다. 이때 의롭고 곧은 이들이 일어나서 대신 해 주어야 할 터인데 그런 역할을 바로 추밀사 류은이 감당한다. 그도 역시 처음에는 린도 등의 행동에 격분하고만 있었다. 그러나 비몽사몽간에 문득 향내 나는 바람이 불더니 한 학발선인(鶴髮仙人)이 나타난다.

어시에 류추밀이 부중에 돌아가 린도부자의 은위를 격분통해하야 종야전전하다가 문득 비몽간에 향풍이 표표하며 학발선인이 불러 왈,
"류군은 린을 살펴 도적의 롱계를 맞히지 말고 전세원가를 들으라"

정신을 차린 류추밀은 '도적'은 '린도가 일흠을 도적질한 것', '린'은 '린호'를 말하는 것이라는 사실을 깨닫고 이후 발벗고 이 일에 나서서 린호의 본래 위치를 찾기 위해 노력한다. 작품에 형상화된 양문희나 린호의 성격으로 보아 양정희나 린도 등의 잘못을 만방에 알려 징치하려 할 인물이 아니다. 그러므로 류추밀에게 나타난 신인(神人)의 모습은 작품 전개에 결정적인 역할을 한 것이다.

마지막으로 선계의 개입이 이루어지는 곳은 황제에게 나타나는 장면이다. '공작시'라는 글씨를 갖고 있다는 이유로 린도와 공주를 혼인시키게 되었으나 황제는 아무래도 린도의 위인이 공주와 맞지 않는 것 같아 불편했다. 그래서 그의 능력을 시험하기 위해 여러 선비들과 함께 과거를 치르게 한다. 그러나 악인 경진의 음모를 모르고 그에게 '린도'의 능력을 평가할 과거를 주관하게 한다. 과거 전날 황제 앞에 백의서동이 나아온다.

　　황야 과일이 다다르니 린도의 재조 어떠할고 그 위이을 용이히 여기샤
다사중 인재 다시 있을가 넘려 많으샤 침전에서 잠을 이루지 못하시더니
홀연 보시니 백의서동이 나아와 주왈
　　"폐하 문경의 배필을 구하실진대 재삼 살피샤 천연을 어그릇지 말며 전
세함을 더으게 말으소서"
　　하니 제 묻고저 하시더니 청풍을 인하야 보지 못하시고 놀라 깨달으시니
남가일몽이라

　이 꿈을 기이히 여긴 황제는 결국 과장에 나가 직접 제(題)를 내어 과거
를 감독하였고 그리하여 '린호'가 장원으로 뽑히게 된다. 이 과거만 아무 일
없이 통과되었다면 린도가 공주와 결혼하게 되어 있었고, 과거에서 린도가
장원할 수 있도록 모든 각본이 다 짜여진 상태였다. 그러나 이번에도 이런
결정적인 순간에 선계의 움직임이 작용하여 소설을 일정한 방향으로 의도적
으로 이끌어 가고 있다.
　이후 양문희와 가까운 사이인 류은, 범중엄, 단계 등의 인물이 나서서 양
정희와 경진, 린도 등의 음모를 밝혀 이들이 벌을 받고 린호와 문경공주는
소원대로 혼인을 이루게 된다.
　이 소설은 기본적으로 시부모 등의 방해로 결국 부부의 인연을 유지하지
못하고 원한을 품고 죽은 유난지와 초중경이 다시 세상에 나와 못다 한 부부
의 인연을 잇고 행복하게 삶으로써 '해원(解寃)'하는 내용으로 되어 있다. 이
들 두 사람이 혼인할 때까지 진도남으로 상징되는 선계의 개입과 역할은 절
대적이다. 즉 이야기 전개의 중심축을 도교에서 이끌어 가고 있는 것이다.


## 3. 도교 서사 장치들

　서사의 큰 흐름과 그것을 결정적으로 움직이는 작용뿐만 아니라 다른 자
잘한 곳에서도 도교의 모습, 선계의 모습이 드러난다.

진도남이 수도를 하는 화산의 모습이나 그가 돌아다니다 초중경과 유난지의 원혼을 발견한 곳의 경치도 흔히 선계의 경치를 묘사할 때 드러나는 공간의 모습이다. 린호가 어머니를 따라 불공을 드리러 왔다가 뒷산에 구름이 덮인 상서로운 모습을 보고 찾아 들어간 산속 경치도 그런 선계의 모습이다. 그 산의 이름조차 이미 선유산(仙遊山)이라 하였으니 그 공간이 흔히 신선들이 노니는 선경(仙境)으로 표현된 것은 당연하다 하겠다.

일반적인 경치 묘사뿐만 아니라 자잘한 묘사에서도 선계의 도구들이 보인다. 예컨대 린호가 선유산에서 진도람을 만나러 선계(仙界)에 들어가는 장면은 이렇게 되어 있다.

> "선생이 뉘시뇨. 산로절험하고 선생께 뵈온 적이 없으니 어이 가리오. 하물며 구름이 두터워 길을 막았으니 어이 가리오."
> 동자 왈
> "가시면 알으시리이다."
> 하며 손에 들었던 청려를 주며 왈
> "이를 짚고 나를 좇아오면 좋으리이다."
> 생이 막대를 받아 짚고 선동을 좇아가니 아득던 길이 명랑하고 행보 어렵지 안니터라

선계를 표현한 설화나 서술 등을 살피면 공통적인 점이 있다. 이런 공간은 범상한 사람이 쉽게 접근하지 못하도록 되어 있다는 점이다. 선계와 인간세상 사이에는 쉽게 넘지 못할 장애물이 있어서 혹은 포복하듯 수십 리를 기어가야 하기도 하고, 발이 조금만 늦어도 늪처럼 속으로 빨려 들어가는 고운 모래를 지나야 하기도 하며, 인간세상과 선계를 오가는 소를 타고서야만 그곳에 들어갈 수 있기도 하다.[202]

위에 인용한 것에서 보면, 승려들이 속인들은 갈 수 없다고 말렸지만 린

---

202) 이 점에 관해서는 이 책 제 1부의 내용을 참조 바람.

호느 이를 뿌리치고 서동의 안내를 받아 선유산에 올라 선계로 들어간다. 속인이었던 그가 선계로 들어갈 수 있었던 것은 선동이 준 '청려'를 갖고 있었기 때문이었다. 그 청려 덕분에 린호는 선계로 진입할 수 있었다.

또 그곳에서 진도남을 만났어도 전생의 일을 전혀 기억하지 못하였기 때문에 그는 어리둥절할 수밖에 없었다. 이때 진도남은 선동을 시켜 옥술잔에 '금장(金漿)'을 부어준다. 그러자 정신이 상쾌하고 몸이 가벼워지면서 전날의 일을 아는 듯 갑자기 마음에 처창함이 일어났다고 하였다. 금장은 신선들이 먹는 약인데, '주초'라는 풀로 만든 것으로 정신이 맑아지고 장생불로하는 효험을 내는 것이다. 고소설에서 도사들이나 선관(仙官)들이 금장이나 단약(丹藥), 환약(丸藥) 등을 사용하여 주인공으로 하여금 전생의 일을 기억하게 하거나 죽은 사람을 살리거나 하는 것은 흔히 보이는 내용이다.

이 밖에도 작품 곳곳에서 도교나 선계를 연상시키는 서술이 숱하게 나온다.

이렇듯 도교, 즉 신선세계의 직접적 개입이 두드러지는 것은 작품의 우연성을 증가시킴으로써 독자의 흥미를 반감시키며 작품성도 떨어뜨리게 마련이다. 그런데 〈난초재세기연록〉의 경우 이런 점을 보완할 만한 여러 가지 것들을 함께 소설에 드러내고 있다.

# Ⅲ. 도교의 직접적 개입을 보완하는 작품의 미적 특질

앞서 예를 들어 보인 대로 이 작품에는 도교의 절대적, 직접적인 개입이 자주 일어나고 그 개입으로 작품의 방향이 결정된다. 그런 인위성에도 불구하고 소설의 진행과정에서는 각 부분마다 흥미롭다. 왜 그럴까?

## 1. 보여주기 방식

악인들의 음모 모의 과정이 자세하게 나와 있으며, 그것들이 설명의 형식으로 서술되는 것이 아니라 인물들끼리의 대화를 통해 그대로 생중계되고 있다는 사실은 이 소설의 재미를 높이는 효과를 내고 있다. 즉 이 소설은 고소설에 흔히 보이는 말하기 방식이 아니라 보여주기 방식으로 적대자들의 움직임을 표현했다.

"이제 형이 시관이 되니 이는 소제부자의 복이라 과장 시각이 급속할 것이니 아자 재조 비록 아람다오나 또한 천천함만 같지 못한지라 과옥에 나아가 제를 들고 지으나 미리 지었다가 바치나 제 짓기난 한가지오 글은 더 빛나리니 형은 어떻다 하나뇨. 달리난 내 아해 재조를 두릴배 없으되 다만 린호 과거에 든즉 아자 반다시 장원을 저에게 사양할 듯하니 일로 념려하난 배라."
중승이 청파에 우어 왈
"글제난 예서 들으나 과장에서 들으나 다름이 없으며 령랑을 위하야 어찌 한 줄 힘을 아끼리오. 다만 린호난 근심치 말라. 황상이 친히 나시난 전교 오날 아니 나렸으니 반다시 친히 아니 나실 것이니 명일 과옥에 린호를 곤욕하야 퇴혼한 한을 갚고 제 글을 바치지 못하게 하야 령랑을 도우리라."
……중승이 손수 제를 깁에 쓰고 린도 그 곁에 제 명지에 보람한 것을 써 중승을 주니 중승이 받으며……

린도의 능력을 시험하기 위해 과거를 치르게 되자, 자신이 없었던 린도가 중승 경진과 함께 일을 모의하는 장면이다. 미리 제(題)도 정해 놓고, 린도의 답안지에 표시를 해서 그것을 경승이 볼 수 있도록 했다. 그저 짧게 그렇게 했다고 말할 수 있지만 그것을 일일이 장면화하여 보여주고 있다.

적대자에 속하는 각각의 인물들이 서로 다른 꿍꿍이를 가지고 일을 모의하는 장면도 있다.

린도 정히 경가소식을 기다리다가…… 량인이 대하야 한번 서로 보니 뮤득 심지 서로 비최난 듯 예부터 소인은 그 류 상종하야 즐겨하난지라 두돈 말삼의 뜻이 합하야 경생이 이에 이르되

"소생의 이리 옴은 매매를 위하여 옴이라…… 모친이 매매를 생하실 때에 기이한 몽조 있어 양씨에 천연이 있따 할 뿐 아니라 소녀 십 세에 원중의 이인을 만나 한축 그림을 얻으니 신인이 이르되 '그림 가운데 얼굴과 같은 자 진짓 배필이라' 하니……."

…… 린도 들으매 귀비의 전언을 이미 아난지라 벅벅이 가칭인줄 알고 심중에 그윽이 우이 여겨 거짓 탄상 왈

"종제와 종숙이 모일 신인의 가르침을 믿어 이런 기연을 듯보대 그것을 얻지 못하야 우민한 가운데 가친이 금일도 이 혼사를 주장하야 학사부중에 가 겨시니 형이 마땅히 돌아가 그 그림과 사연을 베껴 보하라. 진짓 그러면 이 혼사 지지하리오."

경진의 딸 경애의 혼사를 위해 경진의 아들 경소가 린도를 찾아간 장면이다. 경애가 린호를 보고 그린 그림을 두고 이인(異人)을 만나 얻은 그림이라 하며 린호와의 혼사를 주선해 주기를 바란다. 린도는 이미 일을 다 알고 있어서 속으로는 비웃지만 자기가 하려는 것과 같은 일이므로 모르는 척하고 받아들여 주고 있다. 두 사람 사이의 표정이나 마음씀이 눈에 보이는 듯하게 그려졌다.

위의 장면뿐만이 아니다. 린도가 그 부모와 형제들과 함께 모여 린호의 혼사를 뺏을 의논을 하는 장면, 린도와 양정희와 류은이 황제를 속인 죄로 갇혔을 때 이들을 구해내기 위해 경소 등이 모의하는 장면 등이 이런 보여주기 방식으로 표현되었다. 이들 각각의 장면은 작가의 설명이나 서술이 아니라 인물의 한 마디 한 마디 대화와 표정변화 등까지 모두 보여주고 있다. 때문에 이 소설에서 주인공인 린호와 문경공주의 행동이나 생각, 모습 등에 관한 서술은 극히 적은 반면 이들 악인들이 모의하는 장면 등 이들의 활동 모습을 쓴 서술은 다수의 분량을 차지하고 있다. 악인들의 모의장면을 직접 보여줌으로써 작품 진행의 긴박감을 높일 수 있었고, 이는 초월계의 직접 개입으로 인한 서술상의 단조로움을 다소 이길 수 있도록 해주었다.

## 2. 일회성 인물의 구체화와 적대적 인물의 형상화

주인공도 아니고 주인공을 돕는 보조인물에도 속하지 못하는 일회성 인물들까지도 구체적이고 세부적으로 그림으로써 작품의 흥미를 높인 점도 주목해서 보아야 한다. 일회성 인물에 대한 세밀한 서술과 그 인물이 보여주는 재치는 작품의 재미를 더한다.

> 차설 경중승이 스사로 시관이 됨을 대희하야 궐문을 나 급히 집으로 돌아가니 류추밀이 그 기색을 알고 가장 령리한 심복하리 소풍을 그 뒤를 좇아 동정을 알아오라 분부하대……
>
> "나난 먼데 사람이러니 경중승부중 진관인과 친척이러니 경사에 와 찾아보고저 하매 로야를 뫼와 이곳에 와 겨심을 이제야 찾아 알고 보고 가려 하나이다"
>
> 모다 그 주준과 안주그릇을 메였음을 보고 청하니 미의 가장 기꺼……
>
> "로야의 맡기신 것을 형이 곤하야 하니 혹 실수하여도 내 가지고 있다가 로야 나오시거든 관인을 주리라."

부마될 사람의 재주를 시험하기 위해 실시하는 과거에서 경진이 시관이 되어 미리 시제(詩題)를 린도에게 알려줄 것을 모의한다. 이때 류은이 자신의 종을 보내 일을 살피게 했다. 그 종의 이름은 소풍이다. 소풍은 경진과 양정희 등이 안으로 들어간 틈에 그곳 종들의 환심을 사서 그 집안에 들어갔다가 시골에서 왔으니 구경하고 싶다고 하여 집안 곳곳을 돌아보다가 경진 등이 모의하는 것을 들었다. 또 경진이 다음날 가져갈 시제를 미리 써서 종에게 맡겨 놓자 그것을 빼돌려서 가지고 나왔다. 각 과정에서 종 소풍이 기지를 발휘하여 다른 사람으로부터 의심을 받지 않고 원하던 정보를 얻게 되는 과정이 자세히 나온다. 위 장면은 그 장면을 부분 부분 인용한 것이다. 이때 소풍이 가져온 증거물로 양정희, 경진 등의 죄를 결정적으로 증명하게 되었다.

종의 이름까지 정확히 밝히고, 그가 다른 종들의 경계심을 늦추는 장면 등이 생생하게 표현되고 있는 점은 여느 고소설에서는 보기 힘든 것들이다. 주인공이나 그의 가족 등 부인물에도 들어가지 않는 제 3의 일회성 인물을 이렇게 구체적으로 표현한 것은 이 작품의 흥미를 더욱 높이고 있다. 또한 이런 인물들은 의리나 윤리를 말하지 않고 생활 속에서 기지와 재치를 몸소 보여주기 때문에 경직되거나 단조롭거나 교조적이 되기 쉬운 소설 진행을 한결 부드럽게 한다.

또 이 작품은 죄를 지은 악인의 완벽한 몰락으로 끝나는 것이 아니라 선한 주인공이 악인을 용서해 주는 형식으로 구성되었다. 이는 〈창선감의록〉에서도 볼 수 있었던 결말처리이지만 〈난초재세기연록〉만은 여기에서도 더 나아간다. 즉 주인공의 혼인을 막던 두 남녀, 즉 소설 이야기 전개상 악인인 두 사람끼리 혼인을 하도록 구성하여 매우 흥미롭다.

> 양공과 부마 시랑부중에 이르러 누운 곳에 들어가니 시랑부자 의약을 힘입어 상체 날로 차복하는지라 공을 맞아 친문함을 사례할새 오씨의 친남 오랑중과 린오처형 경생이 이에 모두었난지라 모두 례필좌정에 공이 시랑다려 왈
> "작일 아이 질아의 혼사를 사상하매 마땅한 곳이 없더니 이제 생각하니 경중승의 규수 아름다움을 익히 아난지라 구혼함이 어떠하뇨."
> 시랑이 환열하야 칭사 왈
> "형장이 소제를 위하샤 생각이 밋비하시니 다감함을 이기지 못하리로소이다."

양문희와 린호가 양정희 집을 찾아가 혼인을 이야기하는 장면이다. 양정희 부자가 벌을 받아 맞은 상처가 아물어 간다는 점도 이야기하여 더욱 진실함을 보여주는 장면이 아닌가 한다. 양정희 부자는 한때 혼처가 탐나서 나쁜 짓을 했을 뿐 그 외에는 별다른 일없이 평범하게 산다. 경진도 마찬가지다. 양문희 등이 나서서 이들 두 집안을 혼인시켜 주었다. 권선징악이라 하여 주인공에 상대되는 인물은 천하의 몹쓸 악인으로 만들고 마지막에 가

서는 그들이 죄를 받아 죽거나 그렇지 않더라도 완전하게 몰락하도록 하는 것이 고소설 일반의 특성이었다. 그러나 한 번의 일만 그렇게 그렸을 뿐인 것은 오히려 인간 현실에 더 가깝게 인물들을 형상화한 것이다. 이런 면 역시 이 작품의 장점으로 지적될 만한 것이다.


## 3. 사실에 대한 세부 배려


이 작품은 초중경과 유난지라는 두 인물의 해원(解寃)이라는 면에서 서사가 철저하게 개인화되어 있다. 그럼에도 이 서사에 등장하는 다른 인물들은 실존 인물들이다. 또한 시대까지 고려하여 함께 같은 시대에 활약했던 인물군으로 구성하였다. 선인(善人) 양문희와 그의 아들 주인공 린호의 편에는 문언박, 구준, 범중엄, 단계 등이 있어서 힘을 합하였고, 악인 양정희와 그의 아들 린도의 편에는 경진과 그의 아들 경소가 있었다. 주인공의 집안과 악인 축에 속하는 인물은 허구로 꾸몄지만 선인 축에 속하는 여러 인물들은 모두 실존인물이다.

문언박(文彦博)은 중국 북송 때의 정치가로 특히 영종 때부터 철종 때까지는 수십 년간 높은 지위에 있으며 활약했던 인물이고, 구준도 북송 초기인 태종 대와 진종 대에 활약한 정치가이자 시인이다. 특히 구준은 강직하였을 뿐만 아니라 시재가 뛰어나 『구충민공시집(寇忠愍公詩集)』을 남기기도 했던 인물이다. 『송사(宋史)』281권에는 「구준전(寇准傳)」도 있다. 범중엄 역시 북송 초기에 재상 등으로 활약했던 인물이다. 범중엄은 '맥주(麥舟)'라는 고사로 잘 알려져 있다. 아들을 시켜 고향에서 보리 5백 섬을 가져오게 했는데 아들이 불쌍한 친구를 만나 그 보리를 실은 배를 다 주고 왔을 때 잘했다고 칭찬했다는 고사는 그의 어질면서도 엄격한 면을 잘 보여주는 이야기이다. 역시 『송사』에 「범중엄전」이 있다. 이 소설에서는 어사의 이름이 단계로 나온다. 중국 북송 때의 유명한 어사로 당개(唐介)가 있었다는 점을 고려한다면 이 역시 '진도난'을 '진도람'이라 썼던 것과 같이 '당개'를 한글로 쓰다 보니 '단계'로 잘못 표기한 것이 아닌가 싶다. 당개는 북송 초 어사로 활약했던 인물로, 문언박의 잘못을 탄핵한 일도 있었다.

실제로 살았던 실존인물들의 이름만 그대로 가져온 것이 아니다. 자세히 살피면 그들의 모습도 사실과 비슷하게 형상화했다. 예를 들어 당개의 경우 그의 기질과 행적대로 옳지 못한 것에 대해 분개하며 이를 드러내려는 모습을 보인다.

> "내 금일 상전에서 보니 양정희와 경진이 서로 눈주고 면색을 자로 변하더니 령랑이 등제하매 면색이 여토함을 내 자못 고이히 여기더니 또 상교 여차하시니 이 반드시 거짓 신기함을 지어 성총을 가리오려 함이라. 간적을 한때들 지지하야 평안케 하리오. 제형은 남자 아니로다. …… 이런 적자를 론핵지 않고 어느 때를 기다리리오. …… 경진이 무단히 간적을 도와 성총을 가리옴이 더욱 해연한지라 문형은 더욱 간관에 있어 잠잠하리오. 제형은 어찌 이때까지 잠잠하야 간인을 사하뇨."

린도 등의 일을 알면서도 황제에게 아뢰지 않은 것에 대해 매우 흥분하고 있다. '제형은 남자 아니로다', '간관에 있어 잠잠하리오' 등의 말에서 숨겨진 죄를 드러내며 어사로 활약하면서 죄 있는 이들을 탄핵했던 당개의 모습을 볼 수 있다.

〈난초재세기연록〉의 시간적 배경은 북송의 진종 때이다. 북송의 왕위가 '태조−태종−진종−인종−영종……'으로 이어진다는 점을 고려할 때 위에 말한 인물들 역시 모두 이 시기에 활약했던 인물임을 금방 알 수 있다. 진도남 역시 북송 태조의 일어남을 예언한 이래 태종이 그를 조정으로 불러들이기 위해 노력했다는 기사가 『북송기』 12권에 있는 것 등으로 보아 문언박 등의 인물과 거의 비슷한 시기이거나 조금 앞 시기에 살았던 것을 알 수 있다. 요컨대 이 소설은 주인공 이외의 다른 인물들을 끌어들여 서사를 구성하되 비교적 역사적 사실에 맞게 동시대에 활동했던 인물들을 그들의 행적에 맞추어 놓은 것을 알 수 있다.

다만 같은 시기 활동했던 인물들로 서사를 구성하기는 했지만, 이들의 활동 시기에 관련된 정치적인 상황이나 사회적인 정세는 작품에 전혀 반영하지 않았다. 어디까지나 두 남녀주인공의 결혼을 통한 해원(解冤)에만 맞춰진 지극히 개인적인 서사에 그쳤다. 사실적인 인물구성에도 불구하고 개인적인 서사에 그친 점은 이 작품의 다소 아쉬운 점이 아닌가 한다.

# IV. 마치며

중국 한나라의 악부 〈공작동남비〉는 너무나 잘 알려진 작품이다. 그리고 그 이야기의 주인공 유난지와 초중경의 생애는 시대를 초월하여 심심찮게 논의되었었다. 조선후기 소설 〈삼한습유〉도 비슷한 이야기라고 하여, 일찍이 김태준은 〈삼한습유〉를 설명하면서 '중국에 있어 〈공작동남비〉 전설과 흡사한 고부 충돌에서 생긴 비극은 조선 선산 못에 투사(投死)한 향랑 각시의 전설이요, 이것은 신라 시절의 기사로 하여 화랑들의 남정북절(南征北伐)과 남녀정사(男女情事)를 교집(交織)한 것이 〈삼한습유〉니……'203) 라고 하기도 했다. 이렇듯 〈공작동남비〉는 사람들의 흥미를 끌었던 내용이다.

〈난초재세기연록〉은 이 〈공작동남비〉의 두 주인공과 그들의 생애를 가져다가 그들 생애의 끝에 새로운 삶을 연결해 놓은 작품이다. 그들 죽음에 대한 안타까움을 표시하고 여기에서 나아가 그들의 원한(怨恨)을 풀어주는 방향으로 소설을 구성했다. 이때 진도남으로 대표되는 선계의 절대적인 도움을 받는다.

---

203) 김태준, 『증보 조선소설사』(한길사, 1990, 초판은 1933) 제6편 근대소설 일반 부분.

이 논문은 이 소설에서 도교가 전체 서사 전개에서 어떤 역할을 하고 있는지를 살폈다. 도사 진도남의 형상화와 그의 활약은 소설 전개 방향을 결정짓는 데 절대적인 힘으로 작용하고 있음을 확인할 수 있었다. 이 밖에도 경치의 구성이나 세세한 구성물에서도 도교의 흔적을 발견할 수 있었다.

이런 절대적이면서도 노골적인 도교의 개입에도 불구하고 작품이 흥미를 끌 수 있었던 이유는 무엇일까 하는 문제로 논의를 계속하였다. 작가가 절대적인 입장에서 말로 설명해 버리는 말하기 방식이 아니라 각 장면을 직접 보여주기 방식으로 표현하고 있는 점, 일회성 인물도 인격화하여 이름을 부여하고 재치 넘치는 활동 모습을 구체적으로 형상화한 점, 개인적인 차원의 해원 서사이지만 역사적 사실과 시기에 맞게 등장인물을 그린 점 등을 들었다. 이들이 결합하여 결국 도교의 노골적인 개입으로 인한 거부감을 누그러트리고 소설의 재미를 증대시킬 수 있었던 것이다.

특히 일회성 인물의 인격적 형상화, 세밀한 서술 등은 18, 19세기 문풍 변화와 함께 소설의 특성으로 논의되고 있는 면[204]이므로 소설사적인 면에서도 상당히 의미 있는 것이라 여겨진다. 아직은 이 작품이 어느 시기, 어떤 계층, 또는 누구의 작품인지가 밝혀지지 않았으나 더 많은 자료가 발견되고 더 깊은 논의가 이루어져 이 작품이 소설사에서 갖는 위상과 의의까지 정리되어야 하리라고 본다.

---

204) 예를 들어 조혜란은 〈옥루몽〉의 서사미학을 말하면서 하층 인물을 인격화하고 여가와 놀이에 대한 관심을 표현했다는 점을 지적, 19세기는 고소설의 쇠퇴기가 아니라 오히려 소설을 쓰는 역량의 난숙기였다고 하기도 했다(조혜란, 「〈옥루몽〉의 서사미학과 그 소설사적 의의」, 『고전문학연구』 22집, 한국고전문학회, 2002. 12. 226~253쪽).

# 〈삼생록〉의 도교적 형상과
# 민중의 꿈


# Ⅰ. 시작하며


　〈삼생록〉205)은 작자와 창작연대 모두가 미상인 한글소설이다. 사랑해서는 안 되는 두 선관(仙官) 남녀가 사랑하다가 벌을 받아 인간 세상에 세 번 태어나 온갖 고초를 겪고 나중에는 무수한 덕업(德業)을 쌓아 다시금 선계로 돌아오게 된다는 이야기가 그 줄거리이다.

　이 작품은 김기동에 의해 처음 소개되었다.206) 이후 연구자들은 '삼생'에 대해서, '초월세계와 현실세계라는 이원적 세계관과 구조'에 대해서, 그리고 '애정, 부귀, 공명'의 성취라는 주제에 대해서 말했다.207) 그러나 아쉽게도

---

205) 이 소설은 서울대 도서관에 소장되어 있으며 이것이 『필사본 고전소설전집』 7권(아세아문화사, 1980)의 465~558쪽에 영인되어 있다. 이하 쪽수 표시는 이 책을 기준으로 한다.
206) 김기동, 『한국고전소설연구』 (교학사, 1983), 65~68쪽: 김용주, 「〈삼생록〉 연구」 (고려대 교육대학원 석사논문, 1981).
207) 정인한, 「〈삼생록〉 연구」, 『새국어교육』 35·36합병호(한국국어교육학회, 1982); 최운식, 「〈삼생록〉의 구조와 의미」, 『대동문화연구』 26집(성균관대 대동문화연구원, 1991); 이승복, 「〈삼생록〉의 구조적 특성」, 『고전문학과 교육』 4집(청

'삼생'이라는 제목 자체로 예상되는, 그리고 고소설 일반에 대한 인식에서 예상할 수 있는 내용 이상의 것을 얻을 수가 없었다. 선행 연구자들 역시 이 작품이 특이한 작품이라고, 재미있는 작품이라고 하면서도 특이함과 재미의 실체를 명확히 드러내 주지는 못했다.

〈삼생록〉은 한 마디로 유쾌하고 재미있고 묘하다. 구태의연한 듯하면서도 새롭다. 되는 대로 이것저것 마구 가져다 붙인 것 같으면서도 앞뒤가 잘 들어맞는다. 작품에서 최종적으로 제시되는 주제 자체는 특이할 것이 없다. 실제 그런 마지막으로 가는 과정에서 사용되는 표현법, 장면 등의 서술에서 이 작품만의 재미와 특징이 드러난다. 이 글은 〈삼생록〉이라는 작품의 형상화 특성을 살펴서 그 창작 방식과 특성을 드러냄으로써 작품에 대해 보다 더 깊은 이해에 도달하는 것을 목적으로 한다. 또한 이러한 특성이 지향하는 바가 무엇인지 살피려 한다.


# Ⅱ. 〈삼생록〉 형상화의 두 특성


〈삼생록〉을 이루는 핵심 특성을 두 가지로 말할 수 있다. 하나는 적강형 이상소설[208]의 형식을 빌려 이를 변형하였다는 사실이고, 다른 하나는 초월 세계가 특별히 빈번하게 나타나며 그 형상화가 유난히 구체적이라는 사실이다. 이런 두 가지 특성은 소설 전개 과정 속에서 서로 유기적으로 연관

---

관고전문학회, 2002. 6).

208) 여기서 적강형 이상소설이라 함은 천상세계의 仙官이었던 남녀주인공이 죄를 지어 그 벌로 세상에 謫降하여 온갖 과정을 통해 남녀간 사랑을 성취하며 세상에서도 공을 세워 부귀영화를 누리다가 때가 되어 천상세계로 돌아가는 소설을 말한다. 〈구운몽〉이나 〈쌍미기봉〉 등 그 종류는 매우 많으며 대체로 장편소설이 많은 것도 특징이다.

되면서 이를 통해 민중의 생각과 바람을 드러내고 있다.

## 1. 적강형 이상소설 유형의 수용과 변형

이 소설의 시작 부분은 초월세계를 배경으로 펼쳐진다. 천상 서왕모의 심부름을 간 향낭과 남악 형산 후토부인의 세계에 있던 만춘이 서로 눈이 맞는다. 본분을 잃고 함께 뒹구는 이들에 대해 격노한 초월세계의 권력자들은 둘을 인간 세상에 적강(謫降)시킨다. 그래서 이들 남녀는 인간 세상에 태어나 부부의 인연을 맺고 살면서 온갖 일을 겪다가 결국 천상세계로 돌아온다.

이것은 적강형 이상소설의 가장 기본적인 구조이기도 하다. 적강형 이상소설은 〈쌍선기〉, 〈구운몽〉 등 이루 다 세기 힘들 만큼 많다. 이런 소설들에서는 대체로 천상계 인물인 남녀가 남녀간의 정을 느낀다거나 서로 잠시 희롱했다는 죄목으로 벌을 받아 인간 세상에 내려보내진다. 이때 남자는 한 사람이고 여자는 다수인 경우가 많다. 이들이 각기 다른 지역, 다른 신분으로 태어난다. 남자 주인공 한 사람이 성장하면서 수난을 당하다가 학문을 익히고 문무(文武) 양면에 공을 세우며 시샘을 받는 등 인생 역정을 겪는다. 이 역정을 겪으며 여러 장소에서 온갖 지역에 퍼져 있던 여자 적강 인물들과 만난다. 본래 천상으로부터 함께 적강된 여인이 많을수록 주인공 남성은 이들과 만나기 위해 보다 많은 일들을 겪는다. 남녀간의 만남을 위해 여러 이야기가 얽히며 보다 여러 장면이 펼쳐져 결국 장편소설이 만들어지게 된다. 우여곡절 끝에 적강한 인물 모두가 한곳에 모여 한 가정을 이루게 되면 비로소 이들의 적강생활이 끝나 천상계로 돌아가면서 소설도 마무리된다.

적강형 이상소설의 전형적 구조를 이루고 있으며 많은 이들에게 알려진 〈구운몽〉을 예로 들어 둘을 비교함으로써 〈삼생록〉의 상황을 살펴보면 다음과 같다.

〈구운몽〉에서 주인공 성진은 육관대사의 명으로 심부름을 다녀오다가 다리에서 8선녀를 만나 희롱하다 돌아온 죄로 세상에 적강한다. 그래서 한 남자 양소유가 벽성선 등 여덟 여인을 만나는 과정이 펼쳐지는 것이 바로 〈구운몽〉이다. 양소유가 이들 8명의 여인을 모두 만나 한 가정을 이루어 행복하게 살게 되었을 때 결국 이들 아홉 사람은 본래의 세계로 돌아가게 된다.

〈삼생록〉은 이런 적강형 이상소설의 기본구조를 수용하였으면서도 일반적 구조와는 다른 변화를 이룩하였다. 우선 남자 하나에 여자 여럿이라는 인물 구성이 아닌 남녀 1:1이라는 인물 구성을 내세웠다. 적강한 인물이 서로 만나 한 가정을 꾸미게 되면 작품이 끝난다는 적강소설의 일반적 특성을 생각해 볼 때 남녀 비율이 1:1이라는 것은 작품에서 드러나는 장면이 한정적이며 단편으로 끝나버릴 가능성이 높다는 것을 말한다. 그러나 이 작품은 남녀 비율을 같게 하는 대신 이 두 남녀가 함께 여러 번 적강과 회귀를 반복하는 방식을 취했다.

〈구운몽〉에서 여주인공들의 신분은 매우 다양하다. 어떤 여주인공은 양반 귀족이고 어떤 이는 청루의 기생이며, 또 어떤 사람은 황제의 딸이다. 그래서 이들과의 만남을 그려나가는 과정에서 작가는 다양한 사건이나 삶의 모습, 장소 이동 등을 보여줄 수 있었다. 때문에 이 소설 하나를 통해서 이들 여러 계층의 삶을 생각하고 엿볼 수도 있다.

〈삼생록〉도 역시 이런 다양한 계층의 삶과 생각을 다 보여주었다. 다만, 남자 주인공 한 사람이 이들 모든 계층의 여자들을 만나는 것이 아니라 남녀주인공 모두를 그런 모든 계층으로 바꾸어 가며 적강시켰다.

> 인간의 정비하되 이왕 연분니 잇다 ㅎ니 남의 근원은 쩨지 못하거니와 극남극북의 각기 터여나서 신고ㅎ야 만나게 ㅎ고 정의를 쟈별ㅎ게 ㅎ고 십년식만 쟉정ㅎ여 살게 ㅎ되 삼싱을 다 그러ㅎ게 ㅎ고 그 샤이의 혹 니별을 만니ㅎ여 음탐흔 경계를 ㅎ게 ㅎ쇼셔 ㅎ거늘 졔셕부인니 디쇼왈 그 청이 가쟝 어려오나 좌듕 향의를 져바릴 길이 업샤오니 가르치시는 디로 ㅎ오리

이다 ᄒ고 즉시 문셔쇼임을 불너 여챠여챠ᄒ되(474~475쪽. 띄어쓰기—필
자, 이하 같음)


만춘과 향난의 죄는 천샹의 쳐음이라 요샤이 드르니 셩심각의 잇다 ᄒ오니
아지 못게라 ᄲᆞᆯ니 ᄯᅩ 닉여 보닉여 고초를 더 격게 ᄒ미 엇더ᄒ뇨 졔셕마마가
마지 못ᄒ여 문셔쇼임을 불너 왈 향난의 일은 셔왕모의 쳥이라 거역ᄒ기 어
려오니 만춘과 갓치 셰샹의 졍비ᄒ되 이번의는 남녀를 박고와 고락를 고로
알게 ᄒ라 하시거늘 문셔쇼임이 즉시 응명하고 각기 파송ᄒ니라(504쪽)


왕뫼 향난의 드러오멀 듯고 졔셕마마게 ᄯᅩ 젼갈ᄒ여 갈오디 그만ᄒ여도
족히 용셔홀 일이로되 이왕 삼셩 연분니 잇다 ᄒ오니 쳔졍을 어긔기도 어
렵거니와 두 번의 고셩이 족히 회과홀 만 ᄒ오미 부리던 시녀라 인졍이 업
지 아니ᄒ오니 어셔 밧비 닉여 보닉여 이번의는 왕공거경의 티어닉여 빅년
을 험업시 지닉고 오게ᄒ미 엇더ᄒ뇨 ᄒ엿거늘 졔셕마마 답장의 ᄒ엿시되
긔별ᄒ신 말삼이 가쟝 죳샤오니 시힝ᄒ오리이다 ᄒ엿더라(530~531쪽)


위에서부터 차례로 적강하게 되는 상황을 인용했다. 천상계에서 말한 대
로 남녀주인공들은 첫 적강 생활에서 남양 땅 조준과 설가촌 설랑으로 태어
났다. 이들은 우여곡절 끝에 가연을 맺었으나 즉시 전쟁으로 서로 헤어졌다
가 서로를 그리다가 상사병으로 죽었다. 두 번째 적강에서는 남녀를 바꾸어
산동 땅 조원과 여랑으로 태어났다. 첫 삶에서는 고생만 하다 죽었으나 두
번째 삶에서는 남녀의 역할을 바꾸어 서로가 상대 성(性)을 경험하기도 했
고, 고통과 함께 즐거움도 있는 삶을 살았다. 이들은 계양태수 부부로 살다
가 죽었다. 마지막 세 번째 적강에서는 둘 간의 인연을 이루고 '백년을 험
없이 지내고' 오도록 했다. 이에 따라 원나라 이상서의 아들과 세종황제의
공주로 태어나 행락과 구제를 일삼다가 승천하였다.
　일반인, 태수 부부, 공주와 부마 등 여러 계층의 삶을 보여주었다는 것은
〈구운몽〉 등 여느 적강형 이상소설과 같다. 그러나 한 남자 주인공이 여러
여자 주인공을 만나는 방식이 아닌, 두 남녀주인공이 여러 번 적강과 회귀를

반복하는 방식으로 그것을 형상화했다. 이 점 〈삼생록〉만의 고유한 특성이다.

소설의 지향점이나 소설 속 주인공이 추구하는 가치에 있어서도 〈삼생록〉은 여느 적강형 이상소설과 다르다. 〈구운몽〉의 경우 양소유는 온갖 부귀영화를 다 누리고 여러 가인(佳人)들과 인연을 맺어 행복하게 지낸다. 그러나 어느 날 인생의 부귀영화에 대해 허무함을 느끼며 깨달음을 얻어 다시 천상세계로 돌아가게 된다. 돌아간 후로는 인생의 부귀영화, 남녀간의 정 등 온갖 것에 대해 초월하여 오직 도의 세계에만 정진한다. 〈구운몽〉 이외 다른 적강형 이상소설이라도 세상에서 부귀영화를 지극히 누린 후에는 미련 없이 본래의 세계로 떠나는 것으로 끝난다. 회귀한 후의 초월세계에 대해서는 더 이상 언급하지 않는다.

인간세상에서의 적강생활을 마치고 때가 되어 천상세계로 돌아간다는 설정의 면에서 본다면 〈삼생록〉은 〈구운몽〉 등과 그다지 다를 바 없다. 그러나 〈구운몽〉이 인생 부귀영화를 다 경험해 보고 난 다음에 얻는 형이상학의 철학적·종교적 도(道)를 추구하였다면, 〈삼생록〉은 철저히 통속적·세속적인 부귀라는 복을 추구하였다. 남녀주인공의 첫 번째 삶이 고난의 연속이었다면 두 번째 삶은 고통도 행복도 함께 있는 삶이었다. 마지막 세 번째 삶은 고통이나 노동이 전혀 없이 오직 극한 부귀와 행복과 화려한 놀이만 계속 이어지는 삶이었다. 그리고 이 세 번째 삶에서 수없이 많은 적선(積善)을 한 것이 결국 천상계로 금의환향하여 그 세계에서 높은 벼슬에 오르게 된 결정적인 이유가 된다. 적강하며 산 삶의 내용이 천상계로의 회귀 후의 삶과 직접적으로 연관되어 있다. 또한 지상에서 부귀영화를 추구하며 이를 누렸던 것과 똑같이 초월계로 회귀해서도 같은 것을 추구하여 그것을 얻고 누리는 것으로 형상화되어 있다.

비교 대상을 〈구운몽〉이 아니라 다른 어떤 적강형 이상소설로 하더라도 〈삼생록〉의 지향점이 특별히 드러나는 것이 사실이다. 다른 적강형 이상소설들에서는 주인공이 초월계로 돌아가는 장면에서 끝난다. 더 이상 어떤 일이 계속 서술되지 않는다. 후일담 형식으로 남긴 자손들의 현황이 몇 줄로 요약 제시되고 말 뿐이다. 그러나 이 소설은 회귀 이후 주인공들이 초월계에서 누리는 것들에 대해 자세히 서술하였다. 주인공 남녀가 겪고, 받게 된 온갖 복이 소박하고 적나라하게 표현되어 있다. 〈삼생록〉은 한 개인이 지상과 천상세계에서 누리는 복에 관한 지극히 자세하고도 집중적인 서술인 것이다.

## 2. 초월세계 형상화의 구체성

〈삼생록〉이 적강형 이상소설의 구조를 끌어오되 다른 소설과 다른 점은 초월계의 형상화에서도 드러난다. 여느 적강형 이상소설에서 초월세계는 남녀주인공의 죄를 묻고 이들을 적강시켰다가 환원시키는 위엄 있는 절대 권력으로 나온다. 위엄 있고 무서운 듯한 인상을 표현할 뿐 그 속의 인물들이나 모습을 구체적으로 표현하지는 않는다. 어떤 작품도 〈삼생록〉과 같이 초월세계가 자주, 그리고 구체적으로 등장하지 않는다. 하지만 이 작품에서 초월계는 매우 구체적이며 또한 그곳에 있는 선관들은 지극히 인간적이다.

그리스·로마신화에서처럼 이 작품에 등장하는 선관들도 인간들처럼 불같이 화를 내고 때로 심통을 부리기까지 한다. 고소설에서 아랫사람이 선계의 법칙을 어겼다고 하여 벌을 내릴 때에도 〈삼생록〉처럼 심하다 싶을 정도로 화를 내고 벌을 내리는 경우는 없다.

후토부인의 하인 만춘, 서왕모의 하인 향난이 서로 사랑함으로써 초월계의 법칙을 어겼을 때 두 부인은 '너 같은 금수는 마땅히 지옥에 보내어 방아에 찧고 돌에 갈아 종적을 없애리라'고 하지만 주위에 있는 이들이 말려서 간신히 적강시키는 것으로 한다. 그런데도 분이 덜 풀린 서왕모는 그렇다면 두 사람을 '극남극북에 태어나게 해서 갖은 신고를 다 겪은 후에 만나게 하되 둘 사이에 또 이별을 많이 하게 해' 달라고 제석부인에게 부탁한다. 그리고 첫 번째 삶에서 두 사람이 그렇게 고생하고 돌아왔지만 여전히 분을 낸다. "왕뫼 딕로허스 즉시 졔셕마마게 쳥ᄒ여 갈오딕 만춘과 향난의 죄는 천샹의 처음이라 요샤이 드르니 셩심각의 잇디 ᄒ오니 아지 못게라 쌜니 쏘ᄂ」여 부ᄂ」여 고초를 더 격게 ᄒ미 얻더ᄒ뇨?(504쪽)"라고 하는 부분 등에서 이를 잘 볼 수 있다. 주위의 인물들은 본래 부리던 정을 생각하여 이제 회생지덕(回生之德)을 보여달라고 했으나 서왕모는 막무가내이다. 오히려 빨리 내보내어 고초를 더 겪게 해달라고 하니, 인간계에서 심통부리는 한 여왕을 보는 듯하다.

공주와 부마가 지상에서 잔치를 벌이다가 주위의 걸인들에게 음식이나 돈을 나누어 주고는 그 모습을 보며 웃으며 즐거워한다. 그러면 걸인들이 한목소리로 두 사람을 축원(祝願)하는데 사람이 하도 많아서 한꺼번에 소리를 치면 옥황상제가 있는 하늘까지도 흔들리며 시끄러워진다.

> 일일은 샹졔계셔 만조를 모화 쳔샹쳔ᄒ의 션악을 의논ᄒ실시 쏘 무슨 쇼리가 궁젼니 흔들니거늘 샹졔 놀ᄂ」ᄉ 알아드리라 ᄒ시거늘 티임티시 겻히 뫼셧다가 엿즈오디 만춘과 향난의 시종본말은 이왕 ᄒ문ᄒ신 비여니와 즉금 듀류쳔ᄒ허여 팔방의 공덕홀시 만닌의 지셩이 감쳔ᄒ여 축원ᄒ는 소리로쇼이다 하거늘……. (548쪽)

지상의 소리로 천상이 시끄러워진다는 발상도 매우 특이하고도 재미있다. 인간계에서 사람들이 말하면 천상계가 시끄러워 깜짝 놀란다고 한 것도 지극히 인간적인 생각이다. 대개 초월계는 인간의 모든 생사화복을 주관하는 절대자라고만 생각했지 인간계의 어떤 일이 초월계에 이렇듯 직접적으로 영향을 미친다고 형상화한 작품은 없었다.

더구나 천상의 옥황상제가 옥새로 각종 정사를 처리한다는 것도 고대 왕이나 황제들의 모습에 비추어 천상계를 형상화한 것이다. 옥새가 발에 떨어져 상제가 다쳤다고 하는 설정도 초월계를 인간계와 마찬가지 방식으로 표현한 것이다. 〈삼생록〉에서는 천상천하 모든 것을 지배하는 절대신에 해당하는 상제가 병들고 약을 먹으며 의원을 부른다. 이는 세상에서 흔히 볼 수 있는 보통 사람의 모습과 전혀 다름이 없다.

초월계가 소설에 등장하는 경우는 자주 있었다. 그러나 그 장소에 대한 화려한 절경 묘사에 그치거나 초월계 인물이 잠시 등장하여 어떤 대화를 나누는 모습을 담은 것에 불과했다. 그러나 〈삼생록〉은 초월계의 모습을 구체적으로 묘사하여, 각 인물들이 맡아 하는 일이나 일을 처리하는 장면, 그들의 성정, 삶의 모습까지 그렸다. 그리고 그 모습은 인간계의 어느 왕궁, 그곳에 사는 사람들의 모습과 전혀 다름없이 인간적으로 그렸다. 이렇듯 인간적인 초월계를 그린 것은 〈삼생록〉에서 보이는 특별한 점이다.

또한 초월계를 작품 중간 중간에 자주 등장시키고 그 안에서 벌어지는 대화 등을 자세히 그려서 초월계의 치밀한 계획과 설정이 시종일관 인간세계와 긴밀히 연결되도록 했다. 이런 점은 특히 주인공을 처음 적강시킬 때 정한 삶의 법칙이 그대로 이루어진다는 사실과 초월계 각 인물들의 역할이 섞이지 않고 정확히 구분되어 쓰인다는 사실에서 확인해 볼 수 있다.

이 소설의 장면은 크게 두 가지다. 하나는 온갖 선관들이 활동하는 초월계이고, 다른 하나는 선관에게 죄를 지어 인간 세상에 세 번 태어나 살게 된 두 남녀 향난과 만춘이 활동하는 지상세계이다. 선계 인물이 죄를 지어 인간계로 적강하는 여느 소설들과 마찬가지로 이 작품의 지상세계와 그 속에서 사는 주인공의 삶은 초월계에 의해 조정된다. 처음 적강시킬 때 정해 준 것에 조금의 다름도 없이 실행된다.

앞서 인용했으므로 다시 인용하지 않지만, 적강을 보낼 때 "극남극북의 각기 틔여나셔 신고ᄒ야 만나게 ᄒ고 정의를 쟈별ᄒ게 ᄒ고 십년식만 쟉정ᄒ여 살게 ᄒ되……"(474쪽)라는 식으로 주인공들의 삶을 정해 주면 이들의 삶은 꼭 이와 같이 그려진다. 첫째, 둘째, 셋째 적강이 모두 그러했다.

계획된 대로 질서정연한 안배를 했다는 면에서 좀더 흥미를 끄는 부분은 초월계의 역할 분담 부분이다. 이 작품에는 초월계의 여러 인물들이 등장한다. 그런데 이들은 모두 각기 다른 역할을 한다. 그리고 그들의 역할은 섞이는 법이 없다.

사람의 목숨을 거두어들이는 것은 염라대왕이 주관한다. 죄지은 사람을 잡아오는 것은 최판관이 한다. 위가 세상에 태어나 어느 집 자손으로 몇 년 동안 살게 하는 것은 제석부인의 몫이다. 인간이 소원을 비는 대상, 이것을 듣고 반응을 보이는 대상은 칠성마마이다. 단 '한 사람'의 일생이지만 그 일생 중 어떤 부분은 반드시 정해진 선관이 한다.

제석부인을 예로 확인해 보자. 앞에 인용한 것 역시 두 남녀를 인간 세상 어느 곳에 태어나 살게 하느냐의 문제였는데, 선계의 최고의 어미라고 일컫는 후토부인 역시 이 문제에 관해서는 어디까지나 제석부인에게 부탁하고 그것에 대해 제석부인이 그렇게 하겠다고 결정한다.

두 남녀가 첫 번째 생을 살다가 10년 만에 돌아왔다는 사실을 들은 후토부인과 서왕모는 다시 제석부인을 찾는다. 그리고는 재차 세상에 내어 고초를 더 겪게 해달라고 부탁한다. 두 번째 삶을 마칠 때에도 "이왕 계석의 겸지ᄒᆞ시미 닛는지라 명슈를 엇지 어긔리요"라는 서술 끝에 주인공들을 초월계로 잡아간다.

세 번째 삶을 보낼 때에도 서왕모는 제석부인에게 정중히 부탁한다. "왕뫼 향난의 드러오멀 듯고 졔셕마마게 ᄯᅩ 젼갈ᄒᆞ여 갈오ᄃᆡ 그만ᄒᆞ여도 족히 용셔ᄒᆞᆯ 일이로되 ……지닉고 오게ᄒᆞ미 엇더ᄒᆞᆫ뇨 ᄒᆞ엿거늘 졔셕마마 답장의 ᄒᆞ엿시되……"(530∼531쪽)라고 말이다. 천상세계의 최고 위치인 옥황상제도 인간 수명의 일을 말할 때는 반드시 제석마마[209]를 부른다. 이렇듯 소설 곳곳에서 인간의 삶과 수명에 관한 것은 모두 제석마마를 통해 이루어진다.

제석마마의 예와 마찬가지로 다른 이들도 각기 자기의 고유 영역이 있고 다른 선관들은 필요할 때 그 영역 담당자에게 부탁을 한다. 작품의 시종일관 이들의 역할 분담과 활동 영역은 섞이지 않고 잘못되지도 않은 채 일관되게 유지된다. 각 선관들의 역할을 뚜렷이 구분하여 정확히 안배하며 서술했다는 말이다. 〈삼생록〉은 위와 같이 정확한 구분과 인식을 통해 이루어졌으며, 앞뒤 배치까지 세밀하게 고려되었다.

---

209) 548쪽: 옥황이 크게 깃거ᄒᆞᄉ 제석마마를 명ᄒᆞ여 십년 년한을 늘이여 그 공덕을 표ᄒᆞ라 ᄒᆞ시더라

초월세계에 대한 이런 구체적이고 체계적 서술은 이 소설을 통해 드러내려고 하는 작가의식과 연결된다. 이 점 Ⅲ-2에서 다시 논한다.


# Ⅲ. 〈삼생록〉 형상화 특성에 담긴 민중의 꿈


〈삼생록〉은 다른 소설에 비해 특히 적강의 방식이나 초월세계 형상화의 면에서 특별한 점이 있다고 하였다. 이런 특성은 결국 소설을 통해 드러내려고 하는 작가의 생각과 관련된다. 결론부터 말하자면 작가는 이 소설을 통해 인간이면 누구나 꿈꾸는 편안하고 즐거운 삶, 높은 지위와 넉넉한 경제적 부유 등을 모두 누리는 삶을 그렸다. 그리고 이생에서 뿐만 아니라 저승에서도 이런 삶을 계속 누리고 싶은 마음을 담아 그런 인물을 그렸다. 소박하지만 누구나 원하는 꿈을 꾸밈없이 표현한 것, 이것이 바로 이 소설 〈삼생록〉이다. 그 양상을 자세히 살펴보면 다음과 같다.


## 1. 유흥·행락에 대한 태도


〈삼생록〉은 조용하고 은미한 움직임을 담은 교훈적 교과서가 아니다. 열심히 일하여서, 또는 어떠한 위기에 목숨을 걸고 싸움으로써 큰 공을 세워 출세하는 유가적 성공담도 아니다. 장난스런 유희를 펼치고 온갖 악기를 다 갖춘 채 날마다 유흥을 즐기는 것이 삶 자체인 이야기이다. 이런 양상은 특히 두 주인공의 세 번째 삶에서 두드러지게 드러난다.

물론 남녀주인공은 세 번 적강을 하고 그중 세 번째 삶에서만 행락을 즐기며 산다. 첫 번째의 적강에서는 초월계에서의 일에 대한 징계라는 것을 강조하듯 두 사람이 불행하고 힘들게 살다 죽는 모습을 그렸다. 두 번째 적강은 '세 번'이라는 초월계의 벌칙을 채우려는 듯 다소 형식적이고 짧게 삶이 그려져 있으므로 작품의 중심으로 보기는 어렵다. 세 번째 적강에서는 죄를 모두 씻은 주인공에게 보상하듯 편안한 삶을 그린다. 세 번째 삶은 장면 하나하나를 구체적이고 길게 그렸다. 또한 그 세 번째 삶에서 구제를 많이 했다는 이유로 천상에 돌아온 후의 사정도 자세히 그렸다. 두 남녀가 매우 환영을 받고 높은 선관의 지위에까지 오른 것으로 그리고 있다. 앞의 두 삶은 주인공들이 지상과 천상세계에서 복을 누리고 높은 지위에 올라 영광스럽게 되기 전에 우선 겪어야 하는 통과의례 같은 것이었다. 이런 면에서 세 번째 적강에서의 삶과 그 삶에서는 행락과 구제는 이 작품에서 가장 중요한 요소가 된다. 세 번째 삶에 주목하여 그 의미를 살피려는 이유가 여기에 있다.

세상천지 구석구석을 다니며 노는 공주와 부마는 어느 날 대원사에 가서 논다. 온갖 악공과 사람들을 다 모아놓고 '해가 이미 석양'이 될 때까지 종일토록 논다. 석양이 졌건만 놀음은 멈추지 않는다.

여러 즁을 분부ᄒ여 염불을 식히고 구경ᄒ더니 부마 즁의 곡갈을 쓰고 쟝삼 가샤를 입고 염쥬를 목의 걸고 몽닥을 손의 쥐고 여러 즁의 틈의 셕겨 안져 갓치 염불을 ᄒ니 공쥐 부마를 챠자 샤면을 슬피ᄂ 어딘가 츠즈리요 공쥐 거속이려 ᄒ고 어딘가 슈무신 줄 알고 ᄯ 호 승방으로 나려가셔 곡쌀 쟝삼의 가스를 메고 불젼의 나아가 합쟝 비례ᄒ거늘 부마 자셔이 보민 그 공쥬쥴 짐작ᄒ고 달녀드러 슈좌를 불너 인ᄉ를 쳥ᄒ고 마자 비례ᄒ거늘 공쥐 놀나 피신홀 지음의 부마 슈좌의 손목을 잡으랴 ᄒ거늘 공쥐 놀나고 분긔를 참지 못ᄒ여 하인을 불너 ᄂ끼 몸 외양이 승 되믈 싱각지 못ᄒ고 이 즁 잡아니라 ᄒ거늘 부마 부러 즁인체 아니ᄒ고 ᄒ인을 불너 니 승 잡아니라 ᄒ니 법당의 여러 즁더리 크게 놀나 부쳐님 벌역인가 슈즁이 던나나 ᄒ여 황공ᄒ여 ᄒ더니 공쥐 부마의 소리를 듯고 곡갈을 벗거늘 부마 마쟈 곡갈을 버스미 셔로 박쟝디소ᄒ니 슈즁이 그 놀나믈 알외더라 일노 좃ᄎ 긔악

과 쥬식이 쥬야의 쉴 나리 업시 날마다 낭자ᄒ더라(544~545쪽)

여기에서 주인공들은 중들을 모아다가 염불하게 하고 구경한다. 중들에게
는 종교적 행위이지만 그것조차 억지로 하게 시켜서 이것을 구경거리로 삼
는다. 그러다 장난까지 친다. 두 남녀주인공이 각기 중의 복장을 하고 놀다
가 나중에 서로 상대를 알아보고 박장대소하고 있다. 중들은 혼비백산하지
만 공주와 부마는 배꼽을 잡는다. 그러면서 기악과 주식(酒食)을 갖춘 채
밤낮으로 쉴 새 없이 흥청거린다. 종교적 공간인 사찰에서, 종교 행위인 예
불까지 모두 장난스런 유희로 만들어 즐기고 있다.

주인공은 열심히 일하고 땀 흘린 만큼 결실을 거두며 이웃과 오순도순
사는 삶을 살지 않았다. 부러울 것 없이 늘 즐겁고 재미있으며, 밤낮을 가
리지 않고 음악과 음식으로 즐기는 삶을 그렸으며 이를 좋게 생각하였다.
이런 생각은 다음의 장면에서 잘 드러난다.

일일은 세종황제 싱신의 공쥬와 부미 예궐ᄒ여 진하ᄎᆞᆷ녜ᄒ더니 만조빅관
니 입시ᄒ여 만세를 부르거늘 샹이 평장ᄉᆞ 비경을 불너 가라스티 오날 군
신니 만니 뫼엿스니 뉘 능히 근심 업스 니 잇는다 각기 은휘치 말고 말ᄒᆞ
라 경이 부복디왈 즈고로 엇지 쳔하의 근심 업나 니가 잇스리요 인간고락
은 인도의 피치 못ᄒᆞᆯ 비라 만닐 고락을 모로면 필연 병신니요 고락이 업ᄂᆞ
니는 필연 신션니로소이다 만죄 다시 알외나 니 업거늘 만춘니 계슈디왈
신니 본디 쳔한 무리로 폐하의 셩덕을 입스와 부귀 이십여년의 근심이 업
사오니 포의에 극하미라 부모형졔가 다 국은을 입스와 지금것 현냥ᄒᆞ오니
신이 조곰도 괘렴ᄒᆞ오미 업습고 신니 평싱의 의식의 간난을 모로고 시쥬풍
악으로 날마다 질기오니 간고는 엇더ᄒᆞᆷᆯ 모로옵고 일성의 힝낙을 ᄯᅩᄒᆞ 엇
더ᄒᆞᆫ 줄 모로나니 신은 도모지 고락 이 ᄯᅳ를 희혹지 못ᄒᆞ옵나이다 ᄒᆞ거
늘 샹이 박장디쇼왈 그러ᄒᆞ면 비상의 말과 갓치 외양 셩호 병인니로다 ᄒᆞ
시고 만죄 막불흠션ᄒᆞ여 인간의 신션니라 ᄒᆞ더라(541~542쪽)

황제가 신하들에게 각기 지닌 근심을 이야기해 보라고 하자 평장사 백영

은 인간 중에 근심이 없는 사람이 없다고 맞장구를 친다. 그러나 부마는 자신은 걱정근심이 없고 날마다 술을 마시며 풍악을 즐기며 산다고 자랑스럽게 이야기하였다. 이에 대해 황제 이하 모든 이들이 부러움을 담아 웃음으로 답례한다. 부마와 공주의 삶에 대해 부러움을 표시하는 동시에 그런 삶을 살고 싶은 강한 바람을 표시한 것이다.

그러나 끊임없는 놀이를 즐겁고 유쾌하게 반복해서 나타내었지만 그것을 달리 보면 이는 심각한 사회상을 드러낸다. 작품에서 두 남녀주인공은 끊임없는 행락 동안에 곤궁한 이들을 구휼하였다. 그들의 이런 구휼 때문에 그들의 행락은 이해되고 칭송되었다. 그러나 이들의 행락은 이런 '구휼'을 통해 가려지고 칭송될 만한 정도가 아니다. "세상의 구헐거시 업스미 날마다 놀기로 세월을 보니더라 명산마다 별업을 두고 강호마다 누각을 지으며 시쥬와 음뉼의 손을 만히 모화 샤시의 질기미 쳔고의 쳐음일더라"(535쪽)고 했으니 삶의 전부가 곧 유흥이라고 말할 수 있을 정도이다. 춘삼월 야유원이 좋다는 말을 듣고 그곳에 잔치를 배설하여 즐기는 장면(535~536쪽), 악양루로 놀러가는 장면(537~538쪽), 부마궁 후원에서 노는 장면(540쪽), 대원사에서 노는 장면(543쪽), 걸인 잔치를 벌이는 장면(546쪽) 등이 끊임없이 이어진다. 이렇듯 끊임없는 놀이의 비용은 어디서 오는가? 결국 백성들에게서 거둔 것이다. 그런데도 실제 이런 사회구조적인 문제가 아니라 그 삶 자체에 대한 행복, 그것을 누리는 인물의 삶에 관심의 초점이 놓여 있다. 소설 어느 부분을 보거나 부마와 공주의 연일 계속되는 유흥과 놀이에 대해 부정적인 인식을 보인 곳이 없고 오히려 일부러라도 그것을 반복해서 말하며 그 삶을 매우 부러워하고 있다. 예나 지금이나, 너나 할 것 없이 누구나 노동 없이 놀며 즐겁게 살기를 원한다. 유흥·유희에 대한 부러움, 그런 삶의 즐거움을 누리고 싶은 마음을 반복 표현한 것이 바로 이 작품이다.

## 2. 내세에 대한 준비

〈삼생록〉에는 인간의 행위에 따라 이후 삶, 즉 내세의 삶이 결정된다는 인과론, 보응론적인 인식이 매우 두드러지게 나타난다. 남녀주인공의 초월계에서의 행동이 이후 첫 번째, 두 번째 환생에서의 그들 삶의 고난의 정도를 결정하였다는 사실은 더 말할 것이 없다. 특이한 것은 세 번째 삶에서의 행위가 이후 초월계의 상황을 만들어 내는 직접적 원인으로 작용한다는 사실이다.

향난과 만춘이 세 번째로 적강하여 공주와 부마가 된다. 이들은 걸인잔치를 벌여 전국의 걸인을 다 모은 후 그들에게 각기 식량과 돈을 주어 그들을 한꺼번에 구원해 준다. 여러 곳에 유람을 나가 빈민에게 식량을 제공한 것은 몇 번인지 이루 다 셀 수도 없다. 그럴 때마다 빈민, 걸인들은 둘의 자비를 칭송하였고 그 칭송의 소리는 번번이 천상세계에까지 들려서 천상의 선관들을 깜짝 놀라게 한다.

그러던 어느 날 천상의 옥황상제가 병환에 든다.〈별주부전〉의 내용을 삽화형식으로 인용한 이 장면을 자세히 보면 이렇다.

> 일일은 샹제계셔 각쳐 문부를 쳐결ᄒ시고 옥식를 너여 시녀를 쥬어 치라 ᄒ시니 시녀 옥식를 두 손으로 바들시 홀지의 무슨 소리 낭자ᄒ여 쳔동ᄒ는 소리 갓튼지라 시녀 손니 믹그러워 옥식가 나려지는 바람의 샹제의 오른편 발의 부듸져 닷치신지라 ……여러날이 지나되 샹ᄒ신 발이 아푸셔 빅약을 시험ᄒ되 죵시 낫지 아니ᄒ시거늘 닐노 근심ᄒᄉ 조회를 폐ᄒ시니 각쳐 션관니 모여 문후ᄎ로 디령ᄒ엿더라 ᄒ 션관니 드러와 뵈옵다가 엿자오되 연젼의 남히룡왕 광니 왕좌셕의 안졋더니 룡왕의 목의 병이 드러 빅약이 무효ᄒ더니 동히의 별쥬부란 의원을 쳥ᄒ여 즉시 곳쳣다 ᄒ거늘 신니 친히 본 비라 그 의원을 동히룡왕게 분부ᄒᄉ 불너 보시미 조흘가 ᄒᄂ이다(550~551쪽)

부마와 공주에게 식량 등을 받은 걸인들이 일제히 익치는 소리 때문에 천상도 흔들려 상제를 모시던 시녀가 옥새를 떨어뜨렸다. 상제가 그것에 맞아 한쪽 발을 다쳤는데 이것이 심해져 목숨이 위태롭게 되었다. 그러자 한 선관이 별주부를 추천한다. 그 형식이나 내용은 〈별주부전〉과 비슷하되 용왕 대신에 옥황상제를, 자라 대신에 지상에서 공을 많이 쌓은 만춘과 향난을 두었다. 용왕의 병환에 대한 치료법을 말한 의원을 대신하여 그때의 그 자라가 등장하여 치료법을 알려준다. 별주부가 와서 진찰해 보고는 천하에 둘도 없는 공덕을 쌓은 두 사람이 만지면 낫는다고 했고 마침 향난과 만춘이 적강에서 풀릴 때가 되었으므로 이들이 초월계로 돌아와 그 발을 만지자 완치되었다. 이후 두 사람은 지상에서 쌓은 공적과 상제의 병을 치료한 공을 인정받아 각기 극락전 도제주와 연화대 정덕부인이 되어 작품이 마무리 된다.

세 번째 적강한 삶과 천상계로 돌아온 후의 삶을 연결해서 생각해 보면, 전생에서 걸인과 빈민을 구제했던 것은 내세의 행복을 위한 전제조건이 되었음을 알 수 있다. 주인공 남녀는 끊임없이 선을 쌓았고 이에 대한 칭송이 초월계에 여러 차례 알려졌다. 또 결정적으로 옥황상제 병환의 치료를 감당할 수 있는 사람을 천하제일의 적선자(積善者)라고 못박아 남녀주인공이 천상계로 돌아올 최상의 조건을 만들었다. 그리고 이를 통해 선계에서 높은 자리를 확보하여 그들에게 건네줄 수 있었던 것이다. '적선(積善) → 내세행복'이라는 공식을 뚜렷하게 형상화시킨 것이다.

초월계를 유난히 구체적으로 형상화시켰을 뿐만 아니라 작품의 중간중간에 자주 초월계의 모습을 나타낸 것은 이와 관련하여 생각해 볼 여지가 있다. 걸인들을 구제할 때마다 걸인들이 소리 높여 그들의 자비를 칭송하였다는 서술을 꼭 하였다. 또한 그 소리에 천상계가 흔들려 그 사실을 천상계에서 알았다고 하였고, 사실을 확인한 천상계에서 남녀주인공을 칭찬하며 상을 내리라고 하였다는 사실을 매번 반복하였다. 지상에서의 적선이 곧바로 천상으로 알려지고 그것에 대한 보상이 또한 직접적으로 곧장 이루어져 세상에서 수명도 늘어나고 복록(福祿)도 무수하였다. 적선과 보응을 반복해서 직접적으로 연결시켜 강조하고 있는 것이다.

또한 주인공들이 적강 생활을 끝내고 천상계로 회귀하고 난 후의 초월계의 모습까지 자세히 썼다는 이 소설의 특성도 여기에서 다시 연결시켜 생각해 볼 필요가 있다. 옥황상제는 자신의 병을 치유했다면서 만춘과 향랑을 매우 치하한다. 이후 이들은 각기 극락전 도제조와 연화대 정덕부인에 제수되어 수많은 선관들의 옹위 속에 각기 극락전과 연화대에 부임함은 물론 후토부인·서왕모와 더불어 자녀의 의를 맺는다. 속세에서의 부귀영화뿐만 아니라 내세 천상 초월계에서도 매우 귀하게 되어 행복하였음을 힘주어 강조하고 있는 것이다. 흔히 부귀영화하면 속세에서 모든 사람이 원하는 것이지만 초월세계에서는 모두가 편안하고 귀하여 걱정근심이 없다고들 생각한다. 그래서 초월세계에서 한 개인이 어떤 위치에 처하여 귀하게 된다는 것에 대해서는 직접적으로 그리지 않는다. 옛날부터 신선으로 알려진 존재들의 지위와 역할만을 알 뿐 새로이 어떤 이가 어떤 지위에 오르는 복록을 누리게 되었다는 사실을 생각하거나 언급하지 않는다. 그러나 이 소설에서는 지극한 적선의 대가로 초월세계에서조차 부귀영화를 누린다는 것을 뚜렷이 그려 내세 행복에 대한 소망을 인과·보응의 면에서 직접적으로 형상화하였다.

요컨대 모든 이들이 원하는 대로 부귀영화를 누리며 사는 삶을 꾸밈없이 자유롭게 그려놓은 것이 바로 이 작품이다. 이는 이 작품에 담긴 작가의 소망이며, 이 작품을 읽는 독자들의 꿈인 것이다.


# Ⅳ. 마치며: 작품의 의의와 한계


한 작품의 구조나 주제를 밝히는 것은 그 작품을 이해하기 위해 가장 기본적으로 해야 할 일이다. 국문학 연구 초기 고소설에 대한 연구가 새 작품을 소개하고 이들 작품의 구조나 주제를 밝히는 것에 초점을 맞추었다면 이제는 새로운 연구 풍토가 마련되어 가는 시점이다. 구조론이나 주제론에서 더 나아가 이제 작품 하나하나가 지닌 미의식이나 기법 등을 밝히고, 시대를 둘러싼 여러 작품군이나 다른 역사 현상과의 연계를 통해 한 시대의 거대한 메커니즘을 읽어내는 방향으로 나아가고 있다. 그리고 이런 연구는 앞으로 보다 더 활성화되어야 할 것이다.

이 소설에는 여러 유형의 모티프들이 겹쳐 등장하기도 하고, 특정한 유형이나 특정한 작품의 분위기가 그대로 묻어나기도 한다. 선계에서의 죄로 인해 세상에 태어나 고생하다 반성하고 돌아가는 적강 모티프는 〈삼생록〉 전체에 걸쳐 있고, 두 번째 삶에서는 부채를 신물(信物)로 하여 흩어져 고생하던 두 주인공이 다시 만나는 신물모티프가 드러나기도 한다. 남편이 죽었으니 살아 있을 수 없다고 부인이 자결하는 모습도 보인다. 두 번째 삶에서 남주인공 조원의 아버지 조순이 죽자 어미 장씨는 "여자의 도리가 하종함이 옳도다" 하며 자결하였고, 이 정열(貞烈)에 대해 정려문이 내린다. 조원이 죽은 후에도 여랑은 시어머니와 마찬가지로 한다. 이는 열녀전 유형의 글에서 흔히 볼 수 있는 모습이다. 〈삼생록〉이 다른 여러 작품이나 유형을 효과적으로 받아들인 것은 좋은 경치에 놀다가 갑자기 슬픈 생각이 들며 인생 무상감을 느끼는 장면에서도 나타난다. 이 장면은 언뜻 보아도 소동파의 〈적벽부〉를 닮았다. 이런 각종의 유형과 특성들이 섞여 나타나며 이루는 변형 속에서, 낯익음의 편안함과 낯설게 하기의 즐거움이 함께 나타나기도 한다.

위와 같은 하나하나의 특성들을 다 살피지는 못하였으나, 우선 이 글에서는 큰 틀에 주목하여 이 소설이 특별히 적강형 이상소설의 특성을 변용하였다는 점과 초월세계를 매우 구체적으로 형상화했다는 점에 주목하여 이를 자세히 해명하였다.

이 소설에서, 적강이 반복되면서 주인공들은 점점 편안하고 복되며 즐거우며 귀한 삶을 살아간다. 작가는 이것에 대해 매우 유쾌하며 부럽도록 서술을 진행하였다. 이생에서의 삶뿐만 아니라 저승에서의 삶도 귀하고 즐거우며 복되게 그렸다. 시종일관되게 편안하게 부귀영화를 누리고 싶은 인간 공통의 소박한 꿈이 꾸밈없이 적나라하게, 여과 없이 표현된 것이 바로 이 작품이다. 이 소설에서는 특별히 어떤 적대인물이 나타나지 않으며 때문에 특별한 갈등이 없이 이야기가 진행된다. 이런 이유로 이 소설의 작품성을 높이 평가하기는 어렵다. 이 작품의 한계이다. 그러나 사람이면 누구나 갖고 있는 즐거운 삶, 부하고 귀한 생에 대한 바람을 매우 솔직하게 표현하였다는 점에서 이 작품의 의미를 찾아볼 수 있지 않을까 한다. 이 작품이 지니는 유흥적 분위기, 통속적인 서술, 판소리계 소설 모티프의 차용 등으로 볼 때 이 작품은 18세기에서 19세기에 이르는 조선 후기의 작품으로 보인다. 소설 〈삼생록〉은 조선후기의 통속성 등을 매우 잘 보여주는 작품으로서 오히려 그 의의가 인정된다.

# 〈담파고전(淡婆姑傳)〉과 임상덕(林象德)의 이단관(異端觀)

## Ⅰ. 시작하며

이 글은 노촌(老村) 임상덕(林象德: 1683~1719)이 담배를 의인화하여 쓴 가전(假傳) 〈담파고전〉을 정밀하게 살펴 이 작품의 내용과 의미, 작가의 사상 등을 밝히는 것을 목적으로 한다.

임상덕은 17세에 진사과에 합격하고 23세에 초시(初試)・회시(會試)・전시(殿試)에 잇달아 장원하며 등과한 후 조야(朝野)의 큰 기대를 받았으나 다툼을 일삼는 조정의 상황에 신물을 느껴 주위의 반대와 권유를 물리친 채 시골에 은거한 인물이다. 누린 수도 짧아 많은 이들의 아쉬움을 사기도 했다.[210]

임상덕은 문학계보다는 사학계에 널리 알려진 인물이다. 그가 쓴 역사서 『동사회강(東史會綱)』은 의리론(義理論)과 정통론(正統論)에 입각하여 고대사를 정리한 책이며, 조선후기 안정복(安鼎福: 1712~1791)의 『동사강목(東史綱目)』을 등장케 하는 다리 역할을 했다는 것이 일반적인 평이

---

210) 노촌의 생애에 대해서는 황주라, 「노촌 임상덕의 문학론 연구」(경북대 교육대학원 석사논문, 2002. 1), 4~12쪽에 자세하다.

다.211) 또 조정에 올린 몇 차례의 소(疏) 등을 통해 당대 현실의 문제를 날카롭게 지적하기도 했던 인물이다. 그러나 문학계에서는 그에 대한 주목이 미미하다. 석사학위논문 두 편212)외에는 다른 논의와 연관하여 그의 〈잡설이수(雜說二首)〉에 대해 언급한 것213)이 있을 뿐이다.

비록 생애는 짧았으나 그가 남긴 사유의 깊이는 상당하다. 스물 셋의 나이로 등과한 지 얼마 지나지 않아 사가독서(賜暇讀書)의 영예를 안았다는 사실만으로도 그의 수준을 짐작할 수 있다. 사학에서건 문학에서건 또는 철학에서건 그에 대한 논의는 좀더 진전되어야 할 것이다.

〈담파고전〉은 담배를 형상화한 가전 중 가장 이른 시기의 것이지만 소개만 되었을 뿐214) 구체적으로 논의된 적이 전혀 없었다. 이 지면을 빌어 최초라는 이름에 걸맞게 구체적으로 분석하여 문학사적인 의의를 논하고자 한다. 또 한 작품에 대한 논의를 미루어 한 작가의 사상과 그의 사유의 폭·특징을 관견(管見)해 볼 수 있다는 면에서 이 글은 일정한 의의가 있을 것으로 생각한다.


# Ⅱ. 〈담파고전〉 서사의 흐름


〈담파고전〉은 작가가 을유년(1705년, 23세)에 쓴 것이다. 이 해는 노촌

---

211) 김문식, 「임상덕」(조동걸 외 엮음, 『한국의 역사가와 역사학』, 창작과비평사, 1994), 224~233쪽.
212) 임규완, 「노촌 임상덕 문학연구」(계명대 석사논문, 2001); 황주라, 「노촌 임상덕의 문학론 연구」(경북대 교육대학원 석사논문, 2002. 1).
213) 윤승민(2005), 「중국우언의 수용과 재창조-유종원을 중심으로」(한국우언문학회 편, 『동아시아 우언문학 비교론』, 집문당), 75~83쪽; 홍성욱, 「雜說 연구-說 문체의 장르적 특징과 관련하여」, 『한문학논집』 19집(근역한문학회, 2001), 244~247쪽.
214) 김창룡 편역, 『한국의 가전문학』상(태학사, 1999), 162~166쪽.

이 과거에 합격한 해이기도 하다  작품의 전문(全文)은 이렇다.

(1) 담파고는 남만의 비구니이다. 세상에서는 그의 근원을 알지 못하나, 어떤 이는 말하기를 "진시황 시절 방사(方士)인 서불이 동해로 가 불사약을 구할 때에 파가 동녀(童女)로서 따랐었다. 혼자 영약(靈藥)을 얻었으나 숨기고 서불에게 주지 않은 채 남만 땅으로 도망가 그것을 먹었다. 마침내 신령술을 얻어서 몸을 변화시키고 형태를 감추어 초목(草木) 사이에 숨게 되었다"라고 하였다.

淡婆姑, 南蠻比丘尼也. 世莫知其本. 或曰: "秦始皇帝時, 方士徐巿入海, 求不死藥, 婆以童女從, 獨得靈藥, 秘之不與巿, 逃入蠻中服食. 遂得神靈之術, 幻身匿形, 隱於草木云."

(2) 남만의 풍속은 불교를 숭상했다. 파는 스스로 약을 숨긴 악업이 있다 하여 마침내 몸을 버려 서원을 하였다. 성품이 매우 화끈하여 자기 몸을 자르고 살을 태우되 끝내 연연하지 않았다. 사문(沙門)의 담박한 가르침을 계속 익혔기 때문에 스스로 법명을 '담(淡)'이라 하였더니, 만인(蠻人)들이 그를 높여 마침내 '담파고(淡婆姑)'라 불렀다. 끝내 삼매화(三昧火)로 스스로 태우는 법을 얻었다. 그 법은 한 가닥 밝은 불로 수많은 맑고 묘한 기운을 풀어놓아 사람의 코와 입과 여러 구멍에 흩음으로써 사람의 마음속 각종 찌꺼기와 악을 없애는 것이다. 그 술법을 처음 들으면 참담하고 현혹된 듯하지만 능히 변하여 그 빛과 기운을 보여주어 연기가 골수에 들어가는데도 사람이 스스로 지각하지 못하게 한다. 그런 까닭에 사람들이 오래도록 기뻐하지 않은 이가 없었다.

蠻俗信佛, 婆自以有匿藥惡業, 遂捨身結願. 性酷烈, 截體爇肌, 了不愛戀. 續習沙門淡泊之敎, 因自號其法名曰淡, 蠻人尊之, 遂呼爲淡婆姑. 竟得三昧火自燒法. 其法, 以一條光明火, 放百千億淸妙氣, 散入人鼻口竅穴, 消去人心中種種穢惡. 其術始聞, 若慘苦暝眩, 而能變現其光氣, 使人熏入骨髓, 而不自覺知, 故人久而無不悅之.

(3) 파의 일은 진작부터 중생을 달래어 이끄는 것을 본연으로 삼았으므로, 무릇 사람 중 현자나 어리석은 자나 귀한 자나 천한 자를 모두 가리지 않으니, 만나면 기뻐하며 서로 접하여 주머니를 기울이고 전대를 드리

우되 아까워하지 않았다. 세상의 왕공이나 귀한 이들은 술과 고기를 매
우 즐겨서 잔치하여 모여 먹고 마실 때마다 안주가 낭자하였다. 그러나
술자리가 끝나고 차가 이르면 번번이 파를 부르곤 했다. 파는 곧 나아
갔는데 나아가면 반드시 단정히 앉아 종일토록 화로를 마주한 채 재를
다스릴 뿐이었다. 그러면 사람들은 모두 정신이 깨고 마음이 상쾌해지
기를 마치 이슬을 마신 듯했다. 그가 사람을 감동시킨 영묘(靈妙)가 이
와 같았으니 비록 큰 선비나 굳센 인사 중에 평소 비구를 좋아하지 않
던 사람도 종종 그를 매우 아꼈다. 파가 아마도 그 심성을 열어 신명과
통했던 것이 가장 도움이 되었으므로 그를 취한 것일 게다.

婆業旣以施導衆生爲心. 凡人之賢愚貴賤, 皆不擇, 遇之懽然相接, 傾囊垂
橐, 無所惜也. 世有王公貴介, 沈酣酒肉, 每宴集, 飮食肴羞狼藉, 然及酒
罷茶訖, 輒邀婆. 婆卽造, 造輒淸坐, 終日對爐, 撥灰而已. 然人皆神醒心
爽如吸沆瀣. 其感人靈妙如此, 雖大儒莊士, 素不喜比丘者, 往往酷愛婆.
蓋其開心性通神明, 最有助, 故取之.

(4) 어떤 사람이 장난으로 파에게 묻기를

 “파의 냄새나 맛은 어떤 것과 비슷합니까?”

하니 파가 대답하였다.

 “향기롭고 예쁜 것은 비릿하고 더러우며, 단 것과 신 것은 변하기가
쉽고, 매운 것은 독이 많습니다. 냄새나 맛이라는 것은 도의 참모습이
아닙니다. 내가 어찌 냄새와 맛이 있는 자이겠습니까. 나는 이른바 ‘신
묘한 향은 썩은 냄새가 변해 생겨나고 불은 땔나무가 다 탄 뒤에도 전
해진다. 먼지가 날리고 色이 사라지면 끝내 空으로 돌아가는’ 자입니다.”
사람들이 명언이라 여겼다.

或戲問婆曰: “婆臭味, 當與誰似?” 婆曰: “香妖葷穢, 甘酸易壞, 辛辣多毒.
臭味者, 非道之眞也. 吾豈以臭味爲者哉. 吾所謂神生於臭化, 火傳於薪盡,
塵飛色滅, 卒歸於空者也.” 人以爲名言.

(5) 파가 열반할 때는 붉은 기운이 그 방에 서리더니 한참 만에 물방울이
맺혀 칠흑같이 까맣게 되었다. 사람들이 靈液이라 여겨 혹 각종 부스럼
에 펴 바르니 즉시 나았다. 그 무리가 매우 기이하게 여겼다.

婆旣示寂, 有紫氣棲其房, 久而淋結, 黝黑如漆, 人以爲靈液, 或傳諸般瘡
癤, 能立療. 其徒甚異之.

⑹ 종족이 매우 번성하여 따로 叢林 한 일파를 이루었으니 모두 담파고라 칭한다. 그러나 그 도는 오히려 다른 나라에 전해지지 않더니 명나라 만력 연간에 이르러서야 종종 남만의 선박에 의탁하여 출입할 뿐이었다. 지금은 중국에도 곳곳에 이것이 있다. 남쪽 지방의 영이(靈異)한 도(道)인 까닭에 혹자는 이것을 남령(南靈)이라 부르기도 한다.

種類甚繁, 別爲叢林一支, 皆稱淡婆姑. 然其道猶不傳他國, 至明萬曆中, 往往托蠻舶出來, 今中國亦處處有之. 以其南方靈異之道, 故或謂之'南靈'云.

⑺ 우리 집 늙은이가 파를 매우 좋아했다. 그런 까닭에 나도 친하게 되었으니, 비록 냄새나 맛 밖에서 서로 사귄 자라 하여도 괜찮겠다. 대강 전을 짓는다. 또 다음과 같이 찬한다.

余家有黃媼者, 甚與婆喜, 故余亦因以親善, 雖謂之相契於臭味之外者可也. 粗爲傳. 且贊曰:

⑻ 내가 『능엄경』을 읽다가 향엄동자가 향적(香寂)으로 법을 얻은 부분을 보았다. 그 게는 '여러 비구들이 침수향 태우는 걸 보니 향기가 적막하게 콧속으로 파고든다. 연기도 아니요 불도 아니며 나무도 아니고 허공도 아니어서, 가는 것도 드러남이 없고 오는 것도 소종래가 없더라'는 것이었다. 도는 본래 꾀하지 않고서도 서로 비슷한 것이 있는가. 어찌 파가 이 뜻과 맞아떨어지는 것인가.

　파의 도는 매우 뜨거운 것으로 선을 삼았다. 인하여 담박함이 법문(法門)이 되고 취미(臭味)는 조박하였으며 공적(空寂)이 본색이 되었다. 그런 까닭에 형체를 마른 잎으로 만들고 마음을 타고 남은 재로 만들 수 있는 것은 망신(妄身)이 때때로 변화한 때문이요, 희미한 듯 분명한 듯 있는 듯 사라진 듯한 것은 곧 그 眞氣가 늘 흩어지면서도 항상 흩어지지 않는 때문이다. 세상에서 파를 좋아하지 않는 이가 혹 요사함을 가지고 비의하는 것은 잘못이다.

我誦楞嚴之經, 觀香嚴童子, 以香寂得法, 其偈曰: '見諸比丘, 燒沈水香, 香氣寂然, 來入鼻中. 非烟非火, 非木非空, 去無所著, 來無所從.' 道固有不謀而相類者耶, 何婆之若妙印於斯旨耶. 婆之道以酷烈爲善, 因淡泊爲法門, 臭味爲糟粕, 空寂爲本色. 故形可使槁葉而心可使死灰者, 其妄身之有時而幻也. 如如了了, 若存若減者, 卽其眞氣之常散而常不散也. 世之不喜婆者, 或以妖邪比之非也.

⑼ 그러나 또한 파를 사랑함이 너무 지나쳐서 병이 난 듯 목마르고 주린
듯함이 있다면 이와 같은 자는 혹 이단의 뜻에 유입된 것에 가깝다.
然亦有愛婆太甚, 如病渴饑, 若此者, 抑或近於流入異端之歸也哉.

(번호—필자)

임상덕의 〈담파고전〉은 열전(列傳)의 형식대로 '인정기술(人定記述: ⑴)
ㅡ사적기술(事蹟記述: ⑵~⑸)ㅡ후일담(後日譚: ⑹⑺)ㅡ논평(論評: ⑻⑼)'
으로 이루어진 가전의 전형적인 작품이다.

임상덕은 담배를 불교의 비구니로 형상화하였는데, 많은 대상들 중에서
왜 하필 담배를 불교에 비의하였을까?

가장 간단하게 생각할 수 있는 점은 담배가 전해진 남만(南蠻)지역, 즉
동남아시아 지역이 본래 불교 영향이 워낙 강한 지역이었다는 사실이다. 때
문에 대상에 대해 표현하되 거의 대부분의 내용을 옛 고사(故事)나 문헌,
사실에서 끌어와 형상화하는 가전 본래의 특성상 자연스레 지역적 공통성에
주목하여 담배와 불교를 연결시킬 수 있었을 것이다.

또 하나는 담배에 불을 붙이면 이것이 연기가 되어 타서 없어지는 모습
이 마치 불가에서 늘 말하는 '공(空)' 사상과 연관된다고 생각한 것이다. 뒤
에서 살펴보겠으나 이 작품을 쓸 무렵 노촌은 노(老)·불(佛)에 관해 집중
적으로 공부하였다. 불교에 관심을 갖고 있던 차에 담배를 피우며 이들 간
의 연관성을 떠올렸을 가능성이 높다.

그렇다면 담배와 불교를 나란히 함으로써 얻게 되는 유익 또는 이를 나
란히 함으로써 드러낼 수 있었던 생각은 무엇일까? 이 점에 논의의 초점을
맞추어야 할 것이다.

작품의 내용을 세밀히 보자. 노촌은 담배를 비구니 수도승으로 형상화하
되, 담배의 특성이 재미있게 드러나고 글의 전후 맥락이 매끄럽게 연결되도
록 세심하게 신경을 썼다.

⑴에서 담파고는 서불을 따라 불사약을 구하러 왔다가 막상 찾고 나자

남만으로 도망하여 홀로 그것을 복용했다고 하였다. 이 일은, 이어지는 단락에서 담파고가 불교에 귀의하는 계기가 된다. 악업(惡業)을 보상하기 위하여 불교에 귀의하여 수련하는 것이다.

그럼 왜 남만인가? 이옥(李鈺)의 「연경서(煙經序)」에 보면 '『인암쇄어(蚓庵瑣語)』에는 숭정 초엽에 담뱃잎이 필리핀으로부터 전래되었다고 하였고, 송여상의 『수구기략(綏寇紀畧)』215)에도 앞의 책을 인용하고서 명말(明末)의 재앙의 하나라고 하였으니 담배가 남만으로부터 전래된 지가 거의 네 번째 병자년을 맞은 것이다'216)라 하였다. 또 이덕무(李德懋)는 『청령국지(蜻蛉國志)』에서 담배가 일본에 전래된 내력을 적으면서, '천정(天正: 1573~1591) 때에 남만의 상선(商船)이 처음으로 담배를 공납(貢納)하였다'고 하였다.217) 일본이나 중국이나 모두 필리핀, 즉 남만으로부터 담배가 전래되었다는 것인데, 이런 담배 전래의 역사에 부합하도록 〈담파고전〉 역시 그 배경과 전래 문제가 처리되어 있다.

수련의 내용은 그의 성품이 '혹열(酷熱)', 즉 '매우 뜨겁다'는 데서 출발한다. 파(婆)가 이런 뜨거운 성품을 가졌기 때문에 '자기의 몸을 자르고 살을 태우는〔截體爇肌〕' 철저한 '회한(悔恨)'의 수련을 한다. 담배를 피우려면 불을 붙여 태워야 하므로 불의 속성을 살려 파가 이런 뜨거운 성품 때문에 자기희생적인 수련을 한다 한 것이다. 이는 키워 자르고 말려서 태우는 '담배'의 습성을 표현한 것이기도 하다.

득도 내용은 '한 가닥 밝은 불로 수많은 맑고 묘한 기운을 풀어 사람의 코와 입과 여러 구멍에 흩어져 들어가는 것'이라 했다. 담배에 불을 붙이면

---

215) 실제로 이 책은 송여상이 아니라 청나라의 吳偉業이 지은 것인데 이옥이 誤認한 것이다.

216) 이옥이 담배에 관해 저술한 백과사전이라 할 수 있는 『烟經』은 계명대 김영진 교수께서 찾아 처음 소개하였으며, 나중에 명지대 안대회 교수께서 일부 내용을 발췌하여 『문헌과해석』 2003년 가을호에 게재(216~233쪽)하였다.

217) 김종서, 「옛사람들의 담배에 대한 애증」, 『문헌과해석』 2002년 봄(통권18호, 문헌과해석사), 218쪽.

이것이 타면서 연기가 된다. 이 연기를 '청묘(淸妙)'한 기운이라 했으니 맑고 오묘한 기운이 몸속에 들어가 '마음속 온갖 더러운 악'을 제거하는 것이 자연스럽다. 담배를 피우면서 마음속 걱정·근심이나 스트레스를 푸는 것을 표현한 부분이다.

또 처음 담배를 피우면 독하거나 써서 순간적으로 어지럽거나 기침이 나기도 하는 것을 '그 술법을 처음 들으면 참담하고 현혹된 듯하다'라고 표현하였다.

⑶에 의하면 득도한 파는 '중생을 달래어 이끄는' 일을 한다. 이는, 앞 단락에서 담파고가 연기가 되어 들어가면 마음속의 각종 찌꺼기와 악을 없앤다고 한 것과 긴밀히 연관된다. 또 단락의 마지막 문장에서 '심성(心性)을 열어주어 신명(神明)을 통한다'고 한 것과도 연결된다. 마음의 걸림돌이 제거되었기에 누구나 그를 아낀다는 설명이 자연스러운 것이다.

술자리가 끝나고 차를 마실 때면 사람들이 담파고를 부른다고 한 것이나, 담파고가 나아가면 반드시 화로 옆에 앉는다고 한 것도 담배의 속성을 이용한 것이다. 흔히 술자리가 정리될 무렵 담배를 피우며 담소를 나누는 것과 담배를 피우려면 불, 즉 화로가 있어야 한다는 사실에 착안한 것이다.

담파고의 최후는 매우 간결하면서도 강렬하게 표현했다. 열반하여 거무스름한 찌꺼기를 남긴 채 파는 사라진다. 그 급박한 최후에 남은 것은 사람의 부스럼을 낫게 하는 신이함이다. 그 신이한 인상은 ⑴ 뒷부분에서 파가 신령술을 얻었다고 한 것과도 호응된다.

실상 이것도 담배 특성을 살려 재미있게 형상화한 것이다. 담파고가 죽을 때는 머무는 곳에 자줏빛 기운이 있다고 했다. 이는 담배가 꺼질 때면 일시적으로 붉어졌다가 사그라지는 것을 형상화한 것이요, 방안에 물방울이 맺히고 검은 진이 남는다는 것은 한정된 공간에서 담배를 피우면 물방울이 맺히고 그을음이 남는 것을 표현한 것이다. 담배 진을 부스럼에 바르는 것은 민간에 널리 퍼진 치료법이다. 이를 담배의 최후로 형상화한 것이다.

이렇게 하여 담파고가 누구인지 어떤 수련을 해서 어떤 일을 하였으며 세상 사람들에게 어떤 대접을 받다가 어떤 최후를 맞았는지 썼다. 각 부분들을 담배의 특성이나 관련 사실들로 엮어놓았다.

가전의 주제는 특정한 대상에 대해 날카롭게 지적하는 풍자성에 있기도 하고, 자기를 포함한 일반적 대상을 향한 계교성(誡敎性)에 있기도 한다. 동시에 개인의 관심사에 따라 순수하게 유희적으로 표현해 본 것도 여럿 있다.218) 흔히 전자만이 강조되기 쉬우나 오히려 각 작품의 작가는 기본적으로 후자를 바탕으로 한 후에 전자로 나아간 것이라고 필자는 생각한다. 〈담파고전〉의 입전 동기를 쓴 (7)의 내용을 보더라도 노촌은 그 스스로가 담파고와 친하다고 말하고 있다. 일단 담배 자체에 대한 친근함을 가지고 잘 관찰한 후에 이를 작품으로 형상화시키고, 그 안에 자신의 일정한 주장을 넣은 것이다. Ⅱ에서 〈담파고전〉의 서사 흐름을 살피고 논의한 내용은 노촌이 담배라는 한 대상에 대해 흥미를 가지고 유희적으로 쓴 것 그 이상도 이하도 아니다. 그렇다면 그 바탕 위에 노촌이 담은 주장은 어떤 것인가가 다음 장에서 살필 내용이다.

# Ⅲ. 담파고의 정체

〈담파고전〉에 대해서는 아직까지 연구된 적이 전혀 없고, 오직 김창룡 교수만이 다음과 같이 짧게 언급하였다.

> 노촌 임상덕의 담배 전기 〈담파고전〉이 있었으니, 기실은 이것이 이희로나 이옥의 동일 제재가전인 「남령전」에 선행된 것이었다. 작품은 담배의 위락적(慰樂的)인 효용과 끽연의 묘미를 형상화했고, 나아가 자신을 태워

---

218) 김창룡, 『가전문학의 이론』(박이정, 2001), 38〜45쪽.

> 향을 남기우고 소멸하는 담배의 속성을 주인공 비구니 담파고가 행하는 높
> 은 불도의 경계에다 비유한 것이 특징이라 하겠다.219)

물론 한·중 가전을 개관하면서 말한 것이라 더 이상의 설명이나 분석은
없다. 김창룡 교수의 지적대로 이 작품이 담배의 위락적(慰樂的)인 면 등을
긍정적으로 서술한 것이 사실이고, 담배의 속성을 불도에 비유한 것도 사실
이다. 그렇다면 불도에 비유하여 어떤 생각을 드러내었는가를 살펴보아야
할 것이다.

이 글의 핵은 (4)와 (8)에 있다. 작품의 흐름으로만 보더라도 이 두 부분에
서 서술 방식이 급변한다. (4)에서는 설명식 글에 갑자기 대화가 나타나고
(8)에서는 고사가 인용된다. 설명식 서술 흐름을 이어가다가 대화를 보여주
고 전고(典故)를 인용함으로써 서술의 단조로움을 피하여 색다른 분위기를
냄과 동시에 독자들이 이 내용에 집중하도록 서술한 것이다.

(4)에서 혹자가 파의 취미(臭味)를 물었다. 파의 대답은 우선 '담(淡)'으
로 정리된다. 단맛·신맛 등 모든 것은 불완전하다. 참 도는 어떤 형태나
특징도 없는 무색무취(無色無臭)의 담(淡)이다. 자신을 '아무런 특별한 취
미가 없는 자(無臭味者)'라 한 파는 자신을 다시금 '神生於臭化, 火傳於薪
盡, 塵飛色滅, 卒歸於空'한 자라고 한다. 이 부분은 『장자』와 『능엄경』에
서 끌어온 구절들이다.

생멸(生滅)과 냄새를 말한 '神生於臭化'는 『장자』, 「지북유(知北遊)」의 이
야기를 쓴 것이다. 지(知)가 황제(黃帝)를 찾아가 도에 대해 묻자 황제가
한 대답이다.

> 삶이란 죽음의 무리이며 죽음은 삶의 시작이니, 누가 관장하는지를 알겠
> 는가. 사람이 사는 것은 기가 모이기 때문이다. 기가 모이면 살고 흩어지
> 면 죽는다. 이와 같이 삶과 죽음이 한 무리라면 내가 무엇을 근심하겠는

---

219) 김창룡, 『가전문학의 이론』(박이정, 2001), 2~73쪽.

가. 그러므로 만물은 하나이다. 그런데 아름답게 여기는 것을 신기하다 하고 추악하게 여기는 것을 썩어 냄새난다고 한다. 썩어 냄새가 나는 것이 다시 변하여 신기한 것이 되고 신기한 것이 다시 변화하여 썩어 냄새나는 것이 되는 것이다. 그러므로 '천하는 하나의 기로 통할 뿐이다'라 한다. 성인은 이 때문에 유일 절대의 도를 귀하게 여긴다.[220]

삶과 죽음은 하나이며, 신기하게 아름다운 것과 썩어 냄새나는 것 역시 하나다. 어리석게도 사람들은 하나를 두고 차별하여 예쁘다는 둥 추악하다는 둥 한다.

다음 구절 '火傳於薪盡'은 「양생주(養生主)」[221]에 나오는 구절이다. 노자가 죽자 진일〔秦失〕[222]이 조문 가서 세 번 곡하고 말 뿐이었다. 이에 대해 친구로서 벗의 죽음에 그렇게 데면데면하게 굴 수 있느냐고 따지는 사람이 있었다. 이때 진일은 땔나무가 다 타 버려도 불은 다른 사물로 옮겨가 꺼질 줄을 모른다고 하면서 '양생의 도를 터득하면 사람의 생명도 다하는 일이 없다'고 했다. 삶이나 죽음이나 한 가지인데 무엇을 슬퍼하느냐는 말이다. 흔히 '도의 영속성(永續性)'이나 '인위적 구별이 없는 세상 유일의 도'의 존재를 말할 때 인용하는 구절이다.

뒤의 두 구절 '塵飛色滅, 卒歸於空'은 '진색(塵色)'이 다 없어져 '공허'로 돌아가는 도를 익힌 우파니샤타의 말을 담은 『능엄경』5권의 내용을 정리한 것이다.

---

220) 『莊子』, 「知北遊」: 生也死之徒, 死也生之始, 孰知其紀. 人之生, 氣之聚也. 聚則爲生, 散則爲死. 若死生爲徒, 吾又何患! 故萬物一也, 是其所美者爲神奇, 其所惡者爲臭腐. 臭腐復化爲神奇, 神奇復化爲臭腐. 故曰: '通天下一氣耳.' 聖人故貴一.

221) 『莊子』, 「養生主」: 老聃死, 秦失弔之, 三號而出.……"然則弔焉若此, 可乎?" 曰: "然. 始也吾以爲至人也, 而今非也. 向吾入而弔焉, 有老者哭之, 如哭其子.……適來, 夫子時也, 適去, 夫子順也. 安時而處順, 哀樂不能入也, 古者謂是帝之懸解." 指窮於爲薪, 火傳也, 不知其盡也.

222) 원문 한자는 秦失이라 쓰여 있으나 『노자』에서 失은 佚이라 하는 것이 일반적이므로 음을 '진일'이라 한다.

우파니샤타가 "······ 부정상(不淨相)을 보다가 크게 싫어 버려야겠다는 생각을 내어 모든 물질의 색성(色性)을 깨달았습니다. 부정한 것이나 백골(白骨)·미세한 티끌을 따라 허공으로 돌아가서 허공과 물질 둘 다 없어져 더 배울 것 없는 도를 이루었더니 여래께서 저를 인가하시어 '니사타(尼沙陀)'라고 하셨습니다. 진색(塵色)이 다 없어져서 묘색(妙色)이 그윽하고 원만하여졌으므로, 제가 그 색상(色相)으로부터 아라한을 얻었습니다. 부처님께서 원만하게 통한 원인을 물으신다면 제가 증득한 것으로는 색이 으뜸인가 합니다."223)

이 내용 바로 다음에 향엄동자가 침수향 태우는 것을 보고 득도한 이야기가 이어지고 있는 것으로 보아 노촌이 『능엄경』의 이 부분을 보고 글을 썼음은 확실하다.

정리해 보자면, 『장자』에서 끌어온 앞 두 구절은 모두 하나의 경지, 하나의 도를 말하고 있다. 이를 받아 다음 두 구절에서는 그 도를 공(空)으로 설명한다. 세상은 '유일 절대'의 도로 이루어지며, 그 도는 땔나무가 탄 후에도 불은 전해지듯이 계속 이어진다. 재가 되어 색상(色相), 즉 사물의 겉모양이 변화하여 공(空)으로 돌아가듯 형태는 바뀌어도 그것은 하나의 도로 이어진다고 말한 것이다. 담파고는 그 하나의 도로 귀결되는 존재가 바로 자신이라고 설명한다. 사람들은 담파고를 바라보면서 그런 심오한 세상살이의 이치를 깨달을 수 있게 되는 것이다.

⑻은 논평부분이지만, 노촌은 대상을 자신의 기준에 의해 판단하거나 평가하지 않고 전고를 인용한다. 『능엄경』 5권에서 향엄동자가 여래에게 아뢰는 내용을 그대로 끌어온 것이다.

---

223) 『楞嚴經』 5권: 優婆尼沙陀 ······ "我亦觀佛, 最初成佛, 觀不淨相, 生大厭離, 悟諸色性, 以從不淨·白骨微塵, 歸於空虛, 空色二無, 成無學道, 如來印我, 名尼沙陀. 塵色旣盡, 妙色密圓, 我從色相, 得阿羅漢. 佛問圓通, 如我所證, 色因爲上."

향엄동자가 곧 자리에서 일어나 부처님 발에 이마를 대어 절하고 부처님에게 아뢰었다.

"여래께서 저에게 모든 유위상(有爲相)을 자세히 살피라고 하셨습니다. 제가 여래에게 물러나와 청재(淸齋)에서 편안히 명상하다가 여러 비구가 침수향 태우는 것을 보았습니다. 그 향기가 은연중에 콧속으로 들어오는데, 그 향기는 나무도 아니요 허공도 아니며 연기도 아니요 불도 아니어서 가도 닿는 데가 없고 와도 좇아온 데가 없었습니다. 이로 인하여 뜻이 사라져서 정기가 밖으로 새는 것이 끊어짐을 밝혔더니, 여래께서 저를 인가하시어 향엄이란 호를 주셨습니다. 진기(塵氣)가 문득 사라지고 묘향(妙香)이 그윽하고 원만하여져서 저는 그 향엄으로부터 아라한을 얻었습니다. 부처님께서 원만하게 통한 원인을 물으신다면, 제가 증득한 것으로는 향기가 으뜸인가 합니다."224)

동자가, 비구들이 침수향을 태우는 것을 보다가 깨달음을 얻었기 때문에 '향엄'이란 호를 얻었다는 이야기이다. 임상덕은 이를 인용하여 향엄의 득도 내용이 담파고의 득도 내용과 같다면서 도는 따로 모의하지 않고도 통하게 되어 있다고 한다.

⑻은 실상 ⑷와 같은 이야기이다. ⑷에서 『능엄경』이나 『장자』의 구절을 끌어와 말했던 것과 같이 이 부분에서도 파가 겉모습을 바꾸어 연기로 산화되어 사라지는 것을 망신(妄身)이 '有時而幻'하고 진기(眞氣)가 '常散而常不散'한 때문이라고 설명했다. 이것은 특별히 어느 부분이라고 지적하지 않더라도 『장자』의 「지북유(知北遊)」 등이나 여러 불경에서 흔히 볼 수 있는 것들이다.

'공(空)' 사상은 불교에서 만물 일체를 바라보는 대표적인 사상이라는 점

---

224) 『楞嚴經』 5권: 香嚴童子, 卽從座起, 頂禮佛足, 而白佛言: "我聞如來, 教我諦觀諸有爲相, 我時辭佛, 宴晦淸齋, 見諸比丘燒沈水香, 香氣寂然, 來入鼻中. 我觀此氣, 非木非空, 非煙非火, 去無所着, 來無所從, 由是意消, 發明無漏, 如來印我, 得香嚴號, 塵氣倏滅, 妙香密圓, 我從香嚴, 得阿羅漢. 佛問圓通, 如我所證, 香嚴爲上."

에서 보면, '공'인 담파고는 바로 '불(佛)' 자체를 나타낸다고 할 수 있다. 또 우주만물을 관통하는 하나의 절대 도(道)의 존재를 주장하고 이를 끊임 없이 설명하려는 것이 노장의 사상이다. 담파고의 정체를 설명하면서 노장의 이런 주장을 드러내는 구절들을 끌어오고 있는 것을 볼 때 잠재적으로 노촌은 노·불을 같은 선상에서 바라보고 있는 듯하다.[225]

담파고의 정체를 이와 같이 설정하여 형상화한 노촌이 결국 하고자 하는 말은 무엇인가?

(9)에서 노촌은 담파고에 대한 사랑이 지나치면 해로우며, 지나치면 그것이 바로 이단에 빠지는 것이라고 했다. 파의 정체가 노·불이라 하였으니, 그렇다면 (4)와 (8)과 (9)의 논의를 합할 때 '파=노불=이단'인 것이 뚜렷하다. 결국 노촌은 이 작품을 통해 이단에 대한 자신의 견해를 밝힌 것이다.

노촌은 (8)에서 (4)의 내용을 반복하되, 마지막에 '세상에서 파를 좋아하지 않는 이가 혹 요사함을 가지고 그에 비의하는 것은 잘못이다'라고 한다. 한마디로 노촌은 노불에 대한 지나친 미움이나 그것에 대한 잘못된 인식을 문제삼고 있다. 파는 요사와는 분명히 다르므로 이를 구별하여 올바로 이해해야 한다는 것이다.


# Ⅳ. 노불에 대한 노촌의 태도와 〈담파고전〉


노촌은 〈담파고전〉을 왜 지었을까? 문집에서 그가 지은 다른 글들과 그

---

225) 『老村集』 所載 다른 글에서도 임상덕은 老·佛을 같은 線上에 두고 論議하는 경우가 많았다. 예컨대 「불론」에서는 老와 佛을 함께 묶어 달에 비유하며 논의를 전개했다. 담파고를 表面的으로 불가의 修道僧으로 형상화하다 보니 佛이 강조되었지만 실은 담파고의 정체나 〈담파고전〉을 통해 임상덕이 하고자 하는 말은 老佛에 동시에 해당한다고 해도 物議가 없을 듯하다.

속 내용을 살피면 이를 짐작할 수 있다.

노촌은 어떤 책을 읽으면 그것에 대한 자신의 생각을 글로 정리하곤 했다. 특히 자신의 생각과 다른 점이 있으면 반드시 그것을 변증하는 글을 썼다. 한유의 글을 읽고 성(性)에 관한 생각에 동의하지 않아서 쓴 「원성변(原性辨)」226), 오자서가 복수한 사건에 대해 소장공이 평한 것에 반대하며 쓴 「오원복수변(伍員復讎辨)」227) 등이 모두 이런 특성의 소산이다.

〈담파고전〉을 지을 무렵 역시 노불에 대해 집중적으로 공부하며 소위 이단설에 대한 자신의 입장을 정리하는 때였다. 노촌은 1703년 「불론」을 짓고, 2년 뒤에 「노자론」상·하와 「장주론」을 지었다. 「장주론」 맨 끝에 '『장자』를 읽은 김에 이 「장주론」을 써서 「노자론」의 뜻을 보충한다'228)라고 한 것을 보면 이런 글들이 당시 그의 독서편력과 연관되어 있음을 알 수 있다. 부친상을 당한 후 과거에 나아가기 전까지의 이 기간 동안 노촌이 이단에 대한 논변적 글을 지은 외에 또다시 희작성 서사 형식을 이용하여 자신의 생각을 다시 한번 나타낸 글이 바로 〈담파고전〉이다.

〈담파고전〉의 주제의식이 노불로 대표되는 이단에 대한 태도와 연관되므로 여기에서 그의 노불관229)을 살펴볼 필요가 있다.

---

226) 『老村集』, 「原性辨」: 余觀昌黎原性書, 其言自相牴牾不合, 遂爲原性辨.

227) 『老村集』, 「伍員復讎辨」: 余嘗論伍員復讐事, 以爲不容於春秋之誅, 及讀蘇長公文, 其論伍子胥曰, 楊雄曲士也, 以鞭尸藉舘, 爲子胥之罪, 盛詆其謬, 二子者, 其論不同, 而楊子之言與余合. 故余與蘇子辨.

228) 『老村集』, 「莊周論」: 因讀莊子, 書此爲莊周論, 復以足老子論之意.

229) 임상덕에 대해 언급한 연구자들은 대부분 그의 老佛觀에 대해 몇 마디나마 반드시 언급했다. 김문식, 이종범, 임규완, 황주라는 '노촌이 老佛을 儒學에서 나온 것으로 파악하였다'고 하면서도, 임상덕이 불교에 대해 가진 태도를 해석하는 데에서는 의견을 달리했다. 김문식은 그가 관리로 진출한 후에 불교에 대한 배척의 강도를 높여 사찰 철폐 건의까지 했다고 하면서 老莊에 비해 불교를 보다 강도 높게 비판하였다고 했다. 이종범 역시 김문식과 비슷한 의견을 말하였다. 반면 임규완은 「論尼舍疏」를 언급하면서 임상덕은 佛이 현실에 참여하지 않는 점과 윤리강상의 문제를 외면한 점을 비판하였다고 하였다. 본래 불교 역시 기본적으로 儒家라며 포용하는 것을 기본 입장으로 삼아 전면적 배척이 아닌 특정 부분에 대한 비판을 보인 것뿐이라는 설명이다. 황주라 역시 이런 의견을 보였다.

임상덕은 〈담파고전〉을 짓기 2년 전인 1703년 부친 상중에 「불론」이란 글을 써서 불가에 대한 그의 생각을 표현하였다. 「불론」에서 임상덕은 유를 태양에 비유하고 도·불을 달에, 양·묵 등을 별들에 비유하였다. 달이나 별이 태양빛을 반사시켜 밝음을 이루듯 도·불 역시 유에 기대어 그러나는 것이라 했다.

노촌은 또 「노자론」 상에서 유학자들이 노장의 사상을 '무(無)'로만 파악하여 비판하는 것을 지적했다. 공자도 무(無)를 말하였고 노자 역시 유(有)를 말하였다는 사실을 일일이 예로 들며 후학들의 오류를 밝혔다.

> 대저 유무라는 것은 유나 노를 하는 사람이 서로 변(辨)하는 것이다. 유를 하는 사람은 유를 말하고 무는 배척하며, 노를 하는 사람은 무를 말하고 유를 비방한다. 대저 공자가 어찌 일찍이 유만을 말하였으며 노자가 또한 어찌 일찍이 무만을 말하였는가. 천하의 이치는 모두 대(對)가 있다. 무는 유의 대이다. 유무가 서로 없을 수 없는 것은 정(靜)하려면 동(動)이 없을 수 없고 마치려면 시작이 없을 수 없는 것과 같다. 옛날 우리 성인은 일찍이 무를 말씀하셨다. 『주역』의 '무사무려(無思無慮)', 『시경』의 '무성무취(無聲無臭)', 『서경』의 '무극이태극(無極而太極)'이 바로 그것이다. 노자도 일찍이 유를 말하였다. 『도경(道經)』의 1장에서 '유명(有名)이 만물의 어미'라 하였고 또 '항상 유에서 광대무변한 도의 운용을 살펴야 한다'라고 하였다. 그렇다면 유무로 서로 비난하는 것은 진실로 도를 아는 자가 아니다. 노자는 말하기를 '서른 개의 바퀴살이 하나의 바퀴통에 다같이 꽂혀 있으나 바퀴통 한복판 빈 곳에 바로 수레를 작용시키는 요인이 있다'라고 하였으니, 무가 아니면 사물은 진실로 쓰임을 받지 못하며, 유가 아니면 무도 어느 사이에 깃들겠는가. 유는 무에서 생기며 무는 유에 깃들어 도가 행해지는 것이다. 이것이 우리 유와 노의 같은 지점이다.230)

---

230) 『老村集』, 「老子論」上: 夫有無者, 爲儒老者之相辨也. 爲儒者, 言有而斥無, 爲老者, 言無而誹有. 夫孔子何嘗專言有, 而老子亦何嘗專言無乎. 天下之理皆有對. 無者, 有之對也, 有無之不能相無, 猶靜之不能無動, 終之不能無始也. 昔者, 吾聖人嘗言無矣. 易之無思無慮, 詩之無聲無臭, 傳之無極而太極, 是也. 老子嘗言有矣. 道經之一章曰常有, 欲以觀其徼. 然則有無之相詆, 非

노불유의 무리가 극단적인 것만 보고 서로 비판하는 현실을 지적하면서, 이들이 실상은 같은 점도 많다는 사실을 힘써 지적한 것이다. 예로 든 경서의 내용을 따라가다 보면 그간 유불 또는 유노 간의 공박이 지나치게 극단적이었음을 인정할 수밖에 없다.

조선의 유자 중에 노불을 공박하고 배척하는 논의를 펼친 사람은 많았다. 노촌 역시 벼슬살이를 하면서 윤회설의 허위와 승(僧)·무(巫)의 풍기문란을 이유로 들어 도성 근처의 사원을 폐지할 것을 건의하기도 했다. 그럼에도 노촌은 노불을 유 안에 포섭시키는 논의를 여기저기에서 펼쳤다.

'저 불자는 유의 나머지 도를 얻어 적밀(寂密)함으로 마음을 다스리고 성(性)을 기르는 것을 전일(專一)로 삼으니 저들의 치심양성(治心養性)의 도는 처음에는 성인과 다를 바가 없었다'231)하며 그들의 치심양성의 도를 받아들였다. '이제 그 불씨의 말을 하는 사람은 그 도의 작음을 싫어하여 도리어 우리 성인의 도를 비난함으로써 자기들의 도를 크게 하기를 구한다. 그러나 자기들의 도가 본래 우리 성인의 남은 도임을 알지 못하니 슬프다!'232)라 하기도 했다. 또 「유학독서규범(幼學讀書規範)」(1715년)에서는 경서를 밥에, 성리서(性理書)를 반찬과 견주면서 제자백가와 온갖 기예서(技藝書)를 때에 따라 먹는 약물에 비유하였다. 이들을 각자의 위장의 특성에 따라 적당하게 사용하는 것이 독서의 방법이라 했다.233) 그 스스로도 14세에 이미 각종 경서는 물론 제자백가를 두루 읽었다.234) 여기서도 볼 수 있듯 노

---

　　眞知道者也. 老子曰三十輻共一轂, 當其無, 有車之用, 埏埴以爲器, 當其無, 有器之用, 非無則物誠不能爲用, 而非有則無亦寄於何間哉. 有生於無, 無寓於有, 而道行焉. 此吾儒與老子之所同也.

231) 『老村集』, 「佛論」: 彼佛者得吾之餘道, 治心以寂密, 養性以專一, 彼其所以治心養性之道, 初何嘗與聖人異哉.

232) 『老村集』, 「佛論」: 今其爲佛氏之說者, 嫌其道之小, 而反詆吾聖人之道, 以求大己道, 而不知己之道, 乃吾聖人之餘道, 悲夫.

233) 『老村集』 4권, 「幼學讀書規範」: …… 其他諸子百家旁技末藝之文字, 如時羞藥物, 隨人胃性所宜, 病證所對, 可以施用, 至於博物君子, 亦須徧嘗.

234) 여강출판사에서 영인한 『노촌집』 부록에 실린 「년보」, 임상정이나 조구명이 쓴 행장에 보면, 노촌은 10세에 부친에게 각종 경서와 각종 역사서, 한유문

촌은 노·불 등을 포용하는 태도를 시종일관 견지하였다.

〈담파고전〉은 이런 태도를 드러낸 작품이다. 〈담파고전〉에서 노촌은 파(婆)의 불교 귀화와 그 수행, 그리고 수행의 결과를 말하는 과정에서 시종일관 그 효용이나 사상을 설명하는 방식을 유지하고 있다. ⑶에서 볼 수 있듯 담배가 사람 몸속의 더러운 악을 없앤다고도 했고, (술자리 후) 정신을 깨게 한다고도 했다. 또 담배 피우는 일을 '이슬을 마시는 일'에 비의하며 그 상쾌함을 강조했다. 심성을 열어서 신명과 통하게 한다고도 했으니 담배에 대한 예찬이 이보다 더 할 수는 없을 듯도 하다. ⑵에서 파의 수행법이 세상에 널리 퍼진 점, 누구나 파를 좋아함 등을 말한 것도 같은 맥락이다. 불경에서 담배에 대해 부정적으로 말한 내용이 없지 않은데도[235] 임상덕은 향엄동자가 득법한 이야기와 파의 이야기를 나란히 배치하여 ⑷의 내용을 반복·강조하였다. 그가 노·불에 대해 보인 태도는 이 부분에서 더 선명해졌다.

노촌은 노·불의 본원(本源)은 유(儒)라는 확고한 신념을 갖고 있었기 때문에 이단에 대해 공박하는 사람들의 어리석음을 지적하며 오히려 사학(斯學)에 힘쓰는 것이 더 필요하다는 결론을 자연스레 끌어낼 수 있다. 이것이 바로 ⑼의 내용이다. 또 노촌은 「불론」의 맨 마지막 부분에서 "아아! 천하의 이설을 어찌 이루 다 논변할 수 있겠는가 또한 어찌 논변할 만하겠는가. 나는 그 도에 밝지 못하면서 이설을 논변하는 일에 힘쓰는 자를 비웃는다"[236]라면서 유학에 힘쓸 것을 강조하기도 했다. 즉 「불론」과 〈담파고전〉은 같은 맥락의 내용을 방식을 달리하여 형상화한 글인 것을 이와 같이

---

등을 두루 배웠으며, 14세에는 제자백가를 두루 읽었음을 알 수 있다. 노촌의 생애에 관해서는 황주라(2002), 4~12쪽에 자세하다.

235) 바라나국의 왕이 여래에게 가서 자신의 나라에 성불한 이도 없고 질병도 많은 이유를 묻자 여래는 그 나라 국민이 전세에 '痰惡草', 즉 담배를 피우며 淨業을 닦지 않은 탓이라 했다는 이야기가 있다. 이덕무도 『盎葉記』 5권에서 이 이야기를 언급하면서 『유마경』을 출전으로 표시했다. 그러나 이 내용은 『유마경』에는 없고 불교의 의례서인 『釋門儀範』에 있다. 잘못 알려진 듯하다.

236) 『老村集』 3권, 「佛論」: 噫. 天下之異說, 何可勝辨也, 又何足與辨也. 吾於不明其道而務辨異說者, 哂之.

확인할 수도 있다.

요컨대 〈담파고전〉에서 노촌은 '노·불 등의 이단'을 담배로 형상화하여 경계하기는 하되 그 모든 것을 배척하지는 않았다. 그것들이 일정한 부분에서 도와 가깝다는 것을 인정하여 다른 요사(妖邪)한 것과 구별해야 한다는 인식을 보였다고 정리할 수 있겠다.

그럼 단락 (9)에서 노촌이 말한, 파와는 분명히 다른 '요사한 것'은 무엇일까? 〈담파고전〉에서 거기까지는 말하지 않았다. 그러나 사람들이 이것과 파의 존재를 동일시하여 이를 모두 배척하고 있다는 것만은 분명히 했다. 요사한 것의 정체에 대해서 『노촌집』에서 힌트를 얻어 볼 수 있다.

노촌이 노·불에 대해 포용적인 입장을 보인 것은 확실하나 노·불 중에서 어떤 면은 비판하고 배척하였다. 예컨대 「(방묘덕암유경승설거법게어답지(訪妙德庵有經僧說渠法作偈語答之)」(1권, 1714년)237)에서 볼 수 있듯 윤회설, 평등설 등에 대해서는 비판하였다. 「논이사소(論尼舍疏)」(2권, 1709년)에서는 윤회의 설 등으로 사람을 현혹시킨 것은 무당이 점을 치거나 신에게 비는 것만큼이나 폐해가 심하다 했다. 불이 남녀간 윤리나 풍속을 어지럽힌 점을 비판하기도 했다.238) 또 「불론」이나 「노자론」, 「장주론」 등을 통해 노장의 제자들이 그들 스승의 사상이나 생각을 잘못 발전시켰다며 강력히 비판하였다(이는 앞부분의 인용문에서도 볼 수 있으므로 따로 제시하지 않는다). 이런 점을 미루어볼 때 〈담파고전〉에서 노촌이 말한 요사한 것

---

237) 두 수 중 〈答平等說〉은 이렇다. "천 마디 만 마디 말이 본래 자비이며(千言萬話本慈悲) / 한 이치에서 발원하여 두루 섞이었네(一理源頭似錯綴). / 만약 원수나 부모가 모두 평등하다면(若道寃親總平等) / 그대 위해 蓼莪詩를 반복해 주리(爲君三復蓼莪詩)." 여기서 蓼莪詩는 『시경』에 나오는 것으로, '슬프다 우리 부모, 나를 낳아 얼마나 고생하셨나(哀哀父母 生我劬勞)'라는 내용이 있다. 선인들은 이 내용을 읽으며 부모를 그리워했다고 한다. 이 시를 끌어와 평등설의 허위를 증명한 것이다.

238) 『老村集』, 2권, 「論尼舍疏」: 蓋其輪回譸張之法, 所以誑惑愚夫愚婦之耳目, 比之巫覡卜祝. 其說尤易眩, 故其害爲尤深. 至於女冠比丘尼之屬, 妖淫邪妄, 出入人家, 無內外, 傷閭里之俗, 亂男女之倫.

이란, '점축(占祝)하는 무격(巫覡)'을 비롯하여 불교에서 말하는 '윤회설' 등, 또 노장이나 불의 '후대 제자들의 잘못된 주장'을 나타내는 것임을 알 수 있다. 노촌은 노·불을 수용하되 앞서 말한 이런 부분과는 뚜렷이 구별하여 받아들일 것을 말한 것이다.

노불에 대한 이런 제한적인 수용은 비슷한 시기 활동했던 동계(東谿) 조구명(趙龜命: 1693~1737)의 가전 「화왕본기(花王本紀)」에서도 볼 수 있다. 이 가전에서 동계는 도불의 사상 중 신선(神仙)·내단(內丹) 등 특정 사상에 대해서는 배척하지만 동시에 노장의 관물(觀物)·논심(論心) 사상, 불가의 '관조를 통한 마음의 자각·각성된 마음의 묘용(妙用)' 등은 받아들였다.239) 물론 노촌은 동계와 같이 뚜렷한 모습을 보이지는 않으나 〈담파고전〉에서 보이는 태도가 이와 비슷한 것만은 사실이다.

또 실제 노촌과 동계는 서로 교유 관계를 갖고 있었다. 노촌이 37세의 젊은 나이로 죽자 동계가 그의 행장을 써서 그의 문학이나 경세능력, 교우 관계 등에 대해 상세히 말하기도 하였다.240) 이들 간에 비슷한 인식의 조우가 있었음을 짐작할 수 있으며, 이것이 똑같이 가전으로 연결될 수 있었던 것도 이러한 공통된 인식의 기반에서 기인한 것일 수 있다.


# V. 마치며: 〈담파고전〉의 가전문학사적 의의


〈담파고전〉은 담배에 대한 작가의 관심을 유희적으로 표현하되, 담배를 비구니로 형상화함으로써 노·불에 대한 작가의 관점을 드러낸 작품이다.

---

239) 이홍식, 「동계 조구명의 가전문학 연구」, 『어문연구』127호(한국어문교육연구회, 2005.9), 373~395쪽.
240) 『東谿集』 4권, 「弘文館校理林公行狀」.

ㄱ 관점이란 요컨대 ㄴ·불을 유와 같은 도로 포용하되 불교의 윤회 사상
등이나 후대 불씨·노장의 제자들이 주장한 것 등에 대해서는 인정하지 않
는 구별된 인식이다. 더불어 이 작품이 작가의 '독서편력'이나 독서 내용에
대한 작가의 '정리습관'과 연관하여 지어진 것임을 밝혔다. 또 〈담파고전〉의
이런 내용은 작가의 이단관을 드러낸 다른 여러 글과 연관하여 이해할 수
있음을 보였다. 그렇게 함으로써 작가가 '노불에 대한 구별된 수용'을 주장
하였다는 사실을 알 수 있었다.

이 작품의 의의를 정리하며 글을 마무리하려 한다.

우리나라에 담배가 들어온 것은 광해군 10년(1618) 무렵이라는 것이 통
설이다. 전래 후 빠른 속도로 전국에 퍼져 신분고하를 막론하고 크게 사랑
을 받았다. 때문에 담배에 관해 쓴 기록도 많이 남아 있다. 예컨대 이수광
의 『지봉유설』 19권과 장유(張維)의 『계곡만필(谿谷漫筆)』 1권이 그렇
고, 『인조실록』 16년 8월 4일조에 담배의 전래와 유행에 대해 쓴 것도 있
으며, 이 밖에도 오규경(李圭景)의 『오주연문장전산고(五洲衍文長箋散稿)』
등 수많은 책에 담배에 관한 기록이 있다. 민간에서는 다양한 종류의 담배
노래가 유행하기도 했다.[241]

담배를 가전으로 표현한 작품으로는 이희로(李羲老: 1760~1792)의 「남
령전(南靈傳)」과 이옥(李鈺: 1760~1815)의 「남령전」이 일찍부터 알려졌
다. 둘 다 1790년대 초반에 나온 작품이다.[242] 임상덕의 〈담파고전〉은
1705년 작이니 이들 두 작품보다 구십 여 년이나 먼저 나온 것이다. 김창
룡 교수가 이미 지적한 대로, 임상덕의 〈담파고전〉은 담배를 가전으로 표현

---

241) 담배의 전래와 애호 등에 관한 온갖 역사·사회적 문제에 대해서는 김정화,
『담배이야기』(지호, 2000)에 자세하며, 옛 문헌에 나오는 담배에 관한 기록
들은 김종서가 「옛사람들의 담배에 대한 애증」, 『문헌과 해석』 2002년 봄
(통권18호, 문헌과해석사), 215~229쪽에서 상세히 소개하였다. 구비 전승
된 담배노래에 대해서는 길태숙(2004)이 양상을 자세히 살핀 바 있다.
242) 이들 두 작품에 대해서는 구영진의 「남령전연구－이희로와 이옥의 두 작품의
비교고찰」(연세대 석사논문, 1981)에서 자세히 다루었다.

한 작품 중 최초라는 문학적 의의를 지닌다. 술이나 돈 등을 대상으로 한 가전은 많이 있었으나 담배를 형상화한 가전은 없었기 때문에 임상덕의 〈담파고전〉은 가전의 대상 영역을 넓혔다는 의의도 함께 지닌다. 누구에게나 가까이 있었던 '담배'에 관한 가전이 나오는 것은 오히려 당연한 일이었다. 그 당연함을 임상덕이 이루었다 하겠다.

이옥은 「남령전」에서 천군소설(天君小說)의 형식을 이용하여 담배가 마음속 근심걱정, 즉 수성(愁城)을 깨트리는 데 탁월한 공이 있다면서 담배 예찬론을 펼쳤다. 담배에 대해 긍정적인 태도를 보였다는 점에서 임상덕의 〈담파고전〉은 이옥의 「남령전」으로 이어지는 문학적인 맥락을 이룩했다 할 수 있다. 그러나 이옥의 담배예찬론은 문체 때문에 정거(停擧), 충군(充軍) 되는 등 온갖 일을 겪다가 결국 산림에 묻힐 수밖에 없었던 자신의 불우한 처지와 연관하여 이해될 여지가 많고,243) 또 담배에 대한 그의 특별한 애호와 관련이 깊다. 반면 임상덕의 글은 제자백가에 대해 포용적이었던 그의 사유체계와 보다 더 연관이 깊다는 면에서 서로 다르다.

이희로는 「남령전」 맨 끝의 태사공 평에서 '우임금이 하나라 때 술을 처음 만든 사람인 의적을 멀리하고, 공자는 음탕한 정나라 음악을 배척했던 것'을 말하면서, 두 성인은 술과 음악이 후세 사람을 미혹하게 만들 줄을 알아 경계하셨음에도 오늘날에는 그 폐단을 막을 수 없게 되었다고 하였다.244) 이희로의 논평이 전통 유가의 입장을 충실히 대변하여 담배에 대해 강한 부정과 경계를 이루었다면, 임상덕은 유가의 입장에 섰으면서도 이를 일정하게 수용하는 유연성을 보였다는 면에서 서로 다르다.

이옥이나 이희로가 임상덕의 문집을 보았다거나 그가 지은 〈담파고전〉을 참고하여 「남령전」을 지었다거나 또는 이들 사이에 어떤 직접적인 교감이

---

243) 구영진, 「남령전연구—이희로와 이옥의 두 작품의 비교고찰」(연세대 석사논문, 1981), 60~61쪽.
244) 『蟾齋遺稿』: 大禹疏儀狄, 宣尼放鄭聲, 二聖人者, 幾後世之以麴蘖聲色蠱人也. 夫今有七八歲者, 與南氏嬉, 其父雖日撻而禁之不得.

있었다는 증거는 없다  그러나 일정한 시간차를 두고 같은 대상을 형상하한 작품이 이어졌다는 것은 문학사적인 맥락에서 그 의의가 충분하다. 한 대상을 각기 다양한 방식으로 접근하고 있는 점은 문학의 다채로움을 드러내 주기도 하며, 면면히 흐르는 문학적 전통을 보여주는 것이기도 하다.

노촌은 불혹도 넘기지 못한 채 세상을 떠났지만, 그의 문집에는 다양하고도 수준 높은 내용이 많다. 즉 「환향후사직겸논시사소(還鄕後辭職兼論時事疏)」(2권) 등 당대 현안에 대해 날카롭게 지적한 글뿐만 아니라 경전에 대한 깊이 있는 해석, 각종 역사적 사건들에 대한 특별한 지적을 담은 글이 여럿 있다. 또 「양이서산수기(兩梨墅山水記)」(3권) 등 문예미 넘치는 기문(記文)을 남기기도 하였으며, 놀이에 대한 글(「종정도설(從政圖說)」)도 썼고, 「독서규범(讀書規範)」(4권) 등 독서와 공부 방법에 대한 체계적인 식견을 드러낸 글도 여럿 남겼다. 그에 대해서는 보다 더 많은 연구가 이어져야 할 것이다.

# 참고 문헌

## 1. 자료편


〈난초지세록〉(장서각 고서실 소장본)
『대한매일신보』
『감호집』
『강좌집』
『계서야담』
『고려사절요』
『노자』
『노촌집』
『대동야승』
『동야휘집』
『만하유고』(후손소장 친필본 / 한국역대문집총서 376권 영인본) / 박종훈 · 서신혜 공역,
　　　　한양대학교출판부, 2005)
『목은문고』
『사가문집』
『삼국유사』
『설암잡저』
『성소부부고』
『신증동국여지승람』
『어우야담』
『여유당전서』
『이향견문록』
『조선왕조실록』

『죽하집』

『지봉유설』

『천예록』(김동욱 外 역, 『천예록』, 명문당, 1995)

『청구야담』(이월영·시귀선 역, 『청구야담』, 한국문화사, 1995)

『청장관전서』

『택리지』

『택리지』

『파한집』

『학산한언』

『해동전도록』

『허정집』

김동욱 역, 『동패낙송』, 아세아문화사, 1996.

백광홍(白光弘) 저 / 정 민 역, 『기봉집(岐峯集)』, 역락, 2004.

서대석, 『조선조문헌설화집요(朝鮮朝文獻說話輯要)』Ⅰ·Ⅱ, 집문당, 1991.

이우성 편, 『서벽외사해외수일본(栖碧外史海外蒐佚本)』, 아세아문화사, 1990.

정명기 편, 『한국야담자료집성』, 계명문화사, 1987.

지정엽 윤색·주해, 『란초재세기연록』, 조선고전문학선집 48, 평양: 문학예술종합
　　　출판사, 1994

『한국문헌설화전집』, 동국대 한국문학연구소, 1981.

## 2. 저서 및 논문

강명관, 『조선시대 문학 예술의 생성 공간』, 소명출판, 1999.

강명관, 『조선의 뒷골목 풍경』, 푸른역사, 2003.

강민경, 「허난설헌 〈유선사〉 87수의 표현 기법」, 『한국 도교문화의 초점』, 아세아
　　　문화사, 2000.

강민경, 「조선 중기 유선문학 연구」, 한양대 박사논문, 2004. 8.

구영진, 「남령전연구―이희로와 이옥의 두 작품의 비교고찰」, 연세대석사논문,
　　　1981. 12.

길태숙, 「담배노래의 노랫말 구성 양상과 의미」, 『국제어문』 32집, 국제어문학회, 2004. 12.

김기동, 「〈만하몽유록〉의 연구」, 『한국문학연구』 10집, 동국대 한국문학연구소, 1987.

김기동, 『한국고전소설연구』, 교학사, 1993.

김동욱, 「김영복 소장본 천예록에 실린 지리산노미진에 대하여」, 『문헌과 해석』 1998년 봄호, 태학사, 1998.

김문식, 「임상덕」, 조동걸 외 엮음, 『한국의 역사가와 역사학』, 창작과비평사, 1994.

김상호, 「〈초중경처(焦仲卿妻)〉의 서사 구조에 관하여」, 『중국어문학지』 2집, 이화 중국어문학회, 1995. 12.

김영한, 『르네상스의 유토피아 사상』, 탐구당, 1988.

김영한, 『르네상스 휴머니즘과 유토피아니즘』, 탐구당, 1989.

김용석, 『깊이와 넓이 4막 16장』, 휴머니스트, 2002.

김용주, 「삼생록 연구」, 고려대교육대학원석사논문, 1981.

김정녀, 「만옹몽유록 연구」, 『고소설연구』 9집, 한국고소설학회, 2000. 6.

김정화, 『담배이야기』, 지호, 2000.

김종서, 「옛사람들의 담배에 대한 애증」, 『문헌과 해석』 2002년 봄, 통권18호, 문헌과해석사.

김창룡 편역, 『한국의 가전문학』상, 태학사, 1999.

김창룡 편역, 『한국의 가전문학』하, 태학사, 1999.

김창룡, 『가전문학의 이론』, 박이정, 2001.

김태준, 『증보조선소설사』, 한길사, 1990(초판은 1933).

김현룡, 『한국문헌설화』 6권, 건국대 출판부, 2000.

박기룡, 「한국 선도설화 연구」, 『국문학과 도교』, 태학사, 1998.

박영호, 『허균 문학과 도교사상』, 태학사, 1999.

박재연, 「조선후기 중국 통속소설의 전래와 번역문학적 수용-낙선재본을 중심으로-」, 『한국서사문학사의 연구』V, 사재동 편, 중앙문화사, 1995.

서신혜, 「조선후기 선계설화의 시·공간」, 『한민족문화연구』, 7집, 한민족문화학회, 2000.

서신혜, 「〈난초재세기연록(蘭焦再世奇緣錄)〉연구-〈공작동남비(孔雀東南飛)〉의 변용을 중심으로-」, 『온지논총』 8집, 온지학회, 2002.

서신혜, 「『청구야담』에 나타난 도교인식의 양상과 그 특징」, 『한국 도교문화의 초점』, 아세아문화사, 2000.

서신혜, 「묘향산의 도교문화적 특징과 양상」, 『도교문화연구』 22집, 한국도교문화
학회, 2005. 4.

서신혜, 「법종의 『속향산록』과 고향산(告香山)의 의미」, 『도교문화연구』 24집, 한
국도교문화학회, 2006.4.

서신혜, 「유선담의 서사 구조, 선계 양상, 유선자의 상황」, 『온지논총』 7집, 온지학
회, 2001.

서신혜, 「조선후기 선계설화의 시·공간」, 『한민족문화연구』 7집, 한민족문화학회,
2000.

서신혜, 「청구야담에 나타난 도교인식의 양상과 그 특징」, 『한국 도교문화의 초점』,
아세아문화사, 2000.

송민호, 『한국개화기 소설의 사적 전개』, 일지사, 1975.

신익철, 「조선조 묘향산에 대한 인식과 문학적 형상」, 『반교어문연구』 17집, 반교
어문학회, 2004.

신재홍, 『한국몽유소설연구』, 계명문화사, 1994.

심경호, 「다산의 미원은사가에 담긴 귀전원 의식에 대하여」, 『정신문화연구』, 15권
3호, 한국정신문화연구원, 1992.

안대회, 『18세기 한국한시사 연구』, 소명출판, 1999.

안대회, 「이옥의 저술 『담배의 경전(煙經)』의 가치」, 『문헌과 해석』 2003년 가을,
통권 24호, 문헌과해석사, 2003. 9.

엄귀덕, 「〈공작동남비(孔雀東南飛)〉연구」, 『논문집』Ⅷ권 2호, 충남대 인문과학연구
소, 1986. 12.

오주석, 『옛 그림 읽기의 즐거움』, 솔, 1999.

우미영, 『동방학지』 133집, 동방학회, 2006. 3.

윤승민, 「중국우언의 수용과 재창조-유종원을 중심으로」, 한국우언문학회 편, 〈동
아시아 우언문학 비교론〉, 집문당, 2005.

이승복, 「〈삼생록〉의 구조적 특성」, 『고전문학과 교육』 4집, 청관고전문학회, 2002.

이은상, 「그 성역 지금 어떤고」, 『조국강산』, 횃불사, 1974.

이종범, 「노촌 임상덕의 의리론(義理論)과 시대인식-『동사강목』 찬술의 사유체계
검토」, 『전남사학』 21집, 전남사학회, 2003.

이종은 외, 「한국문학에 나타난 유토피아 의식 연구」, 『한국학논집』 28집, 한양대

한국학연구소, 1996.

이종은, 「묘향산의 문학적 형상 일고(一考)」, 『한양어문』 16집, 한양대학교 한양어
    문학회, 1998. 12.

이홍식, 「동계 조구명의 가전문학 연구」, 『어문연구』 127호, 한국어문교육연구회,
    2005. 9.

임규완, 「노촌 임상덕 문학연구」, 계명대 석사논문, 2001. 12.

장효현, 「애국계몽기 고전장편소설의 역사현실 대응-〈정씨복선록〉과 〈만하몽유록〉」,
    『한국서사문학사의 연구』V, 중앙문화사, 1995.

정민, 「16·7세기 학당풍(學唐風)에서 낭만성의 문제」, 『목릉문단과 석주 권필』,
    태학사, 1999.

정민, 『초월의 상상』, 휴머니스트, 2002.

정인한, 「〈삼생록〉 연구」, 『새국어교육』 35·36합집, 한국국어교육학회, 1982.

정재서, 「신선설화 연구」, 서울대 박사학위논문, 1988.

조상우, 「애국계몽기 한문산문의 의식 지향 연구」, 고려대박사학위논문, 2002. 6.

조석래, 「유몽인 詩 연구」, 한양대학교 박사학위논문, 1988.

조선문학창작사 고전문학실 편, 『한국고전소설해제집』上·下, 보고사, 1997.

조용호, 「김광수의 몽유록 연구」, 『고소설연구』 11집, 한국고소설학회, 2001. 6.

조희웅, 「북한소재 고전소설 서목(書目) 검토」, 『한국고전소설과 서사문학』上, 이
    상택 교수 환력기념논총 간행위원회 편, 집문당, 1998.

최용철, 「한국소장 중국소설자료의 발굴과 연구」, 『중국어문논총』 10집, 중국어문
    연구회, 1996. 6.

최운식, 「〈삼생록〉의 구조와 의미」, 『대동문화연구』 26집, 성균관대 대동문화연구원.

최웅권, 『북한의 고전소설연구』, 지식산업사, 2000.

한국고소설연구회 편, 『고소설의 저작과 전파』, 아세아문화사, 1993.

허흥식, 「명산(名山)과 대찰(大刹)과 신당(神堂)의 의존과 갈등-묘향산과 보현사
    와 단군굴의 사례」, 『불교고고학』 창간호, 위덕대학교 박물관, 2001. 12.

홍성욱, 「잡설(雜說) 연구-설 문체의 장르적 특징과 관련하여」, 『한문학논집』 19
    집, 근역한문학회, 2001.

황원구, 「한국에서의 유토피아의 한 시도-판미동 고사의 연구」, 『동방학지』 32집,
    연세대학교 국학연구원, 1982.

황주라, 「노촌 임상덕의 문학론 연구」, 경북대교육대학원석사논문, 2002. 1.

# 색 인

## ■인물

# 서신혜(徐信惠)

sh2448@hanmail.net


월출산 기슭에서 태어나 한양대 국문과를 졸업하고 동 대학원에서 문학박사 학위를 받았다. 민족문화추진회 국역연수원을 수료하였고, 현재 한양대학교 강의전담교수로 있다. 역주서 『삼한습유』(공역), 『열녀 향랑을 말하다』, 『만하몽유록』(공역)과 저서 『김소행의 글쓰기 방식과 삼한습유』를 펴냈다. 이밖에 「일지매 이야기의 연원과 전승 양상」 등 여러 편의 논문이 있다.

# 이상세계 형상과 도교서사

| | |
|---|---|
| • 초판 인쇄 | 2006년 5월 23일 |
| • 초판 발행 | 2006년 5월 23일 |
| • 지 은 이 | 서신혜 |
| • 펴 낸 이 | 채종준 |
| • 펴 낸 곳 | 한국학술정보㈜ |
| | 413-756 경기도 파주시 교하읍 문발리 526-2 |
| | 파주출판문화정보산업단지 |
| | 전화  031) 908-3181(대표)·팩스  031) 908-3189 |
| | 홈페이지  http://www.kstudy.com |
| | e-mail(출판사업부)  publish@kstudy.com |
| • 등    록 | 제일산-115호(2000. 6. 19) |
| • 가    격 | 29,000원 |

ISBN        89-534-5112-4 93810 (Paper Book)
            89-534-5113-2 98310 (e-Book)